向泥土敬礼

耿立 著

山东友谊出版社
Shandong Friendship Publishing House

图书在版编目（CIP）数据

向泥土敬礼 / 耿立著. -- 济南 ：山东友谊出版社，2017.12（2018.4 重印）

ISBN 978-7-5516-1578-5

Ⅰ. ①向… Ⅱ. ①耿… Ⅲ. ①散文集－中国－当代 Ⅳ. ① I267

中国版本图书馆 CIP 数据核字 (2017) 第 328236 号

XIANG NITU JINGLI

向泥土敬礼

主管单位：山东出版传媒股份有限公司
出版发行：山东友谊出版社
地　　址：济南市英雄山路 189 号　邮码：250002
电　　话：出版管理部（0531）82098756
　　　　　市场营销部（0531）82098035（传真）
印　　刷：山东新华印务有限责任公司
版　　次：2017 年 12 月第 1 版
印　　次：2018 年 4 月第 2 次印刷
开　　本：710mm × 1000mm　1/16
印　　张：18.25
字　　数：337 千字
定　　价：48.00 元

序言

我喜欢一位东欧诗人一首诗中的几句：

唯有我的生命有一天会真的
为我死去。
唯有草木懂得土地的滋味。
唯有血液离开心脏后
会真的满怀思恋。

一个离开故土的人，一个从鲁西南黄壤平原走出的人，总想寻找一种依托，这也是大多数中国文人的路子，或者在人格上，或者在心灵上、情感上，寻找一种托付之所，中国传统一向是安土重迁的。费孝通把中国社会看成是乡土性的，而文人即便离开“血地”，他也忘不掉故乡！虽然时光的流逝和空间的隔阻，使你离开故乡而不得回返，但如郁达夫所说的“任它草堆也好，破窑也好，你儿时放摇篮的地方，便是你死后最好的葬身之所”。

于是这就有了血脉回望，有了精神的还乡，对待离开的那片泥土，就如草木感恩一样，离开了那片泥土，会满怀思恋。

台湾作家钟理和曾说“原乡人的血，只有回到原乡，他的血才能停止沸腾”，真是深入骨髓的痛。有失去，才有寻找，当生命和肉体在异乡漂泊的时候，人的心灵往往是焦灼的、不安妥的，于是就去寻找一种精神的栖息之所，一种情感的替代。

于是我的笔下，便多的是故乡的意象，以故乡的泥土、河流、庄稼、人物切入，表达自己的情感经验、人生历程和价值取向，表达一种精神脐带的牵扯。

我曾记得父母在世时候的一个细节，把它写入了《向泥土敬礼》的文字中，那是暮年的父母，已垂垂老矣。黄昏了，从地里回来，父亲脸上粘有一块泥巴，母亲看到后想用手抠下，然后就想卷起衣襟擦，父亲招呼了一下说不用了。是见我在旁边守着，父亲羞涩了，有点不好意思。但我想，母亲的亲昵，其实是对劳作的一种敬重。泥土在脸上怎么了，有时米粒和碎馍掉到地上，虽满是泥，但父亲吹一下，或者母亲用衣襟擦一下，就填到嘴里。土地在父亲的脸上，就如土地给的徽章，是对一辈子与泥土厮守的老邻居的褒奖。诗人雅姆说：

脸上有泥的人从对面走来，
要脱帽致敬先让他们过去。

是的，很多的人是嫌弃泥土的。我们什么时候，对有泥的人有过足够的尊重呢？我们向喂养炊烟喂养历史的黄壤敬个礼，有何不可呢？

在我们那里，原先有风俗，一个人出门，家里的父母怕游子在外水土不服，就让游子带着一瓶家乡的黄土，因为背井离乡的人会生一种奇怪的病，会瘦会死，任凭什么医术也治不好，除非回到家乡。要是不能回来呢？那就将一撮家乡的土掺在水里喝下，只要那土真的是家乡的土！

我走出那片黄壤平原的时候，父母已经过世了，但这个习俗我还记得。很多的地方也有这样的规矩，这可能是我们民族的一种带有巫术性质的原始的遗存。中国人把土看成是世界的最基本的构成，一切都是五行相生相克的产物。人们常说皇天后土，中国的皇帝在天坛和地坛礼敬神明，把土看得比什么都珍贵。失去了土，就失去了权力、失去了一切！

土，是我们民族的寄命所在，也是我们民族的精神之所，于是除写下那片土地，我也写了一些如泥土里的花朵一样的人物，如张自忠、赵登禹、义士哑孩等。当敌寇入侵，我们失去了土，但这些不屈的魂灵想恢复的也是土，土本来是我们的，但是却沦于了敌手，于是就有了血肉长城，于是就有了这些慷慨赴死者。生于这片土地，为这片土地而死于这片土地，这就是对这土地的最好的报答。

我曾表达过类似的观点：泥土是乡村的子宫和襁褓，是城市的子宫和襁褓，也是民族的子宫和襁褓，所有的乡村和城市都离不开泥土和水。我们无法还原第一个乡村建立的模样，也许是谁把一根拄着的木棍子随手往泥土里一插，那上面就有了萌动的枝叶。我们不知道何时才能在水泥地和柏油路面上种出庄稼。我知道现在有一种蔬菜是无土栽培，对那些无土而生的花或者触须，我心里总有一种拒斥。

无论怎样，你也改变不了乡村是泥土做的，泥土才是乡村的娘家。我离开故乡到岭南近五年，现在很少回到鲁西南的老家，那个叫什集的地方。你离家久了，对故乡生分了，故乡就成了一种疼痛。就像我们的身体，某个部位不疼不痒，我们就感受不到它的存在，哪个部位不适，哪个部位就有了问题。疼痛使你知觉故乡的存在，故乡以另一种方式呼唤你。

乡愁是美学，不是经济学，不离开故乡的人，不会得这种病。我说这种病也是美学的，是无可治愈的心理学的。虽然我知道那片土地上也曾有过苦难、丑陋，我童年记忆里也有哭声和饥饿，但文字和回忆，在多年后却有了一种过滤。布罗茨基说：美学即伦理之母，好与坏，首先是一个美学概念，而先于善与恶的范畴。而初生的婴儿，都会下意识地完成美学的选择，而非道德选择。布罗茨基自己的童年，虽是在第二次世界大战中的苏联度过，然而当他回首往事时，他记忆里印象最深的，并非久违的肉的滋味，而是美国罐头的奇异形状，并没有聚焦在饥饿或者苦难上面。

在孩童的心里，战争的残酷，饥饿的煎熬，都没有留下更多的苦难回忆，让他难忘的，还是一种仅有的审美感受。因此，他从自己的生命最初的经验出发，将它上升为一种理性的结论。他指出，就人类学的意义而言，我再重复一遍，人首先是一种美学的生物，其次才是伦理学上的生物。

作家是有特别豁免权的一群，在真理的天平上，想象力会等于现实，甚至会时而通过艺术的加工，而大于现实。

布罗茨基说，语言艺术并非人类发展的副产品，而恰恰相反，人类才是艺术的副产品，艺术并不模仿生活，却能影响生活。

从故乡走出，从童年的故乡走出，但惦记埋骨在故乡的父母。在去年的谷雨过后，我曾到故乡讲学，在中午时分，我到了父母的坟茔前，带了一瓶酒、一挂香蕉和点心。我知道，父母的肉早已朽腐，与土为一，也许骨头会在。我想抱一抱这两堆骨头，像抱着自己的孩子。

如果命真的有轮回，让我也抚养这两堆骨头一次，那样才少一些亏欠。

但我知道这骨头也抵不住岁月的风化，这些风化的骨头再不需要这些吃食了。谁都抗不过岁月的淘洗，人事和山水，但大地永在。我记得童年时候，有一年秋季，我随父亲在生产队里的牛屋为那些牛做饲养。夜里，我起来小便，哎呀，看到外面满是白霜，于是就使劲嗖嗖地从窗口把小便撒出去，那霜就褪得无影无踪。我看父亲披着夹袄也起来小解，就怂恿父亲也从窗口把尿撒出去。父亲笑了，说：当年尿尿洒过路，如今尿尿滴湿裤。老了，岁月不饶人。

父亲说谁也抗不过岁月，连树也抗不过。

我知道岁月就是时间，时间不说话，它叫庄稼出土就出土，叫庄稼落叶就落叶，人也是如此。

父亲对时间的概念很简单，天亮了，就起床赶活，有时活多，他就把时间刻度迁移，鸡叫一遍，鸡叫三遍，或者一遍起身或者三遍起身。天黑了，父亲就睡觉，有时睡不着，就点烟把夜燃个洞，接着是像风一样干咳在房檐屋下，卧在门外的狗以为有了动静，也跟着狺狺而作，在胡同里声如远豹。你心疑是否走到了唐代的乡间，一个诗人在夜间的月下感受到了这些，把它写给山中的裴秀才迪。

如今，我从那片土地彻底走出，走到岭南，找一城终老，但我惦记着埋骨父母的那片土地，当时曾写下《我怕回首让你看到我泪流满面的样子》的诗，其中写道：

我只是逆着血的方向走，因为
顺流会让你看到我的软弱
我虽然爱流泪，但我不爱哭
我只是向柔软、悲悯、爱流泪
其他休想撬动开我的泪腺
我的泪固执，像扑火的蛾子
如果有一天，你真的看见我流泪
那也是委屈被你从时间深处
抹去

是为序。

2017 年秋于珠海

目 录

故乡：原点与彩饰

一

在我的文字中，常有一个名词的指代：木镇，这是曹濮平原黄壤深处的一个村镇。其实，在地图上找不到这个村庄的所在，她只是我的心里的图示，她的原本名字：什集。什集的“什”，人们常读作什么的“什”，其实这是一五一十的“十”的大写，什集的“什”，也是数目字“十”，是指几百年前十户移民在此落脚。五天一集，十天一会，就有了这个名字。

在这个地面上，曾有我的族人近六百年的足迹。在两个坟地里，我知道高祖、曾祖、祖父的两个哥哥，在祖父另立的坟地里，有我的祖父祖母、伯父及两个大娘、父亲母亲、堂哥和堂侄。他们的坟也如那里的庄稼，有时茂盛有时焦枯，那取决于后人在清明的时候，是否多培了几锨土，多扯了几把野草。外人不会在意，并且，这些坟地多在别人的责任田里，那些庄稼就和这些坟地争空间。

我曾写过：我居住的木镇，房子所有的烟囱朝上，所有的屋檐向下，房檐下鸟巢所有的鸟雀头朝外。是的，在冬季，最避风寒的就是在黄昏时回家找一个栖身的屋檐。早先木镇的人死了，坟墓里脚都对着村口的方向，好像翘向屋檐，伸到屋里去。

每次从外面回来，我都感到木镇局促与狭小，连挂在白杨树梢的月亮也是一半，瘦瘦的清癯，好像另一半被城里夺去了。我真的觉得木镇很小，如废弃的卷角起毛的邮票，有时又真的觉得她是那样的敏感，如一只刺猬窸窣在平原的深处里，一有响动，就胆怯地蜷缩起来。

其实木镇是我的精神的符号，我记得，在冬日的夜间埋葬父亲的时候，最后一个程序是调整父亲棺木的“走向”，我们那里简称：向。按照风水和祖制，父亲的棺木是头朝西北，脚朝向东南，父亲的脚并不对着什集的村口。

我知道我早已成了一枝世间的无根浮萍，自己早成了一个漂泊在故乡的异乡人，骨子里所谓的乡愁，其实是一种孱弱的病，也算是一种入骨的浪漫，是一种媚俗而已。前些年米兰·昆德拉《不能承受的生命之轻》在知识分子中间流行的时候，书中的一个词尤其爆棚：媚俗。是的，“媚俗的根源就是对生命的绝对认同”，而生命是作为肉身而存在的。人的肉身的存在，需要很多的营养和肥料，也需要一些事物作为参照系来确认。这参照物和肥料除了食物、睡眠、性交之外，当然也包括对价值或信仰的认同，比如乡愁。

我也曾提醒自己，不要田园牧歌的伪善，我已是一个衣冠楚楚的“城里人”，所谓深陷乡愁，甚至悲悯，这是一种病，而不是药，这还是一种流传了数千年的悯农病和归去来兮病。我曾对某作家的散文有个说法，还是一个站在农民之外的二流子，是一个浪荡的游吟诗人的写作，没有接触到乡土的底层真实。

所谓的回望与怀旧，就是一种知识者优雅的伪装，哈佛的俄裔女学者斯维特兰娜·博伊姆给“怀旧”一词下的定义是“对于某个不再存在或者从来没有过的家园的向往”。你在城市的书写，只是一种美丽的幻象，是在现代的都市居高临下的书写。鲁迅说小时候的罗汉果好吃，只是一种儿时的记忆，他《故乡》里所写的现实，一样是尖锐地刺得他彷徨无地，你只是一个过客，你是一个回不去故乡的异乡人和旅客而已。

田园和诗意的背后其实是悲怆啊。我想到在集市上半乞讨半做面饭生意的父亲，我在这片土地上长到二十岁才离开，我曾写出很多木镇的诗意。比如，我曾写过诗意的屋檐和小学的风琴：

> 在城市无端地失眠，被那些夜里的肆无忌惮的光弄得心惊肉跳。失眠久了，时不时想起乡村，总有一个词突显——“屋檐”。是啊，有屋檐，你就感到温暖，在那乡村被子里，无边黑夜里新棉花被子下的脚指头如一个个小猪在安恬地趴着睡。
>
> 平原深处，黄壤深处的乡村的屋顶是如缓坡一样耸立，如三十度的夹角。那是水和泥土柴草烧制的灰色的瓦，在陕西的阿房宫旧址的土地上，我曾看到秦代的瓦，与现在的瓦简直是兄弟，有着同样的基因。灰色的瓦排列起来，一片压着一片，如鸟羽，下面是草是房梁是檩条，

就这么简单支撑起一片温暖。夜里，曾有几次惊叫把家人吓醒，被问是否有梦魇，我说看到乡村的瓦片如鸟的翅膀在夜空里翻飞。那些瓦片也如钢琴的琴键在奏着谁也不懂的曲子。

该如何形容乡村的那一排排瓦呢？真如钢琴或者手风琴的琴键呀。在还有生产队的时候，从城里下放的马老师，为大家演唱《红星照我去战斗》，那是我第一次看到挎在胸前的手风琴。那黑键白键在老师的手下，如风触到了瓦片，触到树的枝丫，触到了水面，各种声音都一齐汇聚到乡村牛屋旁边的“完小”。

第一次看到那黑键白键，就想到乡村屋顶的瓦，那是雪后的瓦，微微露出黑黑一角的瓦，或者是霜降夜里的瓦，凹的地方是白，凸的地方是黑。那霜降的夜，睡不着的人，看到了有一只黑猫，在屋顶十分诧异地看那霜，它不明白，就用脚一下一下划那霜。猫的爪子如印戳，盖出老猫到此的阴文和阳文。

是啊，那时的我觉得老师演奏起手风琴来，就像把手伸到河里伸到溪里，在那些荷叶底下的淤泥中摸鱼——孩子在木镇后的河里，用肚皮紧贴浅浅的河床，张开手摸鱼，不经意间就摸出欢乐，如老师在手风琴里摸出的音符。

这样的屋檐何止是能为劳作的人遮蔽风雨，还是一种隐喻与象征，但我要说的是，在土改的时候，我们家从东街被转到十字口的隅首处的一家地主的房子里。母亲说，她不想搬家，但大年三十的早上，那家地主的家人搬着铺盖卷跪在我们家，央求换房搬家，如果我们不搬家，那地主一家就会在冬天的野外度日。我们家从土坯房搬到了有点砖和土的瓦房，谁知到了公私合营的时候，房子又被征用了，我们又回到了东街，但这次没有了地方，父亲只是盖了两间房子，在贴着地的地方有几层砖，其余都是用黄土砌墙。在我初中的冬天，我去学校晚自习，我睡觉的那面墙倒了，我放学回家，屋里和屋外一样寒冷。我体悟到了什么是荒寒，好在是我去上晚自习了，否则会被土墙压在底下，后果可想而知。父亲用高粱打的箔放在塌了的土墙下挡住北风。整个冬天，我们都是在寒冷中度过，早晨起来，我的牙骨都冻得疼。

那时我家还在泥水和血水里蹚着。父亲在集市上，靠半夜起来扫大街，白日在集市上摆摊赚着五分五分的收入。我还记得当时，天不明，父亲就穿着一件我哥哥从河南濮阳买来的半截的有血迹的羊皮袄去扫街。那个场景很清晰。在恍恍惚惚的油灯影下，父亲起来，从竹皮暖壶里倒一碗水喝下。穿上那件羊皮袄，却是光着头，手里拿着扫帚和铁锨。

那个在灯影里的剪影一下子融入黑暗，我又睡去了。等再次惊醒，父亲和北街的马新胜——与父亲一起扫街的我叫作二哥的人回来了，他们年龄相仿，马新胜没有儿子，只有三个闺女，都出嫁了。他们在我家的屋当门开始用棉花柴烤火，有时就温二两酒喝。

多数的冬天，都是他们两个人，但有时二哥病了，父亲会拉上我去帮忙，就是用铁锨挖坑，栽上木头，然后用绳子绑成单杠的样子，让卖猪肉羊肉的人挂肉在上面卖。

那时的冬天是真冷啊，耳朵都冻得有裂口成了冻疮，而大地也满是裂口，那裂口上有白的边，是霜。上冻了，这时水缸也结冻了，早晨人做饭，就先用铁锤或者砖头敲开水缸里的冰。

我一边跟着父亲绑肉架子，一边跺脚，龇着牙，哈着寒气，一面说："恁冷，恁冷！"

卖菜的人拉着地排车和满满的菜来了，这时菏泽城边刘小鬼庄的种菜的也来了，他的棉帽子上都是霜花，用兔毛做的耳护子上也是白的霜，"像小刀子割耳朵！"

也是那时，我喜欢上唱歌，多是可着嗓子号，内心感到土地的压抑，于是对从菏泽城里来的被打成"右派"的马老师的那架手风琴就特别着迷。

当时能到学校跟着马老师唱歌是一种荣光。我们胡同三户人家，在我家前面是叫刘四的人，在阴雨天他就纠集几个人弹扬琴唱歌，多是曹濮平原黄壤深处流行的《大锔缸》的节奏。后来，刘欢为电视剧《水浒传》片头唱的《好汉歌》，那个调就是我少年时代熟悉的调，咳呀伊儿呀咳咳伊儿呀。

但家庭的贫寒彻底击碎了我的音乐梦。在小学时代，每到放学后，马老师就组织十多个孩子练歌，到了某一年的元旦前夕，我们学校接到通知，要到县城去合唱《红星照我去战斗》。

只有唯一的一个要求，每个同学不能穿农村肥大臃肿的家织布的棉裤，而必须穿毛裤，这样站在台上才更有精神。

当时的我立志要做一个歌唱家，四处追着电影《闪闪的红星》看，在幕布下，张着嘴跟着唱。我就是声音洪亮可着嗓子吼，我觉得声音洪亮就是我成功的第一步。我也弄了一根笛子，笛膜不好弄，就到沙河（也就是木镇的泥之河）把苇子的内瓤的薄膜当作笛膜，吹不大会儿，苇膜就透。一次回家的路上，一条狗嗷嗷着扑来，我就用笛子当作棒子，不用说，笛子的一段被打得开裂，狗尖叫着遁去。我用姐姐的头绳缠住笛子的一段，吹起来声音有点怪怪的。

家里人看着我这么热爱唱歌，其实是不大高兴。在什集，唱戏的是不入流的，是属于下三烂下九流的，但我不管不顾。我知道，我们乡间有练习吹唢呐的，白天是在红薯窖里吹，怕外面的人嫌吵闹，夜里是对着星星吹，但他三年走出红薯窖，在娶亲时或是丧礼上吹唢呐，一村的人都惊呆了。娶亲时吹《抬花轿》，那抬花轿的人就像身上有虱子，浑身上下地拽起来；而丧礼上吹《起灵》，那孝子的脚步像踩了棉花垛，无力而轻飘，欲跌欲倒。

当我把去县城会演需要穿毛裤的事说给家里人时，一家人无言了。当时我们什集农民的孩子没有一个有毛裤的，只有供销社和粮所职工的子女才有毛裤。

我也无言，在夜里，我把笛子扔到了井里，对着井大吼三声，从此绝了当歌唱家的念头。

因为贫穷，多少孩子的梦被扼杀了；因为人为的农业和非农业之分，因为这背后的资源，然后就是这相差的一条毛裤，梦被扼杀了。

当时是父亲人生最背的时候，他原是非农业的供销社的一个职工，却被劝说回家，说国家困难，等形势好了再回来。但父亲再也没有回去的机会了，他承受了，他接受了，他本身是农民，又回到农民。这个最早把自己的木轮车子和做面饭的一切无私拿出的人，这个为了配合政策和地主转房，最后却没有自己居所的人，这个在“文革”中被人在集会时拉出来唱《东方红》，却只会从“呼儿嗨吆”开始唱的人，被人起了绰号“呼儿”——这是我童年听到的最刺耳的绰号——任谁都可以侮辱他，喊他“呼儿”。这是一个卑贱到底的位置。我小时候，最羡慕非农业人口，我们叫吃国粮的，即使不吃国粮，能和国家沾上边弄个临时工合同工，也能凭粮票吃上馒头。

当时农民一年四季吃地瓜面窝窝，像吃牛皮筋一样，再加上窝窝和辣椒一起吃，当时农村得胃病的特别多。每到春天的夜里，除掉猫的叫春，都是人们反胃的咯咯声。

一年到头只有正月初一上午能吃上馒头，其余都是地瓜面做的窝窝与糊涂（粥）、疙瘩汤、面条，母亲有时就把地瓜面给我做成麻嘎子（喜鹊）状，但我总是吃不下去。

每当看到供销社或者粮所的学生拿着馒头吃，心里的口水总抵挡不住那麦面的勾引，总想上去说，我吃两口行不？但看着那些高傲的喉咙，年幼的自尊还是压抑下那念头。当时就想，他娘的，不就是你们吃国粮么？老子以后也要吃国粮，娶媳妇还必须是烫发的。

一次课外活动，我从低我一年的班级经过，发现察名山正坐在课桌上吃馒头，他的腿搭在桌子腿上。是秋天，他的鼻子下挂着很长的鼻涕，一伸一缩的，他也顾不得擦，两眼看着窗户，腿一下一下地荡着，悠闲而满足。当时我感到整个教室都是那馒头的香气。我的脚自然地停住了，那腿也好像被馒头的香味绊着了，再也无法挪动。

察名山的父亲是拖拉机站的一个汽车司机，是公社的合同工，也是可以有馒头吃的。他父亲一出车，就把饭票给了名山，于是上学的时候，就可看到他坐在课桌上荡着腿吃馒头。当时阳光照过来，馒头成了金色的，连名山的鼻涕也好似是金色的。

在我不自觉伸头看时，名山喊我："给你一个馒头，你让我看你的画书。"

如果没有要我的画书换，我可能也会心口不一地说，我不饿！

但我接过了馒头，因为他渴望得到我的画书看。

以后，每到有空的时候，我就拿着画书找名山，他也会拿着馒头找我。

二十多年后，我在一所大学做了中文系主任，名山找到我，他接了他父亲的班，开汽车跑运输。我把他领到一家饭馆，说："你想吃什么就点什么，想喝什么酒就喝什么酒。"

那天，我喝多了。我对名山说："感谢你的馒头。"

二

我从叫什集的地方走出，却走不出"木镇"。

什集是肉体的多一点，木镇是灵魂的多一点。对什集的痛感多来自那种家乡的破败，人伦的沉陷，人性的幽暗；而对于一些看不见的怀恋，我将其放到了木镇，比如那种风声，那种芦苇花飞的激动。

在外地，常会无端想到——夜里，窗外有风，父亲常在风里早起，那时风吹动窗棂上的纸，噗噗响。父亲走出篱笆门拿着扫帚，把落叶和枯枝弄到一起，然后背到灶下。到了晚间，灶头的火照红了母亲，而墙上筷笼子里的筷子，也成了红的，一根根如铅笔。在灶下，母亲用火的灰烬埋下一块红薯，到了夜半，在惺忪的梦里，我接到烤得焦焦的红薯，觉得乡村的柴草和炭火烤出的红薯，那才叫烤红薯——这不是手艺，是乡下母亲们天生的绝技，这里面有母亲的体温，有父亲收拢的枯枝落叶，更有大风把漫天的星星吹落后，父亲走在风里的踉跄。

确实是狭小局促的木镇，每当夜里风起之时，我总有一种担心，怕那像草绳一样的羊肠小路，那上面无尽的落叶，不会把路淹没吧？或者路也会被风吹断，一截被风吹到另一个村子？

我是从什集那片地方提着一支笔走出的。自小，我有买画书和买书的嗜好，我隐隐觉得只有书，才可给我走出黄壤深处的可能。我有好长时间，把《约翰·克利斯朵夫》放在枕边，我知道外面还有更辽远的所在。

当时村子里也流行几本书，比如《烈火金刚》《大八义》《小八义》《三侠剑》《三侠五义》。农民喜欢听坠子书，也是公案故事。麦天，唱书的在村头一唱就是一个月，这是乡村的文化生活。

在初中的时候，我有一个同学在公社院子里住，他父亲是干部，我在那里看到了冯梦龙的“三言”，当时感到这样的文字好像离真的文学有点远，乡村多的是好奇猎奇。

而外国作家对这片土地的描写无疑是阳春白雪，离得很遥远。但有一天，我知道了《约翰·克利斯朵夫》。

江声浩荡，自屋后上升。

初中时第一次读到《约翰·克利斯朵夫》的第一句话时，我被震撼住了。这声音，到现在还在回响，还在笼罩，成为一种暗物质在我的骨髓里生长。这是一种向上的力，奔涌如血液，从脚趾到发际直达头顶。

对一个平原深处的孩子来说，虽然离黄河才三十里，但初中以前一直没有机会亲临，何况听到大江的涛声。但那刻，它就在我心中奔腾起来。

那是三十多年前发生在故乡的事。1980年的春天，我正读初中二年级。一天我在镇上供销社的玻璃柜台看到一套四册的《约翰·克利斯朵夫》。

我怯怯地让女售货员拿出来，翻开书页，第一眼，“江声浩荡，自屋后上升”破空而来，一下击穿了我。作为一个乡间的孩子，一个在快板书和民间故事中成长的人，我知道外面还有一种有别于我们组合习惯的文字，还有一种有别于我们生活的别样的人生。

那时农村僻陋偏远，是没有多少闲书可言的。父亲不识字，母亲不识字，哥哥有一本绣像本的《三国演义》，被我快要吃下去了。那种精神的饥渴，在物资匮乏的年代更加让人窒息。

那天在课堂里老师讲的什么我一点都没听进去，晚上在家也只是草草吃点东西。母亲问我：“冻着了？凉着汗了？”

细心的母亲看出我的不对劲，我的倦怠，以为是由于春天忽冷忽热而感冒了。接着母亲又问：“和人怄气了？被谁欺负了？”

我摇摇头，就躺下睡了。当时家境贫寒，我和父母还在一个床上睡觉，床的下面，拴着的是一群羊，而屋子的梁上则是宿窝的鸡。

我想到“江声浩荡，自屋后上升”，但只是想象那大江的模样。

我知道父母的不易。父亲靠在集市上半夜起来扫街，半劳作半乞讨地和来赶集的人一次要上二分钱补贴家用，有时还要遭到斥骂和白眼。

五天一个集，每次下集，我就看见父亲在家里一分一分地点钱，然后交给母亲。那时哥哥刚结婚，姐姐也要出嫁，家里有时就断盐。

一次母亲上集，被小偷偷去了五块钱，我看到母亲从集市上哭泣着回来了。当时中午我刚放学，同学说：“你娘哭了，在街上走呢。”

我悄悄地跟着母亲，看她从集市上哭着走过，那泪从她的眼里流到嘴角，流到脖子里，流到衣襟上，母亲用手去擦，眼泪又流到了她的手上。我怯怯地抓住母亲的手，母亲的泪也在我的手背上流。我也哭了，我们母子哭着从集市到供销社、到水煎包铺与鸡蛋市。人们不知道我们为什么哭，很多人窃窃私语：“这娘儿俩，哭得像泪人似的。”

后来，我想起“江声浩荡，自屋后上升”这样的句式可以用来形容我们贫寒的母子——“哭声浩荡，在母子脸颊上升。”

黎明，屋梁上的鸡开始鸣叫，母亲早早唤我上学，问我身体好点没有。

我没言语，在学校晨读的课堂上，我扯破喉咙喊：“江声浩荡，自我家屋后上升——江声浩荡，自我家屋后上升——”

放学吃晚饭，在端碗的空隙，我同母亲说：“老师要我交学费，两块钱！”

母亲没问，从衣裳的口袋里，在手巾包裹的里三层外三层的中间，找出一块五，然后又去邻居家借了五毛。

我到供销社的玻璃柜台，买下了《约翰·克利斯朵夫》。这是我骗母亲的唯一一次。三十年来，我一直压在心底，母亲去世多年了。我想到我们娘儿俩哭泣着走过的路：哭声浩荡，在母子脸颊上升！

我后来走向写作，确实要感谢母亲还有父亲，他们给我的恩情，或许就是不知如何指导孩子读书的重要。在书里我得到乐趣，并且有时拿着一本新的画书在村里四处炫耀。

其实，我在父亲那里继承的是喝酒。某一年在北京曾因喝酒胃出血被抢救，当时曾写诗记事，诗前有文字：

> 某所好无多，不抽烟不打牌，唯好饮酒及读书。酒不求粗细，书不求甚解，只求快意。曾把宁伤身体不伤感情作为口头禅，酒品即人品，多年来，把煮书下酒作为境界，不效魏晋时人读汉书痛饮酒成名士。

2010年7月31日赴京，8月1日痛饮酒，8月2日因胃出血住进北京空军总医院，辗转床榻五日，农历立秋日出院。

曾经豪饮看空盅，
座中顾盼为谁雄？
诗仙斗酒诗百篇，
情重虹吸情似虹；
十八碗后拳碰虎，
呕吐夜半觑流星；
此般景象成追忆，
只写散文摹人生。

胃部出血后，人们告诉我，养胃的最好的东西是老家的粥。确实，即使喝醉了酒，第二天，喝一碗粥，那胃就舒帖。我曾在木镇的文字里写过，那有现实的影子，但诗性的更多。

回家，有一次远远地看到村口的父亲，戴着一顶老式的芦苇编的草帽，那尖尖的模样，就如乡村的屋顶。父亲说，刚割了麦子，有用石磨磨开的麦仁，那是幼年十分盼望而不易得的熬麦仁啊，到了嘴边是植物的清香。还有母亲在草垛里用豆秸捂到长白毛的酱豆，乡村的酱豆是故意让它发酵到长白毛，到时再配上辣萝卜。在麦天，儿子戴着爷爷的草帽，喝了一碗麦仁，接着又喝下一碗。乡下的饭食养人，我那时知道了根系在这片土地，连儿子也莫能除外。

父亲老了，他走过多少乡村，真的不好说，但他触摸过木镇的每个角落，他的脚也踏过这里的每一寸泥土。泥土有记忆，哪片地方父亲踏了一遍，踏了两遍，泥土都保存着。有时在夜里，在城里的夜里，父亲仅有的几次住到城里我的楼房里，我听到父亲的梦话，虽然不清晰，但我知道那是与一辈子厮守的泥土的对话。木镇有多少户人家，有多少房子，有几口井，这些父亲都知道。

乡村远离了我住的城市，但故乡却潜伏在我血液的深处，骨髓的深处。有一天，一位诗人朋友说，你头上隐隐地有东西。我说，那是故乡的屋顶。朋友说，你眼里的东西呢，还没到生白内障的年龄呢。我说，那是木镇的屋檐。

那夜，朋友醉了，为自己没有一处眼里的屋檐，故乡的屋檐！

其实木镇的屋檐，就是避免我们精神淋雨的屋檐。我曾在什集破旧的屋檐下见过父亲，在父亲去世的前一年的冬天，快临近黄昏的时候，我无端地焦躁，就坐公共汽车回到二十公里外的什集。当踏向夜晚的家的时候，屋檐下站着的父亲，我几乎将他看成是竖着的一捆棒子秸秆。待那秸秆有声音了，问我咋这时回来了。

我才知道，这如庄稼一样的农民，在风里霜里，雷里电里，劳作失望，醉酒，最后是越来越和庄稼的面目贴近。

还是狭小的院子，红砖土墙的灶屋有白色的炊烟，人与槐树一样孤独，我跟着父亲走进屋里。我对这低矮的屋檐有一种信赖，在我精神委顿归家的时候，它给我坚实的依靠。我知道只有这里的狗才不对我发狠、不咬我，别的楼房华屋，我踏进去是要看脸色的，这什集的屋檐和房门，我可以随时进入，即使不咳嗽一声就可以躺下睡，起来吃。

没有脸色的屋檐，是什集的屋檐。

三

十九岁之前，我一直就在什集这个山东西南部贫穷卑微的乡村生活，我的小学初中高中，一直是在以我家为圆心，以我的脚步一千到一千五百步为半径画圆读书。小学初中在镇子北头的寺庙的遗址上，高中在镇子南面的田野里。那是一个叫什集的小镇，先是公社所在地，后来是乡政府镇政府所在地，属于鄄城县，就是曹植从洛阳回来写《洛神赋》的鄄城。初中升高中的时候，曾报考地区和县城所在的高中，皆因为数学成绩的瘸腿而败北，到镇子外求学的愿望就一次次落空，也就一次次在夜间仰望星空，面对浩瀚，心情一直压抑。我在自己居室的墙壁上，用毛笔刷下“闻鸡起舞”来砥砺自己。无论春天秋天，我都是从田野里穿行，不走高中的大门，直接翻墙进入学校，即使是在冬季，天将甫明，戴着棉帽，穿着肥臃的棉袄、棉裤上学，我也是从墙头翻过。那时的冬天，好像格外像冬天，冷得凛冽肃然。于教室的一角，是夏秋割来的青草，堆拥在那里，散发着炽烈的太阳炙烤后尚未散去的煳味，直透鼻翼的清香。

如果是有雪的冬季，从教室里跑出，脚踏干爽“喳喳”作响的雪，兴奋地呼唤着：欲渡黄河冰塞川，将行太行雪满山。

回到家里，就在墨水瓶改造的煤油灯下开始读课外书，当时读的是《世界文学》《收获》。当时的高中，有两间图书室，图书管理员是一位女老师，恰巧是我同桌的亲戚，我就能多借几本书。在《世界文学》上，我第一次读到了博尔赫斯的作品，记得是一篇叫《玫瑰色街角的汉子》的短篇小说，感到非常新奇。

我家距离鄄城县城十七点五公里，这地面上有一处拖拉机站，站里有几辆洛阳产的东方红牌拖拉机和两辆破旧的解放牌汽车，就是察名山父亲开汽车的拖拉机站，而拖拉机汽车所用的汽油柴油却是在县城才有储存，可能是因为动用机车到县城拉成本高，于是拖拉机站的汽油柴油就由我家用地排车从县城拉回。地排车上装四个铁桶，每个桶装满油是二百公斤。从我上小学开始，在夏季或者冬季，我就和姐姐到县城拉汽油柴油。

常是鸡叫的时候，拿着窝头和一瓷葫芦水，姐姐拉着我和空的铁桶到县城，在油站刚上班的时候，我们就到了，然后装油，然后吃窝窝头等待。

在装油的时候，我就一路跑着到位于县城北大街的新华书店买书。油站离书店五里，我必须在一个小时内来回，于是到了书店就匆匆买了书，然后折回。《飘》《欧也妮·葛朗台》《芦青河告诉我》《月迹》都是在初中高中时买的，但是书买回来了，却错过了吃窝窝头。于是，姐姐架着车辕，我在边上套上绳子拉偏套，有时就低头吃窝窝头，在喘息的时候，就拿出新买的书看，也就忘记了劳顿。

现在能在书房读书了，但我还会想到少年时拉着地排车到书店买书回来的那种兴奋，虽然好像已遥远得有点不真实，这是一种怀念？抑或是一种失落？那样的心境竟不再出现于生活中，随着成年与人生的历练与缺憾，我觉出这徒步买书的可贵。

其实在乡下，是书开启了我求知的闸门，由于眼界和贫困，读的书多有偏差。在开始写作时，模仿的诗歌都是甜腻的形式，自己一下笔就是油滑浮薄。在1984年秋天，我高中毕业，准备到一所师专报到的时候，一天，在新华书店发现了一本刊物——《文学家》的创刊号，上面有昌耀的组诗，那次我读到了他的《高车》：

> 是什么在天地河汉之间鼓动如翼手？……
>
> 是高车。是青海的高车。我看重它们。但我之难忘情于它们，更在于它们本是英雄。而英雄是不可被遗忘的。
>
> 从地平线渐次隆起者
> 是青海的高车。
> 从北斗星宫之侧悄然轧过者
> 是青海的高车。
> 而从岁月间摇撼着远去者
> 仍还是青海的高车呀。
> 高车的青海于我是威武的巨人
> 青海的高车于我是巨人之轶诗。

这是一个巨人的诗行。周涛曾称王昌耀为“王昌龄的弟弟”。那时我知道以前接触的诗，是算不上诗的，我从昌耀这里知道了何谓诗，诗又是何为。从昌耀，我开得了新面，后来昌耀先生死去，我曾著文《老昌耀》哀悼。此文于《散文》（海外版）刊出，算是馨香一瓣，献于死者的灵前，那是对文学的招魂吗？抑或是对身边的文学招魂？我的墨水的脐带真的接通汨罗江？从这点我是感激书店的，在那个时候，在那个地点，让我认识了诗歌，也认识了自己的局限。

在读高中的时候，我曾借过一本《日本短篇小说选》，是中国青年出版社出版的。当时是冬天，我抄写了上面一篇三浦哲郎的小说《忍川》（同名电影是日本电影演员栗原小卷的成名作），写的是年轻人情感的纯洁，是一个卑微的来自乡间的大学生“我”与一个同样卑微的菜馆的招待志乃的故事。那种气味，那种故事，那种格调，深深地吸引了我。我也是一个屈辱的存在，我坐在一个阴冷的屋子里，一连抄写了三个晚上。当最末的一天，天竟下起了雪，我有点喜极而泣，泪流满面，情感的共振何计东西、南海北海，何计肤色民族，绝对不可以“萧条异代”来说。

我是来自农村的，我知道底层的纯朴和哀痛。小说最后“我”带着志乃回到也是农村的老家完婚，走向神圣的婚礼时的场面，是留存我记忆和影响我文学记忆最深刻的事件。当时我还未婚，没有女性朋友，只是在文学里转移自己的情感与注意力，寻找拯救的力量，但我记得小说里的话：“我们虽然寒微，但是要坚强地、精神饱满地生活下去，这就是我们的信念。”也许是这信念，也许是文学给我以疗救。当时像所有的农民的儿子一样，灾苦多难的生活培养了我一种孤傲、腼腆羞涩而又时时感到委屈的心灵。那时学校里的女生稀少，而最怕的就是与女同学对话，是结巴和嗫嚅，是脸红得如红布。一个底层的农民的儿子，孤傲的背后也渴望一种自由的表达。像卢梭，躺在高贵的华伦夫人怀里，有母亲和情人的关怀的爱情，幻想如《红与黑》的于连一样爱上德瑞那夫人，获得有身份女性的青睐，通过爱来弥补身份的差异，纤弱，苍白，想法是如此的可笑。于是想到《忍川》，想到雪夜的“我”与志乃，那最后的描写，简直是黄金打制的，饱满光辉，有磁力。我曾和我的极为少数的朋友讲述过这个细节，衡量文学钻石的分量是要看它的恒久的悸动与感慨，这是金子与铜的分别：

> 雪乡的夜晚如同在大地深处一样宁静。就在这样的宁静中，传来了清脆的铃响声。铃声慢慢由远而近了。
>
> “这是什么钟声？”志乃问道。
>
> “马橇上的铃。”我回答说。
>
> “马橇？马橇是什么？”

“就是马拉的雪橇。大概是有些农民到镇上喝多了烧酒，这时候才回村去的吧。”

“我想看看呢。”志乃说。

两个人用一件棉袍裹起赤裸的身子，钻出了房间。把廊子里的防雨板拉开一道细缝，剑一般凉飕飕的月光，几乎是白乎乎地照射在志乃裸露着的身上。在像白昼一样明亮的雪路上，马橇拖着阴影，叮叮当当地过去了。马橇上面，驾车的人裹着毛毯，抱着双肘熟睡了。那马是自己在归路上疾驰的吧，马蹄铁在月光下闪闪跃动。正看得入迷，志乃微微发抖了。

“好啦，该睡了。明天还得坐火车哪，睡一会儿吧。”

“嗯，在还听得见那铃声的时候就入睡吧。”

一钻进被窝，志乃就把她那冻凉了的身子挨到我的胸前，把咔嗒咔嗒打战的牙齿轻轻地贴到了我肩上。

铃声远去。骤然间听不见了，只觉得余音缭绕。

“还听得见吗？”

志乃没有吱声。我把自己的嘴唇贴在她的嘴唇上。志乃却已酣然入眠了。

这个细节，我曾在散文《风雪黄昏》里有过追忆，那是一篇发表在2004年夏季《文艺报》上的散文，寄寓了我对抄书的怀念。在我抄写《忍川》完毕的时候，老家也下起了漫天的大雪，如鹅羽的雪，后来我在电影《日瓦戈医生》里看到雪夜的西伯利亚的森林小屋里，日瓦戈在写诗，烛光摇曳，外面是狼的长嗥。多么相似！还犹如《三套车》的场面：冰雪覆盖着伏尔加河，冰河上跑着三套车，有人在唱着忧郁的歌，唱歌的是那赶车的人。

也许这小说和我当时的心境有关，我愈来愈信，你接触某个文章也是讲究机缘的，这机缘可以是天气心情，也可能是年龄，但那年的冬天，是文学和《忍川》这小说温暖了我，给我精神的滋养，给我以后文字的节奏。我知道了人类发展的元素：爱、尊严、自由与平等。

我知道，人应该有两个故乡：精神的与现实的。现实的故乡是一个地址空间；另一个故乡收留我看不见的精神和感情元素多一点，什集和木镇，也许对我就是如此吧。

味之外，胃之外

一

食色，性也。吃是人权的第一要义。但是出生在乡村的人都有一段苦涩的记忆，我的朋友庆盈写过自己偷吃的经历，那是他五六岁的时候。那时黄瓜对于贫穷的乡间孩子来说，十分稀罕。除非家里来了重要客人，平常在农家，黄瓜是难得一见的。那一年，他家里种了一架黄瓜，就几十棵。从黄瓜秧爬架开始，庆盈几乎天天都到菜地里去瞅瞙。有一根黄瓜很早就出类拔萃地冒出了，它头上顶着鲜艳的黄花，身上披着嫩嫩的刺，浑身上下是一层油润润的绿，每次瞥到，那招摇的黄瓜，仿佛都在诱惑着他流出口水。终于有一天忍不住，他便对只有一拃多长显然还没有长够个的黄瓜下了手，当时没敢把整根黄瓜都摘下来，而是只掰下了黄瓜的下半截，还傻傻地幻想这根黄瓜能够继续再长大呢。过了几天，家里来了客人，母亲去菜地里摘那根黄瓜时，看到烂掉在瓜秧上的那半根黄瓜。

“1942 年冬至 1944 年春，因为一场旱灾，我的故乡河南发生了吃的问题。”这是电影《一九四二》的开头。

1942 年，太平洋战争进入第二年，中国抗日战争处于战略相持阶段。与此同时，河南发生了灾荒，千万民众背井离乡、流离失所。《一九四二》分两条线索展开：一条是逃荒路上的民众，表现他们的挣扎和痛苦、希望和愤怒；另一条是国民党政府，表现他们的无奈、冷漠和腐败。

电影里的每一个人都是被动和绝望的：财主张国立扮演的范殿元出门的时候

还有马车、粮食细软、一家几口，到潼关的时候，就只剩下他一个人了；官员们也是绝望的，河南省的省长李培基去找蒋介石反映灾情，还没开口，发现蒋介石面对的每一件事都比自己的严重得多。在天灾人祸面前，没有英雄，只有对命运的默默承受。

对于现在衣食无忧的观众们来说，可能很难体会电影中反映的饥饿：吃草根树皮；为了几两小米，就可以卖儿卖女；刚生完孩子的儿媳妇，五天粒米未进，刚闭上眼睛，婆婆趁媳妇的身体还没有凉，要给孙子喂奶；徐帆扮演的佃户的妻子，因为几块饼干就愿意出卖自己的肉体；亲人饿死了，也没有力气去悲伤，只能恨恨地说一句："早死早超生，再托生别托生在这个地方。"有一句老话，"人为财死，鸟为食亡"，在极度饥饿的情况下，人就只剩下动物性了。

在拍这部电影时，张国立瘦了二十四斤，徐帆瘦了十斤，连在片中扮演厨子的范伟都瘦了六斤。张国立的体会是："人的尊严是从肚皮开始的。"徐帆说，靠演是演不出灾民的那种状态的，没有吃的以致精神恍惚的那种状态真的是靠饿出来的。

张涵予在片中扮演一个乡村牧师，他游走于乡村之间，告诉大家："当你有灾难的时候，主都会在你身边。"但是在逃荒的途中，他的信念破灭了，他亲眼看着一个小姑娘被炮弹击中，鲜血汩汩地往外涌，当他请求上帝的帮助时，天上掉下来的是日本人的炸弹。于是他跑到蒂姆·罗宾斯扮演的梅甘神父面前，问："这里发生的一切主知道吗？"梅甘神父说，这一切都是魔鬼干的。张涵予问："上帝为什么总干不过魔鬼呢？那信他干吗呀？！"

当时那场饥荒也蔓延到与河南一河之隔的山东，黄河的这边是山东菏泽的鄄城、郓城、曹县，黄河的那边是河南省的几个县：滑县、清丰、南乐、长垣。鲁西南的人称 1942 年曰：河西歉年。而一些女人，在鲁西平原落户的河南女人，称谓则是河西娘儿们或西北溜子。即便现在我写这篇文字之时，我的家乡尚有许多蝗灾那年过来的女人，她们不是吃鲁西的井水和河水长大的，她们的口音对本地人来说有点陌生有点硬涩，但这并未妨碍她们把血汗和泪水抛在这儿，在此生儿育女。我的一位堂嫂蝗灾那年落地仅八个月，就被父亲用紫花包袱裹住，抛在马村集的一个街角上，包袱上面放了一个沾满芝麻的烧饼。

马村，只是一个谦卑的对历史没有丝毫影响的村子，距我的老家什集只有六里路，它蹲踞于偏僻的平原深处，任何年代它都是沉默无闻，以土地、道路、谷子、炊烟拥护人们供养人们，让人们生存。多年前的一个黄昏有一位手摇串铃的游方郎中，住进了马村的一个车马店铺里，洗脚、吃饼，和店主说酷吏毓贤的"站笼"：每天囚犯的尸体从笼中拖出，久之，囚犯脖颈上的油垢在笼上竟有寸余。后来这一情节被写进了小说《老残游记》，铁云刘鹗写过的鲁西村落饱经风霜，现存的也仅是马村集与董家口，它们还仅仅是一个村落，它们和平原所有农村大同小异的村落，都同样拥有土地，同样拥有泥泞，同样沐栉过 1942 年的阳光与蝗灾。

关于蝗虫隐积的故事，已经遮蔽了许多年，它是我的父亲在暮年黄昏无意披露出来的，既骇人又真实淋漓，而今父亲已去世，躺在老家的土下，无词无言。我只想把这事记录在案，不增溢不改削。

需要说明的是，我父亲已经辞世，活了七十一岁，他在十四五岁的时候，是在一家肉铺当学徒。父亲说起时脸上满是曲折的辉煌，据我所知，焦记驴肉在鲁西平原的确辉煌，它至少有一百多年的历史。它所烹制涮煮驴肉的方法即便是现在，在菏泽城里还流布着。

父亲说做学徒在 1949 年 10 月 1 日前是滞沉苦重的，从晨到晚，朝朝昏昏，除了洒扫庭院厅堂柜台、剥驴皮、洗涤下货之外，还要给老板和他的娘儿们沏茶、送点心、装烟袋、剪指甲、倒夜壶等等。不得有丝毫懈怠，稍有疏忽，轻者受皮肉之苦，重者卷起被褥辞回归家。

父亲说，那时每天干完琐碎的活计，就去看师傅煎驴肉。

生煎驴肉，我一直想探寻国人对于一饱口腹的残忍心理，虽然我知晓自然人世上有一些生命是要被杀戮烹食的，你不能从任何无辜的血中寻求公正。父亲说，焦记肉铺有一项生烹煎涮炒驴肉，味道鲜美。其法是钉四根木桩于地，以驴足缚于桩上，并不用刀宰割脖颈，而待客人传呼，或后腿或前肩，生割一块，投之沸汤，熟而食之，方下箸时，驴犹哀鸣。

我不想谴责屠夫，只有最凄惨的驴鸣才证明出它活着，正如父亲在暮年的酒里一样，一饮而下的酒精度数同驴的哀鸣没有两样。

父亲开始回忆 1942 年，那一年的蝗虫是从河西蔓延而来，先是有一些与鲁西平原不同的口音的人乘着木船渡过河。当我长大来到城市，坐在阔大的大学图书馆读了许多书，我才明晓，蝗虫出现的上一年，豫北大旱，夏秋绝收，而鲁西平原上却收获了一些，后来蝗虫出现了。

父亲说，蝗虫一刹从河的那岸卷过来。当时是 5 月，麦子半熟，天蓦然一阴，对面不见人影，紧随嗡嗡之声，人们还未醒转过来，房上、树上、桌上、椅上，全是青青无定的蝗虫，沟渠河坡、麦秆上、草庵上也布满了蝗虫。鸡不宿埘，曲蛇从砖罅爬出，许多老鼠蚂蚁也走出来，让人一下子心灵焦躁。

需要补充的是，蝗虫渡河的方式，这在父亲的回忆与叙述之外。几年之前，我曾到黄河的滩区小住，十几里宽阔的河面，在夕阳和我的眼目中混沌流下，黄河带着红色，像是烧起了。我想到了灼热的文森特・凡・高的线条，在凡・高的笔触与眼中，星空是旋转的，麦田是旋转的，甚至乌鸦、农鞋、太阳、马铃薯也是旋转的。我忽然悟到，这里面沉浮着一种呼唤，是灵魂呼唤着灵魂，生命传递着生命，整个黄河燃起来的时候，充斥着、回旋着、奔跃着向前呼唤的时候，一个年过七旬的老艄公向我叙说了1942年的蝗虫。

蝗虫是在早晨齐集在对岸的，如土石如方木砌在那里。青青无定的蝗虫是不能搏击飞越黄河的，它在半空羽翅就累乏了，收拢了，如雨霰霏霏坠在河面上，没有呻唤，没有哀鸣，但日过午时，情形实有改观，大河里浮荡的树叶上枯枝上，渡河人的木船上，都匍匐着层层匝匝的蝗虫，河西的麦子和树叶已在它的攒击咀嚼下消化了，它们听到了鲁西平原深处的呼唤，它们充斥着怒鸣着又拥挤着去寻找新的生路。

我们不能不佩服蝗虫的生命伟大和团结。老船工坐在燃烧的夕阳下向我叙说蝗虫过河时的惊心动魄的一幕：单一的渡河方式失败了，蝗虫们开始自觉地纠合。互相撕咬着尾部，胶结着翅膀像皮球像石磙，只一刹，河的对岸就有了成千上万的生命的皮球与生命的石磙，它们首首尾尾滚下河滩扑进河里，做最后的冲击。这时，黄河仿佛不流了，赤浊的水头缓缓地扬起着，整个一条大川长河此刻全部变成了那片激动的青青无定的颜色。那些生命的球有的刚到中流就解体了，抑或是体积愈来愈小，等到了这岸，圆圆的球变成了一坨馒头或小小的巴掌，涉河到岸的百不存一，一连三日，无数的球体滚滚从对岸到此岸，向有炊烟和庄稼的地方进发。

蝗虫又一次和人类较量，又一次走向了历史的纵深处，史书的一个页码。我想起了法国人都德在《磨坊书简》中描写的那些可怕的蝗虫到来的场面。人们拿着棍棒、叉子、连枷，以及铜锅、圆盆、煨罐，有的吹海螺，有的吹猎号，据说只要掀起一种巨大的响声，强烈地振动空气，就足以赶走蝗虫，阻止它们降落。然而，它们还是来了：

> 在热气蒸腾的天空中，但见一朵云从天际向这边移动，黄澄澄的，密密麻麻的，看去像是一片由冰粒凝成的云。还挟带着狂风咆哮在万木丛中的吼声。这就是蝗虫，它们彼此间互相依傍，凭着它们伸开的干燥的翅膀，成群结队地飞翔，尽管我们大声吼叫，做出种种努力，但这块白云总是继续前进，在地面上洒下一大片阴影。顷刻间，这片云早已飞临我们头顶上了，不过一秒钟，它们的边缘出现了一根线条，一道裂缝。犹如初春时节骤然而来的雨滴，其中若干支已经分散开来，一只只看得很清楚，全是红黄的。紧接着，整块云爆裂开了，一阵由

昆虫组成的冰雹哗啦哗啦地倾盆而下。一望无际的原野布满了蝗虫，
全是粗壮的蝗虫，大到有如指头。

父亲还是在焦记肉铺里，平原上的人面对着铺天盖地的蝗虫束手无策。关帝庙、土地庙、娘娘庙，凡是有神灵泥塑的地方，必有香烛袅绕，村庄里有人在地边燃起篝火，有人在地边掘起大坑，最终屠杀得精疲力竭，杀得愈厉害，蝗虫也愈多。

保长的锣声响在村镇上，不知什么时候，人们盖起了一个只有几块砖的小庙，曰“蚂蚱庙”，供奉起一个和蔼慈眉的老头，称为蚂蚱爷，锣声响过了，人们到蚂蚱庙敬神灵去了。乌鸦鸦的人们用膝盖接触大地，向神灵讨救。

平原里的人们凭着他们丰富的人生经验和智慧，凭着理喻不清的直觉和想当然，他们坚定地信服这和日本人有关，时当1942，平原上还耸有许多日本人的炮楼。可不能小觑了天意，日本人来啦，蝗虫也来啦，平原上的人们又一次陷入了生存的困顿和迷茫。

一连三日，鲁西平原上不见炊烟，一揭锅盖，蝗虫便充满了各家各户的铁锅、炒锅、饭碗、水瓢。

冬储的粮食用尽了，麦子在黄熟的前奏中被蝗虫扫荡殆尽，大批的饥民从河的彼岸向鲁西拥来。在一个冬夜，我曾在父亲的脚边听他说过一件事，在本地人吃东西稍不注意的目光下，饥民会把你手中的食物一抢而去，你追赶他扭打他唾骂他，他一如既往地跑，在逐奔的过程中，他把馍塞进口里，抑或一下一下往上面唾唾液抹鼻涕。

然后站住，把沾着他温度和液体的食物还你，你也无可奈何了。人一旦还原到和动物一样，在感觉里只有一片饥饿，那时他的灵魂里只会投下阴影、仇恨。唯利是图而丧失尊贵和地位，也就没有朴素和自尊而言了。许多年轻的女人留下来了。一篮馍头、一袋谷子和几个铜板就可换回可以生殖的女人，延续烟火，而她的男人或父兄还千恩万谢感激你把她们收留了。

我的堂嫂那时才十个月，被她的父亲抛在了马村集的街面上，从早晨一直到傍晚，有几只狗逡巡她光顾她，最后黄昏里家家掌灯的时候被一户稍有储蓄的人家抱走了。20世纪70年代（相隔三十年）她的几个长兄涉河而来找她寻她，找到了马村集找到了什集，兄长立在檐下，堂嫂死活不认兄长，她说：“你们饿不死，为何独独把我抛弃？”

写到这里，我要接触最是触痛父亲心里的一件事。蝗虫飞走了，但它们留下来的是一种什么样的惨象，没有了一片树叶，没有了一株麦子，树的种类，榆树、

槐树只能从一些光秃秃的枝丫和姿态加以辨认，没有生气，没有麦子飘动，而麦子却是土地的标志和生命。蝗虫去了，父亲仍是随着师傅做活，他一直是对他的师傅奉若神明，然而一天夜里，父亲去汤锅上送柴，杀了驴剥了皮，大块大块的驴肉就放在大锅里，下面架上木柴，煮，最后配料，这是学徒不能知晓的秘方。这个时候，学徒不能走近汤锅，父亲的活就是不停地搬送木柴。父亲说，你很难想象那煮驴的铁锅有多大，两个有生命的驴子可以直直停在里面。

事情就发生在蝗灾过去的那几天夜里，看锅的师傅吃酒醺睡，他把作料一一制好，吩嘱父亲子时放到锅里，子时以前只要文火不要急柴。父亲坐在灶前木墩上，不敢有半点怠懈，锅里的肉味不断地飘出来，使父亲有点意迷神乱。

过了半夜，父亲的眼睑开始沉坠，就站在锅边，迷迷怔怔地把作料一把把掷进沸腾的汤锅，蓦然他像听见火焰中有嘤嘤的女人的低泣，揉揉眼，仄耳细听，只是木柴的咔咔。这时，他看见了两条人的大腿在一团团的水汽里吱吱地响着，确然，有很长时间父亲忘记了困倦。

父亲说，尝过人肉的食客常会无缘无故地干咳，蝗灾过后，人们感觉到焦家驴肉香得格外特别。那时饿毙仆地的河西人在村街上沟路旁比比皆是，有的被土掩了，有的被乌鸦啄去。我总怀疑那两条人腿的真实，然而父亲故去了，我总忆得他床前茫然的目光，一片怆然。

烹食人肉，这一直是中国历史上的长项，史不绝书。《通鉴纪事本末》中曾载：建元八年，“五月，邺中大饥，人相食，故赵时宫人被食略尽”。在历史上，女人特别不幸，仿佛被戮被杀和被吃，都是女人的义务，同一书中载：后汉隐帝乾祐二年五月“长安城中食尽，取妇女、幼稚为军粮，日计数而给之，每犒军，辄屠数百人如羊豕法”。

而一日，我翻检纪昀《阅微草堂笔记》卷八的《如是我闻二》有一记载，不只包孕耻辱血泪，也有一些可歌可泣的愚昧和文化桎梏的可怕了：

> 明季，河北五省皆大饥，直屠人鬻肉，官弗能禁。有客在德州景州间入逆旅午餐，见少妇裸体伏俎上，绷其手足，方汲水洗涤。恐怖战悚之状，不可忍视。客心悯恻，倍价赎之。释其缚，助之著衣，手触其乳。少妇艴然曰：“荷君再生，终身贱役无所悔。然为婢媪则可，为妾媵则必不可。吾惟不肯事二夫，故鬻诸此也。君何遽轻薄耶？”解衣掷地，仍裸体伏俎上，瞑目受屠。屠者恨之，生割其股肉一脔。哀号而已，终无悔意。

历史上此种事件何其之多，罄竹不书，你感慨历史上的饥馑，蝗虫与灾年，你也唏嘘此妇人之刚烈愚氓可风，自《左传》自《国风》自浩浩皇皇的“二十五史”，竹帛的，纸页的，横竖排的蝗虫有多少？旱魃有多少？兵燹有多少？冤魂有多少？脚下的土壤埋藏得太厚太深，很多的东西像蝗虫来了又去了，令人一直无法弄得明晓。离开父亲回忆蝗虫的事已经好些日子，而今父亲故去了，我读到《阅微草堂笔记·如是我闻》才悟，蝗虫不是可悲的，可悲的是历史频频出现的蝗虫一样麇集又像蝗虫一样斗狠撕扯肢腹，大嚼其肉的一些现象，也须我将以一辈子索解其中的谜障了。

二

我父亲是乡间的一个厨子，我们那里叫焗匠，面泡、丸子、凉粉、羊肉汤样样会做。

父亲在做凉粉时，讲究用水，父亲说要用天水，不能用井里的水。每到深夜，父亲就到村后的河里去挑水，那凉粉出来，人们都说筋道。

我的家乡现在有一样“山东名吃”什集烧羊肉，那是选鲁西青山羊，特别是十斤以下的青山羊更是肉中精品。制作时用土井里的水，把肉中的血水泡净，然后，用丁香、豆蔻、花椒等十余种大料配方，消除肉的膻气味。煮羊肉要用铁锅，用木柴猛火煮。待水沸腾后，再用细火慢慢煮至半夜。在平原的深处，凡是集镇，皆有羊肉汤锅，旁边是卖烧饼炉子或者水煎包子，或者大饼或者馒头。

有的人不吃羊肉，专啃羊头，吃羊的脑和眼珠。袁枚所作《随园食单》中关于羊头也有如下记载：“羊头毛要去净；如去不净，用火烧之。洗净切开，煮烂去骨。”《清稗类钞》也有类似描写：“煮羊头，毛去净，切开煮烂去骨，其口内老皮俱去尽……取老肥母鸡汤煮之。”

啃羊头，特别是冬天，那是一种享受。小时候，我常见父亲煮羊头，有时和羊肉一块煮，有时单独煮，将羊头洗净，刷牙、洗眼、掏耳、刷脸皮，放进铁锅煮烂，捞出控汤，冷却后拆头骨、取羊脑、挖眼球，将两脸子、舌头分开。切羊头肉是要手艺的活儿，用宽薄的片刀，斜坡着切，片出的羊脸薄而透亮，洒上作料，入口清香软嫩，味道独特。过去的冬天晚上，乡村里小贩身背荆条圆筐，手提一盏马灯，有的吆喝“卖焦花生”，有的吆喝“热羊头肉来”。

那是冬夜里的美味下酒菜。

现在回老家，最享受的还是几个朋友坐在汤锅前，每人捧上一个热腾腾的羊头，那时好像所有的人间的烦恼都消尽了。啃羊头的次序有讲究，先啃羊腮肉，再啃羊颌骨肉，然后吃羊舌、吃羊眼，最后是吃羊脑，羊头骨预先已用小锤砸过，使劲一掰便能把羊脑掰出来。白嫩嫩的羊脑，没进任何材料味，吃起来更是纯正自然，而且补脑补骨壮阳，所以，啃羊头最主要的还是吃羊脑。

我父亲是1994年初去世的，那正是农历的冬天，当时儿子四岁，我是从北京大学骨干教师班赶回的，那时父亲已经脑溢血躺在病床上，后来，父亲去世了。当父亲去世三周年的时候，儿子开始上小学，能写简单的作文，他有一段文字就是怀念爷爷给他从老家送羊头吃，说是补脑子。当时我收入窘迫，父亲常从老家骑着自行车或者搭乘乡间公共汽车来我所在的学校看我和儿子。

童年规定了味蕾，规定了口味，即使到了外地，那故乡的吃食还是蛊惑你。我曾在一首诗里写道：

我的胃还是故乡的粮仓，储存故乡的芝麻
大豆花生红枣与小米
我的胃是节妇，只为故乡守着

后来，儿子也是一直喜欢吃羊肉喝羊肉汤，当他长大读研究生假期回来，第一件事，就是到小城的街头喝羊肉汤吃大饼，好像人生快事，莫过于此。

其实在春天的时候，我父亲在送老家羊头的时候，也会为我捎来一些用杨叭狗子弄熟的团子。

杨叭狗子，是我们老家的土话，是老白杨在春天开的花，毛茸茸的，有一拃长，如虫子。这种杨花不是词人说的：春色三分，二分尘土，一分流水。细看来，不是杨花，点点是离人泪。杨树是先有杨叭狗子再出叶，一般杨树不栽种在家里，是否古人有白杨多悲风的风俗。在曹濮平原有谚俗，是说家住的位置，前不种桑，后不植柳，院内不见鬼拍手，所谓的鬼拍手是指白杨的叶子，在风中哗啦啦地翻卷如手掌在击。

古人把柳絮称作杨花，垂柳是美的，可杨花却有些轻浮，如感情不专一的女性。想来，“水性杨花”一语，任何女性听了都不会高兴。

春天的时候，清晨起来，村头的杨叭狗子落了一地。有人就把落地的杨花扫起来，浸泡到大盆里，泡上一天一夜，把花絮淘洗干净，再把硬壳儿揪掉。剩下绛红色的花芯儿，用刀剁碎，用面粉或者榆皮面粘成一团，蒸熟了吃，虽有一种苦味，但勉强可以下咽。如果用蒜末调了吃，倒是一种美味，在饥荒的年代，这就是最好的伙食了。《板桥家书》里有“天寒冰冻时暮，穷亲戚朋友到门，先泡一大碗炒米送手中，佐以酱姜一小碟，最是暖老温贫之具”，这样的文字是温暖的，主要是那种悲悯的举止，很让人感怀。郑板桥虽是江苏兴化人，但在曹濮平原里的一个县做过知县，对这里的民风以及吃食应该是了解的。不知兴化是否有这样的杨叭狗子。但看苏北的方言，就如刘邦的老家丰县樊哙的老家沛县也把这杨树的花叫作杨叭狗子。

杨叭狗子有很多的吃法，可腌制起来，到春天，将其放在一个坛子里，然后在坛子里放上姜、花椒、盐，坛子用木塞盖住。这样的紫釉的坛子农村有很多，可以用来腌制红白萝卜、雪里蕻，可以腌制腊肉。曹濮平原多是这样的与自然合一，人和牛羊猪狗的食物链条差不多，到了荒年，和牛羊猪狗争食，后来把这些动物也吃掉。

我父亲有一位朋友，是在我们镇子的北街，他用黍子弄的醋，人要是喝一大口，比酒还烈，也能醉人。有一年，我父亲用坛子腌制春天刚下来的嫩黄瓜，用白糖和醋，加上盐，谁知，醋只放了三汤匙，到了打开的时候，连黄瓜都是酸得倒牙，后来坛子就不再用来腌制黄瓜，改成了腌制雪里蕻和杨叭狗子。

杨叭狗子在乡间本草里，有药用的功能。小时候的冬天，突然肚子痛得厉害，肠痉挛，我趴在床上打滚，家离公社的医院又远，父亲不知从哪淘来的药方子说用干的杨叭狗子拌糖吃，可以治肚子疼，于是父亲就东家西家地找，终于淘来了干杨叭狗子。吃了以后，肚子就不再翻腾。

“文革”期间有个叫《决裂》的电影，其中葛优的老爷子葛存壮扮演的教授在课堂上大讲“马尾巴的功能”，引来阵阵哄笑。而这“马尾巴的功能”也就从此成了一句“今典”，被那时的人们常拿来挂在嘴头。《决裂》是“文革”式的“反智主义”的一个代表作，以为一切与生产实践脱节的知识，都是无用的——学会养猪放牛才是农业大学的要旨，而研究什么“马尾巴的功能”则是极其可笑的。于是，教授不如老农，课堂不如田野……当时，在乡下的中学里，有一北大生物系的老师被发配到曹濮平原，他刚一到乡下正赶上麦收打场，村里的那头叫驴，一边拉着石磙碾压麦穗，一边不忘把自己“家什”亮出来炫耀。在各种乡下的牲口中，驴子是最贱的，干最多的活、挨最多的打、吃最差的料，但是叫驴的那家什却最为雄奇，长可及地，蔚为奇观。那生物老师大概是为这奇物所惑，不明白地问：“大爷，这驴怎么五条腿儿呀？”

也是这位老师，他说话讲课都是说北京话，在农村里，人们感到稀奇，常常坏坏地模拟。有一次他在四面透风透阳光的教室给孩子们讲课，抑扬顿挫，满含深情，他说：每当春暖花开的时候，在曹濮平原的村前村后，那高高的白杨就开一种花……花。他一连几次说到花，最后说出了一句普通话语调的方言，“那就是杨叭狗子”。到了这里，整个教室哄堂大笑。

后来，人们见了这个老师，在背后，就喊他：狗儿！

现在正是春天，我所在的学校的白杨开花了，叶子还未长出来。记得在老家，童年时候，才十一二岁的姐姐，也曾爬树去够杨花。我也曾看别人家把杨叭狗子打下了，在树下拣。青黄不接的时候，乡间的温情还在，乡土的宽厚也在，穷困的人是最易同情穷困的，彼此能照顾的。半晌也能拣一小篮，拿回家就像拿回了粮食和活下去的希望，把它煮一道水，拌上点盐当饭吃。

杨花老了，随风飘落，杨叶才慢慢地长出来。小叶绿生生的，如个个春天的小耳朵，这耳朵嫩时也可做菜，也可掺上红薯面或麦麸子蒸来吃。记得父亲曾告诉我，1958 年曹濮平原搞“大跃进”，锅砸了，连锁鼻子也拿去炼钢去。那年村里的树也被砍光了，连白杨也都被砍了，春天整个平原成了光秃，谁家想拣杨叭狗子煮煮吃也办不到了。

三

生老病死，吃喝拉撒，这是人一生必须面对的。我的老家的人和动物植物一样，都是安静的自然的子民，春天就发青，夏天就铺张，秋天就删繁就简，冬天就肃穆。那里的人天黑了就睡觉，天明了就爬起劳碌。一年十二个月，春暖花开、冬霜雪雨，天冷了，就像动物长了绒穿起了夹袄棉衣；天热了，就换起了单衣单褂，实在热了就把单衣也脱下，露出本色的皮肤。自然就是手势就是指挥棒，连生老病死也都是如此遵守规矩。

生，又怎么样呢？生下来，就养着，能长多大那是看造化。长大就长大，长不大也随他去，不往心里搁。

老了，那就是牙掉了，只能吃豆腐猪血；老了，那即是眼花了，眼花了就不看；老了，那就是耳聋了，耳聋了，听不见屋檐下的麻雀叫，那也听不到媳妇的骂，心里更清；病，也是自然不过的，如庄稼结了疤瘌，出了腻虫，叶子耷拉了，说不定一场雨，那腻虫就死了，病就好了；病不好那就熬，与病和谐相处。

死，那确实是万不得已的事。一个德高望重的人死了，一个胡同哭一个村庄哭十里八乡哭；那也有孬死了的，死了也不算完，还要被骂，这狗日的祸害，终于蹬腿了。人，活着就穿二尺布；人，死了就占木镇镇后面席那样大的一片地。

人，活着就要干活劳作，乡村很少有游手好闲的职业。小的时候曾想学琴书或者说书，能逃避挖河打坝的劳苦，能到公社文化站也不错，可以搜集革命故事，走到哪里都很“光棍儿”。我曾看到一个搜集革命故事的叫李振义的大高个儿，整日骑着自行车，单找那些老头老太太拉呱，无论麦收还是农闲时节，有时好客的村民到了晌午就待客，就端出过节才有的白面给他烙饼，还有红糖水和桑叶做的茶。虽然农村那种带有苦味的茶水，还有满是茶垢的茶碗茶壶让李振义皱着眉头，但等他吃过饭，抹着嘴，推着自行车走出村子的时候，他上车的样子就像孕妇那样笨拙，人们看到都说：这狗日的活不孬，又吃多了，看那熊肚子，像怀孕。

李振义头戴宽边草帽，骑在自行车上，自行车在乡间穿行，他的肩头挎着一个军用挎包，上面印着五角星和“为人民服务”，且军用包的带子上挂的是一个白的搪瓷缸，也是印着五角星和“为人民服务”，那军用包和搪瓷缸随着自行车的颠簸，手掌似的拍打着他的屁股。

小时，我曾跟着他的自行车跑很久，然后自己回来，整个眉头都是汗，一人走在田间小道上，我的鞋吧嗒吧嗒，故意把那些小道上的土弄得尘土飞扬，仿佛是在梦幻里。

那些年的春天，多少人家都是吃地瓜干做的馍，喝的是地瓜干做的稀粥糊涂，所谓的菜就是辣椒，一个冬天是如此，一个春天也都是如此，顿顿如此。吃地瓜多了就爱放屁，有时夜里村庄放露天电影，屁就一个个响。

大家在苦熬，学校里的孩子嘴角起泡，其实能喝上稀粥的也算好人家了，稀粥越来越稀，大家知道憋尿，说尿一泡尿，肚子里的稀粥也跟着出来了。家家都是喝稀粥，早晨一次，晚上一次，除掉孩子上学的人家上午会做地瓜馍，往往没活干的人家，全家人都躺在床上睡觉，大家一动也不动。睡得腰疼，也只是在床上伸懒腰。

大人就盼着春天挖河修河堤，这里离黄河近，出河工，可以吃上玉米面的馒头面条，可以吃辣萝卜辣椒粉条。

挖河就像打仗，一个村子几十辆地排车或者拖拉机排成长龙，满载着椽木、铁锨、草席、被褥，民工们像麻雀攀坐在车上。而十八岁才刚够资格出工的小伙子则欢快，挖河不仅为家里分忧挣工分，而且可以证明自己是成人了，还可以出外见见世面；但对于大人来说就没有这么简单，走的时候总有牵牵挂挂。有一天队里把地排车装好就要开拔，队长看留根磨蹭，有点魂不守舍，系地排车的绳子系得松松垮垮，就破口骂起来：“留根，小子，你的魂丢家里啦不是？”留根不在乎地笑笑。说我有个事忘了给媳妇交代，一会儿就回来。

天到中午啦，留根回到家，见堂屋里没有媳妇，听见灶屋里有和面的声音，还没踏进，就闻见一股奇异的有着地瓜面和女人身体散发的气味。媳妇正一耸一耸地和面，他悄悄地从后面搂着媳妇，手摸着她胸脯上的纽扣一个一个解开了，粗布衫子裂开，媳妇有面的手也没闲着，一下子伸到留根的腰际，摸着细腰带的活扣儿一拉就松开了，宽腰裤子自动掉到脚面。两个人在灶屋的柴草上浑身着了魔似的抽搐起来，扭动起来，留根就结巴着不住地叫起来："媳妇，挖河去，三十天不回来！媳妇……"

等留根觉得后面被谁踹了一下，媳妇一看，队长站在身后，留根一提裤子就翻身起来，队长说："留根，好了，你就是破坏毛主席一定要把黄河的事情办好的坏分子，要批斗你。"

挖河可不是轻活，挖河的民工队如军队一样管理，一个生产队在一起，就像一家人家，在一个锅里刷勺子，在一个窝棚里住，挖同一个河段。上工收工都要吹号。那时挖河筑堤没有任何机械化的工具，挖泥用的铁锨，锨头窄长，一锨泥足有百十斤重；运送河泥有的是用地排车，还有的是肩挑人抬。黄河大堤上，成千上万的窝棚，绵延数十里，高音喇叭里播放着震耳欲聋的革命歌曲。

有时候冬天也挖河，那主要是清理河道的淤泥，为了在上冻前完成清淤，上面天天都要下指标，要求必须限时完成。因此，大家都是顶着星星去上工，披着月亮回窝棚。民工们干活就像一头牛，千斤重的泥车拉起来，低着头向前赶，来来回回不知多少趟，一天也不知跑了多少路程。起早贪黑，渴了就喝凉水，饿了就啃自带的玉米面饼子。一天干下来，身子骨都散了架，坐在河滩上休息一会儿，坐下去了就不想再爬起来。一天河工干下来，累得腰都直不起来，晚上躺在用草打的地铺上，腰疼、背疼、脚疼，左右动弹不得。然而，第二天还得硬着头皮照样上工。

如果是冬季，西北风嗖嗖地刮着，让人就像被刀子割一般难受。那时候，人们身上只穿薄薄的衣服，脚上套双单鞋，总是湿漉漉的带着冰碴子，走起路来，哐当哐当地，脚被鞋磨出血泡来，是常有的事，经风一吹，水再一泡，脚面肿老高。有时为了赶工期，还打起了车轮战，白天干，晚上干，常常两天一夜得不到休息，把人们累得都筋疲力尽，困得不想吃，不想喝，连走路都会打瞌睡。

挖河是十分辛苦的，那种苦的程度，至今老家里的人说起来嘴角都打战。不过挖河也有挖河的好处，那就是能吃饱，偶尔菜上还能飘点油星和肉片，这在当时可以说像过年。规矩是到了地方，认领了工段，大伙忙着搭窝棚砌锅灶，之后的第一顿饭是炸面泡。

挖河的队伍里啥人都有，做饭的是必不可少的，队长说："我知道大家心里最想的是什么。就是吃，吃面泡，但心急吃不了热豆腐。"

夜里十二点了，队伍才安顿好，大家都等着吃河工的第一顿饭，厨师已经在面盆里摔面泡面，锅里的油在冒青烟。

队长说："面泡还得半小时，我给大家炒个腰花。"

大家号起来，"用啥炒？""用你嘴炒！"

队长说："看在大家跟我出来挖河的分儿上，你们想吃什么就给你们炒什么。你们想吃醋熘白菜就吃醋熘白菜，想吃辣子鸡就吃辣子鸡，现在开始了，但有个规矩。"

大家问："啥规矩？"

队长说："我炒菜的时候，不能放屁，一放屁菜就不香了。"

"我们都把腚眼夹紧，不让那里漏气。"

"好，我先给留根炒个辣子鸡。"

"我想吃腰花！"留根说。

"妈的，你还想吃老天爷！今天没买着腰花，集上没卖的，就炒辣子鸡。"

大家说："辣子鸡辣子鸡。"

队长说："首先要抓鸡，看哪只肥，抓住用刀往脖子上一抹，然后把鸡往院子里一扔，让小鸡先扑拉一下，这样肉丝嫩，然后烧开一锅水褪毛。"

留根说："太慢，辣子鸡啥时能熟？"

"别急，我这就剁鸡块，辣子鸡的鸡不能太瘦，瘦了不香，也不能太肥，肥了要腻，剁的鸡块要匀称，如大枣。好，把刀磨好了，案板拿过来，锅里放上棉油，放上姜末、葱花、花椒。"

放肉不？

别慌！

等锅里的油冒黑烟，然后把鸡块倒进去。

然后呢？

然后，嗞地一下，冒出白烟，鸡块一下子沾着热锅就半熟了。然后放上辣椒，要放朝天椒。

最后呢？

最后用锅铲子使劲翻，队长说着，一直吞口水，那时窝棚里一阵喉咙响，一阵口水声。

快出锅了，要先拿筷子尝尝咸淡。

一会儿，队长给留根炒了辣子鸡，然后大家竖起耳朵，一会儿队长给大家把糖醋里脊上来了，然后把红烧肉上来了。

最后大家提议队长，面泡已经炸好了，弄个凉菜。

队长说："那就弄面泡黄瓜。"队长让留根剥蒜捣蒜，让二小买酱油和醋，让满囤刷盘子。

面泡上来了，大家还沉浸在队长的炒菜里，满满一面盆的面炸出来的面泡，如小山堆放在两个秫秸编的筐子里。大家看着队长，队长说吃，只见一双双手，都伸进去，只一刹，两筐子面泡下去一半，人们的嘴里塞着面泡，一个个像患了痄腮，腮帮子鼓鼓的。

啊，真香。

留根说了一句："奶奶的，恁香。"

然后就没有了动静，也不见他的喉咙响，只见白眼珠在放大，队长说："瞎菜烂的家伙，噎着了？"

大家拍拍留根，他一动不动，嘴里塞着面泡，鼓鼓的如痄腮，口水流了一衣裳。就这样，吃面泡的留根头一歪就过去了，再也没有醒来。

河工结束了，队长给上级汇报工伤，要求给留根补助。上级要理由，大家说："香死了，还要啥理由？"

现在饥饿已经远离了我们，但是精神的饥饿却时时向我袭来，我开始了一种追寻和跋涉，离开故土，离开熟悉的乡音和那些熟悉的食物，其实人的胃是有记忆的，在某个地方久了，就养成了一种顽固的吃喝的偏好。

老家山东有句话：千里做官，为了吃穿。如今我到了岭南，最痛苦的是找不到馒头吃。那些超市的馒头，和老家的比起来，我称之为"伪馒头"，只有馒头的形，没有那种母亲蒸出的乡土味，那种口感。小时候常看母亲揉面蒸馒头，在和面盆里用双拳揣揉。小时也常到馒头作坊里看热闹，木头的案板上放置着大面团，两个壮汉骑跨在粗大、光滑的木杠两端，不停地压揉。这种方法做出的馒头，也叫"杠子馒头"。掰开蒸熟的杠子馒头，看到里面是一层一层的，充满小麦原本的味道。

人说，人的嘴和胃是非常刁的，讲究原配，真的是这样么？这令我到底惦记故乡的吃食了。

宰了他，狗日的

有人说这片土地水土硬，多戾气，是使狠拼命的地方，这里的命不值钱，不管是动物生灵花草树木还是人，人常说的都是早死早托生。

骂人时，总是恶狠狠地说：“宰了他，狗日的！”

在黄壤深处，我见过很多的宰牛啊宰羊啊，杀猪杀狗啊，手段都是血淋淋的，那屠夫的心态却是平常得很，像割庄稼刨树一般。

总是一条命啊，母亲常这样说。

我曾读过一首诗，纯白描的手法，写杀狗的过程，一刀一刀，直击现场，“这应该是杀狗的／唯一方式”，破空一句而来，让人心里一凛。其实我们那里杀狗的样式也很多，用绳索把狗吊起来吊死，用木棒把狗击死，将一条狗在开水的锅里烫死，还有偷狗的贼，用馒头泡上药毒死它或者用酒醉死它，最直接的就是以尖刀找准狗的脖颈处，一刀子下去直插心脏。

但诗人把时间地点告诉我们，这是纪实的：

今天早上十点二十五分
在金鼎山农贸市场三单元
靠南的最后一个铺面前的空地上
一条狗依偎在主人的脚边，它抬着头
望着繁忙的交易区，偶尔，伸出
长长的舌头，舔一下主人的裤管
主人也用手抚摸它的头

仿佛在为远行的孩子理顺衣领
可是，这温暖的场景并没有持续多久
主人将它的头揽进怀里
一张长长的刀叶就送进了
它的脖子。它叫着，脖子上
像系上了一条红领巾，迅速地
蹿到了店铺旁的柴堆里……

红领巾，我们是多么熟悉啊！我小时候为能系上一条红领巾，曾经也是那么的虔诚，这条狗也是为了得到一条红领巾，这么驯服，但温情下面有兽性啊，“一张长长的刀叶就送进了 / 它的脖子”。一个“送”字境界全出，但这么看似轻松的一送，温柔的一刀却未让狗“送”命，“它叫着，脖子上像系上了一条红领巾，迅速地 / 蹿到了店铺旁的柴堆里……”

红领巾并没让狗长记性啊，“主人向它招了招手，它又爬了回来 / 继续依偎在主人的脚边，身体 / 有些抖。主人又摸了摸它的头 / 仿佛为受伤的孩子，清洗疤痕”。一而再，再而三，狗在主人的召唤下，甘心受戮，是想主人回心转意么？

但是，这也是一瞬而逝的温情
主人的刀，再一次戳进了它的脖子
力道和位置，与前次毫无区别

“但是”。又是一个要命的转折。刀子再次戳进了狗脖子，狗主人的态度和手法也与前次别无二致。

它叫着，脖子上像插上了
一杆红色小旗子，力不从心地
蹿到了店铺旁的柴堆里
主人向它招了招手，它又爬了回来
如此重复了五次，它才死在
爬向主人的路上。它的血迹
让它体味到了消亡的魔力

奴性和麻木，让狗一次一次走向刀锋，这是愚忠么？“它的血迹，让它体味到了消亡的魔力”。读到这里，心唯有滴血。

十一点二十分，主人开始叫卖
因为等待，许多围观的人
还在谈论着它一次比一次减少
的抖，和它那痉挛的脊背
说它像一个回家奔丧的游子

国人常说：狗不嫌家贫。诗重点是狗竟然不嫌刀锋恶，像一个回家奔丧的游子，是的，这游子是为自己发丧。要命的家不要也罢，狗至死未能悟出。

我们这里家家爱养狗，在集镇上也有卖狗肉的，生意自然没有卖猪肉、牛羊肉的红火。在我童年的时候，在集镇的西街有户人家宰狗营生，家境富裕，竟为我们方圆十里的首户。人们说这人有邪乎的本事，他到各村走动捕狗贩狗，那看家的狗儿嗅到气味，不避远近，常常凑到近前与宰狗人厮磨。待与主人讲了价格，开了钱钞，这屠狗人就从腰中甩出尼龙绳索，绳到狗倒。此人捕狗，见狗故作谦和朴实，便与狗亲近，套近乎，然后袖出绳索，伸腿一扫，狗“噗”的一声卧伏在地，他硬脚准确地践踏狗耳，旋即把狗反背上肩回家。于狗嘶叫声中，用铁钩悬起在家中的一棵苦楝树上，用尖刀从狗的腿部划开口子，然后拳头伸进，在皮肉间嘭嘭捶打，一张皮子就十分完整地被扯下来。

待到晴天，用竹钉把皮钉在土墙上，晾。

几年后，什集方圆数十里村庄夜间常不闻犬吠，而鸡驴都照常不误地嘶嚷，全然不顾。

黄壤平原深处的人嗜狗肉，溯源似可追到汉初将军樊哙，这里离樊哙老家沛县一晌的工夫即到，遂就有了狗肉上席桌桌必不可少之风，否则酒不多饮，茶不多啜，口不多谈，谈多必嘴吐秽言，拳脚相加，宁可无酒，不可无狗，蔚然一方风气。

没有了狗，屠夫骤然感到空落。他常常在家坐喝闷酒，倏然听见一声狗叫，拔腿奔出去，鸡叫猫咬，鼠蹬墙头，远近却不见了狗迹。这种现象折磨得屠狗人白日不能安然吃酒，夜里也似睡非睡，欲睡还醒，于是就无聊得紧。

一日，懒懒地在河边走，蓦地抬头见前边苇丛中有狗作人寐态，狗见他即遁逃，屠人立即扑去，狗的逃路断了，就后腿拱地，前爪越起双爪抚脸，如一洗濯的清洁童子。屠人一步步向狗逼近，以三指频频翻作花样，狗莫解其意连叫数声，吼得河边的芦缨子尽坠肩上，屠人将肩上的芦花拂去，吹吹手，一绳套去，腿疾人到，狗即卧伏在地，屠人哈哈大笑，便挽手将狗掮在肩头，用铁钩倒吊在庭中树下。

屠人将狗腿部划开口子，拳头伸进，再于皮肉间嘭嘭捶打，眼看皮被扯到脑门之上，又连打三次老拳，皮竟然纹丝不动。屠人发狠，双手扯起皮子，回身一挫，皮没挫下，铁钩“当”的一声坠在沙土里。

屠人回望，惊而发呆，见那狗，腿上拉着半截铁钩，头悬一张皮子，浑身血淋淋，一闪一闪，一股脑儿地惶惶而逃。

“哎、哎、哎——”屠人见此狗皮毛黑染，肉头丰满，忽忆歉年时曾养一狗，与它仿佛，屠人想出这定是那狗的儿子或孙子，自己轻声一唤，狗果然听得出主人的声音，竟转过头来，前爪耸起，欲想和屠人厮热。

屠人泪就下来了，于是手痒着就又把它缚好再悬于苦楝树上，眼闭着把皮撕下，用竹钉钉在墙上。

过了多日，屠人忽觉手奇痒，搔搔不已，竟搔出血来，于是血痕处又肿又胖。历三日，屠人便反锁自己于屋中，在墙角掏出一瓦罐的钞票，一边数着一边模拟狗叫，再把钞票从窗棂处撒出。

夜间，数十里村庄上又有犬吠声不绝响于僻地陋巷……这是我童年经历的事，犹如《聊斋志异》。那屠夫后来就死去，人们说杀狗杀多了，狗把屠夫的性命索去。我们这地方的人，强悍归强悍，但信佛的人也多，虽不见拜，但对那些六道轮回总是深信不疑。

我有一年回老家看父母，见过那家杀狗人的儿子，他曾拿一本《金刚经》来找我，因上面有不认识的字，我也是囫囵吞枣地给他敷衍一下，因大多我也不懂，怕得罪了神灵，也就说，听说城里建起了东山禅寺，可以逢初一、十五去上香。我看他口里不停念着，是那么虔诚。

当时我也看一些禅宗的书，主要是把其当成一种生活的方式而不是宗教信仰，但我知道，那屠狗人的儿子的表情，是那么急切，也许是他父亲把他们一家吓着了，他要挣扎出这魔咒一样的轮回和报应？母亲告诉我，屠狗人的儿媳妇跟一个木工跑了，还带着他的三岁的孙子。屠狗人的儿子曾到济南的建筑工地去找媳妇和木工。在林立的脚手架下的板房里，看到了自己三岁的孩子，但那女人已经挺着大肚子，看样子媳妇的肚子里有木工的种，他想领回三岁的孩子，但那孩子死活不回，哭着要跟妈妈。

他就走开，到了商店买了一把杀猪的刀，在建筑工地嚷着“宰了那狗日的”。但夺妻之仇未报，他就被拘留起来。在拘留所，他遇到一个人，那人盘腿坐在拘留所里，面无表情地念《大悲咒》。后来，这屠狗人的儿子从拘留所出来，眼神里好像没有了凶相，在门口，扑通跪在拘留所门口，噔噔噔三个响头，拿着一本《金刚经》走了。

母亲对我说过，拘留所真的有功效，这人现在即使叫他杀一只鸡他也不敢，整天吃素，神神道道的。当时正流行崔健的《一无所有》，不知谁家的卡式录放机里传出那种嘶哑的歌声：

我曾经问个不休你何时跟我走
可你却总是笑我一无所有
我要给你我的追求还有我的自由
可你却总是笑我一无所有
噢……你何时跟我走
噢……你何时跟我走

也是那个时候，一个回族朋友看到城里有人在家的墙壁上挂着牛头或别的兽头，便一再缠着我，说我如果回老家帮他弄一个牛头过来，实在不行，收集几只牛角也好，以装饰人苍黯的梦境与墙壁。在老家，确实能经常碰到各式殊异的牛角，我们那里是鲁西黄牛的最初的繁殖地，那一双双的坚弧的牛角，有的还杵在各种牛的头上，有的则被制成牛角的梳子或是号角挂在这家那家低矮的房檐下，檐外有风，有星有月，却是很少有人吹起……

对牛，我总是怀有一种并非幽邃的偏见，窃疑太初牛之萌生，形体枉为丰隆硕大，进化进化，壮硕的生命竟成了人类俯瞰的一种驯顺的生灵。看到人们喂它以草、饮它以水、赏它以夜晚的睡眠和片刻的反刍，看到人们怠斥它，奴役它，心里总会产生一种悲哀的怜悯。

我想起了盐车之下的哀哀嘶鸣的骏马和诗人太白笔下“马如一匹练，明日过吴门”的句子。那里面绝不是一种对人类争战、杀伐、流血和利用的俯就，它自有一种深层的意义：马不是人的仆役，它是人类的邻居。它在自然里生存，依旧秉持了它原有的本质，与自然浑穆，使你不能随意地轻视它。它的蹄声依然在大地上会叩磕出激越的鼓点；它悲怆苍劲的嘶鸣，那集团军般遽然转移的方队，都使你想到了古战场的肃穆和旷远；它优美温驯却不任人凌辱宰割的精神意象，往往使你一生都咀嚼回味，受用不已。

我是一个极端热爱生命的人，在鲁西平原见到成群成群的牛，总是想到马，想到马给人以勇气，予人以幻想。然而鲁西平原的牛太固执、太优越，它在你没有丝毫准备的情况下，就占领了你的炊烟，你的青草，你的土地。鲁西老家很少有马，天似穹庐，笼盖四野，天苍苍，野茫茫，在鲁西老家度过的那些日子，你面对的是一只只迟钝的牛，便想鲁西无尽的一如壮硕女人胸乳膏腴的土地，那画着呆痴线条的缓坡堤岸，那圆浑的土堆豆垛，配上这古朴的牛，是何等的苍颜冷寂！在夕照里犁铧与牛相互拖拽，那袅袅炊烟中牛犊于母亲乳下的亲昵，都使人感到了这种生活的些许陈旧与那时我想奔突出去的内心的忧郁。

哦，鲁西老家的牛，给人一个迟滞的世界！它平和不争、稳重尔雅，却销蚀你，直到你也像它们一样卧伏于地，弄得你夜间或清晨听到它们缓缓的一声长哞，就感到一种亲昵温情。然而，不期一个梦境却重新塑我一个完整的境界。以至于今天我听到《西班牙斗牛曲》有力回旋，还会在屋子里掷笔不宁，生血如沸，直想步出户外看看，是不是我梦幻中的那样一种牛，而且在静夜，我听不得一种古老的牛角吹出的那种悲怆高亢之音，若是断角，再配上霜雪屋檐之上卧伏着的一钩残月，我更是不能忍受。那声音陡然使我热泪盈眶，高吟太白之诗：仰天大笑出门去，我辈岂是蓬蒿人！悲壮之举，恸如诀别。

生活在鲁西平原，天一黑就要爬上床板睡觉，睡不着时眼前就晃动起许多东西，悠然我像望到一个秋日，天刚甫明，衰草黄苍，霜白如绵，那景象来势之快，可以使人的眼睛一下子产生盲点，太阳红得发黑，一刹，日光的脚爪竟一下子就把平原覆盖。就在这日光红红霜色银银之中，我见到了最壮阔的牛群奔突的场幕。仿佛分散在所有村庄里的公牛一下都聚拢到黎明中了。这些牛在阳光倏然一亮中极不适应，就似有隐隐的沉雷一下子刺进了平原。公牛，尚未阉割过的公牛，从无数的沟坡、村口拥出，像流水奔泻似的在平原的霞色中汇聚了，二三个汇成五六个，五六个汇成七八个，小群聚成大群，大群在奔泻中发展，成为一片哞叫、纷乱而快速移动的红的幕布！它们呼唤着、照应着，像去奔赴任务、衔枚疾走，像去踩断那一道道阳光，阳光纠结着、回旋着，绕缠在牛之锦缎般红的身上。那四蹄仿佛被庄严裹住，不再斜逸，不再旁支，尚未被人改造的牛的睾丸，在阳光下燃烧透亮，像是一支支的重锤在那里嘎嘎碰撞，发出隆隆之音。而这一刹，等我定神审视，牛群已逝，眼前仍是暗夜，黝黑一片。

我久久痴在那里，发呆，发愣。然而我终是看到了，见到了这世上鼓荡着生命伟力的牛的形象，它不再是轭框犁车中的一群，它有着自己的另一面的生命。

持续几日，我都沉浸在这种幻想中，每日早晨起来对视朝阳，见牛还在牛栏里，静静地回味牛粪的味儿，和由它散发的温暖的青草之香，最后父亲起来，用扫帚慰问牛的脊梁，然后牵牛出去……在阳光明媚的时刻，牛毛显得瓦亮，空气中的尘粒浮在上面，一俟微风，你就会见到那尘粒在牛脊梁上微微振荡。

我看不出牛之模样的冷暖悲戚，但那些光滑的毛却给我一种深深的忧伤。那些鞭痕，那些被轭套勒破皮而结的痂，像是一种乡村最沉实的表述。

就有一天，我和父亲起得绝早，把牛套在架子车里，装上棉籽朝榨油房去了。

榨油房在一个河边的林场里，榨床的动力设备是个苏俄式的笨重的柴油机，轮子很大，宛如碾盘，隆隆隆隆，整个河岸都是柴油机的响声与颤动。

油房尚远，牛车宁静，我和父亲坐在车辕前无语。那时我很想让牛抑或牛车弄出一点什么声响，以驱遣平原深处里我与父亲枯坐的寂寞。我知道榨油房的路途还远，而平原的早晨也相当漫长，我们就如缓步在刀法古拙的木刻里：一架孤独的牛车带着自己孤独而抑制的灵魂，在空旷无垠的荒野上低哞而行，远处榆树模糊，太阳像一只神秘的独眼……

父亲似乎并未感到有这么一轴图画，父亲想到了牛，就像我们慢吞吞走进了一个遥远的童话。父亲说："快点儿！"牛说："请稍等！"牛明白父亲说这句话的意思，牛不能让满满的棉籽转化成哗哗喧闹的生活的油层，它只能从轮毂之间干燥的吱吱扭扭里提炼古老的欢乐了。

当时，我和父亲都像感觉到了什么。牛的终极与归宿？我曾固执地以为，牛们没有童年，它们一生下来就是老年壮年，就是轭套和犁杖，当人们不再需要它们的时候，它们就要被宰割了，像麦秸，像豆子，像黄了的玉米，即使以青铜铸它以形象，那也绝不是感恩，它仍是被奴役和呼唤奴役的象征，最后牛们撒手人寰，也以诱人的形象被端上人类的盛宴，让牙齿咀嚼和胃部欣赏，最后一张皮也未被扔掉，而是被制成昂贵的腰带遮蔽所谓主人的私处，或是被做成鞭子，继续召唤制服与它们有一样命运与悲哀的同类。

突然我就去想，假设有一天，大地上的牛不再拉车，不再耕田，大地上的牛不再坚韧，不再劳作，而变得诡诈和机警，那会如何呢？我忆起儿时曾有的那幕，有点感动，然后仍是悲伤。

那是什么时候，是在幼时的记忆里抑或幻梦冥想中？生产队要宰牛了，我端着陶钵去领家里应得的一份。在牛栏里，我见到了那最后的牛，就像玉米那样，就像蔬菜那样，成熟了，瓜熟蒂落了。人们开始用寒光砍伐它，收割它，使它们成为养分继续茁壮人类，而后肥沃泥土。那牛太老了，老得在自己耕过千百遍的泥土上不会迈步了。操刀人趋步向前扳着犄角，牛尾下的队长推搡着它的尖瘦如刀的屁股，把它推倒在屠案上。

杀牛。杀牛。当时我也是和别的孩子一样狂叫着，为了一点肉润滑一下贪婪的带皱褶的胃肠。倒在屠案上的牛倒是清楚了自己最终的结局，它深塌的两眼，就像植物里含有水分那样，潸然流出浊稠的老泪，然而它不甘，它也知道自己在血戮中寻不到公正，它把俯就在屠案上的头颅高高昂起，望着灰蒙深沉的蓝天，哞哞孤鸣。

哞哞的牛声很沉闷，悲壮有力，充盈着死的哀伤。我发现人类在这时胆怯了，屠夫沉滞，孩子屏息，时间一下凝固，人们感觉到了对纷尘凡世的依恋与渴望，而对极乐世界无疑满怀了质疑和绝望。

屠夫的刀终是下去了，血光一闪，那牛又是一声长哞，两只深陷的眼还是瞪着灰蒙深沉的蓝天，泪流汩汩而下。

然而在屠夫简捷熟练撕剥牛皮的时候，那些牛栏里关着的牛们，却突然同声长哞，然后扯断了缰绳，撞拆了牛栏，前呼后拥，疯狂地奔出村庄，它们不再沉默，不再沉重，一下子变得那么发狠有脾气。牛们长哞着，呼喊着，在平原碰撞飞奔，一个村庄的牛撞翻了栅栏，十个村庄的牛撞翻了栅栏。在苍穹之下，无数的牛立在平原的河坡上，扬起脖颈面天长哞，宛如全世界的汽笛在这个时刻为一个逝去的伟人哀悼。

时间过去之后，我常思索着这撼人心魄的场面，冥顽的苍穹之下，确实蕴存着某种神秘的东西。人类，不要忽视最卑微的生命，即使蝼蚁、树叶、残枝，也有着灵光和情致，牛被驯服了，但力量没有被驯服，坚硬的犄角没有被驯服，抑或某个暗夜，挂在墙上的犄角会一跃而起，自鸣自唱。

然而这些牛们在宏唱汽轮机歌声的时候，又折回到屠案边，它们绕着血污的牛皮、犄角，渐而卧下去，像一片褐色的石头，后来这些石头又被移回了牛栏……屋檐下悬挂的马灯无言地望着这一切，马灯的孤独无疑昭示了牛们，夜静更寂会有人来添加食物，赠予睡眠，但睡眠以后呢？轭套、鞭痕仍会俯瞰着牛们，它们会继续上路。

前面就是榨油场。

当我遥望童年与牛的时分，我想，生灵与人类、山川与土壤、河流与树影，若当它的忍耐大大超于它摆脱苦痛所具有的勇毅和果敢之时，它只有被奴役驯化。确实，世上原本有一些生命的生长就是为了被奴役驯化，以致屠杀，你怎样在你战栗与四顾的心中寻得公正？当家家在黄昏的房檐下抛掷菜香的时候，我感到呕吐，我在童年对屠夫和油亮的屠案充满仇恨，我对那些回归牛栏的牛们发出诅咒。

当我以后在佐田雅志和冈林信康两位风靡日本的歌手的歌中听到：

忍啊，这难忍的无缘长坂。
我那咀嚼不尽的
妈妈的微小的人生

我的眼泪哗哗而下，我想到了牛，牛是真实善良的，它们温驯不吃人，它们不会唱歌，它们没有地点发表言论，它们努力地去接近使命，它们卧在那里反复咀嚼着使命。一般说来，牛是十分尊重农人的，农人予它以草和水，农人赶走了欺负它的敌人，农人用栅栏保护它，直到有一天农人和牛都不存在……

我们驾车向榨油房走去——

不知怎么地，当时我坐在车上，冒出的话竟然是：

“宰了他，狗日的！”

死是死的证明

在这平原的深处，人们有时把死看得很重，有时看得又很轻。父亲还在世的时候，就早早地为自己打制了泡桐的棺木，当父亲死后十年母亲死去，当给这吵闹了一辈子的人合葬时，把父亲的坟墓挖开，那泡桐的棺材还是完整如初。

我记得很清楚，当父亲健在的时候，我每次回老家看望父亲，总是看到父亲的白色棺木。棺木停放在鲁西老家东屋的一侧，那是厨房兼放杂物的房子，当初我哥哥就在这所东屋结婚，后来分家另住。当下午的阳光穿过窗棂，照见棺木那光洁舒畅的表面，阳光的照射下，那泡桐的棺木就散发着一种树木的楚楚清香。

当时父亲才六十出头，但他却像要被收割的庄稼一样，为自己准备储藏过冬的地方。每当割麦子的时候，每当收玉米的时候，父亲都是死死地看着那些被撂倒的庄稼，他那时准是想到了自己的归宿。

人都有老的那一天，如庄稼。

但贫穷和悲哀一直没有离开我的家庭，父亲挣扎了一辈子，但还是老了。他储藏的那些酒和揣在怀里的锡制的咂壶，好像再也温暖不了父亲的心。

记得当时母亲说：今年为你父亲打一口棺材，明年再为我打一口。

这一切都是这么淡然，你能想到什么呢？想到了苍穹下的阳光和雨水？黄土默默的积蓄与损耗？想到了在它们之上或之下的人类命运，就像一粒麦子随手弃在地上长大了，长成了一穗麦子，当我们面对它们团结而成的面包的时候，你还会产生某种感恩的心情以怀想它们？

我知道，这时的父亲再也不能庇护你，苍老了，他却有自尊，他不依靠你，耻于用一口棺材来麻烦儿子。这就是父亲，你一直消耗的父亲，但这样的父亲，他使你想到延续、挣扎、血汗和泪水。然而当我面对的父亲不是一个词语，也不是一群词语的时候，我的心里有着不是苍凉不是悲哀不是旷达不是冷静却兼有容之的东西，我想到了沉默后面的那种深刻的冷峻。

我的父亲是个木讷的农民，就像一株普通麦穗，在我回家见他把一车公粮和交提留的麦子送到什集粮站的时候，我首先还是想到普通麦穗子的物象。多年了，我的家和我出去读书时也还没有什么变化，一进门就见着院子里散乱的麦秸窝、地排车和一口压水井，靠近院角的地方，有个粪堆和一棵榆树。

这就是我的家。从我当年走出这个院落直到现在，它仍旧是一如既往，除了土坯墙，还是土坯墙。我的父亲已经垂垂老暮了，毫无再振兴的可能了，而我却在外面漂漂泊泊，是不愿意再回到这地方。其实，走出了，你就无法回来。但“家”这个概念还存在，温暖还在，血气还在，我的父亲和母亲还活着。虽然我每次回家都感觉到他们有点陌生，不再是那么一对东奔西忙的老夫妇了，不知是哪一次我从外归家的时候，发现父亲和母亲的身子已不再壮健，我心里一阵压抑，这就是我童幼时遭到委屈和欺凌的时候，时时拥抱的那样一团给予支持、有骨肉、有血性和光热的力量么？记得在我刚刚放下包裹还未暖热床板就要离去的那次，母亲问我能不能再多耽几日，我没有想到母亲的心境，脱口而出：“外面挺忙。”这惹得母亲非常难过，说我人大了，再也用不着父母了，再也想不到父母了。

我当时正迷恋写作，虽然当成当不成作家我不管，但我要写作，这是我的一个梦，我无法和母亲交谈，谈了她也听不懂。她还是要求我好好过日子，别和媳妇生气，把自己的儿子看好，一辈一辈人，母亲对延嗣后代看得重。我说外面挺忙，是敷衍，但母亲没有愤怒，她一辈子不会愤怒，只有承受，也许在母亲看来，我是中了邪魔，写作能吃么？

过后我悟到了母亲话中的寂寞。在雪季里或是每个普通的黄昏抑或是深秋的夜里，这一对老夫妇想些什么做些什么呢？不知什么时候了，户外没有了秋虫在灶旁在枕簟上唧唧复唧唧，只有风溜到窗下蹲着听一会儿，然后耸起身子用手捅一下窗纸，跑到别户的房屋上，在那茅草顶上吼着叫着。

整个村子都熄灭了。

我知道，这一对老夫妇在深秋的屋里准睡不实觉，这并非人老卧伏的机会就少了，他们肯定是在似睡非睡的假寐，已仄听户外的秋风，渐渐迷离于淡远的往事了。

他们会磨磨叨叨地诉说起儿子么，说他在几十里外一个小城里怎样地生活。小时候，每一次户外秋深的夜风把我惊醒，我总是躲在惊恐里听着父亲的脚步，在满是残霜和牛粪的地上移动着，踏踏地走出村外。离村不远处有一座孤零零的白杨树林，父亲把树林里的叶子扫回家，用作柴烧于秋深无边的寒冷中。父亲的扫帚声使我心碎，那使人心碎的扫帚声最后就凝固成一块铁板那么坚硬，就像那声音来自平原的深处，急急地唤你唤你，催促你，使你容不得半点吝惜。

还是灿然的老老的黄土，还是灿然的老老的黄屋，面对鲁西无尽洒脱的麦天的旷野，背靠至少有三百年历史的村落，母亲把麦子倒进院里架起的一个笸箩里，那时明媚的阳光照射着晶澈明亮的东屋一侧那口充满忧伤的棺材，你不能不感到生命的进程就是这么平静地、不动声色地流逝了。

鲁西南平原，黄土屋。父亲之前的祖辈就这样生活过了。面对着父亲的棺木，我悟出了生命在挣扎的时刻同样也有一种坦然的表现，或许因为，苦难滤尽了所有的奢求，便生出了自然的恬静和淡泊？

母亲连续几日冲洗麦子，然后让父亲交上公粮或到一个远远的打面机坊里去磨成面粉。母亲用湿布擦洗麦子，手在麦粒中间搅动翻起一股隐隐的尘雾，有点呛人口鼻，仿佛使人闻到旷野里的土地散发出微微的温热，直到一颗颗的麦粒被还原成了原生的那种浅褐如土的质朴和忧伤。

浑圆的麦子使人忧伤。

但这种深深的与生俱来的忧伤，这里的农民是无法表述也不屑于表述了。

当我和父亲坐着驴车去打面机坊的时候，我听到了自己咚咚的心跳。我对这架驴车充满了少有的依傍和信赖，这是我少年和童年常常坐的车子，有一种久违的感觉，驴子老了，还在奔波，父亲也老了。

父亲和驴车，这就是这个黎明的时刻唯一可以让我在旷野中感到坚硬的东西了。好些年啦，我没有手握镰刀割过麦子，平原里的事，都是父母日夜躬身的操劳，我却独自在外边吃着自己的“工作饭”。每次归家，我都有楚楚的凄凉充盈在心里，常想该把自己全部榨干像阳光奉献给树木一样奉献给父母双亲，让家里的日子过得暖和些，光彩些。偏是这些年立了别样的目标，总想做成一些更紧要、更崇高的事情，就在这些自慰自欺的前行里，父母都老了，这每一次回家，我不得不面对老家东屋一侧冷冷的棺木了。

在打面机坊，看到麦子一粒粒前赴后继地进入机器，那种场面也许对父亲没有什么感觉，但我却觉得如芸芸众生的慷慨赴死，蓦地想到“一粒麦子不落在地里死了，仍旧是一粒；若是死了，就结出许多子粒来”。

这时的麦子是死抑或是生呢？

在父亲打制棺木七八年后，父亲死去了。我曾把几瓶白酒放进他的棺木。

父亲不识字，他不知道世上还有他儿子所从事的写作，他不知道有所谓的诗歌小说散文等文体和称谓，他不会说话，最终上苍也剥夺了他说话的权利。

我也知道世道的变幻，人将老去。我也知道墓草何苍黄！

世间没有所谓的“龙种”，有的只是野心；世间也没有所谓的成功，有的只是机遇。这些父亲都不具备，他只有默默地承受，他不是勇者，亦非智者，他不是一个人生的表演论者，也非一个人生的目的论者，有时他分不清世间的直道善行与怙恶悛丑，他上当，他受骗，他是一个最忠实的承受者，就像一再表述过的一个意象——土地，农民是土地，所有像父亲一样的农民构成了土地。

土地万有，土地亦无言，土地养活了谷物，土地养活了炊烟，土地养活了我们和历史，土地最低贱，无数的人扭曲了它、塑造了它，但最终塑造它的人都不见了，最后我们活着的一切都不存在了，只有它还存在。

每个人都是要死的，有的人思考过死去了，太多的人来不及思考也死去了。死，对某些人可说是一种苦痛的结束，对另一些人来说，无疑是一场永久的休息。

因为父亲怕火葬，他死后我们就悄悄在冬日的夜间将他埋掉。当他逝去三年，依我们那里的风俗，要招呼亲朋邻居同学故旧参加“过三年”。

那时是要有响器的，要热闹一番。不管人生前是多么委屈，那死后的唢呐、笙箫、锣鼓、鞭炮，还有纸扎的侍女、摇钱树、阁楼，是一样都不能少的。

不管人死的时候，是多么猥琐，我们那里的人出殡时候，那棺材和棺材下的架木，都是实木的，很重，需要十个壮劳力才能抬起。当追魂炮响起，主事的人喊一声：起！

那棺木就应声起来，在人们的瞩目中向着在田野里早已挖好的墓穴抬去，往往半道要换几次抬棺木的壮汉。我不解为何要这样重的棺木和架木，有朋友解释说，这是因为老家的人一辈子太轻飘，人们给这些劳作一生的灵魂配重，让大家记着他曾在这片土地上走过。

小时对我们这里的鲁西南唢呐的吹奏乐十分着迷，因我曾有一阵子喜欢唱歌，每到谁家出殡，我就会站在人群里如痴如醉地听那些演奏的唢呐曲。当然，还有就是娶亲时候，那也吹唢呐，但接新媳妇，吹的是《抬花轿》，要的是高亢是喜庆。一杆唢呐，要的是有阳光那样的冒尖的气势，特别是壮小伙儿吹，带给人的是力量和美。

响器也讲究班子，我们那一带著名的是洼里庄的响器班和旗杆刘的响器班，特别是旗杆刘的响器班，里面吹唢呐的是一个年纪十八九岁的闺女。

在我们那里，人们根深蒂固地把吹响器看作下九流，女性吹响器更是惑人心魄。

一天，我们村里有两个老人死去，恰巧都是同一天出殡，一个下帖找洼里庄的响器班，一个下帖找旗杆刘的响器班，那天真是有好戏看。

死老太的那家灵棚外，摆了八仙桌，上面好烟好酒，八个盘子八个碗，还有果碟。

死老头的那家灵棚外，也是八仙桌子，上面好烟好酒，八个盘子八个碗，有果碟，并且还用纸封了五百块钱。不用说，除掉下帖时候给的五百块，你要是出力，吹得好，那这五百就是面子钱，是赏钱。

于是那天，死老太的那家先吹的是《秦雪梅吊孝哭灵》。霎时间，哀哀婉婉，人的心像堵到嗓子眼，天是昏的，地是暗的，那唢呐模拟的秦雪梅就像跪在大家的面前，身穿孝服，楚楚可怜。虽然秦雪梅吊孝，祭奠的是商公子，主家今天出殡的是老婆婆，但大家要的是那气氛，那种悲悲切切，那种揪住人的哀痛。

最神的是，唢呐模拟人读出了那祭文：

维大明成化十一年四月十二日，未婚妻秦氏雪梅致祭于亡夫商林之灵曰：呜呼，商郎，才华出众，志气轩昂，文章不亚韩柳，书法胜过苏黄。倘天假永年，寿不夭亡，何难攀丹桂于蟾宫，宴琼林于朝堂。雪梅幸得佳偶，盼鸾凤早日成双。谁知书馆一会，引出祸殃，若父生怒，逐出东床。郎怀怨恨，染病卧床，因积怒而莫解，为相思难偿而殇也。呜呼哀哉，君今去世，妾有何望？想昔日钟情留爱，竟成万世永伤。从此君为亡魂，妾作孤孀。恨皇天之无情，愿恶地之不良。呜呼痛哉，闻君讣讯，断我柔肠。扶柩一恸，血泪千行，清酒沥地，纸灰飞扬。灵池不昧，权作齐眉奉敬。死而有知，再作同穴鸳鸯，呜呼哀哉尚飨。

于是那看热闹的人都聚集到老太出殡的这家来，人山人海，大家忘记了是丧礼，都拍手喊好。于是老太灵前外的八仙桌上，摆上了六百元的赏钱。等六百赏钱刚上桌，人们却像潮水涌动，开始向旗杆刘的响器班奔去。那是大家熟悉的曲调，是唢呐模仿申凤梅的越调《诸葛亮吊孝》，这是一个女娃子吹的唢呐，却激越高亢，沉郁顿挫，她模拟的诸葛亮对周瑜的祭文，更清晰入耳，是知音之悲，也是知音之感：

呜呼公瑾，不幸夭亡！修短数天，人岂不伤？我心实痛，酹酒一觞；君若有灵，享我蒸尝！

吊君幼学，以交伯符；仗义疏财，让舍以居。吊君弱冠，万里鹏抟；定建霸业，割据江南。吊君壮力，远镇巴丘；景升怀虑，讨逆无忧。吊君丰度，佳配小乔；汉臣之婿，不愧当朝。吊君气概，谏阻纳质；始不垂翅，终能奋翼。吊君鄱阳，蒋干来说；挥洒自如，雅量高志。

吊君弘才，文武筹略；火攻破敌，挽强为弱。

想君当年，雄姿英发；哭君早逝，俯地流血。忠义之心，英灵之气；命终三纪，名垂百世，哀君情切，愁肠千结；惟我肝胆，悲无断绝。昊天昏暗，三军怆然；主为哀泣，友为泪涟。

亮也不才，丐计求谋，助吴拒曹，辅汉安刘。掎角之援，首尾相俦；若存若亡，何虑何忧？呜呼公瑾！生死永别！朴守其贞，冥冥灭灭。魂如有灵，以鉴我心；从此天下，更无知音！呜呼痛哉！伏惟尚飨。

当时我随着人群两边跑，一直到上午双方也分不出输赢，最后是双方都站在桌子上，唢呐里像坐着一群孝子贤孙。这是主家要的效果，但是事情要有个结局，最后是谁输谁先下桌子，那赏钱没有，下帖的钱也没有。

男的忽然使了阴招，他把汗褂子脱了，光着脊梁吹，一边吹，一边拿眼乜斜看着女唢呐手那一桌，女唢呐手的声调一下子蔫下来，那女的，气得骂了一句：不要脸，要流氓。

大家开始起哄，嗷嗷地叫着，女唢呐手脸红了，但接着，女唢呐手却吹出了从没有的高亢和悲壮，如山洪奔泻，如冬日开河的冰块，那声调堆起来，仿佛唢呐口里飞迸的是血，是眼泪，是不甘。这时候谁也想不到的一幕出现了：那女的把外罩竟然也脱下了，只剩下贴身的红兜肚。人们一下子傻眼了，谁见过这阵势啊。那女唢呐手站在八仙桌上，唢呐对着太阳，汗珠子从脸颊流下，顺着红兜肚淌下，大家都被镇住了，木呆呆地望着。

这时，那男的口喷一口鲜血，跳下桌子，把唢呐一摔，跑到灵棚里，对着老太的棺木咚咚地叩了三个响头，然后走出灵棚，拱着手：老少爷们儿，人外有人，天外有天，我今天丢丑了。

然后在人们的惊愕中，他哭着走出了村子。人活着争一口气，人死了，他的后代还在，还要争口气活着。其实，多数人在活着的时候，是没有多少尊严可言的，他们受尽了侮辱，你看那些父老的眼神就知道，胆怯、猥琐，说话时不敢正面与人相视，说话也嗫嚅，即使在他们少有开心的时分。这是因为痛苦长久于心。还记得父亲去世几年后，我回平原深处的什集看望母亲，那几天里邻居家所发生的事，使人感到了一种悲抑、无奈，甚至愤怒。说愤怒，我不知把愤怒发泄给谁。这么多年，这样的悲剧还在代代上演，其实悲剧的导火索就是一只青山羊羊羔。古英格兰有一首著名的民谣："少了一枚铁钉，掉了一只马掌；掉了一只马掌，丢了一匹战马；丢了一匹战马，败了一场战役；败了一场战役，丢了一个国家。"这是发生在英国查理三世身上的故事。查理准备与里奇蒙德决一死战，查理让一个马夫去给自己的战马钉马掌，铁匠钉到第四个马掌时，差一个钉子，铁匠便偷偷敷衍了事。不久，查理和对方交上了火，大战中忽然一只马掌掉了，国王被掀翻在地，王国随之易主。

这片土地的人不知道那些国外的人事，他们最大的愿望就是活着，但生活的闭塞，灵性的缺失，使他们的心理狭窄和执拗，他们的眼前利益就是最大的可感知的存在，眼前如果有了塌方，那他们就会茫然或者绝望。我有时觉得，我的故乡就像悲剧里的一只羊羔。

是的，有时候一只羊，竟然惹出了一个惊天的悲剧来。正月十五过完，村里的小学就开学，到二月二还会放假，这是惯例。每到下午放学后，一些小学生就会在家里牵出自己家的羊到村头的河沟放羊，我们那里称为米羊，这也许是个古语，让羊吃饭？我没考证。

这活儿小时候我也干过。一个冬天羊都是吃一些干的树叶，或者是地瓜的秧子、干草之类，这时呢，虽然草才发芽，甚至还没冒出来，但是河沟里的去年的枯草和老草的根却不再苦涩，而是多了一些水分与甘甜。有时羊也很聪明，瞅主人不注意，会跳到附近的麦田里饕餮。你跑到麦地，赶紧拽着羊绳，因为那是麦子发青的时候，羊一啃，麦子就会减产，如果让别人看到，人家就会破口大骂，或者举起手里的铁锨，照着羊的脊骨猛拍，那一下就会把羊拍瘫痪。

即使你抓住羊绳，但羊看到麦苗，就如苍蝇见血，羊还是拧着脖子往外挣，把绳绷得很紧，那时你手里的绳子就勒得你的手生疼，你就会骂羊："你挣吧，不管你啦，来人拍断你的脊梁骨！"

也许羊会害怕，就乖乖从麦田里出来，随着你到河沟里喝水，虽然河水里还有些冰碴子，但羊们却喜欢，如嚼冰激凌。

如果是夏天，那河沟旁的草茂盛，人们往往在米羊的时候，就会挎着荆条篮子或是背着粪箕子，篮子里粪箕子里放着一把割草的铲子，等羊吃饱了，还能割一篮子一粪箕子草，有时还会拿着一个塑料袋子，把羊屎蛋捡起，一个上午或者下午，能捡一塑料袋羊屎蛋，这是黄瓜最喜欢的肥料，上到黄瓜架下，那黄瓜花也开得格外的黄。

就在这一年的开春，还有两天就是二月二，村东头的满娃下学去米羊，赶着一只母羊和三只羊羔。当时满娃、母羊、羊羔都在河沟里，满娃把母羊拴在杨树上，母羊就以杨树为圆心，转圈吃草，而三只羊羔，也随着母羊吃草。

当时麦田里很多人家正给麦子施化肥，地里的荠菜开始发芽，河里的水很平缓，有的人在浇水，一切都是这么平静。

满娃背着书包，他静静看着羊安然如初，就拿出了一本漫画书，时间就这样不知过了多大一会儿。

忽然，一个女人拿着铁锨，大骂着："谁家的羊，啃俺家的麦苗？"当时满娃的母羊还在河坡上啃草，而三只羊羔则嗅到麦苗的香气，禁不住诱惑就到了麦田。

也许是满娃太专注于漫画书，没听到那女人的叫喊。

"谁家的羊？没人答应？砸死个狗日的！"

这女人就用铁锨去拍那三只羊羔，有两只机灵，嗖地跑开，一只被铁锨砸中，当场口里吐血，趴在地上。

满娃这时醒来，看见满脸怒容的女人，他认得，是街里的留根媳妇，长得黑黑大大。

留根媳妇站在麦地里，仍是骂着："你这熊羔子，咋不好好看着你的羊，光啃俺的麦子，给你爹说，赔我家的麦子！"

当时满娃吓得不敢吭一句，直到留根媳妇骂着走了，他才飞跑着去麦地抱起那只口中吐血的羊羔，但羊羔已经死了。

事情在这时发生了逆转。要是满娃把羊羔抱着回家，顶多被家里的大人大骂一顿，也就算了，但满娃却恐惧，不敢把死羊抱回家，他就抱着羊羔一直坐在河沟里，到天黑了，听到家里的大人一声一声的呼唤，他还是不答应，最后，他竟抱着羊羔跳进河里。

等家里人到了河边，捞出满娃和羊羔，满娃也已经断气。

第二天，天还不明，留根家的院子里就传出留根媳妇的大吵大闹。留根媳妇披散着头发，衣衫不整，露出多半个乳房，她的两眼冒火，嘴角吐着白沫，双手拍着大腿，"亲娘啊，你们这是讹死赖，你们的孩子死了，死了，也赖不着我们，我是点一指头啦，还是拍他一巴掌了？"

天不明的时候，满娃的家里人，拿着木棒、铁锨围在留根家，把满娃的尸体放在一张灵床上，灵床放在留根家的院子里，正争吵着往堂屋当门抬！

留根媳妇一看这阵势，就躺在灵床前，那灵床就搁浅在留根家的大门外。

这时，一个男人一下子走到灵床前。

满娃爹干啥？

这男人是满娃的爹。他走到灵床前，一下子拎起满娃，断气的满娃如同木偶，胳膊垂着，满娃的父亲跨过留根媳妇，一下子冲到留根家的堂屋里，把满娃放到了留根家床上。

这时留根媳妇跳起来，"你们这是把人往死里逼？"

满娃家里的人嚷着，你们等着坐监狱吧，杀人偿命！就有几十口的人，跑到留根家，有抱电视的，有抬沙发的，嘴里嚷着，不偿命，赔四十万。

拉东西，伐树，钱不够，扒屋子。

有的人则在留根家搭起灵棚。

这时留根家的堂兄弟也提着钢管、七节鞭来了，两支队伍在留根家的胡同碰面了，那些搬电视的抬沙发的，都慢慢把东西放下。

村里问事的人来了，想说和，是私了还是公了。

大家在夜里还没有商量出结果，天明了正商量先喝碗鸡蛋水，一会儿再说的时候，忽然，留根跑过来，说：“别喝了，我媳妇喝药死了。”

天明的时候，谁也不知道留根媳妇在哪里摸出一瓶农药，她跑到满娃家，推开满娃家的堂屋，就在当门喝药了。

当我回家的时候，母亲告诉我，留根媳妇喝了药，也没被救过来。当时我沉默了，也许在留根媳妇的意识里，只有死可以抵挡死。

因为一只羊，是的，就因为一只羊，两条命被夺去了，好像这里的人把生死看得轻，不把命当成命，我们怎么论证这些死因？有什么逻辑关联，让我得出死的理由？

我知道，当下奇怪的死很多，比如有的人可能“睡梦死”“躲猫猫死”“鞋带自缢死”“从床上摔下死”“睡姿不对死”“洗澡死”“做噩梦死”“激动死”“上厕所死”“喝开水死”……这些“死”之前无非就是睡觉、从床上摔下、睡姿不对、洗澡、上厕所、喝开水等一些有关吃喝拉撒的平凡得不能再平凡的事情。这些人都可以死，那么家乡的人，因为一只羊的死引出无数的死，也就令人无话可说了。我知道这是土地的不幸，如果你的周围都是废墟和冰凌，那种无边的寂寞和恐惧，怎能让你内心安详？

母亲站在门口，她说要给我烧水做午饭。我摇摇头，母亲不知我为何吃不下。

我看着没有父亲的院子，那压水井还在，那棵榆树快要一人环抱粗。我低下头，怕母亲看到我掉泪，我用脚踩一下滴在地上的泪，嘘了一口气。

月下的事

现在如果要问你见过真正的月夜么？那种如白夜一样的月夜，我敢说，很多的人会嗫嚅无语。

那种唐朝才有的、宋朝才有的月夜，才是无渣滓的夜和月，王维《山中与裴秀才迪书》，干净得不染一丝渣滓：

> 近腊月下，景气和畅，故山殊可过。足下方温经，猥不敢相烦，辄便往山中，憩感配寺，与山僧饭讫而去。
>
> 北涉玄灞，清月映郭。夜登华子冈，辋水沦涟，与月上下。寒山远火，明灭林外。深巷寒犬，吠声如豹。村墟夜舂，复与疏钟相间。此时独坐，僮仆静默，多思曩昔，携手赋诗，步仄径，临清流也。
>
> 当待春中，草木蔓发，春山可望，轻鲦出水，白鸥矫翼，露湿青皋，麦陇朝雊。斯之不远，倘能从我游乎？非子天机清妙者，岂能以此不急之务相邀？然是中有深趣矣！无忽。因驮黄檗人往，不一，山中人王维白。

这是写王维去看老朋友，但朋友正在读经，便不去烦扰，径直就到山里去，夜间的月下山景令人感到悠远。“深巷寒犬，吠声如豹”是我独喜的句子。老远访友，却又不见友人，把对老友的情感放进自然月色、寒山远火，真是知己。而苏轼的《记承天寺夜游》呢，是白银打制的篇章，在历史的书页里漏出：

元丰六年十月十二日夜，解衣欲睡，月色入户，欣然起行。念无与为乐者，遂至承天寺寻张怀民。怀民亦未寝，相与步于中庭。庭下如积水空明，水中藻荇交横，盖竹柏影也。何夜无月？何处无竹柏？但少闲人如吾两人者耳。

在元丰六年十月十二日夜里，苏轼解开衣带，脱衣躺下来，正想入睡，忽见月光从门缝中挤进来，洁白如雪，如掌如拳，不由得心中一跳，兴致忽来，就寻人同赏。这样的不敢独私的境界不是一般人所能达到的。现代诗歌里最喜余光中的《梦李白》中的“酒入豪肠，七分酿成了月光，剩下的三分啸成剑气，绣口一吐，就是半个盛唐”。还有曹阿瞒《短歌行》里的句子：“月明星稀，乌鹊南飞，绕树三匝，何枝可依？”如果在历史的书页中稍一环视，月的文字真是万千气象，如涌如堵，古时的月清澈明洁，幽美宁静，一片空灵，像照在墨上与纸上。想我与友人在秋天的夜月下，翻越像枪刺的铁门，夜深，从小城的胡同森森的黑影中送来送去，徘徊久之，月亮就在头顶悬着似是在笑，清冷的天气，心是如沸如汤。明代张大复在《梅花草堂笔谈》里说：“邵茂齐有言，天上月色能移世界。果然，故夫山石泉涧，梵刹园亭，屋庐竹树，种种常见之物，月照之则深，蒙之则净；金碧之彩，披之则醇；惨悴之容，承之则奇；浅深浓淡之色，按之望之，则屡易而不可了，以至河山大地，邈若皇古；犬吠松涛，远于岩谷，草生木长，闲如坐卧；人在月下，亦尝忘我之为我也。今夜严叔向，置酒破山僧舍，起步庭中，幽华可爱，旦视之，酱盎纷然，瓦石布地而已，戏书此以信茂之语，时十月十六日，万历丙午三十四年也。”是啊，月亮移易了我们的世界。第二天再到夜间走过的小巷，也只是瓦石布地而已。

但现在的月夜呢，成了一种珍罕，古时的月夜没有现在所造成的污染，化学的，燃料的，现在的夜是神经功能紊乱，不能再称之为夜，也没有了月和星。现在很多的人，连一次真正的黑夜真正的月夜都没见过，都埋葬在霾里。古时的月是黑夜的火把，现在的夜没有了火把，月被淹没，大地变得严肃、不苟言笑，黑夜像是被涂上了鬼脸。所有古代的那些有关月亮的描述，在现代无处可寻，所有的月只有在古代晃荡，身份都有了问题。

我想到了儿时。那时的乡下，有月，也有夜，更有故事与传说；月是故事的背景，无论鬼怪，无论花妖，还是吊死鬼，好像有了月就有了间离效果，不再阴郁。记得母亲亲口说过的月夜老鼠出嫁借蒙头红的故事，母亲是坚信那种故事的，她说是她奶奶亲口说的，也许，是真的。

这是一个雪后的月夜，天地银银的，如玻璃，这应该称作白夜。村里的石桥上覆盖着雪，雪上是有点蓝幽幽的月光；黑黢黢的屋瓦也没有了，也是一层的白。再看看街上，铺着石板的街道，也是一色的蓝白。天上地上，整个地融成了白白银银的一世界。

在这个白夜里，村头的老奶奶在做重孙子的虎头鞋，快到年关了，城里的孙子要来老家拜年。老奶奶就趁着月光，坐在灯下做针线，屋里的灯光还没有外面白亮，老奶奶就索性吹熄了灯，让月光从窗口挤进来，屋里屋外都是白夜了。

老奶奶年纪已经很大了，发白如雪，皱纹如线。她绣完了一根绿色的线，那是老虎的胡须，正要用红线绣老虎的眼珠，可是她的手怎么也不能把那根红线纫进针鼻儿。老奶奶借着月光，把针鼻儿对着窗棂，针眼儿里也透出了银银的月色呢。

白夜下的乡村，像古代的山水画，那远处的积雪，树林间的积雪，柴垛上的积雪，多么雅致，虽不煊赫，却是一幅生动的雪境乡村画。老奶奶觉得，今夜的月光是水，可以听到月光流动的叮咚。老奶奶拿着针线，想着她嫁到这个平原的小村，也是在有雪的季节，靠近年关，那时家家户户开始杀猪，猪的叫声，好像也是那么柔和，她又想着孙子的儿子该是怎样的虎头虎脑。

平原的小村静谧着，只听见老奶奶的针线从布里穿过的呲呲声响，偶尔有狗在远处吠叫，然后是脚步的踏踏声，接着是贩卖炒花生的商贩“要焦花生”的声音，显得邈远无边。

这时的白夜，就像是把小村裹在了梦里，不知是真还是幻，也许老奶奶就是坐在梦的边缘，也说不定呢。

就在这时，“笃笃”，有了拍门板的声音。

老奶奶疑惑了，什么时辰呢，还有邻居来敲门，自己的眼睛花了，但耳朵还好使。她侧起身子，看是否起风了，还是狗在门板上挠痒儿。

不是风呢，风早息了。也不是狗儿，外面只是银银的白夜。

然而雪里传来了沙沙的脚步声，老奶奶听到了一个声音自言自语：

“这雪好大啊。”

老奶奶疑惑地站起，那个黑影儿就到了窗户的边上，站在屋檐下的银银的月光里。是谁呀，这么晚了，有急事？

一个声音，哑哑地喊：“老奶奶，老奶奶。”

老奶奶把针线放下，那老虎的眼珠还剩一半没有绣完。老奶奶打开窗子，这比点灯还要亮，把月光和雪的蓝放进来，屋里就如白昼。

屋檐下站着一个小姑娘，头发长长的，还有一个现在很少见的辫子。姑娘用手勾着辫子，显得害羞，又有点紧张。

姑娘脸红红的，好像憋足了气力来到了窗前，老奶奶问："小姑娘，这么晚了，到我家有事吗？"

小姑娘点点头，"老奶奶，我求你一件事，行么？"

"哦，你是谁家的孩子呢？"

"我——我——老奶奶，我是你的邻居呀。"

"邻居？"

"是的，我就住在你的附近，我是晚上才出来，每次我都看到你在窗口绣东西。"

老奶奶相信了，村里的年轻人她有很多都不认识了，每次到街上，都有很多的人喊她老奶奶，她点头答应，然后说"老了，老了"，再从人前走过。

"孩子，你有事，给奶奶说吧！"

"老奶奶，我想借你的红布，一块四四方方的红布啊。"

"哦，红布？"

"我们要做一个游戏，娶亲少一块蒙头的红布。快要年关了，就凑着这白夜，大家说，我们借一下唢呐啊，喇叭啊，锣鼓啊，红布啊，在今天的夜里娶亲呢。"

"哈哈，这么小，亏你们小黄毛想得出，红布，红布——奶奶去找。"

老奶奶站起身，走到了一个黑黑的老式的木柜子前，开始翻起来，一会儿是小小的鞋，一会儿是破旧的衣服，在柜子的底部，老奶奶终于找到了一块红红的绸布。见到这绸布，老奶奶的嘴角开始挑起，荡漾出了笑意，这是老奶奶出嫁时的蒙头红，在唢呐声里，一顶轿子把她抬到了小村里，一连六十年她都没离开村子。在今夜，老奶奶把年轻时的蒙头红找出，就像心口砌个蜂箱，里面储满了花和蜜。

老奶奶把红布递到窗外，"记着，这是奶奶的宝物，要爱惜。"

"是的，老奶奶，天亮了，就还你！"

小姑娘接过红布，眼睛里快要冒出了泪水，在月亮下，闪闪的亮，小姑娘给老奶奶深深地弯下身子，鞠了一个躬。

小姑娘走了，刚到大门口，就有很多的人蹿上来，把蒙头红给小姑娘蒙上了。老奶奶探出身子，仔细一看，看到这些孩子的身后，都拖着一条细细的尾巴呢。

哦，老奶奶想到刚才的小姑娘虽然腼腆，但是伶牙俐齿的模样还是印在了心里。知道了，在年关来临的时候，也是老鼠娶亲的时辰。老奶奶想起一张年画。画上是一群老鼠抬着轿子，举着花灯，扛着彩旗，吹吹打打走着，鼠新娘微微掀开轿帘羞涩地张望，新郎戴着礼帽手挥折扇，骑着蛤蟆得意扬扬，还有一箱满载嫁妆的红箱随轿而行。老奶奶小时就听说，年关是老鼠娶亲嫁女的吉日，人要早早上床睡觉，不可以开灯，不然影响老鼠办喜事。

奶奶想到她小时候她奶奶告诉她的，黑夜不能开灯的话。已经是七十多年前的事，还像昨天一样真切。

她当时问自己的奶奶。

“这是真的吗？”她瞪大眼睛，老鼠娶亲，多么奇妙的事。

自己的奶奶怎能骗自己的孙女。“当然是真的”，自己的奶奶一本正经地说，“半夜老鼠就要娶亲了，你要把鞋藏好，不然老鼠就偷走当花轿啰。”

老奶奶想到这里笑了，老鼠成不了亲，那一代代的就无法延续了，十二生肖也就断了，那麻烦的事也就多了。老奶奶想重孙子到家里来的时候，她也把这亲眼看到的一幕讲给他。

门外热闹起来，唢呐响了，好像呼呼的风声。在白夜里，老鼠的娶亲在进行，真是值得庆贺的事。

这时村子静极了，好白的夜啊，好白的月！

老奶奶发白如雪，皱纹如线，“我再把一根线绣完，老虎的眼睛就睁开了。”

老奶奶关上窗子，但关不住的月光还是缕缕地挤进来了。

哦，这种有月亮的夜，人与老鼠或者花妖是该有故事的。月来到人世，不只是朗照，还是一种朦胧的遮蔽，是隐私，也是给故事一个幕布。

在城里久了，在雾霾天里待久了，就格外怀念儿时的天幕和夜。那时的夜，只有乡村的夜才显出厚实的浓黑来。那些脚趾就像排排小猪舒适地躺在黑夜的被子深处安眠。而乡下的月光呢，才称得起月光。

等晚饭时辰，把刷碗筷的脏水朝猪圈不规则的石槽泼去，做姐的或是做母亲的把湿濡的手正拟往衣物上靠近，常是惊恐的一声：“呀，哪里这样明啊？”（乡下人不懂得王维的诗句，但月亮出来的时候，总是有鸟儿啪啪地扇动翅膀，遽乱飞去。）

于是惊恐间，大家疑惑地抬起头，抑或从房门和窗里探出半个身子，不注意的时分，那月光默然地删减了黑夜，刷新了古旧，像如掌大的雪那般纷纷地洒落下了。

院子里的柴垛隐没了，如一堆的霜，银银的亮。房瓦呢，也是银银的亮，从空中到地下，兼之村巷胡同，整个被月光濡湿了，融成了一片的白。

而对于月光我却是充满着遗憾，那时我只十岁，麦天的假期里，学校的一只羊被轮流放养，那天羊就被牵到我的家里。在秫秸苫顶的厨房里，一个木橛和一段绳索把这个生灵拴住，人给它喂草喂水。羊，一副谦逊的模样，不挑剔，也不讲话。到了黝黑的晚上，隐隐听得远处有狗叫，声如远豹。我，就想着羊是否也闭着眼睛睡觉，但最终也没考究出所以。其时前院土一样黑实的得宝来拍门，嘚嘚笃笃地叫我。得宝是在四川大山褶皱里当兵退役的军人，按辈分排序，应该是唤我爷的，但只因年龄的悬殊，得宝把我当成一个刚醒事读书的孩子。

得宝一脸的兴奋，明天他要娶亲。偏僻黄壤的鲁西平原深处的风俗，讲究娶亲前的一夜，男方家庭要喊一个孩子“压床”。娶亲前一夜的床是不能空掉的，那床的底下还需放上枣和花生一类的东西，一般压床要找属相为龙的孩子，须是男孩。我便从家里的床上转换到了得宝的新房，睡在了他的床上。那床上全是新的被褥，一叠一叠的粗布被子里，透着新弹制棉花的香气和雨水与青草的味道。

是西屋，刚好，月亮的光已经从天上溢出来了，房门也闩不住的月光便从窗棂中透过，我莫名地睡不着，就看月光，想我的羊是闭着眼睛还是睁着眼睛，抑或睁着眼睛抑或闭着眼睛。得宝的鼻翼哼哼地翕动，在夜里，像是在吸取新制棉被里的那些香气。得宝不和我说话，虽覆盖在同一被子里，只是他的脚不时触动我的下巴，而我的脚只能蹬到他肩胛的地方。这是一个极美丽的月夜，四周静静的。窗棂上的那个“喜”字待在月光下，迷迷蒙蒙的一片中就浮动着微红……

得宝媳妇在第二天月亮下去太阳未出的时候就被娶过来，那女子有着姣好的秀韵，就记着了她进洞房时粲然的一笑，绽出着一颗虎牙，幼小的我立时便感到了童年的温热和朦胧的美丽。在鞭炮声里，我从送嫁人手里得到一个麦面与糖做就的火烧，火烧的中心处，是一个红红的朱砂印记，圆圆的。那女子非常勤谨，婚后的翌日，就踏着月光和鞭炮的纸屑到了生产队的麦田里。

麦天。夏天。接着是秋天。正是农历的八月十五，好像能闻到月光的味道了，我和母亲到生产队的场院里分取谷物。

秋天的场院毕竟最像场院，谷子、玉米、大豆，都堆码在那里，牛、驴和碌碡或站或卧，队长指挥着人翻动场院里的稼穑。春耕，夏耘，秋收，冬藏。劳碌的人们盼着领取冬季的口粮，像要冬眠的动物一样能蜷缩在寒冷的日子里过活。

生产队里用磅秤分取谷物，得宝的媳妇站在谷堆上，谷子灿黄黄的，饱满，圆润。得宝媳妇负责用簸箕从谷堆里量取，然后再一家一家地往秤上的口袋里倾倒谷子。劳作中，那女子的面目还是异常的姣好、沉静。一下一下，那么专注。

一簸箕有几十斤，那女子就立在高处，她双手举着簸箕，谷子如水流从簸箕里奔赴口袋，一家一家，在机械中显得利索。谷子从簸箕口散开，就像竹子做成的帘幕，谷子倒进口袋的时候，那女子的上身和胸脯有规律地耸动，一颗虎牙还是那么粲然地绽着，沉静静的。谷子散出尘土般的雾气，有点呛人，阳光透过雾气照在那女子有着异样油彩的脸上，简直不是一个在劳作的模样，像一尊塑像，在旷野上显得有点高远。倏地，那女子再次向口袋里倾进谷子时，就收腹，就高举，就胸部高耸，那簸箕就达到头顶处，上身与胸部还是有规律地耸动，这时也许腰带太松，也许腰肢太细，总之，一下，就是一下，下身的衣裤便从臀部尴尬地滑落，委顿在谷子里。那时农村女人一般是不穿短裤的，那女子也不穿，于是她的白白的两条大腿，就银银地直戳在灿然晕黄的谷子里。只是那一刻，想必人们惊呆了，队长发痴。那女子只宛如一尊塑像，一幅剪影：在谷子扬起呛人尘土的雾中，她的丝丝黑发，她的下肢月光一样耀人，于是就有了那刹那永恒的静，呆呆木木的，人们好像在梦境中没有醒转过来。

一切都是那么猝不及防。

那女子手中的簸箕从头顶滑落了，谷子从她的黑发、脸部、腹部滚落，只是一刹，她的衣裤便忧伤地回复到本然，她从谷堆上逸下，那样怨诉，那样哀婉，端庄姣好的脸上有泪溢出，她一路哭泣着遁走了。

碌碡还是在那里转着，吱呀吱呀，直到黄昏从西天漫出，才将那吱呀吱呀的声音完整覆住。

真的，那个黄昏使人尴尬。

到了燃灯吃夜饭时，家家用舂去谷壳的米熬了米饭，在馨香浓浓扑鼻中，我还想着得宝的那个女人。乡下的八月十五啊，我等待着父亲能把月饼分给我，那年家里就买了一斤的月饼，“一家都在秋风里”，我想着学校的羊，明天就要轮流到我家吃草。

天已经黑透了，乡村的有线广播里，那雄浑的声音还在空中未能散尽，月亮已是在东屋的房脊爬得有一尺高，月光把房屋和树木都画在空无旁依里，十分清晰，好像一根根对生活敏感的神经。

“秀秀，秀秀——”

外面有嘈杂的人声。

这时我姐姐从外面回来，她说得宝的媳妇上吊了，正喊人抢救。

我到了前院得宝的新房，人们还没有多少，得宝不在，人们说他去喊医生了。那女子吊在新房的房梁上，像一个倒悬着的感叹号，哀哀的，但她的双手似乎努力地争取着滑落的衣物，裤子一如在场院里一样，因为收缩吧，已经滑落在脚踝的地方。月光从窗棂里透过，八月十五的月亮，像一方方手掌的月光，照在那女子的身上，就像执着的追光一样。那时我开始诅咒月光，开始替月光遗憾，它该迷茫些，或者在今晚索性不出来。人们看着她那双月光下的大腿，白的和黑的。

两天后，她被埋在土里，是夜里，还有月光。医生说，得宝媳妇怀孕已两个月，我一直替那女子遗憾，她吊死在有月光的夜里。

我还记得那夜的月光啊，好白的月光啊，一地的月光，能盈尺盈丈的厚！如母亲给我讲过的老鼠借蒙头红时的月光，但这时的月光添加的是缠绕是泪，注定月光下有出嫁有新生，也注定有死亡有哀歌。

我知道，不一定身处黑暗就一定发生悲剧，身处暗夜也一样传递温暖和光亮。在月夜，也一定时时有灾难窥视，月亮照义人也照不义的人。但我还是渴望那种乡下的月亮，铭记着她们，用她抵御我们现在雾霾沉沉的夜，我想在暗黑的时分要有火把，是月亮，让这样的夜醒来，让人有安慰。

木镇的事物

高过乡村的光

光是乡村的支撑，我的本意光是乡村的灵魂，是温暖，它的脚跟无处不在，随便在哪个地方，沟渠柴垛，或者狗窝，你都能感到它的存在。是它挽高了树，挽高了房檐，使乡村有了邃深和辽远。

每次回家，我都感到对乡村老家木镇的光的不适应。见到它，我像做错什么似的，眼睛就低下去。春天的光发绿，夏季的光发黑，秋季的光发黄，冬天的光发红。

真的，春天的光用草牙似的小手，一点也不生分地抓挠我的头发衣领，让人浑身痒痒，燥热，它要拔掉你的衣裳。也许，把春天的光比成狗的舌头更为合适，那还是长满舌苔如小锯齿的舌头。我小学时家里养的白狗，我高中出外求学，每次回家，它就扑到我的身上，用爪子扒我的肩膀，亲昵如兄弟，用舌头舔我的手，舒服且痒，就如阳光抚慰。当我从汽车上走下，我像踩在了光堆积的草垛上，脚步踉跄，很不适应光。你像要被光胳肢了一样，就想笑，我说的是冬天的光，那样地懒散，如小孩的屁股，是穿开裆裤子露出的如春天小鸭的屁股。冬天木镇的阳光是嫩的，你不好意思去摸它。摸小孩的屁股，弄不好可能惹一身臊，但摸木镇冬天的阳光不会。

缘于光，木镇的一切都有了别样的韵致，即使普通如一絮棉花。在秋深的时候，冬季就在门槛外徘徊，新的被窝刚进去还是有点凉，你在昏昏的油灯下，把头蒙进被窝，你憋住气，然后狠狠地猛吸一口，那粗布的被子的气味，沿着姐姐或者母亲用棉线缝制的被子的针脚，“哗”地一下散开。棉花的新鲜，那是百分之百的世俗的温暖，是包裹着阳光、纯棉的温暖，针脚里透着光，是夏季的，是秋季的。再晚些时日，在冬的院落里，在一根铁丝上晒被子后，那在夜里，你会嗅到光烤煳了的尿的咸咸的味道，我说，那是光的味道，这岂能是城里的被子所能比拟的。光是什么颜色，没人能弄通，那是一种杂乱和错综。你分不清鸡雏和鸟雏嘴角的黄是一种肉色还是一种光。早春的柳条和晚秋的杏叶，是光把冬的光秃变成了扶疏，也是光把那种蓊郁删繁就简成光秃。风和节气是物候的表面，内在的是光的脾气，才使我们看到了颜色的各种面貌。

没有光的黑夜，木镇让人惊恐和不可知，一切都小心翼翼。人们在那个时辰常听到孩子夜哭，那样嘹亮。顺着街筒子跑，要是狗乱吠，那连夜空的星星也会因惊吓躲藏得干净。记得小时候的黑夜，是冬天，蒙在被子里听木梆子打更的吆喝：“防火防盗防蜡烛和暖棉被的火罩——”

其实那是对光的吆喝，有了光，那惊恐就不会在街筒子里高一脚低一脚地跑了，那些狗在柴垛上也不会嘶嘶乱叫。

想到光，我在完小读书的时候，用靛蓝的墨水瓶，加上洋铁片做盖子，自制了一盏煤油灯，那必须得用棉花搓成一个捻子，洋铁片的盖子要用铁钉敲一个孔。

靛蓝的墨水瓶是我在公社的院落里捡的，我像做贼似的，把靛蓝墨水瓶装在棉布褂子里，用手紧紧攥着，生怕它跑了，手心汗津津的。那是夏季，我就先把蝌蚪放在墨水瓶里，还没有洗净的墨水瓶，就如天一样瓦蓝，蝌蚪如鸟游在天空里。后来瓶子里的蝌蚪生出了脚，瓶子里开始有了蛙声，不能把蛙声储藏在靛蓝墨水瓶里，就放回野地。让蛙声与拔节的庄稼和天空的星星在一道，比让它幽闭在我的墨水瓶人道。

秋季里，我就把靛蓝墨水瓶改制成油灯，那光是昏黄的，把和我住在一起的羊放大到墙上，影子怪异。有时父亲到我住的土屋里，借助煤油灯光，将两只手的手指绞在一块，变换出兔子和狗的皮影的形象。

那使我感到了油灯光的神奇，但我注意到父亲的影子也贴在墙上，风一过，油灯的灯苗就摇晃，父亲的影子也摇晃，如一个到集市打酒的人，在半道酒葫芦碎了一个口子，打酒的人就用嘴接着那“滴滴答答”的酒，一会儿那人就成了灯影下父亲的形象，摇摇晃晃，有些陶醉。

也许光使人思索黑暗的含义，当有一天木镇没有光的时候，那会怎么样？父亲说自己不知道，那我们去问队长。我知道了父亲的极限，什么事情都要找队长，连这哲学意味的问题也找队长。我们队长只能是苦笑，把我们看成农村的杞人或者神经病患者而已。

没有不与光相联系的事物，在天底下，不只在木镇。犁铧下的土在光下酥软，少女的乳房在光下膨胀，一根草，一朵花，一声蝼蛄的叫，即使远处如逗号的黑黑的鸟巢，光让它显形就显形，不显形不行；光不让它显形，它怎么显形也不行。

在这明灭之中，我们看到了代谢，看到了陈旧，但我们也看见了许多惊喜。地下蚯蚓低声对土地的问候，家雀在屋檐的弧线，远处老人白发环绕的脑门——这一切都在光中给了我们新的组合与凸显。在陡然睁开眼你感到光的时候，你会有一种淌泪的冲动，又一个召唤到我们身边来了，生命是如此神奇。

我常思考一些木镇的无关紧要的问题。在我的感觉里，光有点类似勾引者和教唆者的味道。是她让土地解开了怀抱，放掉禁锢；是她让种子不再安心睡眠，把紧存内在的欲望澎湃汹涌。我的想法是春天的光来了，只是悄悄地在发光，我家的白狗就一改温驯的模样，门扉和柴垛不再是它的领地，它的腿好像是老寒腿遇到了火，开始舒展。那些日子白狗白天黑夜不着家，木镇人说驴浪呱嗒嘴，狗浪跑断腿，就是阳光惹的。狗在墙角在街道东嗅嗅，西闻闻，一见异性，就像个运动员，在异性的屁股后颠来颠去——

阳光养料，对于庄稼和人，都一样。在光的关怀下，庄稼绿了黄了，人们来了去了，年轻过，年老过。木镇的人一到年老，就在门旁或者土墙外晒暖，所谓晒暖就是让阳光像晒粮食一样晒人，粮食一晒，内部的细菌和虫卵等坏物就死去，人老了，就在阳光下接受最后的养料。

一个人一辈子能晒几次暖？这谁知道。有的老人在晒暖的时候，脖子一梗，嘴角流出口水，就死去了，像庄稼收割了一茬。

故去老人的木镇像夏季割掉麦子剩下的麦茬地，阳光还在，也许，最后连麦茬也没有了，阳光还在。

藏在草间

乡村是藏在草里的。是啊，没有草的乡村是什么乡村？不管我从外回来是在什么时候，也不管什么时令节气，一踏到木镇的泥土，鼻翼里呼吸到的味道就是草的味道。那种清芬令鼻翼发痒，你喷嚏的滑稽就是草香逗你的结果。

黄昏牛羊回圈，你看到它们的毛发上或皱褶里，不是草籽，就是苍耳子的那种带刺的颗粒。草是不用播种的。有时席地坐在满是草的田埂上，随手抓一根草，用它剔牙，或者就拿在手里，用眼睛瞄，看汁液一点点渗出。那是草提炼的雨水的留存，还是它们自己的血液和灵魂？人的心血来潮对草不是好事，它们受到伤害，但农人和它们的关系一直复杂。草们要做牛羊的饲料，草们要做房屋的顶盖。但它们与农人亲昵，父亲常说：“老百姓和草一个姓，叫草民吧。”

如果说草的生长使乡村有了些诗意，那也是乡村自己不了解的。因为自己了解自己是困难的。草是修饰乡村和庄稼的。也许庄稼太实用，人们对庄稼多的是感恩，是庄稼养活了一个生命，又一个生命。草也养活了一个又一个生命。比如牛，比如羊，这又是低一个档次的，因这，草在乡村也是低眉顺眼，不声不张。即使春天，那些草尖从土里探出脑壳，也是怯怯的，你凑近了，草尖就接近于乌有，草色只可遥看，距离产生美感。但是一场雨后，你到了地里，不知你有没有这样的经验，草是那样地热烈，满地的青，草尖和草籽都张开了小嘴，那些封闭了一冬的小生灵，仿佛与节气与雨水有过契约击过掌，它们在雨水的搀扶下，都站立了。

这时的乡村无论田野、屋顶瓦沟，无论砖缝，无论墙头，草们都不放过机会。草多了，也烦人，有的草就是霸道。

木镇的草，应该被登记成册，我想没有一个人能全部说出那些草的名字：醉草、兔子酸、益母草、节节草。在水沟旁有一种草，叫茅根，秋天时候，它的穗子白白的，如满头的霜，但它的根细长洁白，拔出一节塞到嘴里，那股细细的甜就爬到舌尖直跑进肚子里了。

父亲说醉草最好，羊要是吃了，就如农人抓起小酒壶仰脖喝透了壶里的东西，那羊也醉眼蒙眬地踉跄着回家。

有时我就乱想，草是农人的兄弟吧，它们都来自泥土，终归于泥土，如《圣经》上说的。人间有许多的无名氏，草也有，草的家族里叫得出名字的、叫不出名字的，妖冶的、朴素的、秀美的、绮丽的，有时它们像与泥土和农人有约定，庄稼占据多少地方，草占据多少地方，草总是先长出迎接庄稼，然后相伴着走一程，实在闹矛盾了，农人就批评草们的霸道，开始用武器的批判代替批判的武器。镰刀、铲子、手，但我说草们在这些工具下不是牺牲，而是另有任用，到了牛羊的胃里，在牛羊反刍的时候，牛羊感恩的就是给它们温饱与生命的草们。

我曾思索过父亲对草的情感，也许深层就是对土地和庄稼的情感。父亲苍老如残照，脸与手粗糙得像龟裂的枣树的干，黑乎乎、扭曲，骨节粗大如枣树的树瘤。他的肩上四季有一个杞柳编的背箕子，那里面总有一些草或者干柴，喂养生灵或用来烧火。当他中风后恢复得不是十分理想，他开始下地，我们那里叫薅草，他的步履蹒跚，手指不能灵活转动。他最后还是没有把自己的一亩地交出去，他说，这地就是一个根，空闲的时候到地里走一走，听听庄稼的拔节，即使不干活，蹲在地头弯腰拽几把草，也比坐在床上好。我知道这一亩地对父亲来说，七分种草三分种庄稼，那是给自己、给鸟儿、给牛羊留的口粮。父亲算得很清楚，一年到头，该给自己多少庄稼，剩余的也不能亏待。秋季我回木镇的时候，发现父亲背着一背箕子草，手里拄着木棍，后面是母亲给父亲拿着衣服，一对老夫妇走在远处开始升起的炊烟里。秋深了，父亲的头发也被节气赶白了，腰也被节气赶弯了，牙齿也被节气赶掉了，像霜降到来，草们一下就咽气了，这由不得你自己，该走的就要走，没有商量，也没有挪移。

但我知道父亲对草的感情，这使我想起一桩往事。那是在饥饿的生产队时代，我随着父亲在离河坡不远的地方看生产队刚刨出的地瓜，我把羊放在河坡。远处是割掉头的谷子地，秸秆如哨兵呆立，还有一个用草扎的草人，头戴一顶破草帽，木棍的手里捏着一块红布，褪色得发白，那是吓唬鸟雀的，如今历史使命完成，它就孤零零地待在田野，没有了躁动，也没有了喧闹，等霜降把它的头染白，然后等明年重来值班。

父亲卷了纸烟，用牙龈处残留的饭渣粘好卷烟的开口，闭着眼，划了火柴，猛地吸了一口，好像疲倦的土地一样，开始享受收成后的安逸。蓦地，父亲拍拍我的肩，把卷烟放在我手里，悄悄地说："吸一口。"我诧异地望着父亲，父亲诡秘地笑笑，指指草人。我也笑起来，把卷烟拿起，跑到谷子地，把卷烟放在草人的口里。

木镇的人对草做成的吓唬鸟雀的小人，是刻意打扮的，常是把自己的破旧的褂子和草和木棒横竖一捆，就出来一个草人，用锅底灰和红纸描出眉眼，于是，一个草人，像是被随口吹了一口气一样，就活在了大地之上。

在我的印象里，春天的草抓在手里有点绒毛的感觉；到了秋天的老草，再抓在手里，就感到扎手，草像长了骨头。我看见，在菜园，春风吹绿了父亲用树枝缠绕的那些篱笆，草开始踮脚遥望秋天的岁月；而秋天来后，那些草开始在风中东倒西歪，再也挺不直。那草都斜向有许多墓茔的木镇的坟地。木镇有许多家族的坟茔，在阳间，大家聚族而居，死后也叔叔、大爷、爷爷、奶奶的辈分不乱。但草是一视同仁，该绿的时候绿，该黄的时候黄。往往有人给添土的坟茔，那上面草就少些，每年的清明，后人把草芽拔去，七月十五再把开始结籽的老草拔去。如果墓草覆盖了整个坟茔，那就是这家的人最后没有抗拒过草，不再在土地上繁衍。

人生一世，草木一秋，谁比谁久远？只有土地知道。人走了，有时在地上堆一抔土，草也许笑话呢，那土最终被草统属，我听到了草在草间的"咯咯"坏笑，毕竟笑到最后的是它们啊。

归于泥土

泥土是乡村的子宫和襁褓。确实，那些河流坑塘是羊水。所有的乡村都离不开泥土和水。我们无法还原第一个乡村的模样，也许是谁把一根拄着的木棍子随手一插，那上面就有了萌动的枝叶。我们不知道何时能在水泥地和柏油路面上才能种出庄稼。我知道现在有一种蔬菜是无土栽培，对那些无土而生的花或者触须，我心里总有一种拒斥，总觉得没有了泥土，不接了地气，那样的食物到了胃袋里人是要生病的。

无论怎样,你也改变不了乡村是泥土做的,泥土才是乡村的娘家。用句时尚的话，是上帝，是泥土给了乡村生命、灵魂、呼吸。乡村的咳嗽是泥土给的，即使皮肤过敏也是乡村给的徽章。好长时间不回木镇，特别是麦收时候，到老家看父母，回到城里，胳膊、肩肘、脚踝都有红红的隆起斑点，如木镇泥土堆的高冈。也许这就是警示，把故乡记在皮肤上，这是泥土给的，就像文字，让我对木镇回顾。你离家久了，对故乡生分了，故乡就成了一种疼痛，就像我们的身体，某个部分不疼不痒，我们感受不到它的存在，而哪个部位不适，哪个部位就有了问题。故乡给你皮肤的红点和瘙痒亦是如此，疼痛是你知觉故乡的存在，木镇以另一个方式呼唤你。

我有时就想，农民和庄稼都是从泥土里生出的，庄稼是泥土给农民的礼物，农民是泥土给庄稼的礼物，他们是默契的厮守者。有时一茬庄稼熟了，与泥土厮守的人也熟了；有时庄稼不熟，与泥土厮守的人也会熟。几千几万年了，谁知道有多少茬庄稼熟透了？谁知道有多少人熟透了？应该说泥土是沉默的，总不会絮絮叨叨、说三道四，熟了就熟了，没有那么多的文人的牵扯。

惊蛰了，那么一个响雷陡然在泥土上喊话，泥土经不住这样大的诱惑，于是不管黑土黄土，都不再矜持，先把自己的身子软下来，让一切生灵——植物、动物在自己的怀里蠕动。

惊蛰了，那天连鸡毛都会蠢蠢欲动飞上天，枯了一年的野草又重返人间。那天，羊的嘴突然感到了草的多汁，羊的靴子突然感到了泥土的粘脚，公驴突然感到了胯下的冲动。连囤里的粮食种子也知道了泥土的喊话，于是一垄一垄的种子开始告别储藏，到泥土里，像褪掉衣服洗澡，虽然你感受不到种子莫名的喜悦，在泥土里洗澡，比土耳其浴不知好多少倍，没有肉欲和色情，只是与泥土贴近，只是与泥土结合，节气到了，该释放的就释放。我曾观察过惊蛰时期的父亲，那天父亲把罩在身上的夹袄脱了，开始用叉子在牲口圈里往外出粪。驴的粪便在惊蛰的阳光下开始蒸腾冒气，在太阳下晒三天两晌，这些驴子的排泄物就会被运到田野里，然后与泥土融合。

对于泥土，我曾看到父亲用手扒开泥土，看泥土的成色，有时他竟然把泥土放在嘴里，尝尝是咸是淡。木镇的泥土不能说每一寸都有父亲的脚印，但每一寸土地都有他注视的目光。对泥土对节气，父亲一直敬畏，即使他年老病了。有一次回家看望父亲，在家里没有见到他。我到田野里，看到父亲用抓钩在地里敲砸土坷垃，一下一下那么专注，有时砸不开，他就蹲下，用手，把那土块攥在掌心，一下一下揉搓。太阳就在头顶，泥土被晒得白花花。我不理解父亲，就埋怨说把最后的这地给人算了，但他固执，说，没有了土地，那咋算农民。到泥土里转一转，薅一把草，捉一下棉花和芝麻上的虫子，也比闲着强。

不能亏待土地，你亏待了它，它就报复你，收成不好，炊烟不起。与土地厮守的人，彼此都清楚彼此的脾气禀性。哪块泥土性硬，你就多掺和点肥料，多给些水；哪块泥土面软，你就让它歇一茬歇一季。泥土也是有灵魂有记忆的。你伤了它，它就给你脸子看。

父亲用抓钩敲砸土块，说，到挪不动了，再说不种庄稼的事，能种一茬是一茬。是的，木镇计量时间的方法是用一茬一茬的庄稼来衡量时间的长度。有了一茬庄稼，就多了一茬念想；送走了一茬庄稼，就多了一次沉稳收获。

庄稼的茬子是无穷无尽，无穷匮也，而人的一生是有尽头的。但在泥地上劳作的人也是无穷匮的，即使乡村都起了高楼，即使乡村的路面变成了柏油路面，但农民和泥土，还是亲昵，那时，庄稼还是一茬一茬，还有播种还有收获。真的没有了播种没有了收获，大地上没有了农民，没有庄稼，那大地还会留存什么呢？

我在童年时候，曾和父亲在田野里为生产队护秋。我和父亲睡在一个由秸秆和草搭成的窝棚里。有天晚上，我赤条着身子出去撒尿，看到满地都是白的，像银子，感到浑身冷飕飕。当我爬进被窝时，父亲给我一个烤焦的地瓜，说霜降了，明天，那些庄稼的叶子都耷拉头。

霜降那夜，整个木镇都是那么静，像迎接什么，天地有大美。一切都是那么自然，是泥土洞彻了这季节的玄妙？

到了天明，庄稼的叶子开始没了精神，颜色发暗，树的枝条开始删繁就简。删繁就简三秋树，那删繁就简的手，是霜降，是节气。

霜降过后，父亲说，泥土也该躺倒睡一会儿，谁不累呢？泥土也要歇息一下筋骨，与泥土厮守的人要讲良心，让泥土安静地睡一觉，不要打搅它。泥土睡觉的时候，连木镇的狗也会噤声，有时土地有了鼾声，那雪就会覆盖下来，鼾声就成了白色。

狗年月

狗是木镇的另一种常住居民，它们也有户主身份。它们是一种半自由的乡野流浪汉，喜欢到处走走遛遛。走到哪里，还好跷起腿用自己的尿作为记号，那往往是墙角、麦垛，或者是电线杆。碰巧你从此处经过，你才会感悟这才是与泥土、柴草等味道混合的本色的木镇味儿。

我说狗是半自由的，是因为它脖子有时会被套上枷锁，守在门旁。但多半木镇的人是给狗以自由的。也许，是骨子里的规定，你给了狗自由，它内心也有枷锁在，也会守在主人的院落，一有脚步的声响，它就会竖起耳朵，满嘴狺狺。越是被拴住的狗，它越叫得厉害，想向主人表明，虽然我不是自由身，但对主人的忠诚是毋庸置疑的。

如果没有狗，乡村会陷入无边的落寞，少了许多的生趣和乐子。夜晚因为狗，就有了深度。木镇的人睡着了，村里的各个空间，大街小巷顿成狗的世界，喧嚣的人和土地也不说话了，大家像要把晚上值班的任务给了狗一样，都疲乏得像喝了酒，开始在蒙胧里谛听狗与狗、狗与远方、狗与道路的碎语。

在狗的狺狺中，不知不觉间，孩子大了。鸟雀在这声音里学会了啁啾，就是每一棵庄稼、每一棵草，也像被贴上狗的标签。是的，没有东西会单独存在的，一切都与狗有关，特别是乡村。谁说它和狗无关，不是无知便是忘本。你就是把一棵树砍下，那些年轮里，也一定会找出狗的狺狺，因为狗的吠声是乡村的一部分，即使乡村的寂静，也是狗带给的，是狗的间歇才铸造了乡村的寂静。

如果你在乡间看到一条老狗，你就会想到这是一个满身沧桑的物种，如人老了一样，内心会有很多的故事。但看到老狗淡定的样子，你也许会想不到它年轻时候的威仪，也许因为体格和膀头的美观，是附近几个村庄狗的忌妒对象，也许在某个河滩与哪个母狗的初恋被它一直记忆和怀恋。但如今狗老了，毛长了，牙齿开始活动，腿脚不再灵便，即使春风过耳，再也唤不起内在的躁动，万事无可无不可，到了无是非的境地。要是主人念旧，它的晚年会好些；如果主人是势利眼，难保它不会被刀子抹了脖子，炖肉，然后狗皮被挂在墙上，等狗皮风干，被铺在身子下做狗皮褥子。

狗老了，没了火气，多了智慧，但这智慧不一定把安全带给它。也许年轻时建立的威严，使它在乡村的地位保持一段时间，但不会太久，新的有名气的狗会接它的班。没有什么是终生的，包括老的狗。明智的话就悄悄躲在一边，看着夕阳靠回忆过日子，等岁月老去。这是命，任何狗也逃不过命，其实从小它们就受这样的教育，在谁家过活，在哪里死去，死的时候是壮烈，还是窝囊，这是命中注定。

我喜欢抚摸狗的脊背和耳朵，即使狗躺在你的脚下，让你把它身上的虱子捉去，那种无赖和懒散也是让你喜悦的。人与狗的沟通对话对狗是一种享受，对人何尝不是？我想平等，不管对方是植物动物，物种的差异并不重要，语言的差异也不重要，就像我们听风声，听庄稼的拔节，听蟋蟀在灶下的浅唱低吟——重要的是耳朵，比耳朵还重要的是敏感而善悟的心志。在我的想象里，我觉得狗在晚上，会挑着灯笼，迈着碎步，从东庄到西村走亲戚，那满脸是小心的笑容。它们从一家到另一家，从一处炊烟到另一处炊烟。狗把自己的家长里短告诉附近村庄的邻居，把对主人的感觉也告诉同类。我想，总有这样的狗，它会在亲戚面前泪流满面，因委屈，因长久的压抑，因看主人脸色生活的逼仄。

但我想，狗是乡间情欲的启蒙者，别看狗看家护院老老实实、规规矩矩，一场春风吹拂，就像有钩子把它们内在的魂和动力钩出了，它们把脖子上的绳索或者铁链子咬开，四处嗅着异性的气味。最使乡村人看不惯的是在大街、在村头，它们公开地勾肩搭背，厮磨，然后爬上对方的身子，然后在太阳下公开宣泄肉欲，公开在太阳下进行房事交媾，好像做一篇天地阴阳大乐赋。这是天地间最酣畅淋漓的风情表演，往往在乡村，某些动物包括人也会在狗的榜样的激励下，把深藏在骨头和关节深处的隐秘的情欲释放出来。

我知道，乡村有一句骂人的话：“狗日的。”这不是一句好话，但耐人寻味。要养了狗，若没有了狗爱情，还有谁来接忠诚的班？那样，乡村就真的寂寞了。

泥土的虔敬

顺着畦埂走，不知不觉，你就忘了回家的路。特别是有青纱帐的时候，那畦埂的深处，就像有一种诱惑，逗你让你向更深处走，前边无人，后面也无人，你只想这样一直走下去。远远母亲的声音传过来了，显得辽远，显得空茫，那声音在庄稼的秸秆上来回震荡，一圈一圈，最后把你包围。你知道，有母亲声音的地方就有家，在畦埂上走的时候，能听到母亲的叫声，是一种幸福。

畦埂是大地的肋骨，她撑起村庄和田野，以免精魂松懈，支不起摊子，这些肋骨有直的，有斜的，犬牙交错，抑南抑北，或东或西，那就要看田地的走势，水流的高低，有时也看主人的脾性。哪里有畦埂，哪里就有人迹，哪里就有收成。顺着她，顶头就能和庄稼和播种与汗水、收获与储藏撞个满怀。

每次从城里回木镇，把随身的东西往家里一扔，就到畦埂上走走，如果不去，心里就像欠缺一块。父母知道我这个心病，有时才到家门，没和父母搭话几句，母亲就会急着撵我，走吧走吧，到地里转转去吧，反正在父母跟前待不住。

一回家就往地里跑，这举止是被某些乡间人耻笑的，已经是城里的人，还脱不了乡下的土气。我有时就想，在田野中间的畦埂上，搭两间草庵或者弄两间黄泥屋子，住下也不错，索性就做一个陪伴庄稼和自然的耕读者，但我没敢说出来，乡下人一定会说我作，大家都挤破头往城里钻，你偏好折身归返到田地里。

是的，我承认自己内心对泥土的迷恋，总觉得自己的一部分还在泥土里。记得小时，在街道或是畦埂跌倒，母亲总是在地下抓一抔土，喊“回来，回来！”，那时委顿的精神就立时精神了。

有一年的冬日，我在城里整日整夜睡不着，每到晚间，必须得把两只耳朵用棉花堵上，否则一点响动就心惊肉跳。当时还不知“抑郁”这个词，但总觉得生活就像冬日里的薄暮，沉默压抑。常常是天黑透了，我推开老家木镇的门，当时母亲总是惊愕地从油灯下站起，起身时，母亲带起的风把那油灯的火苗吹得东倒西斜，我却觉得温暖无比。特别是下雪的时候，我进屋，母亲用笤帚把我身上的雪扫掉。

是什么让我迷恋那些畦埂呢？我自己也摸不清，也许这种神秘的牵引，只能用古老的乡间哲学——“命”这个字来解释，其实所谓的命就是一种生命的密码，没有人能破译得了。

一踏上畦埂，漂泊已久的人，就像接通了某根神经，情绪一下激荡，好像听觉味觉嗅觉都重新张开了。有时走着走着，你不自觉地就想吆喝一声，“哎——哎——哎”。想到小时候，我们在地里割草，割累了，就把草摆在畦埂上，然后就吆喝起来，“哎——哎——哎”，不多一会儿，远处也有人吆喝起来，“哎——哎——哎”，这边呼，那边应。

整个平原都是“哎哎”的吆喝声，仿佛无数孩子的嘴在半空中呼喊。

麦子扬花季节的晚上，我曾扛着铁锨追随着父亲把河水引到地里给麦子浇水，那些草啊庄稼啊，像是在等着过节的这一顿酒似的，有的庄稼像是酒量大，刚喝完，还没咂巴嘴，就引诱畦埂网开一面，在人不注意的时候松软出一道口子，再喝几口，这时父亲就大喊着：快堵上口子，别把麦子撑死了！

其时，经过少雨的春天的庄稼，灌了几口猫尿似的酒，一个个如灵魂附体，浑身颤抖，不是酒把他们灌醉了，而是把这些小生灵们的筋骨唤醒了，伸胳膊伸腿的，大呼小叫的，到处都是吱吱的争先恐后的拔节上窜声。那些畦埂却好像是父亲给出的一个个咒语，箍住那些小生灵，怕他们得了便宜卖乖，发疯。

原本我想放这些麦子一马，让他们喝个东倒西歪，前仰后合，到麦子登场的时候，好记得我的好，把最好的面筋和淀粉奉献出来。但听了父亲怕撑死他们的话，就让小生灵的肠胃欠一点，不知他们会不会怨恨我。

还记得那夜，很多的人家都在浇地，累了，就穿过畦埂聚拢到一块说话，因为久不在家的缘故，看到镇里的人，我总是早早地把烟掏出来，虽然我并不抽烟。每次还乡，母亲就教导我，兜里多装几盒烟，见了人先让烟，免得人说你才离开土地几天就摆架子。大骡子大马架子大值钱，人架子大不值钱。大家接过烟，说一句，这是城里的烟，要吸一口；有的满脸是惶恐，把泥手在衣襟上搓搓，慌忙接过，有的则是接过烟并不吸，而是把烟在耳朵上一夹，说留着等烟瘾来了再吸。

等大家星散走开，这时我也递给父亲一支烟，父亲一愣，接着接过来，然后就把铁锨往畦埂上一横，坐在铁锨的木把上，凑近些，我给父亲点着，父亲猛地吸了一口，然后徐徐吐出，好像长出一口气，把生活的积郁吐出一样，就如那些刚灌过水的小精灵们，一副享受的模样，恬然，自足。

“你也抽！”

父亲要我抽陪着他，我只是象征性地把烟点着了，夹在手指间，压根儿就不会，心里也就没有想吸的意思。

“抽吧！”

我刚吸了一口，就咳咳咳地被呛到了，接着，我把一支烟，随手插在畦埂上，让畦埂吸一口吧，过过瘾。

我常想畦埂是农人的精神线条，是农人的美学。父亲在田地里打畦埂的时候，那畦埂打得非常规矩非常讲究，就像做木匠活的木匠一样仔细。我们家的地，每一块地都是笔杆条直的同样宽窄，那畦埂也是宽窄一样，如模子倒出来的。每次打畦埂，父亲先是眯起眼照一下，用步伐量一下，或者放线，然后把打畦埂的松土用脚踏实，每个地方踩几脚，父亲都用心查着，口里念叨着，一脚不多，一脚不少；这个畦里种甜瓜，那个畦里种辣椒大葱，在畦埂的边上，就种绿豆或者小豆。父亲爱喝酒，每次都是从畦埂的边上摘两根黄瓜，回家用井拔凉水一洗，然后用刀拍一下，放上盐、醋、蒜或者芥末，再用他的锡制的咂壶温了酒喝。每次母亲都劝他少喝点，父亲总是讨好地笑着说：“就二两，就二两。”那时就像个馋嘴的孩子。

畦埂有四季，也有脾气。我以为春温、夏酷、秋沉实、冬肃然。在木镇，我曾生活了二十年才离开，那畦埂就像我的肋骨，我知道她的根底。惊蛰了，地里的一些生灵开始活动筋骨，那时畦埂上就像起了泡泡，一堆一堆的土，父亲说，那是蚯蚓或是别的虫子开始钻出来透气。那时的田野总是蒸腾着一层热气，是封裹了一冬的阳光，开始在田地里溢出来，刚播下的种子或是经历一冬的麦子，这时都像张开了嘴，大口大口呼吸，这时的土地和畦埂是温暖的；而到了夏季，你再赤脚踏上畦埂，就感到像踩着了红通通的鏊子底；到了秋季，畦埂好像陡然瘦下了，那是庄稼把他们挤得，别急，收获过后，畦埂最是霜和雪留恋的地方，那时的畦埂变硬了，一场大雪后，那些畦埂突出在田野里，如散了架的马倒在雪地里。

畦埂会老，但她会活着，即使龙钟年纪，那更有沧桑。我原先曾天真地认为，畦埂也如这土地上的人会生生不息，就像一代人老去，她的子孙依然顶替着在土地上活着，但我现在回到木镇，看到很多的土地荒芜，畦埂也没有了委顿了，再也看不到踪迹。

在田野里我看到一具鸟的遗骸，只剩鸟的零散的骨架和半片羽毛，这小小的飞翔的一生就这样结束了？我把她埋在田野里，低头祈祷，会有人发现那像小坟包的鸟的埋葬地，来凭吊飞翔么？

这时，我心里一紧，有谁凭吊小时的畦埂呢？这土地的肋骨已灭绝，其实灭绝的何尝是这些畦埂呢，那些老旧的街道、碾盘，还有远离这片土地的萤火虫，乃至更远的白鳍豚华南虎。这些文化的或者生物的精灵们，因为什么灭绝呢？是为人类的贪婪殉葬么？

顺着畦埂，我不知能否走到人心的深处，告诉他们畦埂想他们！

与雨周旋

雨对乡村说：我来吧！牛的眼窝就湿润了半圈。当春天雨来的时候，乡村便谦卑着感恩着，夜里半截子蜡烛好像也躬下身子，那墨水在孩子草纸的本子上开始有了绿字。雨感觉自己来晚了，有点惭愧。

雨是乡村的血液，关乎着乡村的生死，多了不行，少了不行，黏稠了不行。雨与土地周旋过久，分不清他们是否有契约。当然违约的多是雨们。

记得一年春天，一个春夜，父亲坐在院子里一张耙地的槐木的木耙上无奈地看着满天的星斗抽烟，那些日子，母亲和一些农村的老太们正张罗求雨。她们迈着裹的小脚围着碾盘扫碾盘，围着井台扫井台，然后跪在碾盘和井台前，祈求上苍不要收了这一方人，要给个活路。一冬无雪，一春无雨，整个空气都是干燥的，手一碰空气，就哗哗地响。

连续的几个春夜，父亲都是呆坐在槐木木耙上，忽然又一天，他说了句：要下雨了。当时还是满天的星星，但父亲说，他摸到了木耙上的潮气。我也摸一下木耙，还是干燥的，没有异样。天旱得太久了，我担心父亲的烟头把夜都点燃了。父亲白天一次次到地头，看那些麦子，都黄巴巴的，像锈在地上，父亲担心那些农人的口粮会旱死，他白天脸色凝重，看着东南方，夜里脸色浓重看着西北方，母亲还是和那些老太太在辛苦祈雨。

就在父亲说要下雨的那天夜里，一场暌违的暴雨竟然真的来了，就是从东南来的。

第二天，我和父亲赶到地里，只一个晚上，那些昨天白天还干枯得奄奄一息的麦子，如今却是踮起了脚，他们的叶片不再匍匐在地，他们在雨水的怂恿下，都把自己的叶片像举手一样举起来，每个手心都写着“真解渴”。到处都是麦子，到处都是蓬勃。雨水于他们就像城里病人的救心丸，他们开始横着身子，霸道地把畦埂都沾满了，还有些大胆的竟然想走到田中的小路上。

雨给了乡村以生气，以润滋，没有雨水的地方，只能是沙漠和荒芜，恐怕是少有生物的。虽然雨有时有脾气，大了或小了，那样给土地和人们以灾难，但我们想，什么生物没有利弊？福兮祸之，祸兮福之，事物往往是一半天使一半魔鬼，看你如何顺遂她，早做打算，摸透她的脾性。不管怎样人要和雨水纠缠一辈子，这是命定的，雨水可以离开你，你却离不开雨水。

如果把人比成一粒种子，一辈一辈都会在雨水的滋养下萌发，爷爷也好，父亲也好，儿子也好，生在这里，死在这里。我心中一直有个疑问，如果问父亲一辈子经历过多少次雨，就像问父亲一生握过多少的铁锨的木柄，头戴过多少的草帽和斗笠蓑衣。但问他记忆中哪次雨给他留下了悲怆？他可能会把端起的酒盅慢慢放下，痛苦会攒击他的神经，虽然那时我没有记忆，但却在我一生里，有那段的年轮，如果把我的记忆的横断剖面，那最初的应该是那年的秋雨。

父亲一定记得，那年的秋天，秋傻瓜雨落在鲁西南平原整整四十七天，瓮里没米，灶下无柴，高龄的大肚子的孕妇母亲待产。我的落生并没有给这个只有两间土屋的家带来添丁的喜悦。父亲为给做产妇的母亲弄二斤小米，央求着，委屈着，最后，雨声中，他向生产队里当家的人跪下，当着众乡邻，他屈辱地喊了一声“爹”。但生活的冷漠拒绝了这个农民，秋雨连绵，早已没有了雷声，但他喉咙里像是有轰鸣重浊地从肺腑爆出。季节目睹了这雷带来的水，父亲的脸颊汹涌的水黏呼呼的，夹杂着枯叶泥土，如黄壤土墙上的屋漏痕，他不愿再在这个世道无尊严地活着，他已经把命给了儿子，一瓶药一根绳一眼井即可让我替他活，他想从生活里逃窜，倒净这苦胆一样黄连一样黏稠的胆液。但生活还没折磨够他，命运怎么能放他走，在雨中生产队新修的机井旁，苦难再次冷漠地拒绝了，他被人在井口拽着大腿救下了。回到家，这个纯种的农民跪在地上，像裂开棉裤一样裂开嘴巴，呜咽着，在自己的两间土屋前毫无尊严悲怆地哭起来。他爬着，像一只动物要给主家谢罪，从雨声的门口爬向里屋，直到产妇的床前，他男儿的膝盖下并没有黄金，他站不起来。

我知道，我的灵魂就一直沤在那年的雨水和父亲的下跪中。虽然，后来，我喜欢听雨，也许是幼年的雨锻冶了我敏感的神经核听觉。对雨总是从美德的一面看，觉得她给这个世界和人生营造了一种文化和氛围。

雨有时给人以力，有时给人以朦胧和隐私，好像为人拉下了一道帘子。

是雨成就了池塘河流，也成就了湖泊江洋，雨水给人是免费的，这样的好事，使人要学会感恩才行。应该在一定的节气备下香烛、醴酒、祝词敬礼雨神才好，殷墟出土的甲骨文上面有卜辞《四方雨》：“今日雨，其自西来雨，其自东来雨，其自北来雨，其自南来雨。”那时我们的祖先对雨一定是虔敬的，也像我的母亲祈雨时，对着池塘和井口椎心泣血地祷告：

其雨从草垛来，其雨从池塘来，其雨从大路来，其雨从东乡来，其雨从王庄来，最后是其雨雨霖铃，其雨水调歌头。

那些老太太们哭起来，哀求雨神别把这一方的人收走，给留一条活路。

雨是乡村的打击乐。雨在屋瓦上先是一个点子，噗的一声，那蓝色的瓦，如乡间的羽毛，覆盖着父老；雨有音长，噗，噗，变成了屋檐滴水的滴答，然后是瀑布想添平地上所有的沟壑和深渊。雨在大地上奔跑，挪步，打滑，跌跤，四脚朝天。他们在草垛上想使那些干枯的草再度受孕，变得发青，在牛的身上，清洗着硕大的睾丸，而使情欲勃发，确实，雨有某些挑逗，把乡间的隐秘弄了出来。还是古人的词有意思，把交媾之事说成云雨。云雨是天地的交合，是孕育新的生命，云雨后，就是变化就是生长，只要是下雨三天，即使只一天，那土地和庄稼就是别样的成色。

雨把颜色给了花，把颜色给了草。那些植物遇到雨，就像换了一副骨骼和气色。最惹人的是雨中的荷，那田田硕硕的叶子，就如女人在雨里，叶子就是女人的裙子，在雨中是凌乱，有一种色的味道，因为雨中的裙子是反卷是裸放，显示的是一种情欲。特别是在有风时的撮合，那更是给羞涩的被打湿的女人的裙子添乱，一个个如梦露在风中，紧紧用双手捂住要翻开的裙子。

我喜欢那些蓑衣穿行在雨中的情景，特别是黑夜，穿着蓑衣，如刺猬，如蝙蝠。蓑衣对农人来说，是亲如手足的兄弟，可以披，可以用来取暖。用高粱的叶子编织的蓑衣，有着庄稼的体温和味道，穿上它在雨里仿佛制造了一种特别铁的氛围。我想到父亲雨夜归来，如一只鸟，在推开门的时候，翅膀收束了。父亲在地里护秋，当时是秋深的时候，外面很冷，父亲进屋，从蓑衣下拿出一个烤地瓜，他说在护秋的庵子窝棚里，几个人为了取暖，开始弄些酒喝，没有菜肴，就烤地瓜。到下半夜换班，父亲就把一个地瓜捎给我。那时的我就想拥有一件蓑衣，如鸟的翅膀的蓑衣，也能在庵子窝棚里烤地瓜，轮到我喝酒，我也会像大人一样，抓着小酒壶晃一晃，然后再仰脖把酒倒进喉咙。那才真的是乐不思蜀的架势，是一种笑傲江湖，是一种杯酒释兵权后解甲归田的安逸，那蓑衣，就是权当一副高粱制作的铠甲吧，那是回家的行囊啊。

雨对于大地生灵、庄稼草木，既有恩赐，也有杀罚，主生，也主死。天旱了，为旱做润，是主生；天涝了，再添沛雨，便是往生。雨，可谓是阴阳两面，海水和火焰，半魔半道。这是天道么？这是天道，但人要顺道而行，不可逆着性子，背离天时；人要学会，该藏的藏，该露的露。天旱，也是一种提醒，让你知敬畏，守天时；天涝了，也是提醒，未雨绸缪；风调雨顺，那是天走了中道，但人不可忘记天的属性，她只是打个盹，把脾气蛰伏下来了。她暴戾专横的基因还没有摘除，人啊，要小心行事。

我知道，在雨中，很多的鸟卧在巢里，在等待着何时能把湿透的羽毛晾干，就如母亲摸着返潮的被子发愁。

斯人也斯疾

伯牛有疾，子问之，自牖执其手，曰："亡之，命矣夫！斯人也而有斯疾也！斯人也而有斯疾也！"

——《论语·雍也》

一

有时病是一种追踪。

在《诗经》的河岸水湄，当处在爱情封面处的女子在丰草间走过，那关关和鸣的雎鸠，就把脖子扭了，就像翩翩佳公子的眼珠，不会转旋；当如口哨的长啸遇到了阮籍；当南山遇到了陶渊明，世间就有了对物的深情入骨髓的呆痴。

杜丽娘做了一场春梦，竟夜无眠，翌日再回花园觅觅寻寻，只图旧梦重来，然而不能承受之重使她一病成疴，于中秋夜情殇而殁，临终嘱人将她葬在梅树下。只要有梦，这样的故事、这样的病在故国还会一版再版，从竖排到横排，从繁体到简化。

李白遇到了酒，苏轼遇到不合时宜，我们开始看到了另外模样的青莲和东坡。一段树木遇到了坎坷，一片晕纹追踪到了石头，一粒沙子嵌进了蚌壳，不一样了，他们超逸了常态，从此生命开始了另外的惊奇。

苏轼说："木有瘿，石有晕，犀有通，以取妍于人，皆物之病也。"

多好啊，于是我们知道了太白，肝硬化怎杀得死他？"酒入豪肠 / 七分酿成了月光/余下的三分啸成剑气/绣口一吐就是半个盛唐。”于是我们偷偷闭门看带病的、有点邪气的《金瓶梅》，知道了晚明的梅枝上沾染了梅毒。门外的雪白了，拥被而读的快乐，如偷妓的快乐。

我们知道了病在挑剔，为何它有时追踪某些人，又与某些人失之交臂；没有了感冒的鼻涕，我们不会感谢平时清爽的难得；没有了失恋的锥心与泣血，我们怎么测度爱的深广，怎可一苇航之？

病有时是一种符码，我们看抱胸的西施，知道了生命的神秘；我们看青山追踪到了稼轩，知道了人与自然脸颊的妩媚。

二

是少年时的夏季，在离黄河十华里的平原，麦秸垛的草窝里，天上却有着白白的弦月，天黑还早呢，我读一本浙江编辑的刊物上的伏尔泰的传记。伏尔泰并不知道平原深处的一个小镇叫什集，不知道一个孩子偶然地读到他。麦秸垛的顶部是打场时遗漏的麦子在雨水后萌发的青芽，还有一只麻雀在“喳喳”地叫着，它也不明白伏尔泰。当时我还没有读到孔夫子“斯人也而有斯疾”。隔了两千年，我却知道了孔夫子不知道的伏尔泰的一种奇奇怪怪的病。人们称之为“圣巴托罗缪之夜”，每到这一天，伏尔泰就浑身发热，高烧不止。

8月24日，是基督教徒一年一度的圣巴托罗缪节。

1572年的这一天，法国巴黎是在血泊中度过的，历史上称为“圣巴托罗缪之夜”。

这天凌晨的前夜，巴黎各教堂的钟声突然訇訇而作，阴森可怖，手执刀刃的天主教徒，声嘶力竭地叫喊着冲上街头。他们闯入胡格诺教徒的住宅，见人就杀。1572年8月24日圣巴托罗缪日，在没有任何警示的情况下，法国士兵、教士和暴徒开始对毫无准备、手无寸铁的新教徒（包括妇女儿童）进行屠杀。杀戮行动从巴黎开始，很快像瘟疫蔓延到其他地方。

一周内，约十万新教徒被杀。

一时间，整个法国血流成河，尸骨如山。

河流中的尸体枕藉之多，以至于数十个月以后，河里的鱼仍然没有人吃；在鲁瓦尔山的谷中，狼群现在无须辛苦捕食，只需溜出深山，便可尽情享用谷中的尸体。消息传到梵蒂冈后，教皇当局竟鸣钟放炮以示庆祝。教皇格里高利十三世竟委约意大利画家瓦萨里画了一幅关于大屠杀的壁画，该画至今仍然被挂在梵蒂冈。

两百年了，大屠杀以伏尔泰的胸膛为发酵池，巴黎各教堂狰狞的钟声回旋在他的耳轮，胡格诺教徒临死前的呼救声攥击着他，那些冤魂煎熬他、缠绕他、包围他、轰击他，他以自己的胸腑做鼎镬，以教徒临死的哀告做炭。每到这一天，高烧的伏尔泰就给朋友写信，总署上一个滚沸着悲愤的名字：“ é craser L ´ infame ——踩死败类！”后来索性就缩写为“ é cr.Linf”，以致有一个拆看他信件的检察官，竟以为这些信的作者确有其人，就叫 é cr.Linf 先生。伏尔泰的“败类”究竟何指？人们争论不休，人言人殊，我以为所指的是宗教狂热不容异端的疯癫，相差不会很远。

“圣巴托罗缪之夜”使我想起卡斯特利奥在反对加尔文时说的话：“把一个人活活烧死不是保卫一个教义，而是屠杀一个人。我们不应用火烧别人来证明我们自己的信仰，只应为了我们的信仰随时准备被烧死。”在伏尔泰眼里，生命比任何教条理论和主义更神圣。生命不能重复，人头非同雨夜剪下的春韭，可以再生。如果哪个教规理论忽视生命，视生命如草芥刍狗，认为可以为一个虚幻的乌托邦而毁弃生命、蔑视生命，那我们尽可以希望这样的教义速腐，而生命不朽。

生命不可重复，而“圣巴托罗缪之夜”却在奥斯维辛和南京大屠杀中重现。

我不知道，人们在谈起这些事件时，身体和精神是否会起生理反应，为人类的恶心呕吐。

天要黑了，读到伏尔泰的病，我的眼睛热胀起来，我想到了《西铭》：“民，吾同胞；物，吾与也……凡天下疲癃、残疾、惸独、鳏寡，皆吾兄弟之颠连而无告者也。”这是初中老师在黑板上补充的文言文，记得老师说写《西铭》的张载有个病态的举动——好听驴叫，当时教室如麻雀炸窝：

“吱……吱……吱吱……吱吱吱吱……”

现在我理解了，这不是病，也是病，病在物我与也。

三

是在接触龚自珍很久才知道他有一种奇怪的病，也许童年接触的龚自珍是别人和政治话语强塞给我的一个法家形象的龚自珍。那是在乡村的学校里，在给我们补充《西铭》前的几年，民办老师黄老师有一天在麻雀叽喳的讲桌前，读出了《己亥杂诗・一百二十五》：

九州生气恃风雷，万马齐喑究可哀。

我劝天公重抖擞，不拘一格降人才。

老师读完很形象地劈了一下手，像戏台上站在高坡、眼望前方的正面人物形象，老师说毛泽东喜欢龚自珍，鲁迅也喜欢龚自珍。

后来真正走近龚自珍是读了《龚自珍诗全编》，童年的那个形象就被扫去了。而感到了龚自珍的绝望和独异、痛苦和燃烧，是人到中年的时候，是感到身边很多可疑的志得意满大腹便便如死的骸骨的时候，是人在莫名其妙的路途狂奔的时候。我找到参照，这是龚自珍，他的出现有一种令人生畏的力量，他带给人希望的是绝望，对末世的绝望，他甚至连梦也不要：

春梦撩天笔一枝，梦中伤骨醒难支。

今年烧梦先烧笔，检点青天白日诗。

是的，烧梦！只有彻骨彻肤的疼痛，才会有这样的慷慨和决绝，把梦与笔同殉，这是走向虚无的一个绝望的呐喊。他看出了病态的社会，目光如炬："左无才相，右无才史，阃无才将，庠序无才士，陇无才民，廛无才工，衢无才商；抑巷无才偷，市无才驵，薮泽无才盗。则非但鲜君子也，抑小人甚鲜。"一个连有才气的小偷都没有的时代，是何以堪？上至将相，下至市侩，居然都是浑浑噩噩，整个社会人才匮乏，士人学者不知礼义廉耻，究其底在于强权者的"戮心"的策略，圣人以万物为刍狗，统治者以百姓为刍狗，他们对于百姓，"戮其能忧心，能愤心，能思虑心，能有廉耻心，能无渣滓心"，"当彼其世也，而才士与才民生，而百不才督之缚之，以至于戮之。戮之非刀，非锯，非水火；文亦戮之，名亦戮之，声音笑貌亦戮之"。整个国家出现了"士不知耻"的严重现象，定庵说，"士皆知耻，则国家永无耻矣；士不知耻，为国之大耻"，士不知耻，"则由始辱其身家，以延及于辱社稷也"。

定庵绝望了，就开始捣乱，"才者自度将见戮。则早夜号以求治，求治而不得，悖悍者则早夜号以求乱"，整个国家都病了，"梅以曲为美，直则无姿；以欹为美，正则无景；以疏为美，密则无态"。以国医的手段，对整个人群作出如此决绝的诊脉，"斫其正，养其旁条，删其密，夭其稚枝，锄其直，遏其生气，以求重价"，以一人之力，面对种种的伪饰不健康，龚自珍想的是打破，是虚无的担当，"泣之三日"，买来三百盆梅花，立誓医梅，毁去花盆，皆种于地。

但我想说，定庵以一人之勇和整个中国作对，以一介之躯与五千年作对，以一人来否定传统，这样的横站，称得起大哉斯人！定庵把握了虚无，他最后被虚无吞噬，他不见容于黑暗，他即使想燃烧，但谁要你的烛照呢？道光十九年己亥年，龚自珍辞官南返，行程九千，作诗三百，两年后暴死在丹阳。龚自珍己亥四月辞官南归的原因，历来众说纷纭，钱穆就说：“定庵以暴疾终，其己亥出都，以一车自载，一车载文集百卷，不携眷属仆从，仓皇可疑。”或曰为儿女之事，因为他和奕绘贝勒的侧室、著名女词人顾太清之间的私情东窗事发，仓皇出都；或曰为政见“忤其长官”，得罪宗室；或曰为经济困窘，不一而足。不管怎样，龚自珍以一人之勇而走出了那个藏污纳垢之地，成为一个自己为自己负责的独行于世的人。我们应该庆幸，我们有了中国诗歌历史上最博大的组诗《己亥杂诗》。这是一片汪洋，但这不是杜甫之类的诗史。杜甫之类的诗人固然伟大，但是太汗巾气，诗里是一种帮忙不得的牢骚。也许杜甫的墨池的上游是汨罗江，是香草美人的自恋，而龚自珍却是热血、叛逆，也是极致。我相信，《己亥杂诗》就是明证。也许这里面的艳词的坦荡引起很多人的不快，那些在儒家文化中自宫的人不会写出这样的词语，好像一切神圣和高贵，一切伪善在这里崩塌。在他们看来最卑鄙和最肮脏的，却是龚自珍灌溉生命之血最旺的地带，龚自珍墓木已拱，我也不知定庵葬在何处。他坟前的青草，绿了又黄，黄了又绿。但我认为把伏尔泰墓碑上刻着的一句名言送定庵是最合适的，这位“但开风气不为师”的定庵：“这里是我的心脏，但到处是我的精神。”

是啊，在不惑之年，我不能说读懂定庵，但我在知道定庵特异的病后，有点开始接近他。定庵有一首特别的诗《冬日小病寄家书作》：“黄日半窗暖，人声四面希。饧箫咽穷巷，沈沈止复吹。小时闻此声，心神辄为痴；慈母知我病，手以棉覆之；夜梦犹呻寒，投于母中怀。行年迨壮盛，此病恒相随；饮我慈母恩，虽壮同儿时。今年远离别，独坐天之涯。神理日不足，禅悦讵可期？沈沈复悄悄，拥衾思投谁？（予每闻斜日中箫声则病。莫知其故，附记于此。）”这是怎样的怪异啊？听箫则病，这不是懦弱，也非撒娇，在定庵的诗词中，总是“剑”“箫”并举，以“剑”喻抱负，以“箫”喻诗魂。如：“来何汹涌须挥剑，去尚缠绵可付箫。”“一箫一剑平生意，负尽狂名十五年。”“气寒西北何人剑？声满东南几处箫。”他的诗作本来也就兼有“剑气”“箫心”两种面目——激越和柔婉，郁怒和情深。这是一种命定，还是前身？从幼时的箫音，到定公四十八岁辞官途中遇到一个叫“箫”的女子，“天花拂袂著难销，始愧声闻力未超。青史他年烦点染，定公四纪遇灵箫”。一个是旷代的不世出的孤独者，一个是妓女灵箫，在目光相接的一瞬，他感到了命定的相会。龚自珍郑重地说：青史将为这一天点缀一笔——定公四十八岁这一年，遇到了灵箫。他借佛典为喻，甄陀罗是八部众生之一，女端正，善歌舞（《一切经音义》）。据说虔诚修行的仙人听到她们在天池沐浴唱歌，会失却禅定；还有仙人在空中飞行，听到歌声，竟如痴如醉，栽落尘埃；她们在佛前献艺，甚至诸大弟子都不能自持，放弃威仪，手舞足蹈。于是定庵说，他的心魂也被“箫声”招去了，他惭愧自己只修行到声闻乘，“结习未尽”，天花粘着在衫袖上。

箫音使龚自珍如醉如痴，如病如魔。而在定庵的晚年，上苍又让他回到童年，这一次是病，也是命，这病要了定庵的命。

风云材略已消磨，甘隶妆台伺眼波。
为恐刘郎英气尽，卷帘梳洗望黄河。

壮志难酬，如今定庵是甘心做个下人（隶）在妆台边侍候女人了。然而灵箫呢？就算你沦落到像刘备一般在大街上卖草鞋，也要留着皇叔的一口傲气；让我们卷起帘子来，就算你只看我的眼波，我眼波里还有一条黄河呢。

这样的奇女子，《己亥杂诗》十分之一的主题都与灵箫有关。后来，两人分别，灵箫回苏州隐居，定公于两年后暴卒于丹阳云阳书院。有传闻说为灵箫毒杀，传说也只是传说。但我以为，与其死在腐坏的官场病床上，莫如死在爱人的手下。我想到《圣经·新约·马太福音》第六章第十七至二十八节：希律王娶了他兄弟的妻子希罗底，先知约翰在民众中抨击了他们，希律王愤然把他逮起。希罗底的女儿莎乐美在希律王的生日宴会上为他跳舞，国王高兴之余向她起誓说答应她所有的要求。莎乐美受了母亲的挑唆，向希律王要了先知约翰的头。希律王万般无奈，杀掉了约翰，满足她的要求。在圣经故事中，对莎乐美的描写并不是很充分，她的出现只是个花瓶般的人物，为了杀死约翰被母亲利用的无知少女而已。而在王尔德的戏剧中，我们却看到这样的一幕：当约翰的头颅被砍下，莎乐美举起他血淋淋的头在他的唇上深情一吻：“啊，你不让我吻你的嘴，乔卡南（约翰的名）。嘿！我现在要吻你的嘴了……我对你的美如饥似渴，我对你的肉体想咬想啃。美酒也好，鲜果也好，都不足以解决我的饥渴。”“啊！我吻到了你的嘴唇，乔卡南，我吻到了你的嘴唇。你的嘴唇上有一种苦味。那是血的滋味吗？……不，说不定是爱情的滋味……据说爱情有一种苦味……不过，那又有什么关系？有什么关系？我已经吻到了你的嘴唇，乔卡南，我已经吻到了你的嘴唇。”

爱可以死生肉骨，爱也可以砭骨伐髓。爱情为物，担得起，那是决绝，是金刚怒目；担不起，也是如寻常落英，人之常情。就像病，可以使人脱胎换骨，也可以使人如山倾颓。

四

在回平原深处老家的时候，知道给我启蒙的黄老师病了，家里人瞒着他。没有多少日子了，是绝症。

黄老师的家，我在小学的时候是常去的。他是村里的唯一的“文革”前高中毕业的人，有很多书。我从他那里读唐诗三百首，黄昏跟着他到河边念“唧唧复唧唧”，在水车的声中，他开始吹笛子，总是呜咽。

我知道，他在村里孤高而腼腆。有次家里没有吃的，媳妇让他到生产队里的玉米地掰几个棒子为孩子煮食，度过断粮的日子。黄老师去了，谁知看庄稼的人随意地一吆喝，说“看见你了——”，其实根本就是胡乱地吆喝，老师慌忙把口袋和棒子丢在地里，而口袋上写着他的名字“木镇黄令民”，是乡里人不喜欢的魏碑字。以名字找人，黄老师被罚，于是传为乡村笑话。我在大学毕业后问过此事，他说：“做贼，也像杀人的武松，留下姓名，这样才好。”

黄老师做了一辈子民办老师，有事就窝在心里，笛子也不吹了，我看到在他家用高粱秆织的箔，用来隔内外间的空隙，发黄的笛子插在上面，覆满灰尘。

师母说，老师好生闷气，该转正的时候，因为腼腆丢掉了名额，回到家就独自喝酒，就在家里关上门骂娘，就踢自己的狗和羊，说奶奶的。我记得伏尔泰有过类似的举止，这是马克思记述的，伏尔泰当年有四个敌手，他就在家中喂养了四只猴子，分别取名为那四个敌手的姓氏。马克思说：

“伏尔泰没有一天不亲手喂养它们，不赏它们一顿拳脚，不拧它们的耳朵，不用针刺它们的鼻子，不踩它们的尾巴，不给它们戴神甫的高筒帽子，不用最难以想象的卑劣方式对待它们。”

是啊，黄老师的羊的功用像伏尔泰的猴子。但黄老师终于没能排遣自己的郁结。黄老师为平原深处的小村子培养出了数百的大学生，而自己却竭蹶乡里，最后仍是一民办老师。他在离校的时候，儿子到学校去接他，是傍晚的学校的最后一课，他还在那里讲得起劲，门外儿子拎着他的被盖。暮年白发飘萧，像都德《最后一课》的韩麦尔先生，黄老师说下课了，孩子们，而孩子们却仍是不动。

命运，休论公道。我看黄老师的时候，他的食道癌已到晚期。家里人还说是喉咙发病的一般症状，喝点鸡蛋水打打火就会好的。黄老师无疑是一乡间的纯儒，虽然他读夫子的书很少，但他的做事的底线是有些儒生不知权变的一面，有点像颜回，但是比颜回多了愤世嫉俗和闷气。为给黄老师解闷，我把香港凤凰卫视上李敖讲的解闷趣事说出：新儒家的领军、北京大学哲学系的熊十力先生，年轻时为民国奔走，后来看到民国的成果为蒋介石所篡，恨得早上看报纸，只要上面有蒋介石的照片，熊先生就一边骂一边把这报纸揉成一团拿着在自己生殖器下面擦来擦去，至情至性如此。黄老师对世事做不到如此，生活使他放弃了笛子，也放弃了喜爱的古文，他开始喜欢喝劣质的酒，喜欢辣椒大蒜。

我们没有谈张载喜欢驴叫，乡村里还有广阔的驴叫在夜深里蓦地传来，但黄老师忘记给我们补充《西铭》的事啦。

但应该说黄老师功不唐捐，虽然张载不知道有一个乡村小学的一个老师，不知道民办这个名词背后的沉重，不知道食道癌症，但“民，吾同胞；物，吾与也……凡天下疲癃、残疾、惸独、鳏寡，皆吾兄弟之颠连而无告者也”，我们虽然不再在书院的西墙张贴，但我们已读了千年，即使在普通的平原乡村而弦歌不辍。

我握别了黄老师，一个月后，他就悄然弃世。他挣扎着送我，握着我的手开始了老泪纵横，说，常来啊！《礼记》上记载孔子的最后时光，我们看到了一个老人的脆弱：“孔子蚤作，负手曳杖，消摇于门，歌曰：‘泰山其颓乎！梁木其坏乎！哲人其萎乎！’既歌而入，当户而坐，子贡闻之曰：‘泰山其颓，则吾将安仰？梁木其坏，哲人其萎，则吾将安放？夫子殆将病也。’遂趋而入。夫子曰：‘赐！尔来何迟也？……予殆将死也。’盖寝疾七日而没。”

斯人也而有斯疾，黄老师弃世了，我理解了他乡间常常的勃然怒气。他对一些世事的愤恨，使我感到了温暖，我知道黄老师是一个为生活的种种丑陋、为平原而生气的乡间的纯然儒者。

匍匐在土

一

总是在冬夜，外面还结霜，父亲就起来了。穿上一件几经转手才到了我们家的半截羊皮袄，那袄很脏，上面还有暗黑的血迹，是人的还是羊的，没有人考究，但它御寒。哥哥曾穿它，姐姐也曾穿它。父亲去世后，这件羊皮袄留给了姐姐。

今年是父亲去世二十年，二十年无祭，没有只字片纸写给我的父亲，只是当年在父亲的病榻前，我写过一篇急促的文章。父亲出殡的当日，那文章恰在当地的一家报纸刊出，里面有一句“乡里小儿”的俗语，这本是一句庸常的套话，但有的人不高兴了，就如眼里有了芒刺。当在乡镇工作的堂姐告诉我这事的时候，身穿重孝的我无奈地苦笑，随即勃然大怒，我说，让他们找我算账好了。那声音大得惊人，四周的亲戚都转头看我。父亲棺木尚未入土，我要维护父亲的尊严，思想的尊严，不要让我的父亲再一次受辱。

今天，我特意把二十年前的文章找出，毫无增删，把那段文字原本照录：

> 望着眼前卧床失语的父亲，我就想起那个当年被生活逼迫无奈、到机井寻死的人。那时我才出世三天，他去向队里干部讨一点谷子来给我母亲和我熬点粥喝。最终无奈的他向乡里小儿跪倒，匍匐在地，对着那人喊出一个字：“爹”。父亲不是韩信，他受的屈辱也远甚于胯下，于是他最终选择了投井。几十年后，我在菏泽工作的时候，父亲

每次到城里，怀里揣着的是一个用锡打制的酒壶。那壶乡间唤“咂壶”，需倒旋才能打开盖子，把壶放在近身的衣服里，酒也就有了体温。我常想饮酒、醉酒是天才的最好下场，想不到一生屈辱、不能明白表达自己意志的父亲，一生平庸无愧的父亲，竟和天才们殊途同归。饮酒，是他们共同的出路。

二十年了，父亲墓木已拱，而二十年前的文字还在。今我南下岭南，远离血地，就像是做贼一样，我感到一种对父亲和那片黄壤的亏欠。二十年，我很少在文字中提到我的父亲，我在寻找一种有血痂的文字，那是专门与父亲般配的文字，与苦痛相称的文字，不轻慢不懈怠，如土地滞重敦厚的文字，但还是不能如愿。

我知道，父亲是一个被践踏者、被侮辱者。他生得瘦小，说话口齿不清、呜呜噜噜，他不会说理、好急躁，急了就骂娘。父亲是一个从小在集市上做面饭生意挣扎生活的手艺人，他到过周围方圆数十里大大小小的集镇，认识很多人，但知心的，我知道的就什集镇西街姓周的一个大爷，北街姓马的一个大爷。他们两个都年长于我父亲，一个卖烧鸡，一个做茶炉子（拿手的绝活是酿醋）卖开水。他们的身上一个是常年的油腥味，一个是煤烟味。

父亲是一个失败者，失败者的地位在乡间也是最低下的，各种力量都可以使唤他消耗他剥夺他。人们爱取笑我父亲，给他起各种带有侮辱色彩的绰号。其实包括我母亲、哥哥也都看不起父亲，哥哥常和父亲顶嘴，我看到一个没有尊严的父亲在儿子面前的焦虑，父亲急了，也是呜噜呜噜骂人，然后气得走掉。

这是一个卑微的人，卑微到人们的眼睛里好像没有这个人，只是蝼蚁般的生物的存在，即使在他的兄弟、堂兄弟甚至子侄那里，也没有尊严和分量。我有时对父亲的生存感到悲哀甚至悲悯，但我知道，父亲是不可替代的。我同情我的父亲，即使人们践踏他如泥土，但他依然那么良善，少有反抗。

母亲常与父亲吵架。两人争吵了一辈子都没有和解，就如不能同槽的牲口，犯忌，会互相踢咬，大打出手，骂骂咧咧。那种怨恨，我久思不得其解，可他们仍然一起过着野草蒺藜般的寻常日子。

我出生的时候，应该说是父亲人生的最低点，他原本是手艺人，公私合营后成了一位吃供应的人，到了20世纪大饥荒的年代，又被裁员下放了。也就是在我出生的时候，他连底层的等而下之也不如，挣扎到吐血，挣扎到绝望，就有人逼得他差点跳机井自杀。

我没有体会过父亲内心的绝望和黑暗，但我知道“我本可以忍受黑暗，如果我不曾见过日光”。毕竟父亲是所谓的公家人，而最后被剥夺身份还乡种地，父亲这一辈子是怎么样在血水里蹚过的？无论何等的命运都能全盘接受？我自认我做不到。如果做到，那无疑就如猪一样，但我这个比喻并不是针对我的父亲，我知道猪没有思想。这世上如果真有有思想的猪，那它不会相信所谓的谎言和承诺。父亲太相信宣传相信领导，领导说让他还乡，等形势好转再回来，他就听了。但父亲把下半生等完了，也没有再接到上班的通知。父亲不知道戈多，但父亲对一个虚幻的许诺有期待。被别人规划的人生，注定无法摆脱被强权和强势所支配，那下场注定是悲剧无疑。

也因为这，我从小就仇恨逼父亲自杀的人。那人读过书，在乡村里属于常使坏的人，对比他地位低下的人手打脚踏，毫不在意，对地位比他高的人毫无顾忌地吹捧。乡村也是江湖，汹涌澎湃。在我出生的时候，偏巧，我们生产队里一个在大队当干部的人的父亲死了，此人拿着生产队仓房的玉米、麦子、大豆成麻袋地送去，让他们待客。而我出生时，家徒四壁，盛米面的瓮与陶土的缸里无有粒米，于是就想着借队里一点谷子，脱下皮子弄点小米，为我的母亲温补一下身子。但生活的坚硬和冷漠拒绝了父亲，这个年方四十的男人，无力抚养妻子无力抚养刚出生的儿子。那是雨天，深秋的雨天，早已没有了雷声，但他喉咙里像是有轰鸣的雷声从肺腑爆出，人们看到了这雷带来的水，以及他的脸颊汹涌的泪水。他不愿再在这个世道无尊严地活着，他像要倒净这如苦胆般的生活的汁液一般，冲向机井，却被人在井口强行救下了。

二

当我有记忆的时候，父亲到山西讨生活，是货郎一类的。小时，我特别怕人讲山西狼吃人的故事。我们在平原，这儿从来没有狼，但童年的记忆里，很多狼的传说缠绕我的记忆，狼把人吃掉，手指脚趾就是狼的点心。

那时，我总感到父亲在外面是要饭，总忘不掉父亲那戴着臃肿的棉帽子的沧桑。

就是这张沧桑的脸，在一个冬日归家，母亲站在低矮的门框前，虽然母亲和父亲的关系一直疙疙瘩瘩的，但父亲作为支撑家的男人，她还是盼着他回来。我也牵着母亲的手，站在门框的边上，一个戴着棉帽子的人，推着一个木轮车近了，母亲一边抓住我，一边用手抹眼泪。待到那人走近，母亲说“你爹”，然后就哭起来。

哭声，临近年关的哭声，让我跌入了无边的冰寒里，我也成了一个冰碴子，被生活硌出了血。

他们当时才是中年，但漫长的苦痛与苦熬，皱纹里的尘霜，愈发使他们渺小无助。

父亲先是笑着，后来也哭起来，一个男人在自己的屋檐下，望着冬日里的妻子与儿子。那时的景象烙在我的心上，院子里的槐树铸铁的枝干，如刺一样扎向苍茫。

父亲把铺盖卷扔到屋里的地上，年关的夜幕，就如一床硕大无朋的印花包袱一下子把我们的平原包裹了。

我还记得父亲遇到的一次凶险，父亲在土地上苦做，当时是在地里抗旱，生产队里派父亲去推水车，白天黑夜地推着水车长长的木柄。一天父亲实在太疲累，他的手没抓住，水车木柄的反作用使那木柄如横扫的兵器，一下子击中了父亲的太阳穴，他被打昏过去，垂死在机井的壁上。生产队负责查夜的人看到父亲卧在那里，就用脚踹，用脚踢，说："别偷懒、装死。"父亲的血已经渗进泥土，土成了硬块，没有一个人站出来说句人道的话，父亲浑浑噩噩地站起来，又嗵的一声栽倒，后来，他趺趺撞撞摇晃着站起，又抱着水车的木柄吃力地推起。

所谓的物伤其类，那是建立在同情与悲悯的基础上，但乡间的冷漠与残忍，把最后的一丝温暖的伦理也践踏殆尽。深夜，姐姐用火柴点着劣质的烧酒，为父亲清理太阳穴附近的创面。第二天，父亲还是爬起来到地里出工。到了寒冬腊月，那是农民最难熬的时辰，要去黄河出河工，挖河或者加固大堤。那河里有冰，人跳进去，深的沟把人头都遮蔽，只有铁锨连着的土块被一次次抛出来。有时，铁锨上粘的土块如胶，无论多大的力气就是抛不下，或者是土块太重，父亲举到头顶抛不出，土块就砸下来。

天不明从河工的帐篷里趺撞着爬出，晚上踉跄着回到帐篷，鞋子里是冰，是血，成了铁鞋。即使是风雪天，父亲说那也得出河工。

每年河工上都有死人的事发生。

父亲说，人就像小鸡，扑拉一下翅膀，说完就完了！

在20世纪70年代中后期，为了一家老小糊口，父亲偷偷摸摸地弄些小麦面、棉籽油、蓖麻油，找一个平底锅，在家里炸一种被鲁西南人称为"面泡"的吃食。面泡圆圆的，如陀螺的形状。出锅的面泡焦黄，外酥里嫩。那功夫主要是在和面摔面，这是一个力气活与技术活，小麦面沾水后很黏，要把面从口径三尺的斗盆里扯起，然后咣咣地摔下，重复上百次千次，直到那些面与空气完全接触，有了筋道。然后平底锅里的棉籽油、蓖麻油冒起了黑烟，母亲在灶下烧火，父亲就用筷子夹起面续到油锅里，那面团如气泡一样膨胀，在油锅里飘荡。

有时在夜晚悄悄用秫秸梃子制的筐装上炸好的面泡，端到街上去卖，有时那些饥饿的人会找上门。那些日子，就是靠这些违禁的小生意来勉强维持家的开销。

但有一次，父亲刚支上锅，锅里刚倒上油，母亲刚生上火，管理集市的被称为杨大篮子的人到了我家，他一脚踢翻了油锅。真佩服他的脚下功夫，竟然毫发无损。父亲被带走了，那一夜，母亲搂着我，在床上坐了一夜。无边的黑夜，四处的荒寒与死寂，我们母子枯坐如木偶。但命运的线牵在谁的手里，拨弄着我们全家？天地不仁，天地不语。生活快要窒息，年少的我，无尽地咳嗽在那黑夜。

第二天父亲被带到离家五里的一个修桥工地上办的学习班，接受劳役改造。

那桥建在满是芦苇的沙河上，我和姐姐就一天三顿为父亲送饭，用瓦罐盛着红薯粥、地瓜窝头、辣椒等，天天如是，周而复始。父亲在那里搬石头，光着脊梁，瘦矮的他愈发渺小。有时他蹲在那里用锤子敲石子，一下一下，重复乏味的劳动，作为投机倒把的惩罚。

那是夏天，一天三顿饭，都是姐姐提着瓦罐，我手里提着用土布围巾包着的窝头，姐弟两个走在早晨，走在正午，走在黄昏。好像太阳总是在头顶，照得我眼睛发黑，地下的土烫脚。

但是，令我铭刻终生的事像崩塌的桥墩一样，让父亲、姐姐、我一下子窒息了。正午的天空白花花地炽热地燃烧，我的头上、脖颈上的汗像虫子在咬，姐姐在系鞋带把瓦罐递给我，让我提一会儿。我不知怎的提着提着，觉得瓦罐的绳把我手勒得有点疼，想倒换一下手。谁知，瓦罐跌到地上。

瓦罐碎了，满满的面条子如蚯蚓全趴在地上。

姐姐惊呆了，这是母亲这一个月唯一的一次拿出家里的麦子面掺上一点地瓜面为父亲擀的面条，也是家里父亲炸面泡剩下的唯一一点白面，全家人都舍不得沾牙。

我还没从惊愕中醒来，姐姐一个巴掌拍到我的头上，然后就蹲在地上，从土里拣面条。

姐姐用衣裳襟兜着面条走向修桥的工地，我在太阳下啜泣。我觉得头顶的太阳很红，如父亲炸面泡的平底油锅。

修桥的工地上，一片片脊背躬凸在燃烧着的赤日之下。矮小的父亲走过来，拿着一顶草帽，他把姐姐衣襟上的面条倒在草帽的深处，走向一片水，用水淘洗面条里的土。

太阳很白，太阳很红，修桥的队长在喊："歇会，吃饭了！"一夏天都是地瓜窝头，如橡皮一样涩又强韧的窝头折磨着父亲的胃，还有那些辣椒也在父亲的胃里围剿翻腾，父亲曾捎信给母亲说：这段时间一直烧心。于是母亲才狠心做了一次擀面条。

在回去的路上，姐姐问我还疼么？她用手抚摩着我的头，姐姐哭了，她的泪顺着她的脸颊流到胳膊上，然后从胳膊流到我的头上。

在今年的春节，下雪的时候，姐姐见到我，我问起给父亲送饭的事，姐姐一直后悔打我一巴掌。为保持一个农村孩子的尊严，为不再为了五斗米折腰卑躬屈膝，我只身漂泊来到南方，当时平原深处老家的人谁我也没告诉。姐姐是为外甥定亲的事来向我借钱，姐姐张口借钱也是很难的，姐姐说以后还，我说不必了，为了当年贫穷日子里挨的一记耳光。作为一个弄文者，我知道耳光的意义。但我甘愿接受来自姐姐的这一记耳光，它表达了在那种困难日子里粮食和白面的珍贵，更重要的是对父亲深挚的爱。

三

如果给父亲一个职业定位，父亲是一个挣扎在小面饭生意和种地之间的农民。他一生都是匆匆走在糊口的路上，他担当不起这样的伟词：商业和农业。但他却与这些相近：面食手艺和农作物。这些关键词贯穿他一生，再加上一个关键词：扫大街。父亲一生就如吊在悬崖上，随时都有被生活推下去的危险，为了糊口，他只能忍受。

丸子和凉粉代表父亲的面饭手艺，在好多时候，父亲在夏天集市卖绿豆凉粉，冬季卖绿豆丸子。我家有个架车子，这种车的样式特殊，类似红车子的造型，经过改造，上面是木制的平面，后下方有个柜子，木独轮在平面下的前部。人在后面双手驾车，躬身前推。夏天、冬天父亲把盛凉粉和丸子的簸篚和遮阳的棉布棚、条凳用绳子缚在上面。炒的酱、醋、蒜、芥末、香油、碗筷放在柜子里。

地排车、铁锨是父亲匍匐在大地的锁链，把他的命运紧紧地箍在泥土里，不得动弹。在苦难的日子里，虽然他曾到山西、安徽亳州做货郎，在河南的驻马店、平顶山一带用毛驴车拉货两年，但他大部分时间还是生活在山东鄄城县一个叫什集的小集镇的东街。我们姓石的在这个集市至少生活了五百年，父亲曾给我讲从山西老鹳窝移民到这里的经历。父亲对在这个土地上生活过的祖先有一种肃穆的情怀。有一年的旧历年前，父亲请人画了一幅可以悬挂的族谱，上面一个一个格子里，写有先祖的名字。父亲告诉我他的爷爷我的曾祖父叫石松岚，原先只是口头说，这次看到族谱上的这三个字，我大吃一惊，作为一个农民有这样雅致的名字。父亲告诉我，他的曾祖母是识字的，属大户人家，从山西逃难到这片地方，嫁给了当时三十多岁还是光棍的高祖。她曾要求后世的子孙要读书向学。

生命确实是很奇特的，家族的密码在神秘地传递。在苦难的世事年代里，我的爷爷曾上过几年私塾，能在乡间粗略为人记记算算，但为人耿直，好喝酒，不到五十即逝。母亲曾告诉我，爷爷在醉酒时豪气干云，用胳膊当棒槌捶打那些新割下的大豆梗，酒醒后，胳膊鲜血淋漓。

父亲也爱喝酒，晚年唯一温暖他的就是酒。

父亲在集头忙得往往是没有时间吃饭，二两酒往嘴里一赶，咕噜一声下肚。

我有时短暂替父亲照顾摊子，一般的程序是：父亲早早起床，先和镇子北街与父亲年龄仿佛的我称为二哥的马新胜，到街道上用扫帚把大街清扫干净。

这是两个有点乞讨性质的人做的工作。马新胜，人们称为“二傻子”，有三个女儿外嫁，只有老两口过活。他和父亲就在集头上讨生活，打扫街道，然后人们在集市上摆摊，到中午时分，他们二人挨着摊子讨要卫生费，一般的都是二分或者五分。

父亲先扫完街道，然后再把自己的凉粉或者丸子摊子支好开始经营，到了半上午，就把摊子交给母亲看着，有时是哥哥有时是姐姐，有时是我。

是酒支撑着父亲？还是生存的压力？我一直想探究这深层的原因。应该说，父亲是终生匍匐在土地上跪着行进的卑微者，除非病在身上，那是承受生理畸变的磨难，当然也是生活磨难的延展。父亲晚年曾到我所在的学校，协助我妻子在校园卖炸面泡维持生计，那时我羞愧得无地自容。在别人眼里我曾是那片土地上很争气、很出息的儿子，但在刚刚踏上社会的那几年，由于妻子的农村户口，在学校里一直分不到房子，我住在一个逼仄狭小的筒子楼的末端，白天必须开楼道里的灯才能找到我家的门。一间房子，住着我、妻子、儿子。一个人的工资，难以维持孩子的奶粉和孩子软骨症必需的药品。

父亲在我工作地点邻近的刘庄托熟人找到地方暂住，和我的妻子在学校炸面泡。当时父亲年近七十，如晚风中的秋叶。我无法在父亲的晚年让他过体面的生活，这是我内心的亏欠，是我不懂低身俯就，还是耿介的性子使然？为了自己的一点虚名，我跌跌撞撞地走在拖累父亲的路上。父亲劳碌了一辈子，到了晚年还因城里的我的穷困，躬身劳作。

父亲让我亲近书本，亲近文化，最终却难以过上好的体面的生活，越亲近书本，离老家人的期待越远。一个所谓的知识者，他能改变什么？什么又能被他改变？父亲对此思考过么？夜深的时候，我曾听到过他的叹息，是对我的失望，还是对我读的书的疑惑？

父亲还是在帮我，在他的晚年帮我渡过那些难关。

我很少与父亲交流。在父亲去世前的夏天，我准备到北京大学读骨干教师班，我回到了老家。在夜间，我起来，坐在了父亲在东屋当门的床上。夏天天热，父亲是敞着门睡的。我只是默默地坐在他的床头，我们父子俩没有共同的话题，也许我走得太远，追求的那些虚幻的东西，是父亲不理解的。记得在童年的时候，在灯下，父亲曾给我用手指折叠出兔子的各种形状，如皮影。还有就是他的一个姓彭的老友，在冬夜常到我家来唱小曲。

也许我太专注于自己的所谓的文哲之学，对很多的事漫不经心。回到家，往往就是匆忙来去，这种轻慢，对世事轻慢，也轻慢了父亲母亲。

多的时候，都是父亲骑着自行车到城里来，然后妻子给父亲简单弄两个菜，拿一瓶酒，让他喝。

寂寞的暮年，父亲，我知道你沉溺在酒里。你和母亲关系不好，而哥哥姐姐也只是利用你。“爹，没有油了。”他们在集镇的打面机上打面没带钱了，赊人家的酒或者羊肉了，你就会拿出钱，替他们还账。

你好像是欠债似的欠着儿女，而他们和我一样，是压榨你是利用你。有的人，对族外没有血缘的人，和善亲昵，对自己的人却加倍地奴役。人的自私竟至于此。我知道，我们的兄弟姐妹都是吃过苦、穷怕了的人，或者吝啬小心，或者放纵进击。哥哥姐姐都是很烈的主，都是曾掂刀和刨地瓜用的铁器挥手刺向对他们凶狠的人。这是对你的奴性，一辈子被欺辱的反叛。但这种性格，有时就用到你的身上，这种亲情的反噬，让我悲愤。这都是敢于杀死自己父母的主，我不敢再往下想，冷汗淋漓。

父亲是弱小者，弱小到在酒里逃避，弱小到用力气和劳作掩盖自己。

如论身体，你比母亲强何止百倍，母亲在生哥哥的时候坐下病根，卧床一年，哥哥被寄养到别处。后来母亲不能沾凉水，不能见冷气。

从没有见母亲在油灯下缝缝补补，而姐姐很小的时候，就开始拿起针线纳鞋底，下地干活，喂猪喂羊，跟着父亲拉地排车。父亲在家往往是做饭做菜。记得我上初中时某一年的冬天，我去县城参加语文竞赛，骑自行车，天不明就要出发，父亲早早起来为我在灶下弄面条鸡蛋。我清晰记得，我曾吃到一块连着指甲的父亲的手指肚的肉，在高中写作文的时候，我曾写到这个细节，后来我忘记了。多年后，有一次和高中老师聚会，他提起这个细节，躺在他记忆二十年的细节，又唤醒了我。

是啊，如今父亲逝去二十年，一些细节却醒来了，特别是夜深，身体的骨头，浸泡骨头的血液，血液上漂浮的灵魂，这些都醒着。父亲在泥土里睡去了，我的思念彻夜地醒着，书本醒着，电脑醒着，通向家的路也醒着。

四

吃了多年的地瓜干，做了多年没日没夜的苦力，喝了多年劣质的酒，这些损害了父亲的内脏、他的血管、他的头颅。父亲去世十年后，母亲走了。是父亲等了母亲十年？还是母亲又在世间苦熬十年？母亲在我城里的家中去世，她曾表示不愿回老家安葬，但最后我违背了母亲的意愿。

我知道母亲最大的心结，是她认为父亲外面有相好的女人。早年，我曾隐约听到母亲怀疑父亲的一条裤子裆里的血迹，怀疑那是某次交媾留下的印记。

他们吵吵闹闹了几十年，两人在一起苦受，精神上是一种煎熬。母亲敏感而刚烈，在她能活动的时候，也曾在集市上掂着一杆秤为人称东西，收取少许的佣金。一毛两毛的，有时用来和几个老年的女人玩纸牌。

我现在一直压在心中的石头，是我放弃了对父亲的治疗么？那是 1994 年的元旦，我在北京大学，突然莫名其妙地高烧，当接到“父病危，速归”的电报时，我的高烧退了。坐一天一夜的汽车才赶到家，那时父亲中风躺在什集镇北头靠近沙河的乡镇医院里。

这是黄壤深处一家普通得不能再普通的乡镇医院，只有简陋的三排红砖的平房，萧萧的白杨，删繁就简地杵在那里，房子后面是无边的尚未割净的芦苇，一垛一垛的芦苇立在冬天的肃杀与寒霜里，沙河的呼啸更加让人压抑。

就是这条河，父亲被学习班罚劳役修桥的地方，那座桥还在，破败如残喘的瘦骨嶙峋的老牛。

在一年的秋季，父亲和我到县城送货，到了很晚，我们从县城放空车回来，躺在车厢里，我渐渐地睡着。忽然，我被一阵此起彼伏的如雨一样的叫声惊醒。毫无来由的、骤然如幕布降落的声音，一下包围了我，堵塞了我。

那是无边的蛙声，在秋天的月夜。那时的我听到了揪心的生命力的嘶喊。也许，从小敏感的我，就关注一些农人不关注的东西。我感觉那些全是哭声，农人的哭，一声一声，我像听到了乡村盲人拉弦子的那种哀哭的腔调。

我问父亲：“蛙（曹濮平原方言，读wái）子怎么叫得像人哭？”

父亲未置可否，他觉得我这个问题太荒唐。我觉得当时乡间的一切的声响都有一种哭腔，即使父亲和我说话。

父亲躺在离当年我问他蛙子哭声的地方不远处，那是寒冬的腊月，乡间医院没有暖气，在简易的病房里，用煤球炉子取暖，我穿着棉袄还是冷得牙骨打战。

我守着我的父亲，看着不能言语的父亲，他的双眼包着泪。我用手抓着父亲失去知觉的手，一遍一遍揉着。外面寒风呼啸，我看着一别才半年的父亲，他已经躺在了床上，苍老了许多，干枯了许多；瘦矮的身子，越发像要萎缩的一株玉米或者一把干草，失去了水分，失去了露珠。

我这样枯坐着，守着父亲，守着父亲的吊瓶，守着无能为力，守着命运的一片狼藉与撞击。我想到夏夜的父亲，我坐在他的床头，那夜间，父子也沉默得如同两方未雕琢的石头，还记得最后父亲嘟哝一声："时候不早了，睡去吧。"

已经失语的父亲，丧失了语言交流的父亲。但我知道，父亲的嗓子极亮，他在集市上吆喝"凉粉"或者"丸子"，在我所在不远的沙河都能听到，那声音达到的距离足有五里。

有时在土地里干活，曾听父亲唱起曹濮平原里的那些戏。我们这里的戏种多，特别是高调和梆子，那种悲越高亢，透着苍凉，最是男人的喜爱。我还记得一些戏词，比如《三子争父》里的那些词：

> 老天哪你为啥不睁睁眼，年老人怎经得这风雪旋？腹内无食气已短哪，身上衣薄人更寒哪呀！
>
> 想当初为养儿把心操烂，现如今我遭难谁来可怜哪！张辛勤我今年六十有半，一生来我勤耕耘血汗流干哪！
>
> 仔细想我没做过坏事半点，为什么到老来我遭此颠连哪？盼儿养老儿不孝，盼来了儿媳媳不贤哪，儿子赌博他不正干，儿媳她手懒她的嘴又馋哪呀！
>
> 每日里把我当奴仆使唤，五更天去捡柴日落回还哪。为儿受难我心甘情愿哪，儿媳她，摔锅扳碗是不耐烦。她骂我，你老不死，你讨人嫌。筋骨累断我汗流干，头发懵，身打战，两眼发黑浑身瘫，腰又疼，腿又酸，扁担压得我脊骨弯，脖子肿我肩磨烂，满脸胡须我全白完哪，我把儿子恩养大，他们棍打鞭抽把我赶外边哪呀！
>
> 儿子见我黑丧着脸，儿媳见我把那白眼翻。河边拾银留祸患，他们夫妻赶我离家园。离家乡，寒来暑往一年半，沿街乞讨我到河南。春天天暖好讨饭，三九地冻我讨饭难。望远处白茫茫不见村店，走一步喘一喘我头晕目眩。望脚下积雪深来难分辨，分不清哪是沟来哪是川。颤嗦嗦呀，抱不住怀中的碗哪，我还要用你去讨饭，去讨饭哪！

我们这里的戏的曲调和词有着很深的草根性，但却透着这片土地的灵魂与哀痛。我还记得那沙河里的青蛙的哭腔，这里的戏剧也是这种腔调，无论男女，生旦净末丑，只要在舞台一站，或者水袖一甩，必定是长长的拖腔：苦啊啊啊啊……然后跟着的是脚步踉跄，戏台下的人，也跟着战栗、悲叹甚至啜泣。这里的戏不高贵不华彩，但打动人。

父亲会很多的戏文，这和他从小做面饭生意有关。每次的庙会唱戏，就是平原人的精神的狂欢和吃喝的放纵，看戏的人里三层外三层，房上有，树上有，车上有，板凳上有，男的女的，也看戏也看人，看人兼顾看戏，戏也看人也看，就弄出很多的故事。父亲说每次的"灯戏"，总有大闺女和小媳妇跟人跑掉的事发生。

父亲唱《三子争父》，唱得悲凉，其实还有更苍悲的。记得有一次，我和父亲到一个打面机坊去，头天母亲把麦子用湿布清洗，让麦子还原成麦粒那种浅褐如土的质朴和圆满。

那是早晨，我和父亲把装麦子的麻袋搬上借来的毛驴和排子车，然后就坐在车上，驴子开步出村。那时候时光尚早，驴子"踢踏踢踏"碎在地上的声音很是忧伤。路上没收拾干净的一茎草叶或一穗麦子会粘在车子上，草叶或麦穗轻轻地拨弄着车轮，发出很响的"刺棱刺棱"的声音。旷野里很寂静。父亲开始用苍悲的梆子腔调唱起来：

往前望白茫茫是沧州道。
往后看不见我的家门。

这是乡土版的《林冲发配》，那拖腔长得让人窒息，就如一根线从喉头撤出，无远弗届，无始无终。梆子腔的哭腔悲壮苍凉，悲壮压抑在坦荡的旷野上缓慢地爬行着，空气因哭调而浮漾，那雾也在啜泣浮荡。

雪纷纷洒酿难消解心头怨忿。
泪涟涟我再打望一下行路的人。

从父亲出村唱第一句的词时，我就吃惊地把头扭向父亲。父亲的脸的褶皱就如泥土，很木，没有表情，连眼睛也是如井口里的黑绿那样的茫然。就在这井口茫然中竟能有两个很亮的光点，那是早晨的太阳在父亲的两只眼中沉落，我紧盯着这两个光点，似乎感到某种安慰。父亲是一个在现实生活中没有话语权的人，我想在他唱梆子哭腔的时候，他大概把我、把驴车以及驴车驶进的原野也忘却了吧。那驴子的踏踏声，那麦子，那哭腔的回响声都与他无关。

有一年，是麦收过后，父亲的生日，我看到父亲请木匠为他打制棺材（未死的时候，早早准备，称为寿材）。

还是朴素的柴门，父亲坐在一个竹椅子上，敞着怀，他的对面就是一个光着脊梁的木匠，他们正在喝茶。

那个木匠站起来，眯着眼朝我笑。他朝我走过来，站住，耳朵上夹着根画线的铅笔。我也感到了面熟，尴尬地笑着。他站在离我很近的地方，竟伸着脖子弯下腰凑到脸前来看我，而且，笑出声来！

我父亲也站起来说："你同学，周庄的。想不起来啦？"

这同学就定格在离我一尺的地方，他的旁边是父亲，父亲的旁边是白茬子的棺材。父亲的暮年，白发，同学的青年却是中年的沧桑，皱纹，他们都在土地上刨食，是苦力，他和父亲幻化，农民的青年和老年。我却像一个农民的叛徒，离开土地，是他们的梦，还是他们的失落？多年的分离，小学的同学，在一白棺前见面，风尘风雪。

"周广虎。"我叫了一声。

白棺材，这是父亲最后的屋与床。还记得当年我和父亲坐在驴车上向打面机坊驶去的时候，父亲说在一天的夜里，他梦见了他的父亲在和他说话。父亲说这话很平静，但他说他听出了来自土地和地下的召唤。老家有这样的说法，梦到死去的亲人不可怕，怕的是死去的亲人与你说话你应答。

在这个麦收过后的闲暇，父亲就让木匠为他打了这口棺材，这是桐木的棺材。父亲说等他咽了气，就把他装进去悄悄埋掉，就省了做儿子的许多事情。

我明白了。父亲不是为了他，而是为了我不用在他忙乱的后事上再为一口棺材奔奔波波。

我还记得那天早晨在打面机坊里，我感到困倦，我看到我们的麦子在钢铁的挤压下一点一点被咀嚼被粉化，变成没有性格没有性别的面粉。父亲已经离开了机声隆隆的磨坊，在院子里的石墩上蹲下，想吸一支烟。

这就是父亲。

我望着轰隆轰隆的磨坊，看到那些新鲜的带着琥珀色光芒的麦子在重浊的隆隆声中被粉碎了。我想到了那口棺木，父亲已经不行了，再往前紧走几步他就会躺在那口最后的床上，无声无息在泥土里，像一穗麦子被粉碎，最后变成细碎的壤粒，再生出一茬茬的麦子，然后再收割、成熟、播种，被粉化。

这最后的屋与床，是父亲最后的栖息地，是给他心灵温暖的地方。父亲早早地为自己置办一个家，这是他安居的地方。

五

父亲是一个命运的承受者，父亲最后中风躺在临近沙河的乡镇医院，无词无言，有几次他用尚能动的一只手去拔输液器。那个时候我第一次发现父亲的脸颊有泪坠落。那泪是浑浊的、悲凉的，它缓慢地从父亲深陷的眼窝里努力地渗出来，慢慢积聚在眼角，然后再被土地的引力拉下，然后无声。

那些夜里，天天风的呼啸从沙河的河道扑来，每次都似乎觉得父亲焦躁，他想起来么？想走到窗前看看外面风中的河道，他曾被罚劳役的地方？那风，我听出了哭声。

眼前这个躺在病床上的人，曾在冬天天不明的时候，早起在风中出门捡拾枯枝，用来取暖做饭的人，现在病痛让他如一盘石磨一动不动。父亲他失语五天，我才赶往故乡的。

父亲病倒了，母亲告诉我，父亲准备好了一身新衣服，说到春节见客人穿。我仔细地审视着病床上的父亲，一张完整陌生的面孔撞击着我，他的假牙被拿掉了，他的鼻梁和嘴巴由于中风都有些变形……胡须很长，眼仁浑浊。才数月的分离，生活和命运已改变了他的模样。

这是我最亲近的父亲？

“爹啊！”我用眼睛盯着他的眼睛，父子的眼里都包着泪。

父亲不能言语，他眼里有水，泪水连着有哭声的河吗？病房的后边就是那条沙河，满是冰凌的河上，有残破的芦苇。

这是一所乡间的医院，几排房屋，荒草没胫。房子的这头住着父亲，房子的那头住着一个产妇。在夜里，我看见产妇房间里透出的微红的光和哭声，觉出生死竟是这般近，只有十米抑或五米了。

父亲的气息一天微弱过一天，在一个夜里，二舅来了，来陪父亲。二舅年少时曾在我家寄住读书，和父亲很亲，晚年的时候，常聚在一起喝酒。到了夜深，二舅出去了，一会儿他带来一瓶酒和一包花生米。在寒冷的医院，我陪二舅喝酒，最后两人都醉了，二舅才说出：

“傻孩子，你爹的病看不好，别往里扔钱了，那是无底洞。”

我满眼是泪，按着老家的规矩，在大舅二舅的主持下，曾当着父母的面，确定母亲的晚年主要由哥哥负担，而父亲则由我负担。父亲病倒在医院，哥哥姐姐不出一分钱，只是伺候。当时我的工资每月不到百元，而每天的医疗费用都是数百。连续多日的用药，父亲的病情未见好转。

二舅说："把你父亲弄到家里，我们不断药，慢慢调养，那样人都不受罪。"

二舅是读书人，他的道理我懂，一辈一辈人，如新陈代谢，四季循环，概莫能外。

听到二舅的言语，我们甥舅二人抱头痛哭。我们心里明白，父亲从医院走出的那天，就离死亡又近了一步。

我像看到了父亲早早预备好的那口白棺，那最后的父亲的老屋，那屋子会被泥土吃掉，覆盖。父子一场就是这样的聚合与分离吗？当生离死别来到的时候，你的挣扎往往只是徒劳，该走的走，该来的来。所有的落叶，也只是无穷的落叶的再版，所有的芳枝与繁花，也只是那些前辈 DNA 的翻版。二舅说出了一个吃惊的事实：分别到了，你无法阻止。不管你愿意不愿意，你追不上，也追不回。

我无法接受这不必追、也追不回的事实。

我抱着瘦小的二舅，曾在年少的时候，和父亲共同生活多年的二舅，他喊着一声："姐夫，我当家了。明天，咱们回家！"

我走到床前去看父亲。这是萎缩的父亲。他望着我们，我们望着他，他的手动了动，是想用手擦眼睛？我扑倒在父亲面前，只叫了一声"爹"就哭起来。

在寒冬无望的更深的夜幕中，二舅的哭声使人心碎。我的哭，二舅的哭，父亲无声的哭，在夜里飘散，在沙河的河道飘散。

那年我二十九岁。没有了父亲，再没有人为你提醒一些事情。其实我们有时并非想听父亲的那些老掉牙的陈年旧事，只是想坐下来，靠父亲近一点，看他喝酒，看他一仰脖酒就"嗞"的一声下肚的那种样子。在二十九岁的时候，我失去了父亲，而在他死去二十年的时候，他在我的记忆里，也快要走失掉了。

父亲是在临近年关的腊月二十五走的，那是在午后，那天逢我们什集的大集，他是等我们在集市上置办了他后事所需的所有东西才走的。

在家里偷偷放了两天后，在夜里，我们偷偷把父亲下葬。当棺材将要被扣上的时候，我给父亲在棺材里放了两瓶酒。

后来，父亲的那件羊皮袄被姐姐要了，我只要了父亲喝酒的咂壶，作为一个念想。

埋葬父亲的时候，我走在冰冻的泥路上，感到像有光牵引。父亲的坟贴着爷爷和我大爷的坟，前面还有很多的空地，是留给我们的。

我知道，父亲的晚年好像在准备着一场死，但如何死，却不是他能预料的，他没有留下一句话，如土地一样沉默，沉默如土地。

没有了父亲，在亲情上，我将孤独前行。那年我二十九，过年即为三十，三十的骨骼开始强壮，脊骨开始挺立，钙质大于流质，血中的盐分大于水分，内在的坚韧大于冲动。我将适应没有父亲的日子，也会慢慢靠近父亲，就如那酒，我也模仿父亲，一直曾喝到胃大出血被抢救方止。

孤独的人生，有什么东西能亲近你？我理解了父亲，唯有酒，虽然喝酒喝到我鼻子出血。有时在课堂，讲到慷慨激昂处就热血涌顶，鼻血如注。我还记得，在我去北大进修的前一年的冬天，竟不知何故得了鼻衄，鼻孔常常血流如注，四处求医问药也未能奏效。一日，父亲从乡下到城里看我的儿子，他的孙子。他说在家躺在床上，总睡不着觉，总听见我儿子一遍遍奶声奶气热热地唤他，那声音从一家的房檐，滚到另一家房檐。看到我流鼻血，父亲讲，他年轻的时候鼻子也常常流血，后来煎点茅根水喝下，就康康宁宁地不再流了。

父亲说这话时透着一种对来自土地的生存的毋庸置疑。

父亲走了，吃过午饭看看孙子就搭车回去了。而我仍坚持在寒冬的城里的中医院西医院一遍遍地穿梭：抽血，验血，听诊，会诊。那些日子夜里常常失眠，常常看到老家的讲台、苦楝树、碾盘，常常听见搓苞谷的声音传来，一声一声，像老牛迟钝的牙齿在反复咀嚼。

天亮了，又是一晌一晌地上班下班，周周复复地打发着病了的岁月。单位里的同事结婚宴酒请客，碍于情面，我抱着病体踏车前往。还未走出单位，就看见了父亲。已七十岁的父亲，戴着褐色的农村老头常戴的羊毛制成的棉帽，摇摇晃晃地走来。

可等我归来的时候，父亲就要走了，由于住房的逼仄，父亲不在我这里过夜，匆匆而来匆匆而去。每次到来，他总提着些花生或是弄些玉米棒子，鼓鼓胀胀的一包。当父亲打开他那破旧的提包时，我觉得亲情一下子从包里溢了出来，包容了我，吞噬了我。我还没有离开那片印满我父兄脚印手印、哭声和鼾声的土地，我还能时时触摸着她的体香和她的收获。

我用自行车把父亲送到了车站，在去车站的路上，瘦小的父亲坐在我的自行车后座上，一遍一遍地叮嘱我：鼻子出血，以后少喝点酒，要照顾好儿子……

从车站回到家中，妻说父亲捎来了茅根。我见一张报纸裹了圆圆团团的一堆东西放在那里。那是一张《大众日报》。我知道，村中只有一份本省的报纸，在我的一个堂兄家。

晚上，就着灯光我坐在炉前，看着砂锅煎沸着一条条从乡下河坡沟地里掏来的茅根……

从藏在平原折皱里的乡间小站下汽车后，我知道，父亲还要步行二三里的路程才能到家。在冬日里的寒冷薄暮中，父亲摇摇晃晃地走着。空旷无垠的荒野上，黄土的道路蜿蜒曲折，一位孤独的老人，渐渐融进那片暮霭中……

在送父亲去车站的路上，我才得知前些日子，父亲因雪天路滑跌了一跤，手指红肿疼痛，可他还是坚持着在河坡里刨了茅根送到城里。看着那包茅根，我什么也说不出，只觉眼前像有一轴画卷挂在那里。雪天里，年已七十的父亲，在河坡里扒出一片一片的空地，一件棉袄，一顶帽子，父亲躬身大地，就如他拉着地排车在爬坡的时候一样。是啊，父亲推架子车，拉地排车，都是躬身向下的，好像向土地鞠躬。鞠躬大地的父亲，他一下一下甩着抓钩为儿子刨着煎药的茅根，露出的松软黄壤上，茅草一片金黄……

父亲去世二十年了，他的哥哥比他还早十二年去世，也许他们弟兄两个会在土地下叙话喝酒，一堆白骨在劝另一堆白骨，“你小，你少喝点！”然后是土地的沉默，土地已平静地接受了死亡。这片土地见过太多的死，死于饥寒，死于天花，死于奸杀，死于溺水，死于血崩，死于断路……父亲一辈子被奴役，被压榨，他的权利就是承受，他以懦弱安身。对普通的百姓来说，懦弱也是一种权利，他们谈不上有尊严地生，也谈不上有尊严地死。

父亲殇时年过了七十，但我想活得年长就好么？他又多受了那么多的煎熬啊。我还记得，埋葬父亲的时候，是用地排车拉着他的棺木，在硬邦邦的路上，我和哥哥跪拜那些要抬棺下葬的人，“大家轻点轻点，慢一点，他很少睡觉，让他睡吧……”

致不孝之子

一

我现在在夜里，还能听到母亲在隔壁费劲地喘息和叹息。我有时独自抱着她到客厅，有时和儿子一起，我抱着上半身，儿子抬着奶奶的脚踝到洗手间，或者妻子像喂孩子一样，在汤匙里把药弄碎，母亲嘴角耷拉，药从没有牙的牙床流下。

母亲，把她的全部衰老展现在我面前，就像给我展现数年后我自己的模样。我现在四十岁，正是母亲生我的年龄，母亲生我的时候大雨连绵。

由于接生婆没有处理好我的脐带，一连四十多日，我的脐带总是冒血水，母亲不敢挪动我，我的右脸就一直贴着家里破旧的床，后来，人们就喊我“偏脸”。

我的出生给母亲和父亲添了希望，也因为这个活口而屈辱，这屈辱像胎痣烙在了我的心灵。母亲在月子里，没有红糖没有鸡蛋，想喝一碗小米饭而不得，家徒四壁，父亲就求生产队里的头目，看是否能接济一下，为产妇熬一碗小米稀粥温补虚弱的身子。因为在我出生的时候，村里大队干部的父亲死掉，生产队给他家送去了几布袋的麦子、玉米和大豆。但那乡里小儿一口回绝。一生没有尊严的父亲，在乡里任人辱笑的父亲，在众人的眼下，跪在地上，喊了那人一声“爹”，但即使这样，也没有换来半粒米。母亲躺在败旧的房里盼望着米下锅的时候，父亲从地上爬起，去投井，后被人救起。我后来常想，人间是否有轮回？因为我的生，就必得父亲的死，就非得父母遭受屈辱，并且使这屈辱浇灌我成长。

母亲一辈子生育了五个儿女，但前两个都只存活几天，当母亲真正做母亲的时候，她快三十岁了，所以她十分看重孩子，而且像大多数农村母亲一样，她重男轻女的意识十分浓重。

母亲守着我的童年、少年，一直到我到县城读书。后来我见母亲，成为走亲戚，一年只有很少的几次。

二

母亲晚年屈辱地活着，在父亲死掉十年后，她也死了。父亲活着的时候，他们吵了一辈子的架，后来，母亲连吵架的人也没有了。

晚年母亲戒掉了烟，但和几个老婆婆玩纸牌。母亲的脑子好使，她打牌很少输钱。后来，母亲把打牌也戒掉了，一是眼花，再是记不清我给她的钱放在哪里，母亲说糊涂了，糊涂了就快死了。

母亲在晚年曾中风几次，慢慢调理就熬过来了。但就在2005年夏季的晚上，我接到姐姐的电话，说母亲摔倒了。那夜我和妻子把母亲接到了我住的地方。当时母亲小便失禁，我抱着母亲，像童年时候，我在母亲的怀抱。我小时候不知多少次把小便撒在母亲的衣襟上。

也许，在人们眼里，我是孝子。每次回家都给母亲钱，有时也接她到城里居住。当母亲在大哥或者姐姐家里住的时候，我有时也拿一些钱。邻居都说母亲命好，有个好儿子。但我总觉得，我不孝。当我听说，母亲在大哥家里吃不饱，到别人家要馒头时，我落泪了。当母亲跌倒在姐姐家，我夜晚用车去接母亲时，那是夏季，我看到母亲睡的是秫秸的地铺，用的还是冬季的一些东西。姐姐说，母亲夜里常从她居住的用厨房改制的有地铺的局促的屋子去敲姐姐的门，有时姐姐怕母亲敲门影响自己睡觉，就把母亲的门从外面用门吊挂住，母亲却把那门吊都扭断了。夏季，闷热和跳蚤，使母亲不能安眠。

哥姐说每家养母亲四个月，当母亲在我这里住的时候，我也只是满足母亲的温饱，而精神呢？我只是把母亲当成了一个需要供养的老人，用钱和衣食来打发罢了。我注意过母亲的叹息、母亲的忧郁吗？老年的孤独，像枯干的树。在母亲进入老境的时候，我却匆匆奔赴在灯酒场所，怠慢了母亲。其实，母亲要的不是儿子的腾达，是平安，是孝，是不对母亲造成心灵的伤害。

在去年旧历的年底，哥哥把母亲接走，说家里的一些子侄辈要拜年叩头，老人不在老家过年说不过去。母亲是腊月二十六的晚上被大哥用机动三轮车接走的。

那机动三轮上一床被子蒙住年迈的母亲，回到了冬天平原深处的老家。而某些人把母亲当成了摇钱树，得知在母亲这次回家没有带走钱的时候，竟让别人替母亲拨通我的电话，但话筒里只有“耿立，我是你娘”，这一句话反反复复。

我一遍一遍追问，娘你有话就说，但母亲不会使用电话，我知道，电话的那边母亲在遭罪。那夜，我哭了许久。而当妻子有次到姐姐家看望母亲，母亲说姐姐让她装病，母亲偏不。也许在农村看来，在大学教书的我，在家乡的电视和报纸上整天出现的我，是很有些钱的，而一些无耻的人把母亲当成摇钱树，敲击一下母亲，我这里就会淌出眼泪和金钱。

也许，我是不孝的，但我也用“孝”这个词和家乡的土地划开了一道鸿沟，那片土地给了我太多的伤害，包括通过伤害母亲来间接伤害我。

三

母亲死在了旧历的七月底。埋葬后的第二天，学校开学，我忙着备课接待新生，在讲台开讲时一直忧郁压抑、恍惚迷茫。母亲在老家过她人间的最后一个旧历年的时候，我没有给母亲钱。母亲在老家没有几天，妻子回老家见母亲额头有伤。邻居说，是被某些人打的，而有的人说是磕的，我是宁愿相信是被打的，老母亲被打不是一次两次。在母亲的棺木前守夜的时候，大哥告诉我，母亲在春节的时候，用拐杖把他家的玻璃敲碎了。我想，该是什么愤怒，才让一个母亲敲碎儿子的玻璃呢？况且这是我的不论儿女怎样给她委屈她都能承受的老妈妈呢？母亲躺倒在我家的日子，大哥曾来我家一次，时间匆匆。但到了晚间，母亲开始高烧，开始惊叫：“救救我，救救我！”那是母亲被唤起了可怖的记忆吗？也许是土地的苦寒，使人的本性扭曲，扭曲到凶残，对自己的父母也不放弃榨取。但还有的因为对土地和人生的悲悯，看到了苦难成河而心怀良善。无知者无畏，没有廉耻，会把人变成怪物。

其实，血缘是代表不了什么的。如果有血缘就爱一切，就容忍一切，那么，我不要这血缘。

母亲在我家里躺了两个月，这是母亲在我家住得比较长的一次，她害怕楼，在楼里生活不便。我记得有一年，母亲在我家住，我从外面回来，看到母亲趴在窗台向外张望。当时我住的楼下一楼，有个孩子三岁，每次我从他窗下经过都看到他在张望，还向我微笑招手。寂寞，何分老幼。

母亲卧床，需要翻身，需要像婴儿一样换尿布。一次，我抱母亲下床换尿布，也许是我的不小心使母亲疼痛，她用手抓了我的大腿，那血，很快就从大腿流下。我知道，这血是从母亲那里流出的，母亲是这血的上游。母亲用手抓的痕迹留在我的腿上，也许，过了明年夏季，那痕迹会退掉，但我心里自愧的滴血，想是永远不会停止。

母亲去世的时候，天降大雨。凌晨四点，我为她盖被子，当我走出她的房间，她微弱地喊了一句什么，我没有在意。当妻子六点为母亲准备早饭，到她房间看她的时候，妻子说母亲呼吸微弱。我把母亲抱起，准备换尿布，母亲把小便撒在我的腿上，然后去世。

那天的雨真大，灵车在妻子“娘，咱回家”的哭泣里，在平原的雨里穿行。但农村的路在雨天泥泞，灵车围绕村子一圈一圈走，找一条回家的路，最后仍是不能通行。在雨里，把母亲从灵车抬下，妻子哭着：“娘，你活着的时候没有坐着车围着什集转过，你死了，却围着庄子转。”

我把车费付给灵车的司机，跟着雨中的母亲，走在老家的泥泞里。

四

母亲在老家放了三天，就下葬了，是我的堂叔做知宾，料理丧事。老家的殡葬改革是要求人死掉必须火化，然而老人都怕烧那一下，母亲还是被土葬了。

父母生前是争执了一生，死后要合葬，不知这是否符合老人的意愿。但我看到了墓坑里，父亲的棺木还没有腐朽坍塌，那黑黑的颜色还在，父亲生前为自己和母亲打制了梧桐木的棺材。

往墓坑里撒土，然后别人的铁锨把湿湿的土一下下填进去，姐姐在哭喊，我把柳木的孝棒扔进墓坑，年已七十的堂兄说会长出柳树。母亲看到了我的生，我看到了母亲的死，也许是机缘，母亲说我是天要亮的时候出生，母亲是天亮时死去。

其实这块墓地是爷爷生前选定的，我没有见过爷爷：爷爷进过私塾，但脾气耿直，好喝酒，年纪不到五十就死掉了。母亲说爷爷一次喝酒大醉，正是秋天，该用棒槌捶打地里割下的大豆，爷爷就用胳膊当成棒槌，一下一下捶，真是豪气干云。

父亲还在世的时候，大年三十的下午，我曾随着父亲上坟。父亲说他死后就把他埋掉，前面的空地是留给子孙的归宿。

这也是一个家，我从老家房屋、从父母的家走出了，不想再回到那个地面的家，而地下有父母为我们守护的家，我们还会回去吗？他们需要我们回去吗？他们是否还像迎接我从外求学回家一样，迎接我呢？

四十岁了，没有了父母，以后没有了父母的遮拦，衰老就慢慢临近了。父母给我们遮蔽了死亡，当父母已去，我们要学会向死而在、向死而生了。但玉米地里的墓园，那些蓊郁的玉米，那些气息一直在我的口鼻里存留，当黑夜到来的时候，母亲该怎么办？她一直是惧怕黑夜的。

一头来自异乡的驴子

平原厚实的夜只有一种声音可以穿透，那是驴的叫声。文人说的“马嘶如笑，驴鸣似哭”，对驴似是一种误读的诗意，根本没有触到平原和乡村那种土地、柴烟和衰草混成的气息。夜已深，驴的鸣叫忽然充沛慷慨得令四面没有准备的人吃惊，但过后，你就会习惯，这没有娇啼的声响，在黑暗里，在没有边缘和无比恐怖的胆怯里，是那么粗犷，毫不犹豫，格外精神，像是给睡在平原床上的人以支持安然。

这期间乡村和平原实在是静寂落寞。

乡村和平原好像浑然不知驴子在历史上的本事，比如“建安七子”之一的作家王粲，在他高兴的时候，喜欢学驴叫，王粲的举止常引友人捧腹不已。据说王粲学完驴叫，才思格外敏捷，如泉喷涌。建安二十二年，王粲突然死于瘟疫，消息传来，整个建安文坛被震动了，曹丕更是不胜感伤。在为他举行隆重的安葬仪式之后，曹丕在王粲的墓前说道：“仲宣平日最爱听驴叫，让我们学一次驴叫，送他入土为安吧！”随即学起了驴叫。和曹丕前来吊唁的才子们也一起学起了驴叫。于是，在王粲的墓地响起了一片嘹唳的驴叫之声，声彻四野。这起驴叫的送葬礼在文学史上成了千古绝唱。

乡间也有许多人善于学驴叫，在劳动的空闲，说不定从谁的口中叫出“喂哇，喂哇”，似是吐出了一口恶气，换得人以片刻轻松。当然，乡间也有一种普遍的偏颇，把驴看成一种被侮辱的对象。

我是一个对驴充满尊敬的人，虽然我知道拿破仑在远征埃及途中曾下令“让驴子和学者走在队伍中间”，但那是欧洲的驴子，我对驴子的感恩是缘于一头来自河南许昌的驴子。它是那么平凡，灰的皮毛使人感受到世间的剥削和损耗，身上的鞭痕使人想到怜悯——三十年后的我是在一种怀念的袭击中想到了见它的最初的画面。在冬日的阳光下去、暮色渐紧的时分，一辆驴车凑到了我家的土门前，我只十岁，一个陌生的外地人模样的人伸着脖子向我家张望，直到母亲疑惑地走近，那人的皮帽子下笑出声来！

是谁？这样怪怪的。我看到的是一张布满辙迹和脚印霜雪的脸；那头驴子，也是一种从无垠的荒野低头而行的模样，脚掌贴着冻得硬邦邦的满是寒气的大地，像后来看到的一幅本地画家的木刻——风霜雪雨、劳累剥蚀、饥肠辘辘、鸡声茅店、人迹板桥……两年的分离，闪回、转换、认出来！

那是我的父亲和一头远道而来的驴子。

都到家了，在寒冷的季节里，一处让人和生灵感到温暖和安适的地方。那几年是父亲人生的最低谷时，他先是长疮，一年不能行走，再是到山西吕梁、安徽亳州，都是做货郎。据说黄昏和夜里，有谁拍你的肩膀，你千万不要回头转身，那是狼从喉间夺取生命的伎俩。对山西的最初的刻痕，就来自父亲这样的叙述。亳州是曹操的老家（春夏读诗书、秋冬弋猎的曹操是父亲所不知的），父亲从那儿带回来了一只安徽的拨浪鼓。后来父亲去了河南的许昌，在那儿靠拖地排车苦力营生，时常在饭馆里像乞丐一样吃别人剩下的饭菜。父亲回来了，带来一头来自异乡的驴子。

那夜，整个平原都熄灭了。

不知什么时辰，后来母亲说那是半夜，驴的叫声突然“喂哇喂哇”地响起，声音高亢。在叫声中，那夜让人感到更黝黑更邃深，高亢的声音裹着浓黑从一家房檐到了另一家房檐，动静那么大。你就像躺在那声音的臂弯里，似睡非睡，像是人形容的假寐，但给人一种安定。

若是月夜，那月色便在驴的鸣叫里增添了振幅和动感；又若是春夜，麦香有点撩人，睡不沉实，就盼着驴叫，或者爬起看一下驴子再回来才能入睡。

驴在我家一年，就被卖掉了。卖它的时候，父亲把家里的黄豆炒了一升，让驴好好吃一顿饱饭走了。

驴走后，我才感觉到了它在家庭里的位置和意义。平常父亲总是喜欢用驴车拉几车土垫垫院子，在秋天拉庄稼时，特别是玉米秸秆，父亲一捆一捆地码在车上，高高的像坦克。一次，是夜里，车装得很高，月亮出来了，父亲让我爬到车上。那时月亮是潮红的，而且很圆很大，在远远的地方，有人点起野火，好像是在烧豆虫，空气里弥漫着好闻的煳味。

父亲和驴子在前面踢踏走着，突然父亲像有了兴致。

“给你说个谜，‘抬头望月’。”

“……”

“猜呀。”

“仰光！”我有点自豪，在月夜里，我像是在一坦克上，而坦克漂在月光里。这时，驴好像感到月光的诱惑，它突然大叫起来，那种声音在秋的平原的空阔里，像有无穷的魅力，一切都静止了。好像驴与我与父亲成了夜幕和月色里主要的角色，好像脱离了陈俗！

驴子被卖掉后，父亲陷入了一种孤独与自责。父亲不善语言，他把与驴子无言的交流当成了一份生趣。在艰难的岁月里，与人处不易，这也许是驴子和父亲深层情感的隐秘。父亲在河南许昌赶驴做苦力时与驴订交，一共四年形影不离。冬天父亲把取暖的被子披在驴子的身上，霜雪把驴子的额头覆盖。但生活的逼迫，使得父亲不得不把驴子卖掉还债。

但是一天夜里，父亲说“驴子回来了”，起身果然见驴子站在门前。那时天还未明，就像童话里的驴子一样，驴子在门口站着，我想它可能会开口说话，告诉我们它在那遥远村庄的事和它对父亲的思念。父亲开开房门，让驴子进来。那驴子一点都不客气，径直走进房子，父亲捋捋驴耳，驴子用脖子贴贴父亲，就差没有拱手问安了。

父亲把驴子送回买主。后来，驴子隔一段时间还来，在门口站一下，又原道返回。那时在真切的驴的叫声里，在农村天色微明的田野上，那头驴子远去了。

有一天，父亲到公社拉着车子买化肥，远远地就见一头驴子拖着犁铧奔跑而来，蹄脚上满是犁铧碰撞的血痕，能听见驴子后面人的吆喝：“疯了，驴疯了，躲开。”那驴子拖着犁铧飞跑着，全然不顾犁铧撞着蹄脚，“咣当咣当”。但等驴子到了父亲面前，它却沉静了。父亲细看，原来是我们家卖掉的那头驴子。父亲拉化肥从这个村旁经过，这个村子正是父亲卖掉驴子的地方，不知是什么灵犀，正在耕地的驴子知道了父亲的经过，它好像要尽地主之谊，非得和父亲会面，它表现出了一种激动，焦躁不安，向驭它的人发出信息，但它的现主人终于听不懂，于是就上演了从田野罢工、遁逃、飞奔的一幕。

父亲把这件事给大家说了，大家都感到惊奇。驴的脾气确然是倔，它可以不耕地怠工，你可以鞭打它，可以断绝它的食粮，但它非得要见父亲一面。

可是后来，我离开了村子到公社上学，驴子夜晚到我家来过几次，我都没有见到。但驴和人一样，墓草苍黄，终要老去，老了的驴子步履开始显得迟缓，牙齿开始脱落。在一日夜里，父亲起来，他知道驴子来啦，但拉开门闩，父亲看到了这样吃惊的场景。

满是泪水的驴子前膝跪着，是那样地不依不饶。

驴子的买主看到驴子一天天老去，不能再做重活，就于夜里商议，天一明把驴子牵给屠夫宰杀换钱，敏感的驴子肯定是感到了血腥要扑鼻而来，它挣脱缰绳，回到了父亲这里。

已经没有多少毛发的驴子跪着，身上满是鞭痕，它开始悲鸣，一声一声，父亲说就像孩子的涕泣。这就是驴子的命运，老了的驴子难免被宰杀的命运。耕地，拉磨，侮辱，鞭笞，没有改变这头驴子的敏感的生命，在被蹂躏的日子快要终结的时候，它在夜里为它和像它一样的驴子悲鸣，真是何堪其痛，让鞭笞的人听到那种叫声都要低下头反顾一下，多少人听到了驴子的叫声再也睡不安稳，夜，驴夜，让人感慨！

我知道爱驴子被人看作不雅，但人和万物应该是一样的，关怀驴子是一种对生命的珍爱和敬畏，是一种良善。大儒周敦颐“窗前草不除”，人问其故，他说：“与自家意思一般。”因为窗前草体现了自然界的“生意”。“为天地立心，为生民立命，为往圣继绝学，为万世开太平”的张载喜欢“闻驴鸣”，这也不为别的，因为驴鸣体现了自然的生命和谐。驴叫看起来是小事一桩，但我们可以意会良多，回味良多。父亲把驴子赎回不久，驴子就死掉了，父亲独自把驴子埋掉，埋在一个不为人知的地方。时隔多年，父亲也死去，我总想为父亲立一块碑，上镌：“这是一个热爱驴子的人。”但碍于乡村的风俗，我一直没有这样做，但歉疚一直折磨着我，对驴子对父亲，我想说：

“我爱你们，驴子和父亲！”

节气是一个一个的美学格子

一

何谓节气？有一年农历春节前和朋友策划，让书法家谢先生把有关二十四节气的诗词写下，准备出成线装可翻阅的节气册子，让人感受节气的名字和起伏。就像有双手握着雕刀在岁月的立柱上刻着什么，那自然的刻度就在咫尺，带给当下负重的心灵一点温慰。但这计划最终搁浅，人们看到节气的内容只是摇头，谁懂节气？这有何用？收藏古董吗？

那时我有一种无名的伤怀：这种规矩没人遵守了。

我说你懂寒来暑往吗？春来草青，秋至木叶尽黄，这是先人给我们的实用美学啊。时间是走的，发明滴漏的人看到了，就画出了格子，节气也是一个个格子，是古人给我们画的美学格子。我们在这些格子里可以读到古人的匠心。立春、谷雨、小满、芒种、寒露、冬至……一个一个的格子里，储满了皑皑的雪、柳间的蝉鸣、稻田的流萤、木叶的尽褪。

这是节气的规定，冷的时候就冷，热的时候就热！节气在哪里？节气就在我们的身边，可惜很多人已经失去了感悟节气的能力。大家都懵懂地活着，不知今夕何夕，没有了精神的线条，有的只是岁月的肚腩、腐败的肠胃。没有了和自然同步的生活，自然被我们关在了门外，其实节气是自然与秩序美的约定，该来的时候都来，该走的时候都走。

但现在即使是我，也要翻看日历才知道哪天是哪个节气。对一些节气望文生义：小雪，雪下的次数少，雪量不大，故称小雪；惊蛰，是谁把地下蛰伏的虫子打搅了吗？

后来见《月令七十二候集解》中有：“小雪，十月中。雨下而为寒气所薄，故凝而为雪。小者未盛之辞。初候，虹藏不见。”多么诗意，虹躲起来了，到该出来的时候，绝对误不了事，该酣睡的时候就酣睡，该藏起来的时候就藏起来。

“惊蛰，二月节，万物出乎震，震为雷，故曰惊蛰。是蛰虫惊而出走矣。”惊蛰的意思是天气回暖，春雷始鸣，惊醒蛰伏于地下冬眠的昆虫。

这时暗暗脸红了，才知望文生义的不准确。小雪，不是雪下的次数少，而是雨遇到寒气，开始凝结，但雪不大，这个时候，天上不再有彩虹。而惊蛰，天上开始有了隆隆的雷声，这是自然的事情，人管不着，一切自然里的东西，都有看不见的道存在。所谓的依天时顺天意，按老天的脸办事，是有深刻道理的。就像闻鸡起舞，人听到鸡司晨，马上爬起。而冬眠的虫子，一听到雷的呼喊，也开始蠕动身子，睡了一冬了，把骨头都睡疼了。

在我眼里，古人的眼睛特别锋锐，如鹰隼，又特别温和，如佛目。古人的皮肤也特别敏感，心很静，自然界一有什么声响，他们就在心里刻下痕迹，或者是在墙上、树枝上。

那种日子才叫淡定、从容、有板有眼、不潦草、不妄为。

那时的人有一颗肃穆的心在，那时的人做事特别虔敬，有古意。一年之计在于春，当春风来的时候，古人是那么庄重。在古人眼里和概念里，风是上苍的使者，从不误时，来的时候就来，是那么守信。人们对风是崇拜的，风从老天那里来，带来的是上苍的口信。古时朝廷有专门的乐官负责听春风，发现春风开始吹拂了，就要报告天子，然后朝野上下，全面动员，举行盛大的春耕仪式。

“孟春之月，……东风解冻。”

“季夏之月，……温风始至。”

“孟秋之月，……凉风至，白露降，寒蝉鸣。”

“仲秋之月，……盲风至，鸿雁来，玄鸟归，群鸟养羞。”

风有雄雌，风有脾气。风也有喜怒哀乐，它的表情和语言，告诉我们：所有物种都离不开风，人也一样。

我猜，所谓的节气，是以气的大小缓急来划分的。古人知道老天的脾气，顺着老天的脾气，不惹老天生气，对老天和和气气。不像现在的人处处拧着老天，战胜老天，把老天打得血肉模糊。

二

节气的美学格子里储满了声音。古人的耳朵特别敏感，不像现在的人耳朵里塞满了噪声，脑子里塞满了嘈杂。现在的人对自然的动静麻木，如古人形容的那样春风过驴耳。

有时我想能从古人那里借一双耳朵该多好，那样就可躲在节气里饕餮各种声音。四季各有各的声音的标签，整个世界就如一个共鸣箱，但那声音，我们听得再多，也不烦。

若是惊蛰了，就听黄莺叫。

“惊蛰分三候，一候桃始华，二候仓庚（鸧鹒）鸣，三候，鹰化为鸠。”仓庚的名字好。《章龟经》曰：“仓，清也；庚，新也。感春阳清新之气而初出，故名。”其名也多。《诗》曰黄鸟，齐人谓之搏黍，又谓之黄袍，僧家谓之金衣公子，其色黧黑而黄，又名鵹黄，谚曰黄栗留，黄莺莺儿，皆一种也。

这是一只能搅乱深闺的鸟，这声音是撩人的，也可以挑破人的梦。惊蛰了，情欲也从某个部位蠢蠢欲动。鸟声本是上苍给人类的音乐，是耳朵的享受。这黄鹂对老杜是一种神思旷远的清幽，而对梦到辽西的女子，无疑是“重金属”，把她的梦击碎了。于是她就开始想到打跑鸟儿，把声音也打跑。

夏之烈，一半是各种声音的聒噪。立夏，蝼蝈鸣，蚯蚓出。芒种，伯劳鸣。夏至，蜩始鸣。各种声音在夏天的节气里，扯着嗓子，有低音、高音，如同一场音乐会，有青蛙和声，分多声部。

少年夏日，曾与父亲拉排子车到县城送货物。天晚归来，当走到村北的泥之河上，正躺在车厢里，睡意蒙眬的我被铺天盖地的星光和蛙声合围。我仔细分辨不同的蛙鸣，然后默默地计数：一、二、三……怎么也记不下那壮观的旷野合奏曲，似鼓似锣，有弹有拨，有裂帛、有碎花、有茶盅跌落的清脆。但感到那时的喧闹乡村竟然是一个“静”的所在。

热是夏日节气的主调，要选夏日的代言，非蝉莫属。这些声音渲染炎热，让你的血管就如一个温度计，能清晰感到地表的温度从脚趾爬升，一直随着蝉的“知了啊知了啊”到达腋下直至额顶。

但蝉是跨界的，立秋，寒蝉鸣；而到了秋分呢，雷始收声，那就开始听蟋蟀叫。我有个幻想，吾之同乡王禹偁在黄州太守任上，破如椽的大竹为屋瓦。他说住在竹楼上面，夏宜急雨，声如瀑布，冬宜密雪，声比碎玉，而无论鼓琴、咏诗、下棋、投壶，共鸣的声音特别好。现在，若是捉千百只蟋蟀，放在竹瓦下，一只蟋蟀说话，千百只蟋蟀说话，缓缓地、徐徐地说，沉沉地、快快地说，舒舒缓缓舒舒，从立秋说到冬至，把秋温奏成冬肃，那该多令人神畅。

可如今，推土机占领了城市，推土机斫伤了历史，也斫伤了现代，蟋蟀的唧唧愈是迥不可闻。记得有一个朋友的女儿问我，什么是地平线？我无法回答。现在的孩子们远离了乡野，远离了夕阳，亦远离了黄昏与地平线。马达的隆隆代替了青蛙的呱呱、蝉鸣的吆吆，只是在夜里，也许还有一些坚韧的蟋蟀，从郊外潜回城市，为人们收拾一下前夜的残梦，让幻想留几个脚步在现代。

推土机占领了城市，污染肆虐了城市，大自然无一不受伤，诗意逃遁，蟋蟀也像是惧怕污染似的，从市中心悄然退隐，一直撤到城市的边缘，乃至死亡。

大雪呢，鹖旦（即寒号鸟）不鸣。冬天需要安静，所谓大美无言，热闹够了，就需要调养，一静一动，天地之道也。冬天是储藏的季节，一切的声音在储藏、在蓄积。那也是各类动植物乃至人修复自己听觉的时候，那也是对一年的声响反刍的时候。曾在友人的文字中读到这样的故事：有一长年居住山里的印第安人，受一纽约人盛邀，邀他到钢筋水泥的城里做客。等出机场穿越马路时，那印第安人突然喊道："你听到蟋蟀声了吗？"纽约人大笑："您大概坐飞机久了，是幻听吧。"走了两步，印第安人又停了下来，说："真的有蟋蟀，我听到了。"纽约人乐不可支："瞧，那儿正在施工打洞呢，您说的不会是它吧？"印第安人默默走到斑马线外的草地上，翻开了一段枯树干，果真，那儿趴着两只蟋蟀。

为什么城里的人听不到节气深处的声音呢？是他们的听觉退化了吗？不是的，而是他们的耳朵里满是车轮声、枪击声、演奏声、打桩声、滑翔声，种种人为的声音遮蔽了自然之声，久而久之，他们的耳朵淤塞了，劣币驱逐了良币，美好的自然之声，就被关在了外面。

三

先人的精神空间广阔不失天真，有些事现在看来没道理，荒诞，但无理而妙。我想，最浪漫的事就是按照古人二十四节气的规定重新生活一遍，而后在节气的某个时段终老。

古人一直是一年一年复制二十四节气的生活啊。

古人认为，惊蛰的最后五天，鹰化为鸠。鹰，鸷鸟也。此时鹰化为鸠，至秋则鸠复化为鹰。

谷雨的时候，田鼠化为鴽（古书上指鹌鹑类的小鸟）。阳气盛则鼠化为鴽，阴气盛则鴽复化为鼠。

立冬之日水始冰，又五日地始冻，又五日雉入大水为蜃。

最妙的是大暑，腐草为萤。这是多么浪漫的事。那些可爱的萤火虫是腐草而化，这才是化腐朽为神奇啊，这是古人的愿望。古人相信万物有灵，且这些动植物可以互相转化，像串门那样方便。

古人的浪漫和迷信是意境与想象，拿现在的科技来要求诗意，无乃关公秦琼之类太过乎？如果多一点务虚之美，就会使我们的生活多了神秘，有了梦幻的色彩，使我们的生活、我们的周遭不再那么生硬。如果一切都拿科学说事，人的审美、智力也许会下降，美的情愫失落了，生活就失去了美感，多了疼痛。

想到我的老父亲，已经故去二十年了，早已和泥土融为一体。

记得，每到霜降的时候，他都把地瓜藏窖里。那是如《地道战》里的地道那样的井窖。他把地瓜码在窖里，一块一块的地瓜，如婴孩那样肉嘟嘟地卧着。再用一层沙土覆着，那沙土讲究白，讲究细而软，你抓起来，就如水从你的手指缝里漏下。

一层沙土一层地瓜。一层地瓜一层沙土。有时那里面也放上白菜和柿子，它们一块儿挤在冬天里取暖、热闹。

最妙的是父亲给这窖井留一个气口。父亲说：“地瓜要喘气，像人一样。”是的，特别是冬天埋辣萝卜、胡萝卜，随意在院子或村头挖一个坑，把萝卜放进去，用黄土盖上，那坑的中间位置就竖一个秫秸秆，就像现在病房里的呼吸机一样。父亲说：“萝卜也喘气。”果然，一年的大雪时节，下了一天一夜的雪，到了半夜时分，雪停了，月亮出来了。

外面是月白和雪白，屋里也是雪的白和月亮的白。我半夜下床解手，光着脚丫，一踩地上，就如一层白白的冰，那种透心的凉使我打了个激灵。

父亲让我往外看一看有什么变化。

我看见家里的院子如裹了雪的被子，埋萝卜的地方，那个秫秸秆立的地方，特别是那个秫秸秆，一节一节地冒着热气。

我怔住了，说不出原因。

父亲沉吟地说：“谁都逃不过节气啊，该落的时候都落。”当时我并不明白父亲的意思，该落的要落，是指雪吗？好像又是又不是。

如今，我一年四季都脱离了大自然，像被土埋在坑里的萝卜。但我有一根呼吸自然的秫秸秆吗？

现在埋我们的不再是土，而是一个个的商场、一个个的橱窗，是案头的电脑、推不开的酒场。我们忘记了我们是要喘气的。在这样的环境下，我们会越来越窒息，直到枯萎死亡。

我想起有次要在雪天里吃包子，父亲弄了二斤羊肉，用刀剁碎，要吃羊肉胡萝卜馅的包子。

父亲派给我一个活儿，就是到雪地里挖胡萝卜。

我踏着雪，在有秫秸秆冒气的地方把雪弄开，那时的地，也冒热气，其实大地冻得十分结实。

我干活干得把棉袄脱了，那胡萝卜才露出脸来。

那胡萝卜真好，红红的、肉肉的、鲜亮饱满，看得出汁液鼓鼓囊囊的。奇妙的是，那胡萝卜的身上竟然长出了细细的根须，头上也有了绿莹莹的芽。

这是雪的梦吗?

父亲说："喘气的胡萝卜不死！"

是啊，如果冬天农人在窖里、坑里埋藏萝卜的时候，不给它留一根秫秸秆，那么等你吃的时候挖出来，那时的胡萝卜或者糠了或者腐烂了。

我们如蒙眼的驴子，在黑暗里消耗着生命，没有一根秫秸秆给我们输送养分。我们忘记了我们首先是生物，然后才是人。

若生物忘记了呼吸，若生物被剥夺了呼吸，你试试？那只有死。

父母故去多年，有时我回到那片土地上，像一个陌生人在寻找着什么，在酒肆、在饭馆、在乡间野炊，乡音尚存，但少了一些滋味，年没有了年味。那时多好啊，冬至了，腊八了，一家老小高兴地聚在一起讨论怎样置办年货，淘麦子磨面蒸花糕包饺子，求有学问的人写春联，期待着踏着雪走亲戚，讨一些压岁钱。现在的故乡，一些习俗一些东西已经被肆意地篡改了，置身在被污染的河流与化工厂之间，有一种怆然，想大步离去，但我还是不死心，目光炯炯的，四处搜寻。

想迎面碰到一座老房子、一株上年岁的树、一调来自父老的乡野俚曲，想到集市上被那些喧闹的肩膀抗一下，被那脚板踏一下，被大奶的农妇骂一下。但故乡太过纤弱，它的一些历史已经被挤压到可怕的虚无。到处是喧闹，内心里只想呐喊一声：故乡，你脚步放慢一点，你的灵魂已气喘吁吁，赶不上你匆忙的脚步。

有时发现一个民俗馆，我总是挤进去，即使到了闭馆时分，还是那么贪婪地看着、念叨着。看到一件件农具、灶台、织布机、唢呐、纺车、虎头帽，霎时，我就像被一种巨大的幕布围裹起来。唢呐响了起来，织布机也唧唧复唧唧，纺车的吱扭声，红车子的鸣叫声，还有风箱的呱嗒，牛羊出栏、鸡狗回窝的声音，整个展厅成了一个音箱。我走在其中，左顾右盼，我被那些声音和气息覆盖，像回到了童年。但我又想，这无疑是一些木乃伊，是一些悲怆的化石和僵尸而已。

现代的文明太霸道、太自负。这些浑朴未凿的原初生活、这些节气下的民俗，被无情地抛弃了，那些原本天然的东西变成了民俗馆的缅想。那些非物质文化遗产，像是医院里的呼吸机；故乡的风情，像是临终的抢救。

故乡已经毁容，故乡已被凌迟，再临终抢救、再临终关怀也挽救不了故乡的性命。

四

节气的格子就是天人合一的格子，是古人用墨线放线，然后用斧子锛，用凿子凿，用锯子锯。这些结构是榫卯结构，依据天然，不改变自然的习性，与野草为邻，被露珠包围着，被雪花包围着。这格子里的房舍、草垛、牲畜，还有黄昏，都是和谐的，即使有些虫子喋喋不休，大家都能容忍。有些老中医会把脉，而一些农人也会为土地把脉，一些风雅的士人为风霜雪雨把脉，为鸟巢把脉。

古人认为万物有灵，古人认为万物有情。古人的生活是与自然同体。

雨水的节气到来是正月中，所谓天一生水，春始属木，然生木者必水也，故立春后继之雨水，且东风既解冻则散而为雨水矣。

在这个季节，应该举行一些祭奠，这个活儿是獭干的，古人解释雨水用了这样一句陈述："獭祭鱼。獭，一名水狗贼，鱼者也；祭鱼，取鱼以祭天也。所谓豺獭知报本。岁始而鱼上游，则獭初取以祭。"多么令人感动的祭奠场面，水獭来祭拜上苍，满怀敬畏，先祭拜再食用。我想到母亲，在春节的时候，把饺子舀出，先是祷告上苍，然后再让我们吃。

到了立春日，古人会喝春酒，古人的素常生活多的是情趣、是飘逸。就如司空图的《二十四诗品》有一品《典雅》："玉壶买春，赏雨茅屋。坐中佳士，左右修竹。白云初晴，幽鸟相逐。眠琴绿荫，上有飞瀑。落花无言，人淡如菊。书之岁华，其曰可读。"这样的画面，我是十分欣赏的，常把"落花无言，人淡如菊"看作人的至高境界，但我对"玉壶买春"一词一直疑惑，是"小楼一夜听春雨，深巷明朝卖杏花"？把淡荡的春光买来，把杏花枝头的春意插在梅瓶里，作为案头的清供吗？古人是有这样的雅趣的，《红楼梦》中有这样一情节：妙玉把梅花瓣上的白雪收集在一个坛子里，在地下埋了三年，再拿出来泡茶喝。而在都市，这样的雅趣怕是受到了阉割，已杳如黄鹤。雾霾来了，煤烟和汽车尾气造成混合型污染，酸雨和二氧化硫污染面积扩大，雪还是白的吗？如果再像妙玉一样收集“纯洁”的雪水，埋在地下三年，不知那水馊了几次。含有几多的致癌物质、几多的细菌、几多的无奈，哪里能喝？即使漱口，也是满嘴白牙变黑齿，徒呼呜呜了。

后来我知道所谓的玉壶买春，在中国古代的意思就是去打酒，买春酒。古人的生活寒素，一般的人家冬日是没有取暖工具的，不像现在的我们，暖气、空调、水暖、地暖一应俱全，放逐了寒冷。所以古人到了立春日，就会聚在一起喝酒祝贺：寒冷去了，春天来了，大家去踏青喝酒，这是多么雅的事。“酒”字前头着一“春”字，好像红杏枝头春意闹一样的喜庆、一样的欢快。我想，所谓立春日的春酒，一是指立春当天喝的酒，再是指为迎接春天酿造的酒吧。

但现在的人少了诗意，少了雅致，没有了敬畏，也没有了禁忌，禁忌是迷信吗？毋宁认为禁忌是一种怕，我们古人是知道害怕的，但后来这种怕被灭失了。我们是在不怕的教育氛围中成长的，天不怕，地不怕，不怕牺牲，不怕祖宗，对自然的一切都敢踏上一只脚。怕是一种可贵的精神素质，有个哲学家说，这种怕与任何形式的畏惧、怯懦都不相干，而是与羞涩、虔敬相关。这是当人面临虚无时，幡然悔悟其自身的渺小和欠缺。

也许这样的解释有点拗口，但怕在古人那里，在我母亲逢年过节对那些习俗的虔敬里，我看到了美的仪式，所谓的怕变成了一种爱。

其实古代很多的节气习俗，是关乎心灵、关乎虔敬的。上苍造人，是要人有所顾忌，有所节制，有所不为，而不是为所欲为，胡作非为。人如果狂妄僭越，那就离发疯不远，离癫狂不远，离死亡也近。

我想到《本草纲目》记载了“立春雨水：夫妻各饮一杯，还房，当获时有子。神效也”，《本草拾遗》载“夫溺处土：令有子。壬子日，妇人取少许，水和服之，是日就房，即有娠也”。

这些药方子的科学性肯定是令今人惊诧狐疑的，甚至一听就会感到荒唐可笑，是游走江湖的术士，还是庸医在忽悠？也许是不科学的，但谁又能否认它在古时候的有效性、可行性呢？

《本草纲目》《本草拾遗》里开出的这些药方子，我们关注的不是这些药方给出的具体药物是否含有有效的物质成分，而是这些药物以及这些药物名称所蕴含的精神意义，以及由这些意义所引出的人虔敬的举止。正月的雨水能催出男女的精子卵子？答案是否定的。雨水肯定不能促进夫妻的内分泌，但正月雨水所暗示的万物复苏、生机勃发的语义却具备这个作用。人粪尿，作为肥料，具有肥沃、繁殖、生命的意蕴，妻子是供丈夫耕作、施肥、播种的土地，药方特别叮嘱要在壬子日服用，壬子者，妊子也。

这些药物对经过现代科学洗礼的现代人肯定是无效的了，那是因为那个曾经赋予这些药物以精神意义和有效性意义的世界已土崩瓦解，不再引人遐想，从而也不再能激发身体的反应和生机。而丧失了这个意义世界的依托，本草医学，也就从曾经行之有效的技艺，而变为遭人诟病的江湖骗术和伪科学。人心不古而使山水不古、草木不古，自然伤痕累累，古老的秩序和天然逻辑被破坏，它冒犯的不仅是神性，损害的不仅是生态，更是对人类精神家园的摧毁，对一种精神美学的摧毁。有什么样的人民就有什么样的山河草木，人心不古，何求江山千古？

古时，无论动物、植物、人，大家是相让的。山有柴，春天，人把斧头封住；春天，河里有鱼，人管住自己的嘴巴。人知底线，有良知，那时土地庙里的神明，是正常值班的，百姓是心怀敬畏的，小人是会得到报应的。那时的人生活得古风古意。冬天了，大家一起过冬，兽长了绒毛，人蜷缩在屋里，顶多弄上个火盆，不像现在空调破坏臭氧层。

节气来了，最先能感知到的是植物，那主要的是风与水。春天，水足风暖，春暖花开，动物交配，农事繁忙，植物发芽，大地一片绿色，生机盎然。夏天，风热水蒸，热风载水，滋润着万物茁壮与茂盛。秋天，风凉水静，水收风干，植物果熟叶凋。冬天，风寒水冻，植物藏而归根，动物也进入了冬眠。

水动风暖，春天来了；风热水蒸，夏天到了；风凉水静，秋天来临；风寒水冻，冬天一统。缺水定旱，水泛成涝，风急多损。

迷信风水不是坏事情，让风和水按时值日多好。古人对节气的遵循与敬重，隐含着中国人“敬天知命”的精神，随着时间的过往、世事的迁延，古风不在，还有多少人懂得节气蕴藏的富饶的旨趣呢？一年有四季，四季有二十四节气，这些既形象又诗意的制式化概念，在我们的内心悄悄安置一个“时间”的结构，仿若诗意的齿轮，但现在这个齿轮的齿磨秃了，大家像生活在一个高速旋转的陀螺里，上气不接下气。

亲近节气就是亲近自然的一种方式。我们应该找回被我们抛弃的节气，我们应该修复现在看来不再管用、不再应时的节气。

为什么节气不再应时？是人们把自然的生态毁掉了。河流被改变了，大雁栖息的芦苇没有了；山岳被改变了，狐狸的巢穴没有了。天然的本性被改变了，有几只鸡是不吃饲料长大的？我知道现在的鸭子，昼夜在灯泡的照耀下成长，只是吃、吃，然后被吃。

节气是自然的存在，是人发现的一个一个的美学格子，是自然的秩序，人不能创造自然的秩序。人其实很渺小，要低眉躬下身子在自然里安生。但人太吵了，处处按着自己的性子。很多生物没有了，人不能创造自然的生物，不能创造自然的美。但人可以毁弃自然，现在的人违反自然规律，违犯节气，逆天而动，没有了质朴，少了敬畏。而今，雾霾如鼠疫一样开始肆行在城市与乡村，天空不再蔚蓝，在上年的冬至，北京让我如此恐惧，那天一下火车，我的喉头就如被辣椒灼烧，鼻子奇痒。当时以为就是感冒的前兆，但几日一直如此，吃药打针一直无效，我感到了呼吸的急促，看到天灰蒙如盖，令人无措。

冬季的京城，没有了太阳，整个天地淤滞呆沉，仿佛藏污纳垢之所。冬至到了，本来是应该贺冬的，但早已没有了那种心情，其实在我的鲁西南老家，冬至这天，是要吃饺子的。据说这风俗来自医圣张仲景，他曾在江南为官，当他告老还乡，时值大雪纷飞的冬至，寒风凛冽。他看见家乡的乡亲衣不遮体，有不少人的耳朵冻烂了，悲悯之心油然而生，就叫随从弟子在家门口搭起医棚，把羊肉和一些驱寒药材放在锅里煮，再捞出来剁碎，用面皮包成像耳朵的样子，再放锅里煮熟，做成一种叫“祛寒娇耳汤”的药物施舍给百姓。大家服食后，冻坏的耳朵都治好了。后来，每逢冬至这天，人们便模仿做着吃，是故形成“捏冻耳朵”此种习俗。以后人们称它为饺子，我家乡的人称为“扁食”，人们都说吃了冬至的饺子不冻耳朵。

也许节气是我们最好的读本，我们可以诗化地还原它，回到原本，回到优雅，回到朴素与从容。我们对节气的倒行逆施，正如加缪在《反抗者》里所说：“反抗永远不是一种浪漫主义，相反，它支持真正的现实主义。若它要求一种‘革命’，那它为的是生命而不是反对生命。这就是它为什么首先依靠最具体的现实：职业、村庄、存在物与人的跳动的心脏……至于政治，它应该屈从于这些事实。”

是啊，让我们修复被我们践踏的节气吧，让我们从迷幻的 GDP 中醒来，修补我们的生活，修补我们的诗意。

珠玑与琐屑

井里的月亮

秋天的夜里，我跟着父亲到菜园去给白菜浇水。父亲在前面挑水，我在后面用罐子提水。

我看到好多的白色的蜻蜓和蝴蝶从父亲的水桶里飞起来。我的罐子里也有白色的蜻蜓和蝴蝶飞起来。

我疑惑了。四下一望，月亮出来了，那些月光就如长翅膀的蜻蜓和蝴蝶栖落在村里的屋子上、菜园的树枝上。

在夜里，父亲不允许我走近井台，他把水桶从井里用井绳提出来，把水倒到我的罐子里。

当我们刚到菜园的时候,我远远看到井口黑乎乎的,像一个盲人的无神的瞳仁。

月亮出来了，那井沿也亮了，明晃晃的，井沿上趴满了蝴蝶和蜻蜓。

在又一次提水时，我故意落在父亲的背后，等到他走远了，我则回到井边，就趴在井沿外，往井里看。

我吃惊了，那是一井筒的蝴蝶和蜻蜓。

我看到了井底里的我，那水里也有一个趴在井口的童年．我张嘴他也张嘴，都在笑。

那是一井筒的月亮，真亮啊，我想到白糖和冰糖，是那种结晶的。

第二天，我早早起来上学，地上有霜了，我猜是昨夜的月光结冰了。

青蛙的坑塘

那是一池的音乐家歌唱家在演奏在歌唱，幕布就是满坑塘的荷叶，掌声也来自那些荷叶的鼓掌。

早晨，往往是独奏或独唱，只是一个一个的青蛙，好像练习音准，好像在吊嗓子。

合唱合奏总是在夜晚，那时，整个村子静寂了，好像在等待。那些槐树榆树也伸着枝干，那是伸着的脖子，上面挂满期待。乡村多么寂寞。

应该发生一点什么，应该有一点响声。

开始了。

一个青蛙起头了，接着像起了风，大片的青蛙，争先恐后地鼓着白腹，不是窃窃私语，而是大张旗鼓，整个坑塘，不，整个村子都被这蛙声攻陷了。

像进攻的勇士，像落下的急雨，像无数的锣啊鼓啊铙啊镲啊，没有曲谱，想怎么就怎么，真的是乱了阵脚。但让人感到的是力量。

这时，满坑塘的都是嗓子，都是嘴巴，都是肺部的共鸣。你想它们为什么叫？是饥饿？是劳累？

不。

它们只是嗓子痒。

它们天生的就是给这片大地带来自己的声音。

它们只有叫，我们才知道它们；它们只有叫，我们才能区分它们与槐树榆树的区别。

那时的乡村一刹那也受到了激励，好像也激动了，你看到那些房屋好像也踮起了脚，它们也想走到坑塘，加入青蛙的合唱。

半夜了，坑塘的音乐演唱还没结束。星星困了。

告诉麻雀

早晨很冷。告诉麻雀，冬天，天还很黑，为什么你还要这么早早地在屋檐下叫？很多的小朋友脖子正缩在被窝里，冷啊，牙关都闭得紧紧的，怕寒气进来。云彩也很低，它们冻得没有力气再爬到高处。

天还没有亮。

麻雀，你为什么不多睡一会儿？何苦那样早早地叫，不怕把嗓子叫哑了？真叫哑了，你吃什么牌子的嗓子药啊？

我见老师嗓子哑了，就喝胖大海，老师没喝胖，声音却大海一样凶。

麻雀，你一叫，奶奶就会喊我去上学。我要经过几个胡同，还要经过一个小桥，暗胡同里，有狗，天还黑着，那狗的眼睛却发光；我知道，你叫的时候，狗也会随声附和。冬天，太荒凉了，树叶没了叶子，草叶枯了，麻雀，你不寂寞么？

在麻雀的叫声里，很多同学背着书包出来了，有的后面还跟着狗，有的把书包挂在狗的脖子上，等到学校，狗就蹲在教室外面。

教室的屋檐下也有麻雀，那狗就分不清了，这麻雀和村里的是否是一家？

白马芦苇

过一条叫沙河的荒河，才能走到村里。

沙河是看不见的，在秋天，都是满天满地的芦苇，密匝匝地遮住了那些水流。

那些白头的芦苇，如凝结了霜一样。

也是一些白头的婆婆，或者是白头的公公。

就这时候，黄昏夕照，真是有村子里白头的老农到芦苇的深处，割些老草喂牛，走到深处，你就分辨不出，哪是老农的头颅，哪里是芦苇的头颅。特别是晚霞如绽开的芍药，这时，整个沙河都是那种芍药的紫色，还镶嵌着金，真的是让人落泪鼓掌的美。

大了，才知白马入芦花的意境，那是白遇白，白与白，没有界限，浑然；大了，才知道银碗盛雪，那更是一种无垠的美。

我曾多次到沙河，在秋夜，我觉得那是一河的碎银，是月亮出来，白天看不到的流水，它们反射着月光，到处，都是碎银。

芦花是有声音的，风来了，那些碎银不是叮当，而是噗啦噗啦。

我感到了这些碎银的温软。

我有时觉得，我们的村子太富有，我们用银碗来盛雪。

大地就是碗，那些芦花，就是雪，就是碎银。是的，是银子盛银子。

瓦

那些瓦上，就是村里的蓝马嘎子。

上学后，在学屋，才知道蓝马嘎子，学名叫喜鹊。在印有喜鹊书的空白处，用铅笔记下，蓝马嘎子。

它们成群结队地站在一家一户的房子上，好像把翅膀卸下，晾晒在草上。

会叫会飞的蓝马嘎子，它们的房子没有瓦。

不会飞会叫的人的房子才有瓦，才有那些蓝色的，如天一样蓝，如染缸的颜色一样蓝的瓦。

那是村子的翅膀。

秋天，夜里，常有大雁飞过。那时的星空明亮，人能看到高远处，蓝的天空的星星，还有排成的人字形的雁队。

大雁经过村子总会叫。我有时想，是不是它们在呼喊那些瓦呢。

如果在月光下，那些瓦，都有了力气，有了生命，都振翅高飞。

那真是乡间最美的童话。整个村子，也是一队列的大雁，不，是一队列的树木和泥块，一队列的梁檩和麦草，都生出了翅膀，都驾着蓝瓦做的翅膀，从平原起飞。

它们会飞到哪里？

我犯愁了。

没人给我答案。

到了春天，我看到有蓝色的蝴蝶，我想捉住，看是不是那些溜号的蓝瓦变成的。

一朵云

在放学的路上，总能看到一朵云，清澈的孤单。

是犯了错误？

一朵云经过了学校，也经过了沙河，但大家没有挽留的意思，没有接受的意思。

那大片大片的云，在前面，如一个果园，到处是盛开的花，上面都爬满了蜜蜂。

而落单的这朵云，就如那枚月牙，也是清澈的孤单。整个西天空阔，连颗星星都不肯先出来陪一下这月牙。

我看到这孤单的云，开始凑近月下。

如一个害羞的小孩子接近一个喜爱的食物，云朵问，月牙，你也独自一个么？

月牙把这朵云当作了一块画布，开始把村子里的柿子树、枣树，那些黑黑的枝条，用墨色一笔一笔地描画在那云上。

这一时，我的书包里，正有美术课的作业，我要用这朵云帮我画出这个黄昏的一切。

其实，哪有孤单？一朵云有一朵云的美丽和魅力，大片云有大片云的好，大片云就是一朵云一朵云的结帮。这样，我喜欢这朵孤单云的傲气，独来独走。

蒲公英的伞兵

那些背着降落伞的兵士们，从村子上方飘飘落落。

这是我最熟悉的童年的场景，是童年冬天的场景。我不明白，这些士兵们平时的军营在哪里？那些白云是它们的军帐，还是它们的窝棚？我们村里的牛啊，驴啊，都是在窝棚里，站着睡觉打鼾。

我知道，村子或者大地才是它们的归宿、故乡。

白色的蒲公英，在春天的田埂上、水渠旁开着黄色的花，那是制造可升降伞的作坊，那些黄色的花，就是车工钳工，或者是纺织工缝补工。

它们是在夜里，偷偷地溜到了天幕上，它们的好奇心驱使它们去寻找星星们。

它们远离了土地。

但时间使它们想家，它们开始回忆。它们记忆的门槛里，有学屋孩子的纸鸢和纸鹤，还有孩子嘟起嘴，深呼吸，然后噗的一声，把它们的伞全部打开。

那么温馨，它记起孩子的童年，也是它的欢乐的时光。

它们离得开泥土么？

你看它们开始在冬天寻找泥土来了。

它们不管不顾，把自己的伞降落在村子的墙头上；降落在结冰的沙河上；降落在鸡窝旁；还有降落在童年的书包上。

它们早迫不及待了，因为它们的梦，就是在村子的炕上才温馨。

这些伞兵们，真的像巡逻的兵士，它们从天上下来了。当它们降落在火炉旁，村子的温暖，使它们开始流泪，然后就消失融化在大地上。

这是一个轮回啊，明年还有小小的兵士驾着那些伞往天幕飞去。

我知道，它们总会回返。

烧霞的记忆

那是才入五年级的秋天下午，天空是赭红的。

一开始是从玻璃开始的，玻璃的原质地看不到了，是烈火烹油样的熊熊，真像火一般的火苗开在玻璃上，又像是猪血被泼在了上面。在年关，我看到过屠夫杀猪，那猪的血喷涌的力道使人震惊。而这次的烧霞，更是使我震惊。

第一次是难以忘怀的。

那塞满天空的烧霞，如巨大的染坊，从天而垂，飞流直下。如可以丈量，绝对是三千丈不止。三千丈的烧霞，是竖着量。还有烧霞的厚，那整个把村子和学校包裹得如婴儿的包袱。

这是我童年在村北头完小看到的烧霞，连我们学屋的山墙也是燃烧的，屋檐上的瓦松也如火苗一样，旗帜一样。

是这种火让我兴奋？甚至直到今天还是能跨过记忆的门槛，还能真切地回访童年的烧霞？不，是那种烧霞，使我们平常的村子有了另一种颜色。

我曾在雨后看到过彩虹，也曾幸喜狂叫。

但这种烧霞，把我镇住了，使我不能狂叫，我感到了呼吸的艰难。世间自然有那么多的奇妙，使我们不知，那天放学的孩子都看到了烧霞，都是被吓住了。

大家顶着一身的火苗走回家。

进门看到狗，狗也是烧霞色，那个奇思妙想的人，给猪插上了一根葱。

那葱就如一根蜡烛。

我记住了童年的那次烧霞，漫天的红从天而垂落；整个村子都在火焰里。

只有这一次烧霞，烙在记忆里。

星夜

人生有几个难忘的星夜？

是在一个高海拔的秋天的草原，我说我们去看星星。

车子把我们带到离宾馆数十公里处，没有城市灯火的地带，关上车灯及其一切随身的光源。

那时的星空，底子是水洗的蓝。星星稠密得发白，如秋后的草种子那么密匝，如是拿在手里，那星星就如沙子一样会从指间流泻开。只是一霎的感觉，那些星星就如泥之河的沙子。我小时踏在河滩上，脚趾间都是那种沙子，就如这高原秋夜的星星。

是有巨人之脚，应该踏上去，天上没有住户么？

一条白带一样的河流斜线一样横亘在蓝的夜幕上。

是谁刚才为星星洒水么？

还是星星就突然变胖了？

一些星星如水滴，如葡萄那样饱满。远处的星星接触到地平线了，我像听到那是雨落的声音。

这夜的星空，也有星星串门，走路的姿势是那么急匆，好像家有病人。

这样的星夜如药，给我们慰藉，医治焦虑的性灵；这种星夜，不是凡·高的那种旋转的热烈的星夜，那种星夜，不是药，而是火。

屋檐

我喜欢屋檐，无论是雪天，还是雨天。

落雪的时候，北风小起，雪从檐下飞舞，如银蝶，很贼地就钻入木格窗户，虽然窗子是密闭的。

风扑打屋檐的声音也好听，就如口哨。特别是秋天的夜里，经过一夜的扑打，屋檐下常常旋起一堆一堆的黄的落叶，有白杨的，那叶子黄得浅，而银杏的叶子不是银的，而是金子的黄。当然，好看的是挂在屋檐的树叶子，三片四片的，还有断枝，真让人感到删繁就简的秋的威力。

屋檐下的银杏的叶子，是晚秋的蝴蝶，还在坚守最后的位置，点缀在季节深处。

雨从屋檐滴落，有时间隔而落，有时成串珠而落，真的疾密，就成水帘。敲击瓦的雨滴，没有雪的温柔，你觉得雨是很淘的小童，它们在屋瓦上跳脚，游戏。雨打在别处，比如树上、花上，那树的叶子就如屋檐，那花的花瓣雨叶也如屋檐。

屋檐是修饰，雨与雪是屋檐的修饰。

月光朦胧间看屋檐，就如看一幅水墨画。冬天的是枯墨、焦墨；而夏季的月下的屋檐是水汽最足的，墨色酣畅。

夜里，有猫从屋檐走，如武艺高强的练家子。那种飞檐走壁的声音似有似无，我喜欢伏在枕上，听那种奇妙无比的声音，可以幻想古代的刺客。

串杨叶

秋的深处，早晨开始下霜，那树的叶子是经不得几次霜这样的击打与蹂躏的。

在村外的白杨林里，那些灿烂的叶子开始辞别高处。它们飘落了，地上，有的成堆，有的孤零一片。安静得如睡眠，活泼得如黄蝶。

那就有婆婆，开始用竹签连着长长的细线，一片一片地串杨叶，我也曾串杨叶。

母亲用杨叶捂酱豆，在酱豆的盛器的口部盖上杨叶，然后再埋到麦秸垛里，经过几日，就有发酵的味道从麦秸垛逸出。

酱豆捂好了，敷在酱豆盛器的杨叶，如草纸被揭下。

串杨叶，常使人感觉，那一串的圆圆黄黄的叶子如一串的蝴蝶，还如金币。

串杨叶的最好时候，是树上尚存不少的叶子，太阳未落。你用竹签一下一下串起的时候，头上是飘落的叶子，如蝴蝶飘飞，有时一有风，落叶就如疾速的雨，把你覆盖，那被无边舞蝶包围的感觉，真的奇妙。

你仰望着天，秋的空阔是从串杨叶开始的，头上传来鸟的叫声。黄的叶子又沙沙沙地下起来了，这时的叶子不是蝴蝶，而是雨。

风大了。

露珠

人说，这是夜哭人的泪。

晶莹的露水。在早晨的田埂上，我仔细迈着步子，怕踏着露水，或者步伐大了，下脚重了，怕惊吓到它们。

昨夜星光灿烂，也有人哭泣？那星空让人感到的是暖意啊。其实这只是我的认知，鸡声茅店月，人迹板桥霜。何处没有夜行人？何处没有孤独者？

在夜里，我也曾听到露水从屋檐滴落的噗嗒声。

其实在夜里，睡不着的时候，是有哇哇的哭声在，那是猫在寻偶，但我们的耳膜外，有苦难者的哭泣，是遥远为我们过滤掉了。

因之此，秋天的早晨，我如果随父亲到菜园，看见，那篱笆上的触须上、花朵上的露珠，我真的是对着晶莹的泪珠，在心里默祷：

“不要碰到它们，那也许是昨夜花的哭泣，也许是谁折断了它的枝条，摘取了它的果实。它们应该哭，有哭的权利。”

其实何止露珠。

在春末，有这样的鸟在空中飞过，一再重复自己，还是提醒乡村：

“活得好苦，活得好苦！”

也有人把这鸟语翻译成：光棍捉锄。

露珠是没有音带的，它喊不出。但我看到了，这是夜做的标记。就如人也有露珠，那是从皮肤渗出的，只是人们换个说法，叫汗珠。

我看到了父亲的汗珠滴落到菜园子的篱笆上，那是父亲挑水时候滴落的，他碰落露珠，马上就又补充上汗珠，那汗珠不是父亲赐予篱笆的？这汗珠如箴言，也是农人苦的启示。

露珠里有我的村子的倒影。

晨霜

踏着晨霜去学屋，是我小学冬天的功课，温故知新。

我看见伙伴栾小六的帽檐，有白白的霜；那时鸡才乱叫，天未明，四周仍是一片黑漆。鸡鸣，不只有鸡鸣，还有听到脚步的狗，偶尔叫几下。往天上瞧瞧，还挂着一枚惨白的月牙，也如染了霜。

农户没有表，只是按约莫的时辰起卧。有时到了学屋，天仍是不明，栾小六就说，来早了，咱们再回去睡一会儿。

霜凝结在学屋的课室，那玻璃就有了白，是枣树的枝柯，是霜花。这时不要去触摸课室的锁头，那会痄你的手。

有时踢踏着霜回家睡回笼觉，有时就从窗户跳进课室，窗台上当然是霜的领地，且厚，手一按，就有巴掌的印。

我们跳进课室，看月牙很难地透过有霜的玻璃，后来，我见过毛玻璃，就以为，那是人工凝结的霜。

太阳出来，玻璃的霜，成了一道道水的细线，蜿蜒如土里的蚯蚓。

霜是什么时候凝结的，在夜间？

我和栾小六想看一次，但连续几个晚上，待在屋里一会儿，跑出门外一会儿，每次去看，都看不到霜，树枝和瓦檐仍是缄默，仍是灰色。但刚一瞌睡，再看一眼，那院落里的枣树的枝柯上，竟有了浓厚的霜。

那霜是怎样来到的？轻悄悄的队列，是衔枚疾走的兵士，有着严明的纪律。

我们怪罪自己，再一次错过了时辰，正好结霜的时辰。

月光

我喜欢月光。

有年秋天，绕道数百公里，我去看望一个朋友。到他所在的县城，天已经黑透，而他在乡下，距县城尚有三十公里路程，便于旅社租一脚踏车，循乡间土路奔赴叫大索庄的村子。

记得非常清晰，从土路下道，还要穿过几公里的田野才能到朋友的村子。秋天的天真高，也真静，这静是有各种小生物叫声的静。

我看到一条明晃晃的小路，把两边的玉蜀黍、棉花、花生、红薯分开；我从乡间土路下道时，天还是黑透，而这时，我看到月光如白的颗粒撒落下来。

月光，月光。

月光就在我前面的玉蜀黍的秸秆和纷披的叶子上撒落，那叶片的绒毛和刺也被镀上了月光；月光就在我前面的棉花的花桃上撒落，那已经绽开的棉花桃，白的花絮子，就像凝结的月光的颗粒；月光就在我前面的坟头上撒落，那些草，也成了白色。

我壮胆吹了下口哨。

我的脚踏车如穿行在水里，那些植物如水草，这是苏轼笔下的月夜九百多年后的现代版？承天寺的月如水，也如白的墨供苏轼写意。

我看见大索庄的影子，月下的庄子被一条月下的小路牵着，是剪影，有高有低，房子的轮廓，树的轮廓，烟囱的轮廓。

我看见了村头的人影，他披着月光；夜很深了，我的脚踏车沿着月光的小路，要到大索庄去，那个披着月色的人的剪影，就是友人，他手里还握着一枚手电筒。

手电筒的光，在月下，并不多余。

雨

雨是童年的常客。顽皮。淘气。

雨，在夜里造访了院落里的小桃红，匀给它们胭脂的汁液。

雨，把喇叭送给花朵，让它们在春天的通往学屋的路上显摆。

雨，排成队列，在瓦檐操练水军，练习跳崖。它们手牵着手，如到井里捞月亮的猴子，这雨是去土地里打捞沉睡的种子。

是的，在童年，一直不明白，雨为何常在夜间造访，那是它的琴弦只有在静谧的夜间才有韵致。你在窗棂外，听到一滴水从瓦檐滴到大地上的声音，就是雨的一个节拍。黎明的声音，格外温暖。

早晨，你再看昨夜的一切，都是沐浴而来，有着喜气和骄傲。叶片上有梳理的痕迹，它们做了雨的见证；花朵更是把自己变成了夜的盛器，它们满满的，好像乡里的酒杯一般，夜雨把它们斟满了，哗啦，那酒就泼洒了。

于是，原先躲在土下的，听到雨声，就站了出来，有的单帮，有的列队，经过一个冬天，谁不想沐浴？谁不想一洗身上的晦气和尘俗？

童年的书包被雨打湿了，还有课本。走在路上，看到一只蚯蚓出来了，向经过此处的人表达善意。有孩子，轻轻俯下身子，用文具盒轻轻把蚯蚓移送到安全的地带。

雨，真是把良善下到了孩子的眼睛里，他们的瞳仁更亮了，那是澎湃的雨意吧。

一猪蹄甲的时光

在童年的时候，我们的村子在黄壤平原的深处，到了冬天，那夜就特别地黝黑。

狗叫声从远处传来，好像更加加重了那黑。

如果从家里到外面去找朋友玩，就必须有蜡烛。

我们的蜡烛是用猪蹄甲做的。

那些年的冬天，特别是近年关，几乎每隔几天，就有人家杀猪。

我们这些孩子就挤到杀猪锅那里看热闹，眼巴巴地盯着猪蹄甲或者猪尿泡。大人用铁钩子把猪蹄甲一个个钩下来，分给小孩，有大的，有小的。大家拿着猪蹄甲，就围着杀猪的大锅，从满是腾腾热气的锅里捞那些碎猪油。再把猪油放到蹄甲里，有时就从猪的身上扯一块板油，回到家，然后往猪蹄甲里塞一根棉花捻子。

晚上，一个个的猪蹄甲蜡烛就在乡村的夜里点燃了。

猪蹄甲的蜡烛燃烧起来，嗞嗞作响，有猪油的煳味。

在夜里，我们举着猪蹄甲蜡烛，到学校去，到空旷的场院去，到村头的牛屋去。

“喂，对个火。”

黑漆漆的夜里，有个声音对我说，我吓了一跳，是个大人，从更黑的深处冒出来。

我很害怕地把猪蹄甲蜡烛举起来，那火苗照见一张沧桑的脸，皱纹里都是黑夜的样子，他背着一个褡裢，好像要到远处的村子去。

他把一截麦草结成的草绳凑到猪蹄甲蜡烛上。

“谢谢你。”说完就背着褡裢转身隐到黑暗里，“啪嗒啪嗒”地走了。那个如逗号一般的、从我的猪蹄甲上对着的草绳的火头，一闪一闪，走了。

我看不到那人，只看到那点火光，在夜里，那点微火会到什么地方？他是哪里的人？是平原那边的人？那微火会陪他走到哪里？走多远？一截草绳的微火。

我在漆黑如锅底的夜里很久，只有茫茫的夜色。我身边猪蹄甲的烛火，只照亮不足一个拳头大的范围，还有远处，一截草绳的微火，如萤火。

那微火远了，仿佛那黑黑的墙幕随时都把它淹没，但就在我担心的时候，在远远的地方，那微火依然坚持着，离我那么近，但黑夜是那么远。在黑的夜里，这个持微火的人，会碰到同样赶路的人么？他会把微火传给别的人么？

在路上一定有声音。

“喂，对个火。”

然后是“谢谢了”。

于是，就有人从这个人的火里借到火，那火会走到天亮么？

他会遇到早起的赶集的人，卖菜的人，赶路的人，那些人一定会说，“看，那里有微火。”

也许，持微火的人，是一个寻找丢失的东西的人，一个包袱，一个孩子，一尾羊。我知道，在我小时的乡村，常常好丢失东西，也常常有人在夜间寻找。也许，从我的猪蹄甲点燃的微火，能给人以帮助，毕竟，在黑黝黝的夜里，有火，就意味着有希望。

直到今天，我离家几千公里，我还是想起童年的猪蹄甲烛火。在那黑黝黝的夜里，那一点逗号一样的火，几十年都浮动在我的脑海里。

我知道那微火是可以传递的，从这个手到那个手，从这个村子到那个村子。在平原的深处的冬夜，有猪蹄甲的微火，给了那个年代以寻找，以希望，以安慰。

一个一个的微火，现在在黄壤的平原深处，还有么？

我不确定。

天边

小时候，黄壤平原深处的父母总是说，天没边，地没沿，老和尚没有头发辫。

但我总觉得，在村子的远处，就可看到天边，那是一道线，是天与地相合的地方。在那道线的地方，我看到树还有村庄。有时站在桥头，有时站在屋脊，我总能看到远远的那道线，我说，那可能就是天边。

五年级的时候，我学会了骑自行车，当时我们叫洋车。于是在放学后，我们就沿着一条官道疯狂地骑，我们想看看天边的模样，看看天边的村子，那村子的炊烟下，是否有和我们一样的孩童。

我们骑啊，骑啊，当到了五公里外，我们看到那道线还在远方，灰灰的一道线在逗引着我们。

我们知道这条官道通向一个叫曹州的城市，我们问大人，曹州在天边么？

大人笑了，曹州怎么在天边？天没边啊。

我们不信大人的话，我们决计自己去找天边，然后在天边那儿，撒一泡尿，做个记号。

在一个星期六的下午，我们决定去找西边的天边。几个小伙伴骑着自行车，看着前边灰灰的线。

我们往前骑，那道线好像总是在前边。

我们看到一个大堤，我们骑着自行车吃力地爬坡，累得气喘吁吁，我们看到太阳就在大堤的前方。

我们的胳膊吃力地握着车把，屁股撅起，我们使劲蹬，一步一步，车子总算到了大堤的顶部。

不知谁说了一句，这是黄河。

我们知道，我们的家离黄河只十公里远，但大家都没来过，只是这次大家寻找天边，才第一次看到黄河。

快看，你看太阳。

当我们骑到了堤上，我们一下惊呆了。这大堤下的村子显得渺小，那些树好像火柴，只见浑黄的一道大水在浩浩荡荡通过，我们就像大将军检阅一样，我们检阅水。

这时，我们顾不得寻找天边了，只觉得，那太阳像是一个火球煮在了大水里。天是红的，水是红的，如我们在电影上看到的炼钢炉里的钢水，黄河的水，不是红的，而是灿烂的如鸡蛋黄一样的燃烧的黄。

那些水卷起浪头，我们的眼睛也成了红的、黄的。

不知谁先喊了一句，黄河！我们跟着喊，黄河！黄河！

我们把褂子和背心脱下，嗷嗷地跑向大堤下。

这时，从大堤下走来一个赶牛的人，他也是黄黄的，我们问，天边在黄河的那边么？

那人笑了，天边？天没边啊。

我们指着黄河的那边，远远的灰灰的线。那不是天边么？

那人说，那是你眼睛看到的边，在眼睛看不到的地方，还有村庄和人群呢。

小学五年级的时候，我们天天想寻找天边，骑着自行车，往南到了丁庄桥，往北到了白衣集，往东到了麻寨，往西到了黄河。

那天，我们从黄河大堤上下来，因为大堤很高，我们顺坡而下，如快马御风，我们双手离开车把，像蝴蝶的翅膀张起，衣衫飘飘。

我们好像从天边归来。

但我们回望黄河，大堤只是一条线，天如一口锅倒扣下来，那时我们知道天似穹庐了。

人，小极了。

月光下的影子

黑森森的影子如怪兽扑过来，那是院子里的榆树。月亮在天上，白得发亮。

还有房屋的影子，还有矮墙的影子。

我从家里出来，就有影子跟在我的脚后跟，我走到哪里，影子跟到哪里。

去找小伙伴，刚喊了他一声，他答应着，院门吱的一声，人还没出来，影子就早早地冒出来，一晃一晃的。

我们到场院去，那些麦秸垛，早没有了白日的温和，在月亮下，好像一朵朵埋藏着秘密的蘑菇，那些影子，就如粗短的矮人。

嘎，一个影子从天上掉下来，鸟从巢里飞起，那是鸟看到月光，受了惊吓。

有月亮的晚上，月光是背景，是白纸，在这个铺在地下的白纸上，一切的动物、植物，还有人，甚至井台，都留下自己的影子，好像是月亮给这些物件的剪影。

我们看到公鸡的剪影，山羊的剪影，草垛的剪影，烟囱的剪影。

而这些剪影的原物呢，都像是披着霜或是雪。我和小伙伴的头发眉毛也披了雪和霜。

我们朗诵着，月亮月亮。我们想去看哪些地方没有影子，我们从场院到田野，到小石桥。

远远地望去，田野的庄稼地，更是覆盖了雪，那小石桥的剪影倒映在河上，我们发现，河水没有影子。

哈哈，原来躺在大地上的东西都没有影子。于是，我们和伙伴并排躺在小石桥上。

到了很晚，我们从田野回来，走到村口的井栏，大家趴在井口的青石上，我们的脑袋都映在井水里。井里的水里，是我们脑袋的影子。

不知谁往井下扔了土块，我们的影子在井里一下子碎了。

我们回到家里，把影子关在了门外。母亲点上了油灯，这时又有影子了，我们用两只手比画，在墙上，借着灯的映照，就变化出兔子的模样。

母亲吹熄了灯，我们和影子躺在被窝，谁也看不见谁。

鸟巢

鸟巢是鸟的房屋，就搭建在我家的榆树上。

这是喜鹊的房屋，在高高的树杈上，那是用许多的枯萎的树枝和破布、棉絮搭建的。每当有风的时候，那些房屋在树杈间摇晃，我们的心就紧张到了极点。

在我们黄壤平原的深处，无论村庄，还是野外，都有很多的鸟的房屋，有的简陋，有的气派，它们建筑在树上，给了我们仰望和遐想。

我们想鸟的房屋里的摆设，想它们的乐器，早晨的时候，它们是先吃饭觅食，还是先吊嗓子？

没有鸟的房屋的乡村是单调的，没有鸟的歌声的早晨是乏味的。

在我们早早起床去学校的时候，我们还未到学校，那校门口老槐树上的鸟就起来了，它们礼貌地迎接我们。

更有意思的是，我们在课堂上，看到远远的天空中鸟儿划过，有的结对，有的单帮，我们的心也随着它们到了很远很远的地带。

那些离开家的鸟儿也去学校么？

那些鸟儿也去串门走亲戚么？

我想到了离我们家八里路外的姥姥，我星期天要到姥姥家去。我也如一只小鸟么？

深秋的月

深秋的月，是最有含义的。

那时，月亮和月光是经霜的，村庄的树叶早辞别了树枝，只还有三两片顽强的叶子，也红得有点紫，吊在树枝上如孤独的鸟。如果这些影子恰巧印在窗棂的纸上，真是翅膀一样，时时给人飞的感觉。

月下的屋檐，就如下雨的时辰，那些月光是雨在滴答，铺在地上，有月光溅起。

这时的树，真是瘦了，但给人的是瘦硬，是不屈，好像古代的刺客，月下夜行。

这时的天地是最空旷静谧的。霜给了月光以寒意和冷静，而月光给霜的是，加倍的泛白。我们在此时，上完自习，从学校回来，觉得夜路是硬邦邦的，那些月光有了凸凹感，也有了缠绕脚踝的缠绵。

走还是不走，伤不伤着这月色，有时真是问题。

我们和书包，和家里来接的狗，都和谐地走在夜霜里，走在夜月里。狗跟在身后，也是轻手轻脚。

如果风吹，这时，狗就会反扑着叫，好像示威，这月色愈加空旷。

月亮从东边渐渐爬高，还是慢慢地西行，我们感到了冷，就加快脚步。

有卖炒花生的在村里的胡同里吆喝，花生的篮子上盖了一块印花布，在月下，就如几片树叶那样好看。卖花生的人，脸色泛着栗色，就是炒花生的沙土的颜色。

深秋的月，是我少年的月色，在多少月色朦胧的夜晚，是月给我叙说的冲动和向往。

大地慢慢变冷，我只能在被窝透过窗棂去看户外的月色，那时夜气好像固体，别的一些声响在月色里，都有了更硬的回声。冬夜里的狗叫更加咆哮，好像反抗者的怒吼。

我把脖子缩回被窝，月色里，我的梦，却有了春天的绿色。

一棵树能站多久?

平原深处的木镇，没有人能说清树能站多久。

木镇有很多的树，高过屋檐高过炊烟的是那些树，挽高房檐挽高炊烟的也是那些树。就像一只瓢虫把玉米秸秆当成依靠，我把木镇的那些无论是椿、楝、桑、槐，还是皂荚、白蜡、棠梨当成乡土的依靠。有时我从外面回到木镇，走累了，也会靠一棵树休憩，如靠在祖父的膝盖上，感到接到了乡土的脉管。但这树上有一种鸟，那是唤作黑嘴岔子的鸟。我知道鸟们也有争吵和大打出手，为了秋天的一粒玉米、一穗谷子，为了春天头上的一朵花戴。我一靠近树，那黑嘴岔子就如鲁迅夫子笔下的杨二嫂，口齿伶俐地咋呼开了，看我在提醒下还是没有走离的意思，于是就提高了分贝扯起嗓子什么脏话难听话都倾倒出来，直到我规矩臣服离开它的领地。

得胜回朝的是黑嘴岔子，满树林子的鸟开始嘲笑我。离开家几年，木镇的鸟也开始欺生。

我想，如果没有了树，也就没有了树上成立的蚂蚁共和制的国家。就像炊烟高过麦垛，牛羊高过鸡鸭大鹅，乡村也是有秩序的，白蜡、榆树和插杨高过荆条、杞柳。乡村对树是仰视的。父亲说树是站着睡的，就像马。马到了暮年，就躺下睡，然后腿抽筋立不起来了，牙齿脱落，马毛无光，连狗也敢对着卧在草堆的老马发狠狺狺切齿。

我不知道树们有没有同姓和外姓的隔膜，比如姓李的李树与另一棵姓杨的杨树，在夜间是否对话，但树在乡村也是有身份和户口的，有的低贱，有的骄纵。

在我家的老院，空闲地里随意地栽种着各式各样的树，花椒树、榆树、槐树、椿树、枣树、梨树、杏树。这些树每个季节、早晚都不一样，有脾性有语言，父母能听得懂。这些树是父母生命的一部分，父母对树有敬畏也有宠爱。这些树曾是父母生命的一部分。

我七岁那年，父亲把割下的一捆芝麻秆放到树杈上，怕放在地上会被猪糟蹋被鸡刨。有时把玉米棒子也放到树杈上，那树就高举着。到了雪天，黄黄的玉米的皮已经发灰。记得下雪了，玉米就顶着雪，母亲让我爬树够下几个玉米棒子，要做糁子稀粥，谁知，层层的玉米棒子如塔，里面竟有了几只老鼠肉肉地从雪里滚下，玉米棒子早被老鼠掏空，母亲也不恼。

母亲相信共处，老鼠和人都要活，树也要活，无论植物动物还是人，都在土里刨食，活着都不易。母亲说 1942 年的大旱来临的时候，人们还没感觉，老鼠已迫不及待地从房屋的缝隙、从地边溜出，从树上下来。它们成群结队，一只接一只，互相咬着尾巴，穿过大路，渡过河流，被人们用车轧死，因为猪的食物是老鼠。无论怎样，老鼠最后还是义无反顾地逃。母亲说过老鼠，曹濮平原上的人对这件事记忆很深，我童年就知道过老鼠的事，后来知道是讲 1942 年的大旱。那次大旱一连持续了两年，人随着老鼠出逃的活了下来，后来的连出门也晚了，方圆几千里的大旱，河南山东饿死上千万的人。

我知道，那些年，树没有逃，树往哪逃呢？树从来都不胡乱动。后来逃难的人回来了，看见那些树还在院子里，在村头站着，还在老地方。树替离家的人看家，它看见了一队一队的老鼠，也看见逃荒的独轮车走着走着，推车的人仆地了，张着嘴伸脖子喘粗气，最后被子一裹，往沟边一滚。谁也不知道树怎么想，它留下了。

树不抛弃它立根的土地。人们回来了，那些树还在老地方站着。但有些人没有回来，回来的是一把骨殖，埋在这片土地里，旁边栽种一棵树，那灵魂就开始在树下生活。

我知道父亲有一个遗传爷爷的习惯，好背靠树干剔牙。刚吃过饭，还要喝碗水喘口气，母亲要用泔水喂羊，儿女们有的蹲在砖头上，有的屁股下垫着鞋底。

“树枝是树扎在天上的根吧！”

冷不丁父亲说出了这没头没尾的话。我们看不见树扎在泥下的根，但看到越过房檐的树枝。是啊，树是由两部分组成，那些地下的躲藏在土里的根，那些划拉在空白中的枝梢。我们猜想地下的根，它们呼吸地气，采集养分，我有时胡乱想，树根该是木镇最敏感的神经吧，它把细部、把触角伸到泥土的深处，它们最理解泥土，它们抱着泥土。有时泥土累了，它们胳肢泥土的腋窝，直到泥土咯咯笑出声，笑得抽筋，父亲说那是惊蛰了。父亲的手也像皴皮斑驳的树根，他也在泥土里摸索，这手指也吸收泥土里的养分，什么时候，手指不能接受泥土的养分，那人也该成了泥土的养分，回归到泥土里。

但我们能知道多少树的秘密？在我们不知道的夜里，整个树都躲藏在我们的察觉之外，那时候的树是什么模样？即使高过房檐的树枝，我们知道多少呢？有些事是神秘的，树也是如此。长成一棵树不易，就如我家老院里的杏树。邻居家盖房打夯，虽然离我家的老院还有几十米的距离，隔着几家的屋檐、几处土墙，但没多少时间，那花也开晚了，果也挂少了，你说奇怪不？第二年还是如此，惊蛰三天了，这棵杏树，才迟迟疑疑地打了点花苞，勉强地露出了笑，像春天也蹒蹒跚跚、迟迟疑疑，不想亲近木镇了。连续几年那棵老杏都高踞在我家的老院，不再繁花似锦，好像是坚守朴素，只几朵素素的花，像一个个翘凸的嘴唇，但说的什么我没听懂。

父亲是听懂了，父亲说这树被惊着了，得几年才能缓过劲来。是的，在我们看不见的地带，树有树的生存方式。父亲说柳树不怕杀头，你头年秋天把它头部以上的枝梢砍掉，第二年照样一见风、一见阳光雨水就像被人用手提溜着，呼呼地往上蹿，一天一个模样。父亲说梧桐树质地软，如西瓜瓤子，用手指一抠，就能见凹，但用它做曹濮平原上独有的筝，那音就特别有韵味。是的，在乡下的夜间，我们听说唱人抓筝说书。才上小学的我，一动不动地坐在木镇街头还有点潮湿的树桩上，在琴曲中想：梧桐变成了曲子，梧桐是死了还是托生另外的一种物质呢？它腐朽了，还会不会再发芽？当时还是早春，木镇的树大都还没长出叶子。木镇的人坐在皂荚树下听说书，树杈上有个鸟窝。其实要不了几天，几场东南风一吹，那在屋角的树，原先还乌眉灶眼、半死不活的树枝头上，就像一下长出了角，有红的，有绿的，好像是斗牛场上的牛的犄角。其实木镇的人看到那树枝，就说：发青了。那代表春天来了。他们言简意赅，一针见血，就是木镇人常说的，一斧头砍到脉。他们不像诗人说春意在闹，这是完全不同的对春天的看法。当木镇的人看到一个女人，他们看到的是两只如大白兔一样浑圆的妈妈（方言，乳房的意思），只有诗人的眼睛才会看不见女人的妈妈，诗人会说那是生命的源泉。

有的树，是被人砍下死去的，那是木匠相中了或者有人想拿树来换钱了，确实很多的树不是它想活多久就活多久的。有一年，就是春分那天，一个响雷，把我家老院的杏树劈开了一半，神奇的是那劈开的树干的中间，竟然有几枚袁世凯头像的银圆。是怎么长到树中去的，还是有人曾把树某个部位掏空放进去的？这是一个永远的密藏了。

父亲以为这棵老杏要死呢，看它的半边身子要瘫痪了。第二年的惊蛰前两天，父亲看这棵老杏还没有动静，就琢磨这棵老杏怕要寿终正寝。就在惊蛰的夜里，没有炸雷，没有鸡叫，只是我家的狗突然汪汪对着父亲睡的屋子狂吠，正是半夜，父亲正想披衣解溲。他打开房门，狗温顺地依偎着父亲的膝盖，父亲迈下门槛，他吃了一惊，满满的星光下，那枝头的杏花像商量好了，一下子都张开了小嘴，是它们一起对着屋门喊父亲了么？小嘴吹出："唔……唔……"兴许那时父亲睡得沉，父亲没听到，那狗子看不下去了，就狂吠。父亲看到杏花开了，用手抚摸了一下还剩半拉身子的老杏，回到屋里对我说："咱家的老杏没死。"

我感到我的枕上有泪，不知是父亲的还是我的。

但木镇的树有时也会老死的，树在那里站着站着，有时候就空了，谁要踢上一脚，那树干就轰然仆地。是啊，树老会死，但父亲说木镇的树很少能老死，像人一辈子经历七灾八难，能活成个老头可不容易。

后来，我在填写履历时，在亲戚社会关系一栏，真想填上："老杏——年龄：八十；户口住址：木镇；党派：无；与本人关系：老杏比我高一个辈分，是我的父辈。"

向泥土敬礼（三章）

向泥土敬礼

炊烟和蚯蚓是邻居，木镇的人就像孔夫子所言：与德比邻，道不孤。木镇人有木镇人的道，远亲不如近邻，近邻不如对门，对门的是树和泥之河。一打开屋门，房檐下排闼而来的是草绳般的河水，不事喧哗，冬季里只有一扁担宽窄，结冰了，牛啊羊啊，在冰上踏过，有时会趺跤，牛羊就无奈地看着深秋还软的河水，到了冬季就有了脾性和骨头。都是邻居，怎么就有了鬼脸，就舍得下起了绊子？

但大地不言语，大地什么时候大声镗嗒地咋呼过呢？人们说乡村是泥土做的，是啊，木镇的一切都在泥土上。父亲说泥土就如一领席子，植物、动物、泥之河与人都或蹲或踞或躺或卧或立或动在这领席子上。我知道每到秋季，泥之河的芦苇就白头了，那些缨子如白蜜蜂乱飞。童年时家里穷，父母常为衣食而忧。到泥之河里割芦苇，然后编席子编草鞋可到集镇换钱，一家都在秋风里。每到秋风来到木镇，母亲就睡不着。秋风一掀覆盖窗棂的草帘子，父亲的脸就抽搐一下。等鸡开始乱叫的时候，母亲听到父亲下床开始在院子里“嚓嚓”地磨镰。母亲有些于心不忍，就折身静静掀起草帘的一角，朝黑乎乎的窗外看。能看到什么呢？哦，下霜了，在草帘的一角，哎呀，满地银银的白霜透过，地上、墙上、房檐上，都是银银的，如满处的芦苇缨子粘在那里，而黑乎乎的是父亲在院子里磨镰的剪影。母亲放下帘子，缩回了身子，温温地说，时间还早，再迷瞪一会儿。

父亲编的席子像云彩，有诸多的花样，人们可用来铺床，可做窗帷子，可围起做盛粮食的囤。但父亲说泥土如一领席子，是要人爱惜席子一样爱惜泥土。

木镇的人不识字，但不妨碍他们把泥土当作《圣经》。他们知道大地上的一切都是泥土给的，炊烟呼吸，鸡叫驴打滚，草的种子，这只是《圣经》不同的文字。如果说草的种子是汉语印制的，父亲能读懂，那村主任折腾土地的脾气就是英文印制的，他读不懂。有时村主任让大家种水稻，但却颗粒无收。父亲说我们这里的地寒，水稻是金贵喜暖的玩意儿，泥土有脾气，你不要拗，种子也有脾气，你把庄稼种到石板上？你把草籽把蔬菜撒到瓦楞上？

席子在家里要金贵地用，对土地，对土地上的一切，亦应如是。泥土与人，人与草，草与谷粟，大家都是平等的，要照顾各自的脾味，不要人有脾气就欺负泥土、欺负鸟雀。大家都是对门合户的，抬头不见低头见，以免做错了事说错了话脸红。

我看到父亲在田埂上掮着锄头走，一遇到牛从对面思索着过来，父亲就退后一步，不像西方的人把手捂着胸脯心跳的地方那样，但绝对地虔敬，如除夕从祖坟把先辈的神灵请回过年一样。父亲相信离牛三尺的头上，和人与谷穗离头三尺的地方都有神灵。

我读过父亲的手，虽然如树皮一样皱褶苍老，有点变形，手上的青筋如蚯蚓，但他与泥土多年相互扶持，有着泥土的温暖，我一握的时候，就像庄稼的汁液传到我的脉管和血管，这是泥土的温度。父亲的手粗糙么？但这样的手在泥土里绝对灵活。他锄地时，绝对不伤害庄稼，而对草，也是尽量照顾，只要能和庄稼和谐相处，父亲是不会对草痛下杀手的。父亲的手上长了一双灵眼，只要灵眼一觑，草留几棵，庄稼留几棵，那是一定可巧的。父亲说，草来到庄稼的领地是来串门，如果草多了，那是草霸道了，反客为主，那就要教训它们了，但一般也只是警告，不会判它们死刑，把草们拿到太阳下暴晒。

但父亲年老了，手指有时不太灵便，这使我想起了一件事。在春天的惊蛰后，他在麦田松土的时候，不小心把一条在泥土下路过的蚯蚓斩断了，父亲内疚喃喃：“这怎么好，这怎么好。”

父亲停下手，拿眼睛乜斜地看我一下，从兜里掏出一只用烟叶卷成的烟，“呲呲”地点着，然后闭上眼睛，他说出了令我吃惊的话：“让我装死一会儿。”

当时我一时没有明白父亲的话。作为农民不能不耕作，在耕作时，父亲总是小心翼翼，但他有时无法阻止悲剧的发生，就如他不小心斩断了一条蚯蚓。他却屏住吸气，说“我装死一会儿”，这是在推己及物想象蚯蚓的痛吗？（多年后，我读到狄金森的一首诗，我想到父亲：“如果我能使一颗心免于哀伤／我就不虚此生／如果我能解除一个生命的痛苦／平息一种酸辛／帮助一只昏厥的知更鸟／重新回到巢中／我就不虚此生。”父亲不是诗人，但他在泥土的《圣经》里读出了道悟出了道。作为生命，谁比谁低贱卑微多少呢？）

确实，木镇的事物在自然的律令面前，懂得尊重。说惊蛰了，羽毛开始上扬，泥之河的冰块开始放下身段，泥土也解开了怀；说立秋了，知了的声音就谦逊了，夹袄开始在早晚派上了用场，披在早起晚归人的肩头，而泥土也开始看着牛的反刍盘点一季的收获。

即使冬令时节，父亲也闲不住。父亲会把土墙上的野蜂窝盖上麦秸，怕小生灵跋涉不过雪季。他也常和叫作家贼的麻雀对话，有时就撒出一点小米犒赏一下这些小家伙，作为一年在窗前恪尽职守叫醒农人的奖励。有时父亲要在阳光晴好的时候堆粪翻粪晒粪，这不是轻松活，这是为了对泥土来年的报偿。泥土在收获后，如产后的女人，它陪伴着小麦走了一春，陪伴着苞谷走了夏季秋季，如今到了该歇息的时候，就如女人产后要吃红皮鸡蛋、喝红糖水。父亲在把庄稼地腾出来茬以后，就想着为泥土养身子了。到了秋收罢了，父亲还会到田地里去，他像逡巡的士兵，把泥土里的瓦块砖头剔除，怕这些骨头硌着睡着的泥土，怕在地里漫游的小动物们闪了腰，怕来年开春撞坏了犁耙。

在木镇，村主任曾想让我起草个乡约。在回木镇的冬季，在煤油的灯下，我拟定了几条，还没有定稿，有几条是这样的：

> 无论植物、动物、人物，无论姓张的人、姓李的人，无论姓杨的树、姓李的树，还是姓白的羊、姓乌的猪，都在这片泥土上平等；大的动物、人物如果见到搬家的蚂蚁，脚板要后移五厘米；若是下雨，植物要肯把自己的枝条借给蚂蚁作舟楫；要珍重生命，老死的蚯蚓的尸体要掩埋，以免暴露在野；在过节的时候要互相问好拜年，要长幼有序，知道尊老爱幼……

当父亲从田野回来，母亲就上前接过手中的农具和衣服，父亲的头上冒着汗。我看母亲接过的农具是锄，就疑惑，冬季了还去锄地？母亲说这是为了保墒，父亲到地里翻土敲打土坷垃。其实这样的活就像城里兴起的按摩，这是为土地，为贡献了一茬一茬庄稼的土地。父亲心里最清楚，土地糊弄不得，土地和人是兄弟，多少辈子都比邻而居，对别人好也是对自己好。

从地里回来的父亲脸上有一块泥巴，母亲想用手抠下，接着就想卷起衣襟擦，父亲招呼了一下说不用了，是见我在旁边守着，父亲羞涩了。但母亲的亲昵是对劳作的一种尊重。泥土在脸上怎么了？有时米粒和碎馍掉到地上，虽满是泥，父亲吹一下，或者母亲用衣襟擦一下，就填到嘴里。在父亲的脸上的，是土地的徽章吗？作为对一辈子的老邻居的奖赏，是否在父亲的脸上撒一把草籽，用洗脸水一浇就能发芽？诗人雅姆说："如果脸上有泥的人从对面走来，要脱帽致敬先让他们过去。"

是啊，我们什么时候，对有泥的人有过足够的尊重呢？我们向泥土敬个礼吧。

有声音让你哭出来

到了南方，是否我的性情变得古怪乖离了？闲暇无聊，就时常怀念老家那乡间各种混杂的声音。

每个地方都有自己独特的口音。回木镇老家，其实还有二三里的路程，就听到村子里那有时嘈杂有时幽微的声响了，像是暖暖地来接你迎你，听到有点艮（硬）的方言，感觉却如酒鬼尝到了一葫芦头的老酒，醇凛浓烈，只一下，就把人整得微醺趔趄，欲倒欲俯；在田野听到鸟叫了，鸟在头顶上盘旋，不知道是什么鸟，但叫声很熟，就如在集市上碰到前庄后村熟识的人，却一下子怔住了，叫不上名字，但没有关系，鸟的这一叫，把脚下路的沟沟坎坎和身体的褶皱一下烫平了，那么抱慰，没有一点隔阂，没有一点生分。

在童年的乡下，耳朵最有福气，各式的声音就是给耳朵的福利。是声音衬出了静，是静给了那些声音以镶嵌的金边，那种静不是无声，是一种乡间的寥廓：捣衣的声音、草虫鸣的声音、落雪的声音、驴叫的声音。那时的声音，都是协调的、尊重耳朵的，像是纯手工的。

那比例也是恰切的，该热烈的就热烈，该给清净的时候就给清净。比如青蛙知了和秋虫的独奏合唱，那是最热烈不过。往往是春夜的某个时分，先是一声两声的蛙鸣，试探似的，过不了几天，那青蛙的叫如万箭齐发，靶心就是乡村的耳朵，像是故意的寻衅滋事，那声音就吃定了你。整个乡村陷入蛙鸣的集中营，你的关门声，磨牙声，刷锅声，牛羊的唤叫，都变成了青蛙的共鸣箱或是模拟器，这些平时没有关注的声音，都像转了基因，让青蛙招降了，俘虏了，同化了。

辛弃疾说蛙声是成片的，我说是成吨的，有吨位，如果说窃窃私语的蛙鸣是论斤两的，那晒着白肚皮鼓腹而鸣，把乡村当作K歌的地方，不给乡村留下一丝空余、一点闲暇的集体大合唱，无疑是有万吨的分量。它们像是乡村霸道的统治者，整个乡间的夜都是它们的，你仿佛觉得到处都是使劲张大的嘴巴，它们可着嗓子，睁着眼睛，就是叫，除了叫，没有别的心肝肺。是什么让它们这样的愤怒或者亢奋？是乡间的夜太黑了，它们反抗这黑幕一样铁桶一样的威权？是的，只有发声，只有拼命地叫，才能知道自己活着。

其实夏天的蝉鸣何尝不是以青蛙为前驱，它们是炎热的煽风点火助威的帮办；秋虫好一些，是懂节制的、有韵律的一群，蟋蟀、蝈蝈，那绝对有天生的好嗓子，好像是被乡间的乐师调教过，各谋其位，有的在上半夜有的在下半夜，有的于星月下，有的在黄昏或黎明，独奏也好，合奏也罢，高处和低处，疾徐和宏细，莫不合工尺谱。

声音是乡间的住户，一年四季都在乡间居住的常客就是风了，它既是声音，也是一种传输。它有舌头，更有嗓子。它能鼓动世间的一切，大风飘瓦，删繁就简，各种的树木都会低头心折，俯首称臣。你要是刚愎自用，那风就会折断你；若是微风，那像是换了模样的谦和，允许草啊庄稼啊勾肩搭背交头接耳，说些私房话，甚至是黄段子也无妨。

“以鸟鸣春，以雷鸣夏，以虫鸣秋，以风鸣冬。”父亲说二十四节气都是有声响的，只是人不留意罢了，惊蛰了霜降了，谷雨了秋分了，在日子的平静中，树木、庄稼、鸟雀其实是最能感受到的，坑塘里的鸭子的声音沙哑和清脆是代表着不同的季节，是因为呼吸到了不同的空气，听到了来自地心的不同的告诫。

有时我想惊蛰应该是雷霆万钧的。记得有一年春夜的时候父亲到城里来，蒙眬中，我听到父亲折身起来，他说惊蛰了，有雷响了。我揉着惺忪的眼，窗外还是黑乎乎的，外面的电灯光无精打采，仄耳听去，好像什么声音也没有，窗外只是一派死寂的静啊。天气还很冷，哪里有什么声音？

父亲笑了，你能听到花开的声音么？虫子从地里爬的声音你也听不到，因为你心不静，自然就听不到了！

第二天起来，果然觉得窗外鸟儿的叫声好像清楚了许多，也许是城里地方那些噪音——装修声、K 歌声、烧烤声、骂街声，把我的耳朵磨钝了。

父亲的耳朵还是乡间的耳朵，他能听到很多我听不到的声音，比如他随便往田边地头一坐，总能听到那些庄稼叽叽喳喳的叫声，父亲伸手掐一个麦穗，说他们正商量着灌浆呢。我当时听得发愣。是的，父亲听到很多来自我们不知道的地方的声音，在我看来就像是诗意的幻觉或者巫术，那些草儿能和他对话，一问一答，有时父亲嘟嘟囔囔，是自言自语地说给自己的，也是说给庄稼和那些草们的，有时父亲生气地警告草丛里的虫子：“别咋呼！”我知道，那是性急的虫子冒失地加入了父亲和庄稼的对话。

要知道，乡间的声音不是雅致为上，而是生意。陈继儒说："论声之韵者，曰溪声、涧声、竹声、松声、山禽声、幽壑声、芭蕉雨声、落叶声，皆天地之清籁，诗坛之鼓吹也。然销魂之听，当以卖花声为第一。"卖花声第一？乡间的父老是不认可的，这离父老的审美很远；乡间有的是早晨卖豆芽、卖香油的声音。冬季里招徕弹棉花的木梆的声。这样的声音才是乡间原配的声音。

我还知道，当春天来了，乡间的耳朵里，会传来"小鸡苗，赊小鸡！"。那时卖小鸡的就把雏鸡装在两只大竹筐里，用扁担挑着走村串庄地叫卖。叫卖的声音拉得很长，那不是吆喝，是合乎梆子腔的唱腔，那节奏是：卖小——鸡苗——卖小——鸡！明明能赊账，到秋后再给钱，他吆喝的却是卖小鸡。

挑鸡苗的绝招是一眼能辨别公母，父老养小鸡，图的就是下蛋。挑完小绒毛鸡，卖小鸡的便拿出个草纸本本，记上赊鸡人的姓氏和小鸡个数，等秋收罢了后再来收钱。"秋后算账"，卖小鸡的就来到村里，在大街上喊一声"收小鸡子账的来啦，都来交钱喽"。只这一声，赊鸡的人家便哩哩啦啦地过来交钱，还春天的一个债。

儿时，逢夜间醒来，耳朵里就会钻满嗡嗡的纺棉花的纺车声。那时冬夜，天很冷，屋当门的油灯下，纺车嗡嗡，永不疲倦。那时的夜静极了，整个乡村都只剩下这一种声音。有时是母亲，有时是姐姐，她们盘腿坐在一个高粱叶子编的草墩子上，脚下是芦苇缨子缝制的草鞋。常听到的是"脚像猫咬的"，那是被冻麻木了。

那些被纺成的棉线穗子，是椭圆的，一个个被码放到一块，我感觉像电影里的迫击炮的炮弹，那要是爆炸，不，那些穗子要是在冬天暴动多好，可把母亲和姐姐解放出来。

有天在灯下浏览，看到诗人丁庆友的诗《跟着娘回家是幸福》，特别是读到后三句，泪就已下来。母亲离开我十年了，想我在小时候冬日上学，天还很黑，就早早爬起，往往是村里有个叫六子的人喊我，我们是一个班，但很多时候，六子不来，母亲知道我怕黑，就陪着我上学。但母亲裹着小脚，颠颠簸簸，我就说娘回去吧，娘不放心，就说在身后看着我，看不见了就喊一句："到了不？"那时我就答一句："还没！""到了不？""还没！"

等看到了学屋的破烂的大门，我又一次听到身后母亲的呼喊："到了不？"

那时我就响亮地答一声："到了。"那模样就像是向早晨报告。

而乡间的傍晚，随着炊烟的消散，到处是各家各户的呼唤声，有人的有动物的，也有鸟雀的，各自有各自的路数，该归栏的归栏，该回巢的回巢，到处充斥着各种调式的声音，只是有的人觉不出罢了。我想起了丁庆友的那首诗：

是谁家的娘呼唤孩子
一声……又是一声
就站在村口
站在那一棵老白杨树下
天将暮的时候
许许多多的鸟，叫着
朝老白杨树上飞
鸟都是快活的
肯定，就有一个孩子
背着草篓
或者赶着一群羊，甜甜的
从田野里，应答而来
而且，而且羊们也很幸福
大羊叫一声
小羊叫一声
大羊和小羊都说了些什么话呢
没有谁呼唤我
远远地，我跟着走
看鸟的回巢，看羊们归栏
看娘和孩子走进自己的家门
千万不要回头看我
那样
我会哭出声来

就是这诗的后三句，他是在写一个孤儿么？随着乡下随处皆是的娘唤孩子的声音响起，羊回来了，鸟回来了。回到白杨树的鸟是快活的，一路说着“话”回家的羊是快活的，那些被母亲喊着满囤、铁锁、罗圈的孩子的应答是甜蜜的……如果诗就仅结穴于此，这无非是一首被写烂了的甜腻的乡间暮归诗。但，“我”蓦然出现了，在鸟和羊和被呼唤的孩子后面，还有着另一个孩子。这形只影单、没有人喊他的孩子，也没有人等他的孩子，是逝去母亲的孤儿么？这孩子冷得缩紧了身子，听见别人的娘的呼唤，泪水就要从眼眶子涌出来了。也是这三句，刺痛了我，直接扎到了鼻孔令鼻子发酸，直接扎到了悲悯的七寸之处。我眼泪流了下来，没有了母亲，再也不会有在傍晚唤我回家吃饭的声音了。我曾回到木镇，现在连黄昏唤孩子的也没有了。听闻贵州毕节四个孩子喝药自杀，我知道，他们是死于缺少一种呼唤。可悲的不是一个人的死，而是一个人不想活，况且是一个孩子领着三个更小的，他们死了，他们死于缺少娘的呼唤。

我去年回木镇的那一次，把手机的录音功能打开，想录下一段乡间黄昏娘呼唤孩子的声音，好带到我在南方的住处，但等了很久，转了几处地方，我最终都没能录下来。乡间再也没有了母亲，我到哪儿去追着喊娘？

低于一棵草

在木镇，最神奇强壮的是草的家族，最示弱的也是这个家族，人无论怎样努力也高不过这些草，也斗不过这些草，人与草最后就会草草讲和，相安无事。

草族不是霸道，不是欺负人，它们有时就想高人一头。在你不知道的时候，它们已经登房越脊跑到屋檐上屋脊上，有一点土就能栖身，一点也不感到委屈。最惊险的是在破的瓦和砖缝里，它们像怀揣着使命似的，给破败的木镇以风景和安慰。有时我想，这些草是有想法的，它们并不低于那些翅膀和羽毛，它们虽然出身卑微，也许家族里的很多兄弟姊妹无法离开沟壑崖角，一辈子死守着那一亩八分田地，但是，只要有机会，还是会有不安分的灵魂，随着飞禽，随着走兽和风，尽量走到高处。

我想，那些在高处的草，兴许是人不安分的灵魂在附着。有谈宇宙起源的书里说，人死之后，他的血肉化作分子，粘在很多有机物和无机物身上，粘在几百万个人的身上，重新成为生命体。我想，那站在高处的草也说不定就沾了不安分的人的血肉。那这草就有了使命，换言之，这草有了人的体温，也有了人的脾性。

我明白了，草走得再高，也离不开土，就如一类的人，走再远，也会挂着家。草是乡间最普通的居民，没有草，就没有别的一切，如果一个地方寸草不生，那这个地方就是死寂的荒芜，说草是乡村的底座和原住民一点也不过分，这是上苍送给世间的最好的礼物。

庄稼是草本的，人是草命的，仿佛人与这些植物们都享有相同的DNA，仿佛是堂兄弟，没出五服。有时打打骂骂争争吵吵，但红一下脸拌几句嘴，或者大打出手，最后还是和解。

当春风一吹，草们就躁动了，那时最早是羊知道了信息，羊们在河坡啃去年的宿草，忽然感到了嘴巴里有了汁水的甜。这些草如春天的神经脉管，连着贮存一个冬季的力量和糖分钙质。草们是柔弱的，但它们却顶开了初春还有冰碴子的地皮，先是试探，怯怯地，还不敢亮出自己的招牌，但本色是遮不住的，只能遥看，走近了，却是害羞似的让你捉摸不定。是草的鹅黄染绿了柳枝，还是柳枝匀一点颜色给了草们，这是一道无解的试题，小学生在黑板上解答不出。

草色应该近了才看得清晰吧？

为何走近了却是接近无？

恰如太阳的难题问倒了孔子，早晨的太阳大约离人世间近一些，还是中午太阳热如人围拢火堆近了才暖，圣人陷入了两难。

这难题也难倒了老师，老师的瞳仁也成了绿色，恰如泄露春的池塘里的鸭子的翘起的屁股潜伏在老师的眼睛里。小学生们知道，在自己早晨上学时候，经过小河坡的时候，一转身，就感觉身后的草绿了，好像是孩子的热情把这些草惹出来了，等蹲下身子细看，这些草们又羞涩地躲起来。

农人们都知道，草有自己的步子，等春风稍微扫过地皮，那些草芽就张开口笑出声了。农人们能听得到，有小口的，有拘谨的，有开怀大笑的，有张牙舞爪的。先是探头探脑，继而是张狂，谁都压制不住草。

草是从小处开始，逐渐才浩荡的。你如果站在田野的畦埂上或者一塌坟包上，也可在春天里踮着脚，就会看到远处的绿，开始伸胳膊，乍膀头，调皮地挤眉弄眼，开始一簇一簇，然后是一方一方，最后是起伏荡漾，如大量的涨潮的海水，开始撞击过来，你一不小心，那就会溅湿你。草们就是这样。它们把雪藏匿起来，把沟壑藏匿起来，把土松软了，在惊蛰时分还是探头的羞怯，忽然一场夜雨，草们就把日子占据了。

因为有了草，才使得寒碜的乡村有了某种诗意和意外。在打麦场的石磙下，你觉得石头是坚硬的了，但那些草籽却能从石磙的一角突起，把石磙的一侧翘起，像是能把石磙掀翻。这是一种什么样的力与美啊。为了地上的阳光，这些草的种子是如此抗击压制它的一切，无论石块还是砖头，草的胃都能消化，它们都顽强地透出地面，不屈于环境，不懈怠自己的虔诚，把阻遏的一切掀翻。这种坚韧恰是草和农人才有的品质。

其实草是很低下的，被很多人践踏，被看成是下作，但我对草们怀有敬意和敬畏。在农村的日子，我太喜欢与草腻在一起，躺在绿草上睡觉或者在干草堆里掏一个洞，窝在里面读书，鼻翼里的香是墨绿的，而书页上的字香则显得浑厚了，有点厚黑。

草很香。不是那种浓烈的香，和土地的朴素和低调相近。从泥土里走出的，难免不带有泥土的基因图谱。草们很少喧哗，这也近于朴讷的农人，都是从土里走出的，一个叫草，一个叫草民，一样的姓氏，一样有泥土的质地，草们不鲜艳，它的种子也是如是，多是泥土的色调。

草们平凡么？是的，但它们一样是天地的子民和子孙呢。人能造出航天的飞行器，但造不出一根草，造不出一粒草籽。草与草籽有着的神性，可以给狂妄的人以警示。我曾看到过一棵草在野地里从人的头盖骨里长出，什么事业和事功都不在了，草却在啊。

躺在草垛里，看着把我围拢覆盖的草，嗅着草的香气，我感到了一种忧伤的况味，不是文人的小情调，是一种哲学的情怀与忧伤。人生一世草木一秋的警示，真是天道循环的大道。草们的偃仰沉浮，草们的燃烧与不屈，正是这些，使我们感到了世界的生意。这，是它美的极致。

我知道这些干草是牛羊的食粮。正如农人面对一囤一囤的玉米地瓜干，羊们看到这些干草，走起路来也精神矍铄，嘴下的胡须更加哲学化，好像羊们思考：草转化成奶要经过多少梦的里程？

一只羊一生能吃掉几垛草，正如人的一生能消耗多少的粮食。

无论冬日多么严酷，草们总有出头的日子，人呢？父亲告诉我，草们最能忍，有能忍的肚量，才有出头的日子。

我曾留意过草的黄，那是霜降的早晨。还记得霜降的夜，一般都是亘古如斯的静寂，犬吠静音，鸡鸣不再，大家好像都悟到了什么，像迎接节日，像迎接关口。是啊，都劳碌了一季一季，农人该歇歇脚，喝口水，枕在土屋里做个大梦。落叶辞别树枝，庄稼回到仓廪，田鼠守着过冬的食粮和柴草。

第二天我早早地准备去学屋，但开门，我惊吓住了，以为是下雪了，天地一白。但接着看道旁的草，都是苍黄自守，删繁就简。

我的心头一凛，哦，和惊蛰的生意是如此的反差。这恰是世道，谁也阻不住，谁也别想争执。草们走了，回到它的本然，普普通通的几棵草，春来草自青，秋回舞萧瑟，如人的劳碌半世。读懂草，就读懂庄稼人的一半。人只有经历一些事，吃一些苦头，才会俯身问草，才会在意草。是的，在人的一些阶段，不妨给草一个位置，草是有表情的，惊蛰的模样，雨水的模样，夏至了，处暑了，立秋了，寒露了，霜降了，草们的表情是各异的。但草们在自己的路途中走得扎实，在岁月里从青丝到白头，绝不含糊，一步步往深处走，草们知道天道好还，即使白霜覆盖了它，淹没了，消遁了，何况还有来世呢。

走近一棵草，就如走近了一则土地的谜语。我喜爱的诗人惠特曼写过草，那是我窝在草垛里最喜朗诵的诗篇：

一个孩子说“这草是什么？”两手满满捧着它递给我看；
我哪能回答孩子呢？我和他一样，并不知道。
我猜它定是我性格的旗帜，是充满希望的绿色物质织成的。
我猜它或者是上帝的手帕，
……
我猜想这草本身就是个孩子，是植物界生下的婴儿。

是啊，我想，那个捧着草的孩子是我么？我捧着草询问上帝呢，草们有没有委屈，问她：那些花啊树啊，就像人间的豪强富户，宁有种乎？草是世间最平凡素朴之物，这世上的芸芸众生不也如同草一样素朴和平凡么？这些草的兄弟姊妹没有一棵成为提笼架鸟的八旗子弟，也没有一棵成为肠满脑肥的王孙。它们仰头是天，俯身是土，它们的模样不俊俏，还撑不起年轮，都熬不过秋啊。每想到此处，我的眼窝都有泪水，这也是一世啊。

但草又是自由的，无拘无束的。它生生死死，循环不息，充满着自由的神性，哪里有自由，哪里就是草的国度。它是“性格的旗帜”，处柔弱不卑微，是“上帝的手帕”擦拭着这尘世的污浊，也是“婴儿”，“也是文字”，是世界通行的文字。

草也是舌头啊，是的，草们有对命运抗争的语言，草们可能被你遗弃践踏，但别慌，终有一日，人死去了，在荒寂的坟头，草们会垫脚站起。人说斩草除根，那只是人的一厢情愿而已，草的种子早已附着在牛羊的尾巴毛发上，鸟的羽翅上，还有风的呼吸四处潜伏着。

人，警醒啊，草，会成为墓地里未曾修剪过的秀发，你终于还是高不过一棵草啊。生前，人与草常常作对，对它们痛下杀手，但最终，还是草慈悲，怕人的灵魂孤单，把新绿和生意在坟地里长出卑小和祈愿，给荒野以宽慰。

草是讲究来路和因果的，不到自己的节气绝不胡来，哪像不知天高地厚的某些生灵，张牙舞爪的，最后弄得头破血流，然后才服软，才开始按着规矩。草是小草，但草也是世间的生、世间的死呢，该萌的萌，该立的立，该低头时低头，该走的走，真是一个得道的灵魂啊；冷热寒暑，兴衰云烟，没有怨恨，没有委屈，有着“枯荣还生”的态度。这个季节走了，还会回来继续繁衍家族，如西西弗一样，对命运的石头，没有咒语，没有气馁，走好属于自己的，走好脚下的一步一步，不和命运苟合，也不向命运俯首，不错过机会，也许蛰伏也许远走他乡，但草终究是草。

人有时糊涂到死时，也往往弄不懂一棵草、一朵花，或者一粒虫子。多少根草才能长成一头牛？多少根草才能拼接成一个蠕动草的胃？多少根草和河流、花朵与鸟鸣才能组织一个春天？其实一棵草和一介草民命的长度和尺寸相同。人常自以为是，认为和草比，自己的骨节是站在高处，难免看不起草，草是从土里走出的，人到死的时候不也走到了泥土里？一个起点，一个终点，要交流在泥土里的感觉，人要像草扎下根谦卑一下才可以。人真的要是在泥土里扎下根，在低处立身，那绝对是个圣人。其实你弄懂的不是一根草，你弄不懂的是世间的道，是草大还是人大，其实，人与草一样，当人躺在土里，草会问人：土硌疼了么，可以翻一下身。

苍苍者天，茫茫者地。听了草的问话，大地一派静默。

白　夜

雪一住，星星就让人措手不及地四面闪烁地蠕动。

这时候，狗也减了喧嚣，只是趴在草垛里，看夜是这样的异样陌生。晌午过后的大雪，把平原的村子弄得仿佛重回了太古，一切都显得圆咕嘟噜。远处河堤如痕，割下垛起的苇垛三处五处如芥。也许是夜和雪之媾和，那夜就有了一种令人晕晕的蓝。

这时阒静的夜给人的感觉竟然是期待，总感到要有一些什么事发生，人都是难以成眠。谁家的大人从门楼里踏踏走出，把脚放进雪里，“吱吱”，仿佛一种亘古的亲昵，有醉人肝肠的力量。

是的，你真的不明了为什么，一有雪，一有雪和星星的白亮的白夜，人的心里就禁不住地想要出行。人们对白夜有一种说不出的躁动，穹隆四盖里的茫茫，温馨的哀感，为什么白亮的夜竟有一种靛青的蓝，如春水里小鸭屁股翘起的蓝？春江水暖蓝先知，蓝在平原人的眼里，是阒静，也是不祥，还有能引起人心里一紧的战栗。

“有灯油吗？”有人在敲代销点的门。

代销点的女人用手掌笼住浮漾的灯花，打开门，把白夜也引进了屋内。这么亮，是谁的诗“山南山北雪晴，千里万里月明”？只要是雪霁，有月和无月是不足论的，那样的星空更是恍如处子的静。代销点的女人小心翼翼地围住浮漾的灯花，好像灯花要跌下去，会把大地上的蓝给惊散去。响声反而使白夜愈加安谧，人真如生蛹未出地躺在厚厚的被窝了，旷古如深井。

是的，响声有了，开始洇染，先是一颗戴着棉帽子的脑壳，从一家门楼的门扉里挤出，然后腰渐渐地直了，一个人形渐渐长高渐渐长大，终于臃肿的棉袄上面有一生动的脸，脖子如灶底的人长出来，没有了书包，再不用背诵，手里拿着蘸了猪油的蒲苇棒，有的还将过年的红纸放在了猪油里，蒲苇棒就真如一鲜艳的蜡烛了。村后的泥之河是芦苇和蒲苇的天地，雄的蒲苇在秋季结出褐色的花穗子，当花穗子老了，借助石块或者是弹弓比赛谁能掷得准，那就如一团的鹅毛，突地被炸开，雪白的蒲苇绒像鹅毛一下飞溅，像雪。

有时，我们站在放学回家的小桥上，正好是顺风的时候，就站在风口的高处，一个人喊“一二”，几十只蒲棒如乡村的铁匠挥动锤子，也如在棉花坊里大家一起踏起轧花的弓车。风把蒲绒送到过路人的脸上额上、女生的辫子和眉毛上，过路的人“呼”地一闸住自行车，我们就“嗷嗷”地四散了。蒲棒绽开的绒，像梁山伯化出的白蝶遮天蔽日。

一支蒲棒的蜡烛举在白夜里，两支蒲棒的蜡烛举在白夜里——每支蜡烛的后面都吐出两行脚印，歪歪扭扭的，每个凹处储满了浅的蓝，像我们不小心刚学会用的钢笔里的墨水洒在白纸上，那些省略号，长长地延伸开去，在泥之河边的敞阔的场地上聚拢。由于走得匆忙，竟把脚下的雪踢到了脖子里，大家抖着棉袄把冷的雪抖落，从脖颈到裤管。

这样的场景一生也未必能遇到几次，有白夜的时辰。虽然我现在距故乡的物理距离不是太远，但总感到白夜那样的场景和秘密一直埋在心底。有时候在下雪的夜，就感到故乡的白夜追逐着我，揉搓着我，是亲近的苦涩的忧伤。我曾看到一张照片，雪裹着的木屋，是夜，红红的灯光从窗棂漏出，而天是童话的蓝，迷离，迷蒙。我想，我是一滴流浪太久的泪，在这样的屋子可以安置。那时我想到故乡的白夜，最温暖人的取暖的方式，是在白夜里回家呢。

雪下得正紧的时候，正巧是下午放学，老师冷峻的面貌和雪与学屋的黑衬托，我们却像数十只欲飞欲噪的麻雀，在书包拍打屁股的嗷嗷童音中开始走进那苍茫和霏霏，老树上的鸟儿在童音中被吓走。大家在雪地像从学屋射出的一个个臃肿的白的弹丸，硕硕的。

学屋的钟开始引人敬仰，它也是裹上了雪，黑咕隆咚的井开始被雪盖住，放学的人开始伏在井台上，朝里头望着，同时口中喊，同时井中的回声喊：“哎——”

下雪真是好，环村皆雪，而在屋里的大人们也开始惊叫：

“娘唉，真紧呢！”

一声喊就惊动起左邻右舍，还有植物和动物，一起动弹，从门缝里挤出脑袋，有的是人，有的则是狗子。默不作声地，雪开始下得贼紧，屋顶上的瓦松没有了，是一层白，岂止瓦松，连黑黝黝像老师的手风琴琴键的屋瓦也没有了，也是一层白。出了学屋，看见通向各自巢穴的路，也是一律地白过去！天上地下，全是融成洁白的世界。

“一蝉一蛾，飞过奈何——”

大人们却是走得匆忙，在那高粱叶子或者芦苇叶织成的蓑衣下，将腰弓住，在雪里，仿佛是要去奔赴邀约的刺猬。

白夜来了，真不知道该怎样形容这样的令人感慨的幽光，周遭是茫茫白夜。这是我平生第一次在平原的老家，看到这种夜色。

大家拿着蒲棒的蜡烛。在白夜里，点蜡烛像是多余，那只是一种装饰，或者大家在上面烤手暖和，红红的蒲棒烛和那苍白的空气和那玻璃一般银子锡箔一般的光混合了，也许人们觉出了这样美丽的夜色是不可多得、一碰即逝的，所以大家开始消受。

当时不懂明代张宗子在杭州遇到大雪的雅兴。大雪三日，西湖中人鸟声俱绝。到夜里更定，张宗子拿一小船，拥毳衣炉火，独往湖心亭看雪。雾气弥望，天与云与山与水，上下一白。湖上影子，唯长堤一痕、湖心亭一点，与余舟一芥，舟中人两三粒而已。到亭上，有两人铺毡对坐，一童子烧酒炉正沸。见到张宗子，大喜曰：“湖中焉得更有此人！”于是就拉张岱同饮。张岱强饮三大白而别。问那湖心人的姓氏，原是距杭州数百里之遥的金陵人，客此。张岱到岸下船，划船的舟子喃喃说：“莫说相公痴，更有痴似相公者！”人生快意无南北，也许，那白夜是同一切无法久留的美色一样，因为无可挽回，所以也会勾起乡间人的哀感快慰。

远远的泥之河滩上，很多的苇垛，像一群白马的苇垛，不知排到遥远的何处。有时放学后，我们就会在苇垛里掏出一个洞，蜷缩在苇子里，温暖幽深。也许是大家喧嚣的动静大了，那些在苇垛里借宿的麻雀，喳喳叫着被吓得在天上奔走，夺路在天空飞起的麻雀显得格外无助。

也许白夜的无边的空洞唤起了大家想填充什么的欲望，在夜里做些什么呢？不知是谁说点云灯。点云灯，点云灯。在夜里点云灯确实无比兴奋。那云灯往往是大人做的，先用铁丝绑扎竹篾绕着石磙做个圆筒架，与石磙一样高矮，而后用大张白纸糊起来，中间是一团吸足煤油的棉絮，然后是几个人同时架起云灯，点燃棉絮。很快瘪着的灯体膨胀起来，一股很强的向上的力量冲顶云灯，于是扶灯人一齐放手，云灯就迅速起飞，很快便升上高空，就像一粒一粒的星子在飘。

“我们放云灯吧。”

“放。”

“放。”

“用什么放？”

“麻雀。”

大家想起种种关于云灯的美丽故事，一下激动起来。顽劣的心、好奇的心，便“哇啦哇啦”叫着跳着，恨不得马上能奔到云层里去。

平原的童年有谁没受过捉麻雀的蛊惑？大家也不是模仿小学课本，也非复制鲁迅童年，这也许是最原始的童年游戏，只要有雪，只要麻雀不绝，这样的记忆会一代代地被四处的儿童们克隆。在雪地里，扫开一片空地，中间用一个一尺长的小棍子支起一个圆圆的簸箕，下面放些谷子、高粱一类麻雀爱吃的东西，饿极了的麻雀就会跳进来啄，你远远地看着，等麻雀都进去了，就用绳子一拉，麻雀就被捉住了，回家就可以把麻雀放在灶下烤着吃了。

但这次却是在场院旁的柏树的枝杈里找冻得瑟缩的麻雀，用蒲棒蜡烛一照麻雀的眼睛，那麻雀就死死地待在那里，把头缩在曾钻到烟囱里沾染得黑乎乎的羽毛下，一动不动，如一粒一粒的石子，有的则是圆圆的眼珠瞪着，茫然，不解。

下面的命运是什么呢？

把捉住的麻雀拢在袖子里，走到远远的知青拉苇子的拖拉机那里。因为下雪，林场里的知青拉苇子的拖拉机就在泥之河边趴窝，这下，可勾起了大家的想象。我们寻找柴油，把拖拉机的油箱打开，黑乎乎的柴油有点浮冰。

“把麻雀蘸上油，点了，看它飞。”

“点了，还能吃吗？”

“傻蛋，草烧的才能吃，柴油的有毒。”

把麻雀蘸上油，湿湿的麻雀的羽毛像是裹在了一起，惊恐的眼睛看着这一切，等待着末日的审判。“咱们开始吧！”叫二肯的同学就后退一步，手里的蒲棒蜡烛开始接近我手里的麻雀，那时我的身上感到通体有一股气从脚尖直钻头发，又急切又刺激。“呼”的一下我手中的麻雀着火了。几乎在点火的一瞬，我把麻雀抛到半空中。麻雀在火焰的炙烤下，开始绝望而惊恐地挣扎。在蓝的弥望的白夜，一只两只的麻雀，开始在我们兴奋的欢呼里飞奔。

白夜的空中，望得见如蝌蚪般而且像是说着话的星星，这时开始有点急遽的忙乱，倏然，在墨蓝的半空，有了许多惊叫的生灵。那声音比我们的叫喊还传得远。

大家跑起来，脚下就裹起一排雪雾，在白夜里什么也看不清。大家捂住蒲棒蜡烛，在白夜里看着天上游动的自己的杰作，腾地浅一脚，腾地深一脚。有人“嗷嗷”地吆喝，泥之河里有回音。手中的蒲棒是一线红。

也许在麻雀的挣扎里获得了邪恶的满足，大家看着先是红的火球，最后是一道垂直下落的已是灰烬的生命，如夜里扫帚星，落地无声。

我们把蒲棒蜡烛抛到白夜里，它们也像那些鸟儿蹿飞起来，在近处盘旋，在远处盘旋。

然而，就在大家的欢呼里，一只火麻雀蓦地落在了远处的一个苇垛上，在我们的前方，出现了一个红红的、顶天立地的圆柱，圆柱飞速地旋转着，向着白夜逼近。虽然是雪天，那些苇垛在寒冬里忍受了许久的寂寞，这火给了它们激情和冲动。当麻雀落在苇子上，刚一粘连，“嗯”的火的口哨就响起，紧接着传来尖利如雷鸣的“噼啪”声，就如林冲看守的草料场“哔哔剥剥”地爆响。大家惊呆了。

突然传来大喊声——

“快跑！苇子垛着了！”

声音很大，在白夜里有一种力量横贯过来，接着开始一圈圈把惊恐传递。大家在惊愕中如触电似的一阵麻木后，开始如鸟兽四散。等跑到家，拨开堵窗的麦秸帘子，循着把白夜映红的天空望去，在泥之河的方向，有高高的火焰像呼啸的大风把星子吹没了。

整个村子都惊呆了。

一只只惊恐的麻雀在白夜里夺路飞撞。

一瞬间在空中划出很多着火的会飞的有翅膀的弧线。

不知什么时候，父亲从外面回来。他拍开门，母亲惊恐地问他脸上怎么这么多的灰尘，横一道竖一道的。我的父亲说：“苇垛着了。”母亲睡得死死的，她不知道苇垛着火的事，但说一句：“我说天咋是红的呢。”

接着母亲又问：“雪天苇子也着，奇怪了。”父亲说在一个苇垛里跑出两个赤身裸体的知青，一男一女，什么都没穿。

父亲说：“在那地方相好怪暖和。”

我躺在被窝里睡不着，明天到学屋等待着怎样的命运，四顾茫茫。

一个少年开始无尽的愁绪，而外面是无垠的迷蒙的白啊。

谁删改了夜的浓度?

一

曾经我是惧怕黑夜的，在乡下。准确地说惧怕的是黑，惧怕的不是夜。

那种黑，乡村夜的黑，现在在城市是不存在的，我努力想象那种黑什么时候在城市走丢了。在今天（正月初一）晚上，小城的树上、河边、桥头挂满了“不夜工程”“亮光工程”的发光的东西，肆意篡改着夜。

我怀念的乡村的夜，是黑和亮的均匀，星星与萤火与灯光，那些光与黑的协和，是眼睛和心灵的福气，不是光的霸道。在暗夜里，微光如萤，有灯如豆，星如芥，弯月如痕。古代的夜，是可以测量的，那黑深，但你又不知道深的尺度，只是一种感觉。

《诗经·庭燎》曰：“夜如何其？夜未央。庭燎之光。”

读这样的句子，给人的感觉是：夜没有尽头，黑得浓酽。而现在的夜，黑度不够，厚黑不够。这令我怀念那种黑，伸手不见五指的黑，这是小时作文常用的、被用烂的词语，现在却让我感到亲昵。

在初中的时候，在乡下的油灯下，曾读过俄罗斯柯罗连科的《熠火》，多年来，印象最深的是那黑和那熠火。人们说萤光熠火，熠火虽然微弱，但给人的是希望，正因为那夜是熠火的分母，夜的深透才给了那微弱的火以背景。我在网络上找到了译文，不知是不是少年时读到的那篇，但接近我读到的那篇，那时我曾抄写到草纸上：

一个黑暗的秋夜，我在一条险恶的河流中航行；没有星，没有月，天黑沉沉，地也黑沉沉，一切都是黑沉沉的。忽然望见前面河流的转弯处，乌黑的山脚下面，闪动着一点爝火。闪动得又明显，又强烈，并且十分临近。

我很喜欢地说："哈，老天保佑！快近住宿的地方了！"摇橹的人转过头来望一望，淡淡地说："还远呢！"

我不相信，爝火明明就在前面，看去只需再摇两三橹，就可以到了。

但是，摇橹的人说话毕竟有经验：我们的船，还在黑如墨水的河流中，航行了许久。中流突兀的怪石、两岸峭绝的悬岩，渐渐地迎面泅来，又渐渐地泅了过去，落到晦暝无边的远处。可是那一点爝火，还在前面，一闪一闪，在那里招手。总是这般近，又总是这般远。

人生，就像在这种险恶的河流中航行，爝火还离得远呢！但是，总在前面，一橹一橹地摇上去，总有到的时候。

在那时写作文，曾用过这《爝火》里的词，记得写黑夜是：黑如墨水。老师在"黑如墨水"那里画很多的圈表示赞赏。乡村的夜就是从墨水瓶里渗出的，不，应该是从砚台里渗出的，那砚台就是曹濮平原里的池塘，到了傍晚，池塘开始面目暧昧。

那些树、草垛、鸡、狗，开始和身旁的参照物界限不分明，大家好像接到旨意，开始披上浅灰。此时池塘里的水，也不如白天清澈见底了，像是谁刚刚放进了一块墨锭，层次开始起了变化，上半部分清水里开始掺杂了如烟缕的颜色，下半部分已经有些微微地浑汤了。那时你就知道，"时辰"这两个字，竟然会有这么大的神通。古人用时辰来为时间找刻度：夜半、鸡鸣、平旦、日出、食时、隅中、日中、日昳、晡时、日入、黄昏、人定。

那墨锭开始准备的时候，应该是日入，鸡开始归巢，池塘里的水已经沾染了墨色，还未浓，但墨色已经晕染了。先是风把墨色传播，让平原知道墨分五彩，让父老知道了诗意。你看，那霞色中的烟囱，它们悬腕狂放，癫狂如张旭、怀素的如椽的笔画。那笔画不再讲究横平竖直，而是浓处如乌云骤至，虚处是雪霁风定，记白当黑。真是行于所当行，至于所不可不至，完全是飞白是天书。炊烟，实在是太超逸了，墨点就恰似一个个黑色的鸟巢悬在枝柯上，一个一个露了出来，远远看去，正是墨点淋漓的垂露……

慢慢地夜色浓了，开始加深加厚。到黄昏，那时天色以黑色为主色，别的颜色只一点儿成分。到了人定时辰，就是全部被黑暗俘虏了，人开始如襁褓里的稚子被夜围裹，沉进夜的床铺。那是安眠的时辰，过去的夜，承担的责任就是栖息，就是把黑管好，人在黑夜，就如人在子宫里一样安恬。

曾有一年的时间，我住在京城的一地下室二层，但那里也太明亮，太吵闹。一些特殊职业的女性，住在地下室的三层。她们是流莺，不是流萤，她们的尖叫、她们的洗漱使夜有了噪音。夜间的吵闹和光，常使我一夜一夜睡不着觉。我用棉花塞住耳朵，用枕巾盖住眼睛，但还是折来折去，辗转反侧。

一年时间，病病恹恹。当时乡间的母亲还在，我回到了老家，母亲看出我缺觉，就不打搅我，我一连睡了两天两夜。

乡间的夜多好啊，乡间的夜里也有声响，但那是老头老太们嗓子发痒而咳嗽，几声过后，也就沉静了。偶尔有狗的叫声响起，即将进入梦乡的父老也知道是谁家的人晚归了，低声嚷一句或者什么也没问，就翻个身，接着倒头继续睡。如果全村的狗乱叫，那就可能是生人过路，或是村里进了小偷，各家各户的人就会起来，操起家伙出门察看，或站到屋顶瞭望。

乡村有天然的更夫，那是狗在值班溜达，它们可以很随便地站在春夜里，对着天边的月亮发狺，或者发情，也可以在电线杆或墙角撒上一泡尿做记号。乡村的狗在夜间活得很自在、很自我，没人束缚它，没人教导它，那样的狗活一辈子才像狗。

二

世间不只有光明，还要有黑平衡，是黑平衡了光。光的过度就是污染，就是失衡。

而没有光，那样的夜更可怕。我说的光，是那种被人为驱逐，是曾经在我童年飞舞的，在历史中出出进进几千年的光。去年的夏天我回故乡，由于父母故去多年，我也有五年没有回到那片我曾称为血地的地方。而这次回去，我记忆中的故乡已经被毁容，那个小镇，已经没有了青草的土腥气，也没有了夏季晒粪的那种刺鼻的味，街道开始硬化为柏油路和水泥路。

到晚上，我去了在我的散文里曾反复描写过的河：泥之河。但宽阔的漫流的水面没有了，蛙声没有了，芦苇没有了，那些原本低洼的河床已经被开发成了一栋栋住宅，那窗户里明灭的是现代的灯火。窗户里是现代的音响和肆无忌惮的阔笑。

那萤火虫，我再也没有见到。我突然感到这样的夏夜，是少一种东西的。那些打着灯笼的小精灵呢？它们移民了，还是嫌弃了这片土地，自己消亡了？我有一种悲抑的神伤，一种风情不在了，一种审美的道具不在了。我想象当我到了暮年，自己的孙辈问我："爷爷，杜牧的《七夕》写的流萤，是一种什么物质？"

银烛秋光冷画屏，轻罗小扇扑流萤。
天阶夜色凉如水，卧看牵牛织女星。

我能回答什么？我说萤火虫是一种消失的尾巴会发光的生灵？在爷爷小时候，我们老家的泥之河旁，就有很多。

对水质要求苛刻、对黑夜要求苛刻的萤火虫，给人以遐想以诗意的小精灵消失了，这样的夜，已经不能称之为唐代的夜色、宋代的夜色。现在的夜色已经减轻了夜的纯度，如羼了水的原浆酒。

我想到日本宫崎骏的动画电影《萤火虫之墓》的第一句台词"昭和二十年九月二十一日晚，我死了"。

我想，这也是我故乡的萤火虫留给世间的话：某年的夜晚，我死了。

有萤火虫的夏夜，多么快乐。我不知我是在怀念故乡的萤火虫还是和《萤火虫之墓》混合了，动画里恍惚间，少年清太看到了他死去的妹妹，看到了那个飞满萤火虫的夏天。

那时候的哥哥和妹妹节子是幸福的，装满糖果的小铁盒子，漫天飞舞的萤火虫，哥哥拉着妹妹的手在夜晚奔跑。在漆黑的废弃山洞中，哥哥将萤火虫捉进蚊帐，漫天飞舞的萤火虫在夏季闷热的深夜里明明灭灭。哥哥将熟睡中的妹妹紧紧抱住，生怕一松手就又会失去。只有十四岁的他并不知道，战争本身就意味着失去。

而现在，故乡的街道的改造，老房子的拆去，故乡的丧钟也在敲响，现代化本身就意味着故乡被连根拔起。记忆没有了，因为现代化改写了故乡，没有了童年吆喝的叫卖声、没有了小贩、没有了羊杂碎、没有了斗拐和铁环的故乡在消失。

萤火虫的一生只有一个夜晚，一切都会在夏日微荡的风中悄悄逝去。

（原声画面：妹妹轻轻地将昨夜萤火虫的小尸体埋进自己挖好的小坟中，对哥哥说："我很想念妈妈，妈妈也在坟墓中。"哥哥瞪大眼睛吃惊地望着妹妹。）

一捧捧萤火虫的小尸体，从节子手中坠落，混入泥土，化作尘埃，哥哥仿佛看见了妈妈那同样脆弱的肉体燃成灰烬的样子。死亡再一次击打着哥哥幼小而坚强的心灵，这时滚过面颊的泪水，也许是为了妈妈，也许是为了萤火虫，也许只是为了生命不堪一击的脆弱。

萤火虫，只能活一个夜晚。在美丽的夜里，它却尽情展示它的美丽，然后在黑暗中悄然坠下。恶劣的环境使节子身上起了湿疹，但他们没有钱去看病，更没有钱去买来药品……终于，年幼的妹妹没能逃过饥饿和疾病的双重折磨，悲惨地死去。故乡的萤火虫没有了，故乡的萤火虫也像节子一样，身上起了湿疹，这样的病对萤火虫来说就是绝症。萤火虫消失的原因，不在萤火虫自身，是生态环境污染所致，是水的不洁，是人类光的放肆，是这些要了萤火虫的命。

节子死的那天也是在一个满天都是萤火虫的夜里，她含着笑，在最美的风景中去找那只有在梦里才能过的幸福生活。

当萤火虫再次亮起的时候，那个装糖果的小铁盒子、那个有着银铃般笑声的名叫节子的小女孩、那个山脚下门口搭有秋千的防空洞、那漫天飞舞的萤火虫……所有这些镜头都令人感受着一种令人窒息的悲凉。这是一种挽歌，我把它想象成我故乡萤火虫的挽歌。

（原声画面：哥哥平静地点燃了盛放妹妹尸体的小竹筐，血红的火苗在哥哥不再清澈的眼底闪动。）

一切都那么残酷，一切都那么不近人情，在战争面前一切都是那么徒劳。哥哥为了妹妹和自己能够生存下去已经拼尽了全力，可他仍然不能保住这唯一的至亲。绝望伴随着夜晚降临，当火焰渐渐熄灭，幽幽的萤火虫为孤单的哥哥唱起最动人的旋律，纷纷扬扬升腾着的萤光在最远的天空结成温暖的笑脸。那是战争夺走的他的生活的全部、他的所有亲人。

现在的故乡也在进行一场战争，在故乡的保卫战中，注定我是失败的。我保护不了村头的那棵树，我保护不了那些蛙声，我保护不了在夏夜飞舞的萤火虫。我想寻找故乡土地上萤火虫的尸骨，我要做一个个小小的棺材，为这些小精灵筑建一处墓穴，上面写：“萤火虫之墓”。

我看过一则材料，科学家说：“萤火虫看起来似乎毫不起眼，但它们对生活质量可挑剔得很。萤火虫只喜欢植被茂盛、水质干净、空气清新的自然环境，一旦植被被破坏、水质被污染、空气变污浊，它们就会消失得无影无踪。”

人工光源带来的冲击，河流、沟渠水泥化所引起的危机，农药的使用，水污染造成环境的劣化，外来物种的入侵，人为捕捉……这些，无疑给萤火虫带来了厄运。城市中的钢筋水泥和噪声等多种因素，联合绞杀了这小精灵。

萤火虫也是生态环境的指示物种。科学家指出，凡是萤火虫种群分布的地区，都是生态环境保护得比较好的地方。换句话说，如果萤火虫在地球上消失了，足以证明生态环境已经十分恶劣。

有的科学家甚至认为，与华南虎这样的“明星”相比，萤火虫可以说是“无声无息”。但如果像萤火虫这样的物种灭绝，可能会造成整个生态系统的崩溃。

萤火虫没有国界，喜爱萤火虫也不分国界，日本也是一个非常喜爱萤火虫的国家，但他们就非常注重保护。据了解，为了保护萤火虫，日本先后指定了十个“天然纪念物”地区（自然保护区）。萤火虫受国家法律的保护，这在其他国家是没有先例的。日本是一个喜爱萤火虫的国家，在电影童话文学作品里，萤火虫是常常被光顾的。浮世绘里常常有这样的场景：穿了华美和服、梳了岛田髻的女人，身后跟着摩登丫鬟，在那里扑萤火虫。歌舞伎里，也有这个“轻罗小扇扑流萤”的动作。

安房直子写过一篇童话《萤火虫》，我在编选《外国金美文》的时候选了进去。贫寒之家，要把妹妹送人，哥哥去站台相送。妹妹的火车开走了，那张脏脏的小脸再也看不见了，哥哥还不肯回家。在阴冷的站台上反复踱步，突然他看见一个小女孩，很像他的妹妹。她掀开一个大箱子，里面飞出好多萤火虫。他追着这些蓝色的星星，怎么也追不上……

萤火虫微小，柔弱，以自燃发光。古代人说萤火虫是腐草而化，虽长于草泽，却生性清洁，它是指示物种，要求自然的纯度高，一点儿也不苟且，污染严重的地方，就不会有它的踪迹。

我想到我童年的时候，父亲和我一起去捉萤火虫，我们用纱布缝个袋子，把萤火虫装在袋子里挂在睡觉的床头。

晚上，我把萤火虫放到蚊帐里，那真是满床晶光闪烁，我像是睡在天上云端里，一睁眼，前后左右都是星星。但后来睡着了，第二天起来，见昨晚的萤火虫全都死了。

父亲给我讲过隋炀帝杨广曾“征求萤火，得数斛，夜出游山，放之，光遍岩谷”。杨广是个有诗意的皇帝，会写诗，懂得美，他的想法富有童话色彩。

黑夜有黑夜的伦理，不要删减黑夜的浓度，也不要增加黑夜的分量。前几年，北京行道树油松生长不佳，一直原因不明，经过有关专家集体会诊，确认“就是灯光惹的”，是那些缠绕在行道树上的灯所致。有个科学家，他长期观察一串红花的生长情况，曾经在夜里进行过绕灯试验。几天下来，一串红竟开不了花了。日夜不眠，植物也累倒了，无法产生营养，自然无法开花。

黑夜的伦理，是允许光的存在，比如星星、月亮之光，还有萤火，这是黑夜天然的伴侣，好像亘古如斯，是上帝原配给黑夜的。黑夜的黑和光，谁占几分，谁占多少，是有我们看不见的比例的，而今比例失调了，光的比例大了，植物不适应，动物不适应，有些虫类开始了噤声。如今的夜是嘈杂，是人的噪音的充斥。

三

我以为，夜是给人安眠的场，它的黑度是指标之一，它的静幽也是指标之一。如果把一个人的卧室放在一个锯木厂，那锯和斧头的噪音如锯齿，一下一下啮食你的耳朵，耳朵被折磨久了就会起茧子，就会失聪。现在多数的城市人失眠，得忧郁症，整夜眼睛环视天花板，生不如死。我想，那多半是喧嚣的世相造孽惹下的：机车的轰鸣、装修、拆迁、卡拉OK。夜的空间越来越小，心灵的空间就逼仄，人的身体是会反抗的，反抗就是身体的某些部位怠工抗议。

而今的夜，已经不再是传统的夜，黑度不够，那些与黑度结盟的动物与音响的比例失调了，最后崩溃消失。乡间的夜里有声响，那声响多是自然之声，很少人为的造作，很少扭曲自然。王维《山中与裴秀才迪书》中有："北涉玄灞，清月映郭。夜登华子冈，辋水沦涟，与月上下。寒山远火，明灭林外。深巷寒犬，吠声如豹。村墟夜舂，复与疏钟相间。此时独坐，僮仆静默，多思曩昔，携手赋诗，步仄径，临清流也。"

王维笔下灞水深沉，月照城郭，辋川在月光中涟漪起伏；山上灯火，透过树林隐约可见。如一幅水墨国画，着墨淡雅，用笔清疏，写意传神，基调寂静而清幽，而最惹我欣慰者是"深巷寒犬，吠声如豹"。幽深并非无声，在我辗转反侧的时候，我想潜回到多年前的故乡，在故乡里，用一架硕大无朋的录音机器，录下十里或二十里的自然的声响。一到晚上我把窗子、门都关好，我录下的是夏的急雨，有瀑布声；冬的密雪，有碎玉声；有鼓琴，琴调虚畅；有咏诗，诗韵清绝；有围棋，子声丁丁然；有葫芦里的蝈蝈，鸣声铮铮然。

那故乡多年前的声响是天籁，那春的花开、夏的蛙鸣、秋的虫叫、冬的风号，它们给予耳朵的是滋养，给予心灵的是抚慰。

而在老家的那夜里，我竟然没有听到鸡叫，鸡鸣枕上成了绝响，心就一下子堕进了绝望，体悟到什么叫黯然心绪。没有鸡叫的乡村是否还能称之为乡村？那样的夜是否还能称之为夜？我想到了《潜伏》里的翠平和余则成。翠平是一典型的乡间妇女，她受组织的指派到了天津城做官太太，任务是为余则成洗衣做饭。翠平的思维仍是乡村的思维，日出而作，日没而息，听鸡叫而早起，早起而做饭、洗衣服。

"都什么时辰了，城里的鸡怎么都不打鸣呢？"

“不是不打鸣，而是没有鸡。”

翠平不知道天津卫里没鸡叫，更有意思的是她秉持的是乡下人的立场和观点，在男女情事和恋爱上常常让余则成扫兴。余则成就不得不教翠平如何恋爱。

“你必须学会恋爱。”
“恋爱，什么是恋爱？”
“恋爱就是说说话啊，拉拉手啊，散散步啊。”
“就是钻玉米地。”
“对，就是钻玉米地，在玉米地里说悄悄话啊，拉拉手啊。”
“就是要有月亮。”
“对，月亮，月光，读书人叫浪漫。”

我有点绝望了，在多年前的天津卫早没有了鸡鸣。我不是反对现代的文明，但它要有个度；我不是反对夜间的火把和灯火，但要给萤火虫一个空间；我不是反对丝竹之乐，但也要给自然的声响一定的音域。

我常回想在童年的乡间，那枕边的耳朵，就是自然的接收器。比如风来了，如《庄子》里写的：“夫大块噫气，其名为风。是唯无作，作则万窍怒呺，而独不闻之翏翏乎？山林之畏佳，大木百围之窍穴，似鼻，似口，似耳，似枅，似圈，似臼，似洼者，似污者。激者、謞者、叱者、吸者、叫者、譹者、宎者、咬者，前者唱于而随者唱喁。泠风则小和，飘风则大和，厉风济则众窍为虚。”

那风，那呼啸的风在窗棂外，删繁就简，把一切的物件都当成了笛子，只要有穴有窍，有坑洼，有凹凸不平，那就有了天籁之响，那风声更加深加厚了乡间的夜。

我想起一句民歌的歌词：“到黑夜叫我想你没办法。”

是啊，到黑夜，叫我想故乡原来的黑夜没办法，那种本源的、原配的、没有删改浓度的黑夜，到黑夜叫我想你没办法！

谁的故乡不沉沦?

一

曾看到过一幅照片：一个农民在被拆迁房子的瓦砾上趺坐，茫然吃着午饭，只一个馒头和一棵大葱，那模样像是我久在风雨暴晒下才有的酱色的父兄。这是一幅为“农村上楼”而配发的照片。看到这个片子，看到一片狼藉，像是涌动起莫名的风雨飘絮的黍离之情，只觉得无边的乡村在沉沦，或者说一点点坍塌，一点点沦陷，真的有点出离愤怒。

多少乡村在哭泣！多少乡村被连根拔起！乡村成了一种空间飘浮。我看到报道：一场让农民“上楼”的行动，正在全国二十多个省市进行，拆村并居，无数村庄正从中国广袤的土地上消失，无数农民正在“被上楼”。

乡土的中国、故乡的中国真的转换这么快？我对某些举止向来是不惮于恶意揣测的。不错，乡村是需要引导的，农民是需要引导的，但一夜之间，从土地里不再种出庄稼而种出了高楼，这是农民的狭隘所到达不了的。在农民没有意愿的情形下，是否有的人对土地别有图谋？城市化是人的市民化，而不是土地的城市化、楼房化。

农民被上楼，就如镰刀割下了谷子，这不是一次收割的事件，而是一个精神的事件。有人说这世界的消失方式不是一声巨响，而是一声呜咽。我想镰刀碰到谷穗是呜咽，谷子倒下时也是呜咽，推土机的巨响、脚手架的巨响、龙门吊的巨响，使他们听不到故乡的呜咽。农历没有了，节气没有了，一种生活方式、一种生存伦理被改造了。

古人有揠苗助长的话头，也有夜雨剪春韭的诗意，但乡村的消失证明着一种东西。故乡的脆弱，美的危险，土地不再为农人服务，土地开始为GDP服务。没有了故乡的人是无根的，离开了地气的脚步注定是走不稳踉踉跄跄的。

有一成语叫背井离乡，背是背离，这是孩子都能理解的，但我宁愿理解背为背负，一个背负着故乡井水的人是有底气的，无论走到哪里都有故乡井水的滋润，有故乡做依靠。记得，在一次文人雅集的酒桌上，有个人问我，你的眼睛为何这样亮？我说那是故乡的水井！你的头上隐隐像有什么东西，那是什么呢？也许，是我醉酒的缘故，我回答，那是故乡的屋檐。友人愣住了，不知如何回答，他有点黯然，然后醉了，他说，我没有故乡的屋檐。然后就伏在桌子上“呜呜”大哭起来。

故乡是一个人的血地，你离开了那空间那地址，你离不开那里蒸腾的气场、那里的细节。虽然时光流逝和空间隔阻，但“任它草堆也好，破窑也好，你儿时放摇篮的地方，便是你死后最好的葬身之所”。台湾地区把故乡叫作原乡，作家钟理和说：“原乡人的血，只有回到原乡，他的血才能停止沸腾。”真是透到了骨髓，彻骨彻肤。

但原乡在哪里？即使你千里迢迢回到放摇篮的地方，但拆迁的速度，要比你的脚步快几倍，在某些趾高气扬者烟灰弹落的瞬间，无论老房子无论老城墙，都是谈笑间樯橹早已灰飞烟灭。故乡小桥的容颜已改，你无法再睹物思情，没有铜雀台可以锁住那也叫小乔的恋人，即使是铜雀台也会被拆成瓦砾。你有的不只是乡愁，而是目睹故乡的凌迟、故乡的死亡。

我想，拆迁的那仅仅是一座座老屋么？拆迁的是那些有形的表面的东西，那融入人生的部分呢？那故乡的气味呢？要是再向人回答三十年前的故乡，你准会遇到听众的不解，因为你的斜阳流水、你的蛙鸣溪头荠菜早已没有踪影，大家以为你在说谎，说不曾存在的诗意，说你的梦呓。拆迁的巨响，它不仅仅伤到了我们的骨头，它给我们不能指认故乡的人一种暗伤，让人咯血，你看不到那血丝，你感到那虚空，那是一种大地的整体失忆和乡村历史的短路。

故乡是一种容器，故乡是收藏我们童年哭声的地方，一石一础，一草一叶，井栏榆树，那都是我们的见证。那里勾留了我们的年轮，涂抹了黄昏时我们读书的影子，还有那塞满草的窗子。当我们夜晚背诵课文的时候，常仰着脖颈望着窗外的星空，像是背诵着夜。现在那里的夜还是那样纯净么？没有一丝的荫翳，没有污染没有毁容？

我知道故乡之“故”，是旧的意思。衣不如新人不如故，但家还是老的好。

但当下一切唯新是尚，人们喜新厌旧，不再喜欢原配的故乡。现在城市的家是没有光阴刻痕的，没有记忆的负载，没有积淀没有历史。这样的家，就是为你提供一张床供你安眠，为你提供一片空间供你栖身。这样的家，是名词，不是动词，没有让你冲动、让你念想的精神成分。

人们说故乡现在已被穿上了制服，你的和他的，他的和你的，没有了个性，互相模仿，互相雷同。楼房是一样的，猫眼是一样的，这种批量生产的所谓的乡村，这样的地方还能称之为故乡么？那牵动我们心灵抒情的潺潺流动的河水，那林子间白色的如棉布的雾帐，那货郎的鼓子，那如旧照片一样发黄的夕阳，好像如今成了梦幻，成了失踪。（写到这里，有网友“知了的秋天”留言：“只记得故乡原貌的淳朴风貌，却忘了小巷土路的坑洼，没有排水设施的泥泞，用柴火煤炭烧水做饭时的烟熏火燎、呛人口鼻，不用电的不便，接水的不便，上厕所的不便。城市化乃是大势所趋，但城市化中保留地方特色确应注意。让农民享受现代化成果不应是空话。”）

我想说，我不反对现代化，我反对的是过度和对故乡的损伤；我是怀念一种乡村的精神质地、一种氛围和一套完整的乡野价值观，那种安恬那种惬意。故乡是我们生命的一部分，也是我们人类历史的保姆，她提供的是一种见证，是我们的童年，但现代化现在成了一种不容商榷的规则，顺者昌逆者亡，有着罚民吊罪讨伐一切的权力。

过去那种低碳的生活、那乡村的牛粪和泥泞，曾是我发誓逃离的，那不是矫情。当走过了人生，当失去了故乡，当看到沉沦的故乡，失去了才知道珍重。现在城市的人手不能提物，肩不能负重，腿不能远足，心灵逼仄如蜗牛。城市里没有牛粪，但城市里也没有可以仰望星空的精神屋顶，对城里人来说失去牛粪也许不是失去营养，但失去星光，人类的夜晚该是多么黯然。说白了，故乡伦理给我们的是一种精神的守护，是一种恩养。

在我们人生的路上，应该有故乡。

二

故乡是美学，故乡不是经济学。有些是可以用数字计算的，有些则无法计量。

乡愁是不可用数字换算的，但故乡的土地可以丈量；故乡的芬芳不可丈量，但故乡的花朵可以点数；炊烟不可丈量，但故乡的烟囱可以点数。可丈量可点数的能被钞票收购，不可丈量的也就失去了生命力，开始隐形。

曾有美的传说，说人死后，他的魂魄要把生前留在世间的脚印都重新捡起来，把生平经过的路再走一遭，到阴间交差。无论是乘过的船、走过的板桥，无论是泥泞的雪雨土路，还是老屋的檐下，那些脚印都会在某个你看不到的地方封存。纵然板桥的梁木已经朽腐，纵然船已经沉入河底，樯橹无影，纵然土路已被铺上了柏油垫上了石子，纵然那河水枯干、渡口无存，但魂魄一旦重访，那过去留存的脚印自会一个一个走出与主人相见。

我想这也许是一个思乡人打造的美的童话，一个泊荡在外的异乡人，对故乡总有一种搁不下的念想。生不能还乡，死也要还乡；如不捡回脚印，就会成了孤魂野鬼，在野外啾啾，享受不到牲醴，享受不到香烟。

说起来，这是一种唯美诗意的逆向倒流，是从老年向中年、向青年、向少年、向童年的回溯，最后，返回到故乡的草垛土炕，返回到母亲的子宫，返回到缘起。当放学的路上，你的脚印浮现时，正是七岁，“小呀嘛小儿郎，背着那书包上学堂，不怕太阳晒，也不怕那风雨狂，只怕先生骂我懒哪，没有学问呀，无颜见爹娘。朗里格朗里呀朗格里格朗”，这随脚印倏然醒来的儿歌，记得你的七岁；当第一次脸红，脚印浮现，正是十五岁，在草垛旁你看到了姑娘的乳房在衣襟里凸显；在挥别家乡的渡口，那脚印浮现了，你二十五岁，你挥去的是炊烟，挥不去的是母亲送别的白发边的草棒；还有，还有很多的脚印，脚印多了，就成了路。

其实故乡就是一种依靠，也是一种收藏，她永远站在我们记忆的深处，召唤我们灵魂柔软的部分，让我们在夜深人静的时候反顾来路，反顾我们血脉的上游。

曾记得一个台湾老兵的故事。说刻骨铭心的思乡者，把一个装着故乡土的玻璃瓶子弄丢了，他的魂魄也随之丢弃了。老兵住院，什么样的医术也疗救不了他这种思乡的痛。他的事传播开来，人们同情他，给他送来各种各样的土，特别是一研究生翻找资料，在实验室里，为老兵配制了家乡的土。研究生说：“从科学的角度讲，配制的土才是真正华北平原的黄土。”研究生在配土的时候特别多放了一点盐分，用以配出老兵家人在这土地上所流过的汗水。但细心的老兵呢，看出了黄土是用色素染成的！他说平原的土，是可以用比例配制的，但故乡的土，是不可以配制的，那些童年的声音留在土里，那些炊烟留在土里，那些牛羊的哞叫，怎能够培植出？土的颜色可以用色素，那些情感蛊惑的元素，怎能用一克两克的色素配制呢？

老兵说什么好？他感激那些人，为他送各种各样土的人，他感激那研究生。老兵最后说，这一瓶配出的黄土里面缺一样要紧的东西。当初，妈妈把黄土放在白纸上摊开，低下头去审视的时候，有两滴眼泪落在土里，这一大瓶里却没有！

是啊，那半瓶黄土里有他祖父和父亲的汗，有母亲的泪。母亲有胃病，长年吃中西大药房的胃药，母亲亲手把土装在空玻璃瓶里。在老兵的家乡，玻璃瓶也是好东西。母亲把土摊在白纸上，戴好老花镜看过、拣过，弄得干干净净，才往瓶子里装。老兵带着这个瓶子走过七个省，最后越过台湾海峡。

我不知道这个老兵最后的所终，但我知道揪心的是灵魂还乡。面对被毁容整容后的故乡，灵魂能顺当回返么？他能找得到胡同口遥望的母亲么？

当故乡变成了一个词语，当这个词语没有了具体所指而被抽空，就像阿房宫只是一个词，地面上没有了廊腰缦回、檐牙高啄，没有了负栋之柱多于南亩之农夫，没有架梁之椽多于机上之工女，这样的阿房宫是否叫阿房宫？阿房宫这样的词汇是贫血的，没有了人的声口没有了活的内容，如果故乡也是如此，这样的故乡也就是死掉的了。

当毁容的故乡只留下一个名头时，这样的故乡也是半死不活的。我要追问，当故乡被毁容，你的魂魄还能找到过去的印记么？门前的石墩没有了，记忆的原址没有了；老屋的燕巢没有了，睹物思情的指示没有了；家族的墓地没有了，祭奠就成了十字路口随风飘扬的纸灰。这时你面对的不是“儿童相见不相识，笑问客从何处来”的诗意尴尬，而是看不到故乡遗容的那种孝子的锥心之痛。

祭祀无日，哀痛不已！

毁容的故乡与记忆完全不符了，但故乡不能忘记；故乡可以忘记，但童年的记忆不能忘记。故乡不仅仅是地名。三棵树，也许那是祖辈的记忆，当初移民的时候就有三棵树；刘举人庄，当初村子里就走出了举人，成为后辈的炫耀；观上呢？也许村子当初就在道观的旁边；九女集呢？是一个老太有九个女儿而叫的村庄？

我知道在故乡整容的时候，人也有的退化而整容。祖籍是父辈走出的故乡的印记，但却是履历中死的文字，不再是炊烟和泥腥的土味。我的故乡是什集，是明初移民，十家人家聚居而成了集市。提到什集，我的脑海闪回的是炒焦花生的沙土，还有冬夜啃羊头的热腾腾的气与“噼啪”的木柴的炸响，但对出生在城里的儿子，什集只是一个词，没有了体温，没有了那种几百年生活的暖与安详。什集的什字，本来念什（shí），是古代十字的大写，儿子也许会念什么的什（shén），不是一字读音的差异，是一种文化符号的转变，是故乡变成了异乡，是另一种物质，是地点异化成了虚空，是名词变成了虚词，变成了反问句式：“什么？”

好像在不友好地审视！

我知道现在有的人为了加薪为了提干，在私下篡改履历、年龄和学历，这也算是别样的整容吧。不知道这些整容的独在异乡为异客的人要走回故乡，碰到整容的故乡，怎样和那片土地对视。都是赝品，都是一样的货色，都是失去了本色的家伙。那真是近乡情更怯，不敢问来人。

三

故乡在沉沦，有的乡村虽躲过了拆迁，但也精神沦陷。年轻人走了，土地荒芜了，村子里多的是暮年的老人和留守的孩童。这些老人和儿童是否能抵抗住故乡的沦陷，我是持怀疑态度的。农民是弱势，农民的父和母与农民的孩和子，一老一童更是弱势。若是现在还乡，鬓毛未衰的你就会看到故乡一方面是苍颜，一方面是毁容。

我读到过一首诗："村里的动物越来越少 / 村里的童年越来越少 / 原来的童年有狗陪着 / 狗当童年的影子 / 原来的童年当牛的影子 / 跟着牛到处阅读青草阅读蝴蝶 / 村小学由五间教室减少到两间 / 最后村小学取消任何一间教室 / 这个村和那个村还加一个村 / 拼成一个小学 / 三个村共用一个童年 / 三个村的动物越来越少 / 消失的还在继续消失 / 陪伴童年的狗牛比童年的数量似乎更少 / 动物越来越孤独 / 童年越来越单调。"

现在的乡村再也没有了牛耕地，也没有了猪圈，多的是狗。也许世相变化太快，现在要人仗狗势，让强悍的生灵来看家护院，来陪伴老弱病残。我想，如果我们失去故乡，给我们留下的是一代人的痛，而要是失去童年呢，这些孩子从小就接受流浪和孤独，那我们就失去了明天，因为明天是孩子们的。

"没有故乡的人是不幸的，有故乡而又不幸遭遇人为的失去，这是一种双重的不幸。"虽然生养我的故乡依然存在，但她也最终难逃那逐渐蔓延的乡土的沦陷。其实故乡还在，只是母亲去世经年，早就断了还乡的愿望。母亲在的时候，我就曾体悟到失去老家的痛苦，我说的是我的母亲。在母亲的晚年，我曾把母亲接到所谓的城里，在我居住的三楼上，母亲如囚徒。这样的楼房，没有了土地平旷，屋舍俨然；没有良田美池桑竹之属，阡陌交通，鸡犬相闻。这样的楼房，春天与燕子毁约，不再接纳这玄鸟。即使回到毁容的故乡呢，燕子也是旧巢无觅处了。母亲在这钢筋水泥里，如住牢笼。邻居变成了猫眼里的瞭望，门是安全门，窗是防盗窗。贼是难入，人却难出。

有一次我下班回家走到楼下，蓦然一惊，看到了母亲在窗口的茫然的眼神，母亲在张望。囚犯每天还有放风的时候，母亲一月半月也没有到楼下挪动半步。楼的雷同使母亲惧怕，怕走出家属楼，再也分不出子丑寅卯的差异，找不回返回的路。

秋天了，母亲说，在楼里，听不到一丝老家的声音，老家该掰棒子了吧？我知道暮年的母亲寂寞了，过去城里的街头还有人卖蝈蝈，而今这风景也绝迹了。我走出城市很远，在野草蔓生的瓦砾间捉到了几只蟋蟀，夜间，就放到母亲的房间。蟋蟀入我床下，它一叫，我所住的楼房好像安静了，多好的秋声，天地间好像一下子肃穆寥廓了。

但我知道这是对故乡秋天的模拟，是故乡秋的赝品。

故乡沉沦了，蟋蟀“淅淅沥沥”的鸣叫也成了绝响。我不知道蟋蟀到城里的感受，但看到街头一棵棵被移栽的大树，那些委顿的焦黄的树枝，看到那些打着点滴的树，那些吊瓶满身的树，如五花大绑，我哭了。

老家的村口也曾有几株明代的柿子树，有四百年的历史，但前几年被一些树贩子连根移走了，说是值上万块钱。就如吹灯拔蜡，老家的历史记忆成了空缺。有一年，我回老家为母亲上坟，看到移走树后留下的大大的树坑，如枯干的泪眼，无助无望。我童年留恋的柿子树，老家的指示物种和地标，那曾荫庇故乡多年的古树没有了，只剩下裸露的斑驳的树根。

我心里一阵揪痛，我想到台湾老兵的故事，如果他的灵魂还乡，他走到村庄看不到母亲曾在村口属望的柿子树，那将会上演怎样的情景?

我看到很多脱离故土进城的古树由于水土不服而死掉，我曾想写一篇大树的悼亡词。看到那机声“隆隆”中的大树被移栽进城，真想对着街头喊一声：“停！”

让他们回到他们的故乡去!

让他们回到他们的本源，给乡间的鸟兽以栖息。

我想到《伊耆氏蜡辞》，将它用作悼亡词给那些大树最恰如其分：“土反其宅，水归其壑。昆虫毋作，草木归其泽！（土回到你的地方去，水回到你的沟里去。虫不要吃我的庄稼，草木回到你的河边去！）”

我想那昆虫就是那些树贩子吧，移栽进城的大树和没有故乡的人一样，是痛苦的，整日煎之熬之。

在韩国，超市货架上出售大米的时候，如若袋子上印着“身土不二”的字样，则价格要昂贵不少。身土不二？是的，身土不二，这是一个深植中国的外来词。它强调一株树也好，一根草也好，一枝一叶，还是一个人，最好不要离开自己的土壤，一个人的身子骨不能与生存于斯的土地分离，吃本地产的食粮，才有利于身心。

中国有句话：“一方水土养一方人。”其实，水土是有脾性的，不是什么人都养的，只有故乡的水土才养人。故乡除了给你生物的 DNA，还有精神的 DNA，这看不见的 DNA 序列的排列有排他性。

四

没有故乡的人，没有根基，没有身世。

叶赛宁说：“我抵达故乡，我即胜利！”

“归去来兮，田园将芜胡不归？”是千年前的陶潜在时空外呼唤如今疲惫的心灵么？

其实对沉沦的故乡来讲，连荒芜也不配，只是一片钢筋水泥的狰狞。

我看不见灵魂的归路。

我只隐约听见灵魂的巨响、灵魂的呜咽！

而如果树

一

不是悲悯，而是一种本能的折射，我看不得一切的受难者，无论人即或动物乃至植物。母亲在的时候，常说我眼窝子浅，不适合做贼，不适合做官，心不硬。

有一次我到一个新开发的小区看望朋友，小区楼宇俨然，在无数的水泥森林里，突然就发现在小区的中心假山处，一棵可环抱的柿子树，被挂着吊瓶如垂死的病人在输液，而树冠的枝条大多被砍去，光秃秃的吓人，像受了古代的髡刑。

这是一棵远离故土的树，被进城的古树。她的四周都是坚硬的钢筋水泥，没有了乡间的那些依靠与乡亲，没有了鸟鸣，就如被发配一样，如沧州道上的林冲，是的，她们也是被五花大绑进城的，来的时候，是坐的囚车一般，人犯罪是被发配到荒凉，树却被发配到喧嚣，城市的喧嚣，她们陌生的喧嚣。

这棵树才进城不久，如苍颜的农民工，还未能适应城市里的伦理，手足无措，她孤独地立在那里，当旁边有儿童的滑板呼啸而过，她无动于衷；当有涂着浓艳口红的女人抱着宠物走过时，她还是无动于衷。

我理解的这树，是有尊严的，她不愿在这钢筋的森林里俯就，她的皲裂的皮层，她的隆起的疙瘩和纹理，是乡村筑出来的铁一样的外表和品质，她的浓荫是给乡下的农人的，她的枝条是为那些鸟儿预设的。

但是如今的她作为一个乡间的土著，离开了为之服侍的泥土，根离了土，土离了乡，树斩了根，她怎能不死？她是坚守家园的农夫，很少有农夫背叛土地，也很少有树木从土地上逃亡，无论是经受风的扑打还是雨的狂躁。

她在乡间的土地上站立着，但后来电锯来了，斧头来了，囚车来了，城里的男人来了，于是屠杀也来了。乡村的泥土上，留下电锯撒下的白惨的骨粉，她被肢解，被搬运，头颅被砍了，胳膊被砍了，手脚残疾了，发梢残疾了，她的动脉静脉都裸露出来，她进城了。

但她注定水土不服，她注定患上思乡的病痛，在高楼的阴影里，她如何张望，也看不到乡间的黄昏，她即使能和偶尔路过的麻雀搭话，喉咙也是嘶哑的，声带早已毁坏。

看到受刑的柿子树，我的心一阵抽搐，我想到了我母亲在城里的不适。母亲害怕高楼，她在楼里生活就如牛羊被圈养。记得有一年，母亲在我家住，我从外面回来，看到母亲趴在窗台向外张望，苍老的脸在玻璃上如枯萎的萝卜，当时我的泪就下来了。

今天看到这棵柿子树，我默默在心里说：对不起。但我确实无能为力，一棵树也是一个人，但树们又总是弱势群体，时时处在被杀戮被践踏的位置。在我的老家，我曾亲耳听到故乡无数村庄的村头昼夜不息的电锯轰鸣声，亲眼看到在公路边上的木材加工厂和木器制造厂一家挨着一家；那些每天都往城市运输的汽车、机动三轮车、毛驴车上的三合板、五合板和胶合板，如山如丘，如云如怒；那些路边一年四季都歪歪扭扭赫然竖着的出售或收购树的广告牌。于是，我想到了目前故乡的荒芜，甚至连祖坟的树木也逃脱不掉被砍伐的命运的缘由了。绿树村边合，只有到孟浩然的诗里去找了。

傍百年树，读万卷书，是我的理想。想孔夫子曾在满是杏树的林中筑坛讲学，那是何等的景色？我要是在一棵树下与树一起能听夫子的布道多好，过一种傍书而居的生活，过一种树下弦歌不辍的生活，那是幸福的。我猜夫子是爱树的人，等他死后，他的学生，把家乡的树都带来，一棵一棵都栽种到老师墓地的四周来拱卫夫子，如一个个垂手侍立的学生，等待夫子的耳提面命。有姓李的李树，有姓白的白杜，有姓杜的杜仲，这些树如子路、冉有、公西华侍座。

在我的老家，过去是把有些年岁的树当作神灵的象征，有的树被缠绕上红的绸布，在树下摆上香案，谁家有了病灾都会到树下祷告，一年四季树下香火不断。我想那是供奉的神么？毋宁是供奉的绿，是对树的敬畏与崇拜，入骨入髓。

不轻易毁掉一株树，不轻易折断树上的一根枝条，这不是迷信，是一种道德的高坡。

多年前我曾读到一个关于树的故事，我感到另一种文化的高度如烙铁镌刻在我的内心，时时让我反顾。那是一株红杉树，红杉树是跟恐龙一个时代的植物。

那是一株有十八层楼高的红杉树，长在美国，人们为她取了一个美丽的名字：月亮。然而一家叫作太平洋木材公司的企业却决定，为了经济利益砍掉她。

就在这时候，一个叫朱丽娅·希尔的少女做出了一个惊人的举止：她要把这棵已经有一千岁的红杉当作自己的家。她爬上山去，在这棵树的顶端搭了一个离地六十米的平台，那就是家了。在两年的时间里，女孩风餐露宿，成了一名地地道道的“树人”有巢氏。人们给她取了诗意的名字——“月亮上的蝴蝶”。但是诗意的背后却是长达七百三十八天的守望与抗争。木材公司的冷漠，使得这个美丽的女孩被搁置在大树上两年，吃住在树上，拉撒在树上，洗漱在树上，即使冬季，即使炎暑，最恐惧的是飓风来临，她经常是用安全绳把自己牢牢地拴在树上。人们为女孩的举动所感动，大家从四面八方赶来，声援她，支持她，人们为女孩的举动所震撼。我有时就环顾自己的周遭，我们有这样的女子么？有这样的举止么？我们也有很多的勇士，多的是到珠峰到沙漠的死亡地带，但很少就为了身边的一棵树、一座建筑，拼却了身家性命，如果是有人用自己的身躯去挡一棵树的被砍伐，一座老屋的被扒去，很可能会被看作疯子，被看成异类。

其实，这是一种对生命的呼应，对生命的呵护，对我们人类早已犯下的错误的救赎。树是对我们有恩的，如乳汁。我们往往忘却了，正如我们不再记得乳汁的味道。如果没有了树，那大地上还能有什么存留呢？树没了，水怎么能涵养土地？没有了树，鸟怎能筑巢，氧气怎能孵出？没有了绿色，没有了水流，我们的脚下还有什么？

树是一种生命，也是一种历史的记忆。我懂得桓温北征的时候对树的感慨中的怆然，“桓公北征，经金城，见前为琅琊时种柳，皆已十围，慨然曰‘木犹如此，人何以堪！’攀枝执条，泫然流泪”（《世说新语·言语》）。万物皆流，无物常驻，时空错置，人树俱老，青壮与白发，这巨大的反差都在“木犹如此，人何以堪”八个字里袒露无疑。《诗经》有“昔我往矣，杨柳依依。今我来思，雨雪霏霏”。这不是诗句，是心头的滴血。

晋太和四年（369年），大司马桓温率五万兵马第三次北伐。大军从姑孰（今安徽当涂）出发，途经金城（今江苏句容县附近）。这一年，距他出任琅琊内史（晋朝北方领土丧失后，在南方设立侨州、侨郡、侨县，以示恢复之志。琅琊就是侨郡之一，治所金城）的时候已经过去整整三十四年，距他离开金城，升任徐州刺史的时候也已经过去二十多年了。岁月无情，当年的豪侠少年已届暮年，故地重游，想必是没有说出的比说出的要多得多。于是，我们就听到了桓温的“木犹如此”的悲怆，看到他的两行热泪的肆流。数百年后，南宋辛弃疾在《水龙吟·登建康赏心亭》中写道“可惜流年，忧愁风雨，树犹如此。倩何人唤取，红巾翠袖，揾英雄泪”，再现其泫然。我知道，辛弃疾泪有上游，这上游就是桓大司马的眼窝的英雄泪。“攀枝执条，泫然流泪”，我们看到的是这跃然纸上的真性情，是壮志未酬的落寞，是“木犹如此，人何以堪”的不甘。千载而下，这泪仍是热的，我知道有这样的一句诗：我是流浪许久的一行泪，老找不到一副脸颊来安置，那就找一株柳树吧。

二

树是有记忆的，树的年轮，是我们情感的储存器。我知道日本九州福冈市准备拓宽一条道路，以解决交通拥堵问题。此事需要砍伐一排樱树，一棵含苞待放的樱树已被锯倒。第二天，附近一棵樱树上出现了一首诗：好花堪惜，但希宽限二旬；容得花开，艳此最后一春。诗，迅速成了街谈巷议的焦点。不久，樱树上又出现了一首诗：惜花心情，正是大和至性；但愿仁魄长存，柔情永在。落款是市长进滕一马。最后，道路拓宽了，而那排樱树也保全了下来。

没有树，也就没有水源、没有氧气、没有小鸟、没有蝴蝶，如果这些都没有了，我们还会存在么？即使我们还存在，那我们存在的意义又是什么呢？孤独并不可怕，可怕的是整个人类都孤独，没有伴侣，没有动物植物，没有河流，没有花草。是这些物质养活了我们，繁衍了我们，我们不知道感恩，不知道敬畏，我们只知道攫取掠夺，只知道贪婪。

我非常喜欢一部以色列的电影《柠檬树》。这是人与国家对峙的故事，这更是柠檬树和国家对峙的故事。一个寡妇捍卫自己的柠檬园，就是捍卫一种记忆，捍卫一种价值。

寡妇萨玛，这个巴勒斯坦普通的妇人，她丈夫十多年前去世，靠着从父亲处继承的柠檬园为生，辛勤劳作把儿女抚养大。儿女离家后，她与长工胡升老头一同经营果园，日子艰难但也简单平静。

直到搬来了新邻居——以色列新任国防部部长，这一份平静才被打破。先是邻居家架起瞭望台、设立感应器、围起栅栏、派驻军队，然后是一个大雨天，一份要求砍掉柠檬树的通知被送到了萨玛手中。为了守护脑海深处与父亲有关的关于树的记忆，萨玛在律师齐哈德的帮助下踏上了艰辛而漫长的起诉之路，就如秋菊打官司。

影片中，最使我感动的是长工老人胡升老头在法庭作证的证词：

“四十年来，日出，日落，萨玛和我种植这片土地与柠檬树。不仅是浇水、施肥，树同人一样，它们有灵魂，有感情，需要人跟它讲话，需要温柔的照顾。我不用耕作机，仅以我的双手。这片土地是这里最肥沃的，不，不只是这里，是全世界最肥沃的。”

老人的这证词感动了所有的人，是树的灵魂感动了所有的人，也感动了银幕下的我，最后法院最终的判决是萨玛不必砍去所有的树，但必须将一半的树修剪至三十厘米高。

萨玛在法庭上站了起来，“你的提议羞辱了我，羞辱了先父和我的亡夫。我的树是真实的，我的生命是真实的。你们已经在四周筑了围墙，还不够吗？”

是啊，树是真实的，如亲戚如友朋，被砍掉头颅的树还是树吗？

影片中有这样一个细节，当萨玛偷偷翻过围栏去给柠檬树浇水时，守卫的士兵发现了，好心地叫萨玛快回去，但是萨玛听不懂希伯来语。士兵用仅知的阿拉伯语问萨玛的名字，萨玛也用他能听得懂的话说起幼时往事：“小的时候，我父亲曾经带我到以色列的集市上卖柠檬。”

这是冷酷中的温暖，是种族冲突下良善的人的美好愿望，战争真的能把人性隔绝么？树是有记忆的，砍树是可耻的，砍寡妇的树更可耻。

我知道，在 20 世纪 60 年代，现代化浪潮席卷瑞典斯德哥尔摩的时候，当时的市政当局雄心勃勃地推行旧城改造，当时有一项“百万工程”的计划，每年要建成十万套现代住宅。在城市郊区，一排排新的火柴盒式的房子拔地而起，一个个新的居民区出现改善着人们的居住环境。这本是一件受人欢迎的大好事，但市政当局在此鼓舞下，进而要对城市进行全面改建，现代化高唱凯歌如横行的螃蟹一路向东推进，从中心火车站到达了国王花园。

斯德哥尔摩人也逐渐生出怀疑，这样下去，斯德哥尔摩会变成什么样子？还是人们所熟悉的斯德哥尔摩吗？人们开始议论，在各种场合发表批评意见，但还是在忍耐着。这种忍耐终于在 1971 年得到总爆发。这一年，斯德哥尔摩市政当局做出决定，要在国王花园里建成一个地铁站。这件事成了压在骆驼背上的最后一根稻草。一群年轻人组织了一个称为“城市的选择”的运动。人们上街示威游行，认为他们的城市已到了一个生死存亡的关头，要求市政当局收回成命。市政当局认为示威者是胡闹，这年的 5 月，当局不由分说，派了一队工人到国王花园来锯树，做开工前的准备。

隆隆的电锯声成了最后的动员令。人们向着隆隆的电锯声聚拢过来，高喊着保卫家园的口号，来阻挡那些钢铁牙齿。市政当局也被激怒了，他们派出骑着高头大马、拿着警棍的警察去为工人开路，要强行锯树。示威者见此，就立刻相互通知，人越集越多。就此，开始了一场大规模的运动。

市政当局中谁也不敢下死命令让警察前进了。最后只好命令工人和警察先退下，再作计议。为了防止当局再把工人派来，特别是晚上乘无人时偷偷地把树锯掉，造成既成事实，示威者们日夜坚守在花园里。有些人还搭起帐篷，拉起吊床，住在树上。5月里，处于北纬六十度的斯德哥尔摩才是初春，夜里的气温冷得让人牙齿直打战。但这些年轻的示威者裹着冬衣，弹着吉他，挂起了“拯救斯德哥尔摩”的横幅，誓与那些老树共存亡。发生在1971年5月的这个事件正如这些活动者所说，救了斯德哥尔摩。它给处于现代化疯狂中的斯德哥尔摩市政当局一个当头棒喝，使他们清醒过来。

今天，这些保护国王花园古树的人成了瑞典人心目中的英雄。很多历史书都记载了这件事，人，往往是短视的，未来所谓的现代化，把历史割裂，把树砍去，把老城推平。几十年前，塞瑞亚广场北面的那五排现代主义的“火柴盒”们有很多人欣赏，作为时代的骄子，在斯德哥尔摩市中心拔地而起，傲视群楼。但在今天的瑞典人眼里，它们却如一块疮疤，奇丑无比。在斯德哥尔摩人心目中，这五座塔楼，就像一张漂亮脸蛋上的五块黑痣。我们知道，如果当时没有人及时站出来制止，就不只是五块黑痣，而是整个斯德哥尔摩被毁容了。

看看我们身边的城市，有几个不被毁容？

当毁容的城市只留下一个名头时，这样的城市是伪饰的虚假的也是半死不活的，我要追问当城市被毁容，城市的魂魄还能找到么？假使北京没有了故宫，没有了颐和园，那还是古都北京么？但是古都曾有过一段被毁容的岁月。1953年，林徽因肺病已经几乎说不出话，但为了保住永定门城楼不被拆，她曾指着北京市副市长吴晗的鼻子说：“你们拆去的是有着八百年历史的真古董。将来，你们迟早会后悔，那时你们再盖的就是假古董！”1957年永定门城楼和箭楼还是因为“妨碍交通和有安全隐患”而被拆除！但林徽因一语成谶，2004年，“假古董”永定门城楼重修竣工。

三

尊重一棵树吧。当我在无论哪个城市的街头或者乡村的路旁，每每看到一棵树，我都会伫立下来，死死地盯住这株绿色，为这里的人与树致敬。

其实，唤起我自己对树的感觉的，是去年的一次经历。去年的5月，当我到敖鲁古雅阿龙山玛丽亚·索部落时，看到了猎人安道正坐在一堆木柴的前面，那是午后，天蓝得让人不敢相信，猎人安道的脸是酱色的，他的身边是一柄劈柴的斧头，很安静。

人们说安道老人最擅长打制猎刀，他一天都不说一句话。当时他身边是斧头，并没有猎犬，但大家说猎犬是他最亲近的伴侣，他和猎犬同一碗吃饭，共用同一双筷子，人吃一口饭，狗也吃一口饭，晚上也和猎犬同眠一张床。

当同行的人拿起斧头在安道老人面前笨拙地学着劈柴时，老人笑了。也许在老人看来，文明人也在退化吧。人们告诉我：安道老人劈了用来烧火的柴，都是在森林找的枯死的树，鄂温克人从不伐还生长的树做柴烧。鄂温克人从来不会破坏一棵树、污染一条河。在鄂温克人的眼中，这些都是神灵的赐予。他们相信万物有灵魂，这些灵魂是可以互相转换的，人是自然的一部分，鄂温克人把动物植物当成是和自己一样的物种，他们有了烦恼，可以对着大树诉说，他们通晓鸟儿的语言，他们不贪婪，他们平和地对待自然。

鄂温克人视树为生命，他们火塘里的柴，都是将风倒木劈成的柴火。砍伐鲜树作为烧柴那是一种罪过，森林中那些枯干的树枝，被雷电击中的树，被狂风击倒的树，被山洪冲下的树，他们把这些失去生命的树弄来做柴烧。鄂温克人不像有些人砍那些还活得好好的树，劈成木柴样子，垛满了房前屋后还有院子里，像炫耀，他们不理解这种贪婪。

在森林生活的鄂温克人离不开树，他们对树木充满感激充满敬畏。鄂温克原始神话里有：“开地之初，在大地的黄色肚脐上，单立着一棵大树，树上有八条繁茂的树枝，树干一立穿过三层天，树皮和树疖都是银的，树液闪着黄金色的光芒，果实像巨大的酒杯，树叶像张张马皮。从树梢经过树叶流淌着神圣的黄色泡状液体，人们饮过它就得到了大福。”在鄂温克的传说里，是神树养育了人类、赐福了人类，神树是给予鄂温克人生命的树。鄂温克人对树木最根本也最原始的观念，就是把树看得像是养育自己的母亲一样重要，东非万尼卡人就认为“每毁坏一株椰子树，就等于杀害了自己的母亲”。

鄂温克人把树作为祭神的圣所，他们认为神的灵魂寄居在某棵大树中。比如鄂温克族猎民信奉的“白那查”山神。“白那查”的形象是在大树上绘制的一个长须老人的模样。在狩猎途中，猎人从“白那查”旁边走时不能喧哗，否则对狩猎不利。鄂温克人认为一切野兽都是“白那查”饲养的，猎获野兽是“白那查”的“恩赐”，因此，遇到绘有“白那查”神的大树，要用兽肉献祭，还要摘枪卸弹，跪下磕头，祈求保佑。如果猎获了野兽，还要涂一些野兽身上的血和油在这神像上。

这是鄂温克的古老传说：很久很久以前，有个酋长带着全部落的人去围猎。他们听见大山里传出各种野兽发出的各种各样的叫声，就把这座大山包围了。其时天色已晚，酋长就让部落的人就地安歇。第二天，部落的人开始缩小包围圈，一天很快又过去了，到了日落时分，酋长问部落的人：估计一下围猎了多少种野兽？这野兽的数量又是多少？没有一个人敢回答酋长的问题。大家知道，预测山中的野兽，就跟预测河里游着的鱼、森林里开多少朵花一样，谁能说得准？就在大家沉默的时候，有一慈眉善目的白胡子老人开口了，他不仅说出了山中围猎的野兽数，还给这些野兽分了类，鹿几只，狍子几只，兔子几只。等到第二天围猎结束，酋长亲自带领人去清点围猎的野兽的数，竟然与那老人说的一模一样！酋长觉得老人非同寻常，打算问他点什么，就去找老人。明明看见他刚才还坐在树下的，可现在却无影无踪了。酋长很惊异，就派人四处寻找，仍然没有找到他。酋长认为老人一定是山神，住到树里去了，于是就在老人坐过的那棵大树上刻上了他的头像，这就是“白那查”的来历。

在这次鄂温克人居住的森林里，我第一次看到了长着眼睛的白桦树，我压抑着像看到梦想一样的激动，让朋友帮忙为我留影。

在我的感官中，白桦是一种异域的风情，在俄罗斯画家列维坦的名画《白桦林》前，曾莫名地潸然落泪，为那种美，为那种秀劲挺拔的树干上诗意般地围裹着一层厚厚的、白光闪闪的银色。多么纯洁的银色！它使你联想到《这里的黎明静悄悄》里的那些女兵，它使你联想到纯真圣洁，联想到爱人。

俄罗斯民俗学者费德科说：“只要你走进白桦林，就会知道白桦树对俄罗斯人意味着什么。其他任何一种树都无法带给你那种纯洁、孤傲和完美的特殊感觉。我认为这就是俄罗斯灵魂的写照。”

诗人普希金在给友人的书信中，曾描述过去南方旅行看到白桦树时的喜悦心情：我们穿过了一道道山岭，首先令我惊讶的是白桦树，北方的白桦树！我的心为之战栗。

这次在鄂温克人家，我看到随处的白桦的物件，那种欣喜无以形容，我一时头脑空白，为这与美的相遇。

白桦树是鄂温克族人生活的影子。小桥是用白桦搭的，猎人坐骑的马鞍是用白桦做的，渔人的船是用桦树皮做的，一间间尖顶、形似帐篷的“撮罗子”是用白桦树翻皮搭建的，院墙也不是用砖石垒的，而是清一色的白桦树“木栅子”，甚至吃饭用的桌子、凳子及碗筷，也是桦木或桦树皮做的。在鄂乡小孩子生下来，也会把他放到用白桦做的摇篮里挂在树上。

白桦的汁液，像乳汁哺育着鄂温克人，他们用猎刀在白桦树根那里轻轻划一个口，插上一根草棍，摆好桦皮桶，桦树汁就顺着草棍像泉水一样流进了桦皮桶里。那汁液纯净透明，非常清甜，喝上一口，满嘴都是清香。

鄂温克人打猎、捕鱼、挤奶用的制品很多都是用桦皮制作的。餐具、酿酒具、容器、住房、篱笆、皮船，甚至人死后裹尸的东西都用桦皮制作；鄂温克人许多的服饰也是用桦皮做的，如桦树皮帽、桦树皮鞋。

我看到了一只桦皮船。桦皮船行驶时轻巧无声，就像一条鱼，白白的，所以在水里行走不会惊走水里的鱼和岸边林中的兽。

在白桦林，我抚摸着那白色树干上那一只只黑色的“眼睛”，感到了它们在手的抚摸下忽闪忽闪地动。传说用红丝巾遮住白桦树身上的“眼睛”，这样，就能让情人不再看其他的人，而一生一世只爱自己。我想用刀子在白桦的皮上刻上一个人的名字，但怕破坏了那种圣洁，只好作罢。

离开了白桦林，我看到了身后的一只只眼睛，在注视着我。

四

鄂温克族是一个信萨满的民族，他们认为，天地万物都有神灵，人们要谦卑敬畏，即使是一朵花的开落，一丝的风声，一声的鸟啼，一声的雷鸣，一片的雪花，一片的桦树叶子，甚至一粒星子，都有神在远方在看着主宰着。于是，这就有了火神、山神、风神、雷神等等。

其实他们敬畏的就只一个神，这个神就是自然。他们对自然充满敬畏，顺从自然，不背拗，不狂妄，不贪婪，不过分索取，于是受到敬仰的神就赐予他们更多，让他们得以世代繁衍，生生不息。

他们相信万物的轮回，认为人的前世可能是熊托生的，虎托生的。于是，他们认为他们和熊啊鹿啊灰鼠啊猎鹰啊，都是出自一家，对它们，只有饥饿时不得不打猎时才出手。他们认为，他们和花啊草啊树啊浆果啊野菜啊，也是出自一门，只是为了填饥时，才去采摘，于是下手就小心翼翼，就充满爱意。

他们对森林怀着的是感恩，这使我想起了被称为“红人”的印第安土著。我记得有一本书叫《西雅图酋长的宣言》，那也可以作为鄂温克人的宣言。和鄂温克一样的大自然的信徒，都是那么古老，有着金子一样对待自然的品质。

“对我们民族来说，这片土地的每一个部分都是神圣的。每一处沙滩，每一片耕地，每一座山脉，每一条河流，每一根闪闪发光的松针，每一只嗡嗡鸣叫的昆虫，还有那浓密丛林中的薄雾，蓝天上的白云，在我们这个民族的记忆和体验中，都是圣洁的。我们是大地的一部分，大地也是我们的一部分。青草、绿叶、花朵是我们的姐妹，麋鹿、骏马、雄鹰是我们的兄弟。树汁流经树干，就像血液流经我们的血管一样。我们和大地上的山峦河流、动物植物共同属于一个家园。溪流河川中闪闪发光的不仅仅是水，也是我们祖先的血液。那清澈湖水中的每一个倒影，反映了我们的经历和记忆；那潺潺的流水声，回荡着我们祖辈的亲切呼唤。河水为我们解除干渴，滋润我们的心田，养育我们的子子孙孙；河水运载我们的木舟，木舟在永流不息的河水上穿行，木舟上满载着我们的希望。如果我们放弃这片土地，转让给你们，你们一定要记住：这片土地是神圣的。河水是我们的兄弟，也是你们的兄弟。你们应该像善待自己的兄弟那样，善待我们的河水。印第安人喜欢雨后清风的气息，喜爱它拂过水面的声音，喜爱风中飘来的松脂的幽香。空气对我们来说也是宝贵的，因为一切生命都需要它。如果我们放弃这片土地，转让给你们，你们一定要记住：这片土地是神圣的。空气与它滋养的生命是一体的，清风给了我们的祖先第一口呼吸，也送走了祖先的最后一声叹息。同样，空气也会给我们的子孙和所有的生物以生命。你们要照管好它，使你们也能够品尝风经过草地后的甜美味道。”

这是美国政府要以十五万美元换取印第安人二百万英亩土地时，红人酋长发表的演说。这是一种忠告，也是一种深情，对离开的土地的深情。他们的爱不傲慢，他们的爱是谦卑，他们懂得躬身对待草木、溪流、虫豸。万物都是平等的，谁比谁高多少？谁比谁嗓门大？

“如果我们放弃这片土地，转让给你们，你们一定要记住：这片土地是神圣的。你们一定要照顾好这片土地上的动物。没有了动物，人类会怎样？如果所有的动物都死去了，人类也会灭亡。降临到动物身上的命运终究也会降临到人类身上。告诉你们的孩子，他们脚下的土地是祖先的遗灰，土地存留着我们亲人的生命。像我们教导自己的孩子那样，告诉你们的孩子，大地是我们的母亲。任何降临在大地上的事，终究会降临在大地的孩子身上。我们热爱大地，就像初生的婴儿眷恋母亲温暖的怀抱一样。你们要像我们一样热爱它，照管它。为了子孙后代，你们要献出全部的力量和情感来保护大地。我们深知：大地不属于人类，而人类是属于大地的。”

是啊，在敖鲁古雅鄂温克人眼里，森林不属于人类，而人类是属于森林的，大家都是森林的子民，有话好好说。

在森林拍照的时候，一个同伴在一个立的树桩上刚一坐下，就被同行的通鄂温克风俗的人叫了起来，说这是犯忌讳的，在鄂温克人眼里，那是山神爷才能坐的。

鄂温克人在森林里有很多的禁忌。我想，鄂温克人的那些禁忌是不能被称为迷信的，应该是一种敬畏。人有敬畏之心是好事，这样做任何事都不会太放肆。犹太作家以撒·辛格说：“就人类对其他生物的行为而言，人人都是纳粹。”我想，这里面是应该排除鄂温克人的。

鄂温克人猎熊也有很多讲究，打熊不能打头，剥皮时还要不停地念叨：熊大哥，冬天来了，我需要一副手套过冬啊。说完再割熊掌。割熊耳朵时要吹哨，模仿树林被风吹过的声音。割熊腿的皮子还要念叨：有了手套我还要一副靴子来暖脚啊。当然，还要解释一下熊皮的用途，因为寒冷时还需要一床熊皮褥子来御寒。就连吃熊肉时，也有讲究，大家围坐一圈“嘎嘎”地模仿乌鸦叫，意思是想让熊的魂灵知道不是我们在吃你的肉，而是乌鸦。

多么可爱的举止啊，永远有着神秘、天真的一个族群，他们像孩童，有着我们现代人消失的诗意烂漫。

这种天真在流失，这种生活成了绝响。

在森林里，我见到了一棵树枝挂着红绿布条的树，鄂温克人称为神树，鄂温克人在树下祈祷祭拜，有心事向它倾诉。

鄂温克人相信森林里每一棵树都有灵魂，它护佑着每一个鄂温克人。在森林里，当鄂温克人在路上遇到挡道的树，要是无法绕开的话，就会围着树祷告，然后才敢砍伐。

这样对待树的习俗，我称之为生命敬畏的哲学。鄂温克人在森林里生死，与树终老不离不弃。鄂温克人实行树葬。人死后，将尸体包裹后挂于树上或放在支起的木架上，任凭风吹日晒，待皮肉烂掉后拾骨埋葬。

鄂温克人就如一棵树，老了，就和森林的树木做伴，尽快融入这片森林！

在敖鲁古雅，我听到一个传说，有个人患了绝症，想用上吊的方式结束自己的生命，但他不想让一棵生机勃勃的树为自己殉葬，害了这棵树，因为鄂温克人的习俗是凡是在树上吊死的那个人，一定要连同他吊死的那棵树一同火葬。

于是在一个夜里，他找了一棵枯干的树，吊死了。我听到这个故事，落泪了，我想到里尔克的《严重的时刻》里写的：

此刻有谁在世上某处哭
无缘无故在世上哭
在哭我

此刻有谁夜间在某处笑
无缘无故在夜间笑
在笑我

此刻有谁在世上某处走
无缘无故在世上走
走向我

此刻有谁在世上某处死
无缘无故在世上死
望着我

是啊，我想，这个吊死的鄂温克人在看着大家，若世间没有了这样的爱意，这世界该多么荒寒！

我知道，鄂温克人还有一个习俗，是在人死后埋葬的地方栽上一株树，可以是白桦，可以是落叶松。没有墓碑，没有坟头，有的是美和生长，有的是节俭。人死如树落叶，快快地回报给土地，融进土地，把自己变成一棵树多好。这是另一种轮回。死不再是可怕，死是一种生，死不再是虚空，死是一种生长。这是一个懂得死也懂得生的民族。这是一个洁净的民族。这是一个敬畏树的民族，也是一个敬畏火的民族。人说，一棵树可以造出无数的火柴，一根火柴可以毁灭无数的森林，于是鄂温克人为防止烟头可能会毁掉森林，就发明了一种烟：口烟。它是用碾碎的烟丝、茶以及炭灰三样东西调和而成的，这样的烟不用火，是把它们捏出一点，塞到牙床上。

在敖鲁古雅的那棵神树下，我双手合十，然后说了一句：久违的亲人！

然后拍了一棵神树的照片，带回我遥远的南国，让神树时时提醒我：人，要有所敬畏，无论是遇到一棵树，还是遇到一根草。

但我忽然想到了《红楼梦》中的王熙凤说的，“我从来不信什么阴司报应的，凭什么事，我说行就行！”

于是感到了一阵寒战，从这片土地的遥远处传来。

怎样安放我们的灵魂

如果说没有灵魂，那么我们的肉体为何时时处在无尽的撕扯中。

题记

一

在根河的座谈会上，我说出自己心灵的困境和生存的困境。其实我知道，这是说给窗外的无边森林和白云，还有激流河，还有那震撼我竟然有一百一十公里长的蝴蝶公路走廊的翻飞和斑斓，还有最后的鄂温克狩猎部落，还有一个固执的不下山的老人玛利亚·索。

有一次上班途中，儿子突然问起我老托尔斯泰逃向苍天之事。儿子问这话题时，其实他就已洞穿了我。

走。逃走。逃向何处？虽是春天，我感到了一场暴风雪的升腾。

它是怎么旋转来的，这一场暴风雪？

一百年。超过了一百年的暴风雪，从历史深处一个叫阿斯塔波沃火车站的地方旋起。一个老人，在临死前，猛然从床上折起身子，用毋庸置疑的坚定喊道："走，应该逃走！"

是啊，在八十二岁的那年，那是 1910 年的 10 月 27 日，老托尔斯泰给妻子留下一封信，在雪夜中静悄悄地乘着一辆马车，由医生和女儿陪同，秘密悄悄地离家出走。八十二岁的老人在颠簸的途中病倒了，最终只好弃马车，匿名改乘火车，末了实在无法，就躺倒在阿斯塔波沃火车站一座小红房子里。

1910年11月7日，托尔斯泰他离家出走后的第十一天。

在阿斯塔波沃火车站站长的那座红房子的狭小房间里，托尔斯泰与世长辞。红的，白的，雪，房子的颜色，都刺向人的眼。

像一棵树訇然倒塌，森林里所有的树，都感到了震动，感到了失去的巨大的空旷是无法弥补的。那夜，有无尽的雪，在旋转在升腾，在升腾中旋转，在旋转中升腾。

该堕落的堕落，该升腾的升腾。

“走，应该逃走！”是的，我知道是百年前阿斯塔波沃火车站的暴风雪点燃了我。做出这种异端的在世俗人看来不可思议不可原谅的举止，那他一定是疯掉了，像一棵疯狂的石榴树？还是在海上蹀躞的一叶白帆？

是啊，如果是一株树，那就是石榴树，埃利蒂斯的石榴树，没有被平庸整肃掉的一个树种。在顿河，在希腊，在一切有异端的土壤上，这种树，被砍了还发，即使你肢解它，监禁它流放它，它的种子也不会变节，也不会匍匐跪地，在深黑的夜里，沉重和残酷，无孔不入的奴役也许使这样的树种濒于灭绝，但它还是遗世而孑立。

泪眼婆娑的石榴树！

雪，暴风雪，这无望冬天的暴风雪曾摧毁过它的枝干，雪飞旋在世界，也飞旋在我的内心，如煮如沸，迷茫而坚毅，荒凉兼苍凉。

告诉我，是那疯了的石榴树与多云的天空在较量？（较量，是无处不在的。世俗的，意识形态的，亲情的，媚俗的。）

告诉我，是那疯狂的石榴树高声叫嚷着正在绽露的新生的希望？（风雨如晦，鸡鸣不已。未经阉割的，本能的，自性的，未经转基因的DNA。）

告诉我，在万物怀里，在我们最深沉的梦乡里，展开翅膀的它，就是那疯狂的石榴树吗？（草鸡，苍鹰，屋檐，稗糠与稻谷。泉水的冷凛与清洌，蓝天的寂寥，正好是让翅羽散步的地带。）

是啊，我把这疯狂的石榴树的意象送给这离家出走的老人，我一直把托翁当成人间的石榴树，有着铸铁枝干、皲裂皮肤的，有着炸雷劈开的碳化痕迹的石榴树，对抗着天空的石榴树。

“走，应该逃走！”这些话给历史在场的人留下的是沉重，是神启，是慈爱。他说出了，就属于了历史，也许失传，也许永续，是种子，一经播撒，虽是钢筋水泥，也有萌发的机缘。

让人成为人，让人像个人，逃走么？逃走岂不是回归？逃走岂不是回家？是的，有时逃走恰恰是回家。

二

也许俄罗斯民族有一种忧郁和偏执，恰恰是这种民族的基因，让我咏味不已。天国与苦难，挣扎与漂泊，何处能停泊那躁动的心？

我想到了那叶白帆，在海上如翅膀追逐心灵的向度。海的蝴蝶，海的翅膀。

多么温暖得像我的兄弟！

就像饥饿的人在暗夜看到了星光、面包与盐。而心灵一下子被那叶白帆所感动所包围，真的如兄弟，可托付的兄弟：

在那大海上淡蓝色的云雾里，
有一片孤帆儿在闪耀着白光！……
它寻求着什么，在遥远的异地？
它抛下什么，在可爱的故乡？……
波涛在汹涌——海风在呼啸，
桅杆在弓起了腰轧轧地作响……
唉，它不是在寻求什么幸福，
也不是逃避幸福而奔向他方！
下面是比蓝天还清澄的碧波，
上面是金黄色的灿烂的阳光……
而它，不安的，在祈求风暴，
仿佛是在风暴中才有着安详！

在大学里的元旦晚会上，我朗诵过这首莱蒙托夫的《帆》，渴望，无望，热血，不安。我是一个出生在黄壤平原深处的人，到上大学还没看到过船，更不用说一叶帆，但我的性情里却有一种对白帆和湛蓝的渴望与亲近。我在苦寒里行走，童年、少年时家境拮据，青年时期饥肠辘辘。父母是农民，父亲靠在集市为人用笤帚清扫垃圾和污秽，半乞半讨供我读书。父亲是没文化的人，没有文化人的眼界和思维方式，没有文化人的爱好和趣味，只是将一个锡制的小酒壶揣在衣服里，闲暇时饮酒。但父亲喜欢我读书买书，喜欢我到场院的麦秸垛或者草庵里读书，喜欢在夏日纳凉的夜晚，听我吟诵那些遥不可及的事物，比如莱蒙托夫、罗曼·罗兰、白桦、密西西比河的老黑人。如此的不可思议，就是这些平原以外的东西来抚慰我狂躁的心。

也是这些东西，吸引着目不识丁的父亲。

记得初中时在麦秸垛里曾读康·巴乌斯托夫斯基的《碑铭》，那是和白帆一样蛊惑我的碑铭。那些人类的精神骨血，让少年的脑海里一直回旋着的是“魔鬼的锅子一般翻腾着”的波罗的海。那些层层烟雾笼罩的海边，有一小小渔村，千百年来，拉脱维亚渔夫就住在这里。远远地就能看见，在渔村近旁的海上有一块巨大的花岗岩，被波涛包围的岩石上，刻有一行古老的铭词：

纪念那所有死在海上和将要死在海上的人们。

碑铭。碑铭。不是刻在石上，是刻在我的肉上嘎嘎有声的铭词，这种灼这种震撼一直在，像骨头里混合的玻璃碴子。死和要死的人，这在中国文化里是多么忌讳的字和词汇，但它说出了一种必然，人都是要死的，有人思考过死了，有人来不及思考也死了，这是每一个生存者无法摆脱的宿命，是最本然的规定。死是规定着生的，所谓的向死而生向死而在，比未知生焉知死，把死悬置，给我的撞击更烈，它们刷新着我的眼睛。

神秘。海是一种神秘的宿命和勾引。到大海上和倒在大海上都是致命的诱惑和冒险，即使人们知道这海里的危凶，总会有一些不安的灵魂终究要到那里去，与幽暗的波涛为伍。大海是蛊惑，它诱惑的就是那些想安顿想安静心灵的灵魂。是啊，也许死才是一种解脱，是一种价值，但将要死的这路途恰恰是灵魂麇集的冒险路途。

白帆，无疑会从血管里起航，然后通向大海。

从血管里起航，归程在哪里？故乡？异乡？

这叶白帆将在哪儿停泊？我想到了一部书《野草》，一个人。过客，短暂的生命，无涯的长途，渺小与虚无。心事浩茫连广宇。

是啊，必须走，走向命定的大海，光阴无乃大海乎？人都会倒毙在光阴里，时间是线性的，愈来愈快了，还有多少能挥霍？该诀别的就诀别，该抛下的就抛下。从血管里起航，删繁就简的岂是委顿，岂是恐惧？遵循血的呼啸。光阴如海，残阳如血。你是一叶白帆，张开的、搏杀的白帆。蝴蝶的翅膀也可扑火。

但是大海呢？现在的大海，现在的大海不再是大海，现在的大海还有那些神秘和蛊惑么？还有命定的启示和未知么？大海早被人类涂抹得不成样子，还有森林这些能作为诗意栖居的地带都被人为地堵塞了，人类生存的家园被连根拔起。

我想到这次到大兴安岭中心地带，看到的满眼的绿色的次生林，那种绿色使我陶醉，但也为没有看到那些原始森林而悲伤，为最后的鄂温克狩猎部落再也无猎可狩而哀伤。

为什么我的眼里满含泪水？

三

这次到大兴安岭深处最令人难忘的是见到了玛丽亚·索，这鄂温克族最后的山神。这位九十四岁的老人，被要求搬到山下去过舒适而“幸福美满”的生活，并且有人拿出一张纸说，同意下山就按手印，还发搬迁费。全乡 231 名鄂温克人都按了手印，只有玛丽亚·索没有按。在她的世界里，茫茫的原始森林才是鄂温克人的归属。

选择如何的活法？不同的人有不同的抉择。太多的人选择的是逆来顺受，选择的是放弃抗争。如果一个走到今天的人，还会想起托尔斯泰，想起高更的塔希提岛，活得还像个人而不被一些所谓的名缰利锁奴役自觉成为奴才，那他就会从托尔斯泰的那个小火车站的红房子受到启示：自由，心灵的自由，你必须成为你自己，从被命名的遮蔽的重轭下解脱，那样你才能重生。除了自己，其他都是靠不住的。

自由和独立，没有比这更重要的。独立有时比自由更迫切。

我知道森林的毁坏，对狩猎的鄂温克来说是一种苦难，这种苦难是属于全人类的。一种文化消失于无形，整齐划一的山下的生活，对山林里的鄂温克人来说，是斩断和森林的根与血脉链条，玛丽亚·索不认可，但命运逼迫着她成为最后一个坚守的标本。

这是一种进步？还是一种悲剧？他们原先的狩猎生活变得不再合法，他们不得再拥有猎枪了。为了保住自己的猎枪，有个写诗的鄂温克人背着自己喜爱的猎枪翻山越岭，跟抓他的人捉迷藏。后来被人堵到悬崖边，诗人也没有放弃，抱着枪闭眼跳了下去，幸好有一棵大树挂住了他，才没有摔死。继续逃，最后跑到了一个猎点，看到了在那守候着他的人。那人立正后向诗人敬了个礼说：“兄弟服了！”

一种文化消亡了，有谁为这种灭失痛哭？

这个诗人说：“狩猎文化消失了，工业文明带来另一个世界，如果高度文明世界的人向我开枪，那就开枪吧。”

开枪，向我开枪吧。我向中弹的弟兄敬礼。有谁为诗意收尸呢？

作家乌热尔图曾采访玛丽亚·索，有一段话听来令人震撼：

“过去，打猎、放驯鹿的地方挺大的，方圆上千里，一直到黑龙江省呼玛县境内。不管多远的路，我们都牵着驯鹿走。那时，到处都有犴、鹿、灰鼠子。现在不一样了，到处都有人，到处都有偷猎的人。这才过去几年呀，可现在我们连自己落脚的地方都没有了，放自己驯鹿群的地方也没有了！现在，还把我们的枪收了，就像把我们的饭碗打碎了……现在最紧要的事就是给驯鹿划出个地方来。我要讨回我们的森林，讨回我们自己的猎枪。一想到鄂温克人没有猎枪、没有放驯鹿的地方，我就想哭，做梦都在哭！”

是谁把森林弄丢了？失去森林的鄂温克人，失去猎枪的鄂温克人，用什么来填充内心？那只有用酒来麻醉失去家园的苦痛，我知道玛丽亚·索从来不喝酒。她五个子女中的两个都是醉酒后意外身亡的。她恨透了这种夺去了她亲人和无数族人生命的东西。所以大家喝酒也就得背着她，偷偷喝，但她无力制止这种偷喝。

驯鹿的鄂温克人只有二百多人，近二十年来，很多鄂温克青壮年因为酗酒而身亡。“在林区，敖鲁古雅猎民善喝的事实几乎是人人皆知的。他们当中有人下山买酒，酒还没有带上山，半路就被全数喝完的事情常常发生。至于喝醉了酒在森林里面被冻死的、掉进河水里面被淹死的情况，也不在少数。更早的时候，林区伐木的工人拿着两瓶白酒就可以换得猎民的猎物或者鹿茸，只因为猎民们爱酒如命，只要有酒喝，一切都可以给你。”据说正宗的雅库特鄂温克人已不足五十人，由于他们常年在野外居住，好喝酒，有些人的生育功能都丧失了。如果以前喝酒是为了驱寒壮胆和欢庆节日，那么现在，喝酒更多的是为了派遣寂寞，他们用喝酒来打发时间、麻醉自己，掩饰着内心的痛苦。酒，是他们的追悼。“活”其实是一种站立的死，文化的死。嬗递的苦只有靠酒的踉跄步履和愤怒来表达。

我想到了历史上一次印第安酋长的演讲。1851年，当时在美国西部发生了一件被载入历史的事件。当时的美国政府用十五万美元强行购买二百万英亩印第安人的土地，并逼迫这些生于斯长于斯歌哭于斯埋骨于斯的印第安人立即迁出，当时的首领西雅图酋长为此发表了一篇血泪的控诉，以致后来的殖民政府用了一种特殊的方式来表达他们对这个酋长的敬意，将这片新兼并的土地建立起来的城市，用他的名字来进行了命名——西雅图。

这是一个自然之子的诉说，这文字里有着土地的灵魂，有河流和大地的那种恒远的气息，这文字给了我们什么？人类曾有这样一段记忆，曾有一段这样的思索和伦理生活，那是天然的接地气的，所有的喜怒哀乐，所有的想象和创造都不违背自然。这种刻骨铭心除了西雅图酋长，如今恐怕是空落无多。美国也是诞生梭罗的国度，那种自然的诱惑，那种让梭罗在瓦尔登湖魂牵梦萦的幽灵是什么？他这幽灵的魅力是如此持久，这幽灵变成了归宿。今天，重温西雅图酋长的诉说，我想到了所谓文明的践踏。

工业化的车辙通向的是怎样的歧路，它能够折身而返么？行行重行行，无为在歧路，颠颠簸簸，这条路能通向一个个福祉的地带么？

酋长一百年前的声音和我们的什么部位遥相呼应？

我们怎能买卖天空和大地的温暖？这主意真是奇怪。

若空气不再清新，流水失去晶莹，你还能买下些什么？

对我们来说，大地方寸皆为神圣。在我们的记忆和经验中，每一根闪亮的松针，每一片沙滩，每一缕幽林中的薄雾，每一块空地和那嗡鸣的小虫都是神圣的。那枝条上流淌的树液，也渗透着我们红人的记忆。

白人死后魂游星空时，早忘了出生之地。而我们死后，永不会忘记这片美丽的大地，因为大地是红人的母亲，我们和她互为一体。芬芳的百花是我们的姊妹，鹿、马和大鹰是我们的兄弟，山岩峭壁、草地的汁液、幼马的体温，还有人，都属于同一个家庭。

所以当华盛顿的大统领传话来说，要买我们的地，他对我们的要求实在太多了。大统领说，会留一块土地给我们过舒服的生活，这样他就成了父亲，来照顾我们这些孩子。

似乎这意味着，我们会考虑你的购买建议。但这并不容易，因为这是我们的圣洁之地。那河川里闪亮的流水不仅是水，而是我们祖先的血。如果我们卖给你们这地，请务必记得这地是神圣的，也请你们务必教导你们的子孙这地是神圣的，并且告诉他们那清澈湖水里每个幽灵般的倒影都在诉说着我们族人生命中的每一件事和每一个记忆，那呜咽的水声是我们祖父的声音。

河流是我们的兄弟，他为我们解渴，载运我们的独木舟，滋养我们的孩子。如果我们卖给你们这地，请务必记得并教导你们的子孙，河流是我们共同的兄弟，并像对待自己兄弟一样善待河流。

我想白人不能体会我们的想法。每一块土地对白人来说都是一样的，作为大地的陌生人，他可以趁夜拿走他想要的任何东西。大地不是他的兄弟而是仇敌，他要逐个征服。他满不在乎地侵占父亲的坟地，掠夺儿女的土地。父亲的安息所和儿女出生后应得的，他都可以不放在心上。在他看来，母亲、大地、兄弟、苍天都可以像羊群或玻璃珠那样被买卖和掠夺。他的贪欲将吞噬大地，留下荒漠。

我真的不明白。我们的路和你们如此不同。你们都市的景象刺痛着我们红人的眼睛，你们白人的城市没有安静之所，没地方去听那春天树叶的舒展和小虫翅膀的沙沙声。城市的噪音只会伤害我们的双耳。听不见夜鹰孤独的哀鸣和夜间池塘边青蛙的辩论，生活还有什么意义？作为一个红人我真搞不懂你们。印第安人更喜欢掠过池塘的温柔风声，更喜欢风本身的气息，午间雨后清新的气息或那充满松香的气息。

万物共享的空气对红人来说是珍贵的，兽、树、人都因之而同呼吸。而白人却从不注意他呼吸的空气，像已经对恶臭麻木的死人一样。如果我们卖给你们这地，请务必记得空气对我们来说是珍贵的，空气与它供养的万物共同分享自己的精神。

风给我们祖先第一口气，也带走他最后一声叹息。如果我们卖给你们这地，请务必记得保持其独立和神圣，让来此地的白人都能感受到那被草地百花熏甜的风。

如此我们才会考虑你的购买建议。如果我们决定接受，我有一个条件：白人要像对待兄弟一样地对待这块土地上的野兽。

作为野蛮人我不明白，为什么成千的野牛会被火车上的白人射杀后腐烂在荒原上。

作为野蛮人我不明白，怎么冒烟的铁马会比我们在维生时才杀的野牛还要重要。

人和野兽有什么不同？如果所有野兽都没了，人将因精神寂寞而死。因为凡是发生在野兽身上的事很快就会发生在人身上。万物都是相连的。

请务必教导你的子孙，他们脚下的土地是我们祖先的灰烬。让他们尊敬大地，请告诉他们大地因我们亲族的生命而得滋润。像我们那样告诉你们的孩子大地是我们的母亲，任何降临在大地上的事也会降临在人类身上。人若唾弃大地，也就是唾弃自己。

我们知道：大地不属于人，人属于大地。我们知道：万物如同血缘联结家庭一样是紧密联系的。万物都是相连的。

即使白人的上帝跟他们像朋友一样一起行走交谈，也还是不能免除其共同的命运。我们毕竟都是兄弟，我们会看到的，我们确信白人终有一天会发现我们的神和他们的神是同一个神。

或许，你们认为拥有他就像你希望拥有我们的土地，其实你们办不到，他是所有人的神，他的怜悯对红人和白人是平等的。对他来说，大地为至宝，伤害大地就是冒犯神。白人终将消失，或许比其他任何种族都要快。污染你自己的床，总有一天你将窒息在你自己的垃圾里。但是在你朽坏时上帝的力量会点燃你闪亮的光芒，也正是这力量把你引导到这片土地，而且赋予你统治这块土地和红人的权力。

这样的命运对我们来说是个谜，因为我们不明白何时野牛被杀光了，野马被驯服了，人迹遍布了森林，电话线破坏了山冈美景。

灌木丛在哪里？消失了！

鹰在哪里？消失了！

生活结束了！偷生开始了！

请原谅我在这里过多的引用吧，面对着自己的内心，面对着茫然的鄂温克人，我想忠实地引用，不做改头换面的手术，不阉割，不阐释，不转述，就如一颗钉子嵌在文字里，这样我的心会舒服些。

一百多年了，这演讲里的朴素的真理，这里面的现代的罪恶还在拉锯式地争斗，人们还没有理解这印第安酋长的忠告。

看着身边的河流在消失，森林被砍伐，雾霾在肆虐，人类还需要交多少学费，付出多少沉重的代价才能清醒啊。倘若财富在罪恶里累积，这样的人类注定是无望的。人不只是肉体，肉体的放纵起源于精神的放纵，怎样的精神才对得起自己的热血啊？才对得起走到世上一遭的命运啊？

自然的悲剧就是人性的悲剧，热火朝天地无尽地对自然的掠夺和开发，我们的历史将走向何处？

自然不是人的私产，人和自然不是对立的，人是自然的人，但后来人们把自然当成了生产的资料，当成了奴役的对象。自然虽是有修复功能的，但由于人类的贪婪，自然修复的功能紊乱了，崩溃了，物种开始灭绝。自然的困境是工业发展的必然。自然不是人的私产，自然是人类的家，我们要学会节制，不是掠夺，不是铺张，毁掉自然的是人类，毁掉人类的不是自然，而是人类自己。

人们对待自然，仅仅是关注空气、关注绿色、关注水流，这还是物质层面的问题，而忽视了对自然的归属感，缺少精神和情感的关注。人是自然的孩子，众多的孩子中的一个。

四

在根河的座谈会上，我说出了自己心灵的困境，为解脱，我离开了生育我的血地。

这种诀别，不是开始于少年，也非开始于青年，而是开始在暮气的中年。现在的血开始倦了沸腾，少了偏执也少了坚定，但该清除的要清除，那些虚誉，那些无聊的拍马，言不由衷的话语，被腐蚀的心灵，累了，倦了，唯有一种苍凉而已。

于是走，走出温暖的沼泽，令人舒服到不自觉的沼泽，走出恐惧，在独自面对自己心灵的时候，才可看出自己从孱弱到坚强的运行轨道。

八十二岁的老人，是过客么？是，也不是。他逃向苍天虽只有短短的十几天，但他的矍铄，是壁立的绝顶。他的义无反顾、不要后路的决绝，是他只想用最后的气力证明给你，给内心，给独一的自己。

人最重要的是无时无刻不要丢了我的存在，哪怕只是一天的生命个体，也要有自己的喉头的呼喊。过多的从众，压抑了你，限制了你局限了你塑造了你，你的面具成了你的本质，你的皮肤成了血液，血液成了污浊的水，载不动许多愁。

过去的一段成了不可回首，沧桑过后，懂得了简单的美与张力，也懂了自己的内心的安妥才是正道。

谁能使心安妥，是宗教还是爱？是艺术还是无边的星空？夜空中的萤火虫，曾让我苦痛的童年有了对美的直观和渴求。就像蒲公英的小伞的方向，使我知道自然之精灵的本质：繁殖，远方的繁殖，基因的领地。这给了我对物种的敬意。

是宗教还是爱？是艺术还是无边的星空？它在哪里？追寻了多年，依然是在望不到头的遥远处招摇。

不曾离家，却要离家，没有父母的故乡，以后在几千里外再谈论这片土地，也许再没有了波澜，把异乡当成了故乡，故乡也就成了异乡。

这就是沧桑，这就是命定。

暴风雪，暴风雪在历史的深处旋转，层层叠叠，无以复加。

雪地上的马车的车辙，那老人的咳嗽，隐隐在放大。这车辙是火焰也是象征，是坐标也是驿站。

是什么幽灵在呼唤我，也许至今我还未能扯清，但是，总觉得自己已感到应听从自己内心的召唤。在内心的深处，有个声音执着地呼唤着自己的子民。

究竟它是什么？是纯真、激情、渴望、皈依自然，还是倦后的宁静？是“异乡”的美还是另一种的蛊惑？

是人生太过污秽，不愿同流合污？还是面对自然环境的污浊而寻找新的乐土？只是不再信任那些价值，不再被骗。也许选择的是傻，就如巴黎的高更冒着“傻气”逃到荒蛮的塔希提。是谁不愿死于心碎？一个人不能麻木到不敢面对自己的内心，那是无法原谅的堕落。

尼采说：不会蜕皮的蛇会死。于是曾经沧海的托尔斯泰出发了。

曾经沧海，曾经沧海！

除却巫山，除却巫山！

于是，我知道了老托尔斯泰以激烈的出走换取内心的安稳，于是，他也就和故土一拍两散。

一拍两散最好，与其相濡以沫，不如相忘于江湖之上。这是一种失传的绝美和大美。做不可复制的，做不可重复的，你的只属于你，也只能属于你。

从那场暴风雪里领悟了，那场暴风雪就百年不会灭绝，这不是文字的，不是听到的，也不是模仿的，它是你自己的了。

也许你走向的是荒凉，不，是苍凉。

留下的呢？我想到了那安置点里的玛丽亚·索老人。被人砍伐的森林不再是森林，但我还是听到了一种执拗的声音：森林啊，我到死也和你在一块。

我知道，那好心的人为鄂温克人建立了一个个居民点，可这不是也就阻断了鄂温克回到森林的路么？我想应该提出一个森林伦理的概念，这概念的中心就是森林存在的合理性精神性，森林的伦理是上帝赋予大地的一种神性，但我们必须等失去这种神性才想到了恢复？人可以造一架飞机,但人无法创造一粒树的种子，无法造出一只麻雀。要是等大地布满疮痍，河流完全干涸坼裂，那留给人类的时间也会是愈来愈少。

走出森林的鄂温克人给人的启示，这是人类必然的命运么？走出了就再也回不去了。只有无边的荒凉么？

回不去的还有老托尔斯泰！百年前的暴风雪在旋转中升腾。

我深深感恩这百年前的暴风雪！

义士墓

平原的人死掉，向来注重厚葬，生前窝窝囊囊，却对死后的埋葬十分注重。人在世间踉跄了那么多年，苍老了，疲惫了，就找一处安歇的处所。棺木是最后沉睡的寝地，有时还要请石匠做一方石碑。但是，我的父亲死掉，就没有这样的待遇了，父亲怕火葬，于是我们就在夜间偷偷地将其埋掉，只是堆上一抔土，作为清明或除夕烧纸钱、后人洒泪的标记。然而从父亲堆积的坟向远方望去，在父亲的坟向左几十步的地方却有一矮矮的石碑，显得奢侈。乡间，1949年后的乡间，墓地上有石碑，是一种特异和荣光。石碑上镌着魏碑“义士哑孩”，透出一股苍哀破败。

我父亲是做面饭的生意人，在这黄壤平原的深处，背负着辙迹和晨昏赶路，夏日凉粉，冬季丸子，或是红辣椒熬制的羊肉汤。新中国成立前，他就在我们的集镇——什集的一个隅首啃街糊口。

父亲告诉我，日本人放弃前（“放弃”这个文雅的词，我在小时听了许多，我们那里的老年人说指1945年的8月15日日本人投降），在什集的西北角，离集镇半里的地方修了一座营房和一座炮楼，里面住着一个班的日本人和十几个中国人。炮楼下，是菏泽通往郓城的官道，炮楼外挖了一个壕沟，沟里注满了水，水里常漂些死狗死猫，日本人在天黑前撤吊桥，天明前再放吊桥。

那营房里的中国人，都是什集四周的人，多是家穷出来吃粮当兵，也知道为日本人做事尴尬，所以对街面上的人也就客客气气。记得小时候，和我们家隔着两家的邻居，和我父亲年龄相差无几、喊我父亲三叔的人，就在炮楼当过兵。我和他的女儿都在镇里的小学读书。记忆里他晚上一直咳嗽，还一直哎哟哎哟地喊，死的时候，他女儿才十岁。记得他女儿穿着蒙上白布的鞋子来上学，一进破败的教室，怯怯地偎在门口。有好长时间，老师不再让她站起来回答问题。

那些当兵的中国人有时很无聊，都是一些青壮年，夏季的晚上，登上炮楼的楼顶，脱光军装，把步枪挂在直直挺立的生殖器上，看谁的生殖器承重力最强。有时还在枪上放上子弹。那做汉奸的邻居，人们说他的最厉害，那上面挂一支三八式的步枪，再放上装满子弹的子弹袋，也不下垂。

父亲说，炮楼里的二十几号人的吃喝，是离什集东南五里王坊的王士臣操持的。王士臣也是走街赶会的生意人，烧一手好菜，只一样白菜，王士臣就能做出一百零八道不重复的花样，烧炒炖熘爆煎炸，酸甜咸淡，随口调制。什集镇方圆几十里办红白喜事、做寿、生孩子、请满月，王师傅是头号招牌，他往那里一戳，主人的面子档次就上去了，好像全家的荣誉都在王师傅的菜肴上。王师傅不收人钱，临行的时候，就包一块方方正正的红烧肉，然后把锃亮的刀用油乎乎的布裹起，安步当车地走人，而随行的是一个年方十岁的哑巴（当儿子看待的徒弟），手里捧着师傅的宜兴紫砂茶壶，“橐橐”地跟在后面。

父亲说王师傅的宜兴紫砂壶好，夏季壶里的茶三天三夜也不馊，还说壶里长了茶山。我想这可能是茶的结晶，如珊瑚之类。父亲说是茶山，如山的模样，就盘在那壶里，而壶的容积也不小，奇哉！

哑孩没有名字，王士臣喊他哑孩，别人也喊他哑孩。日本人来之前，王师傅风雪天赶会，在一个雪窝里捡到一个两三岁的小人，浑身上下一片白，只有一双黑眼睛在冰雪里闪动。王师傅把孩子放到赶会的还有灰烬的锅架子下，孩子身上的雪水“滴答”了一路，到了家里，雪水才化完。王师傅把孩子的衣服脱掉，放入被窝，三天三夜，那孩子才醒。

王师傅唤他，一字不应，但孩子的眼睛告诉了王师傅，这是一个哑巴。

王师傅带了哑孩来到了日本人的营房和炮楼，为那些人做饭。为首的日本人来自日本列岛的山口县，文文静静的，戴一副眼镜，人们叫他桥本，是学生出身，但随身的一把军刀和一条纯种的如牛大的狼狗使人感到了一股戾气和不祥。桥本对汉学颇精通，他从什集的老中医秀才石远来那里借明版的《金瓶梅》看。到了中秋，他让王师傅备好菜，烙上石远来爱吃的葱花千层饼，让哑孩送去，然后，桥本就和石远来聊起《黄帝内经》，说起阴阳辩证。老中医就慢慢地应付。父亲说石远来是菏泽城以北黄河以南最有名的先生，日本人来的时候，都八十岁了。老中医非常喜欢哑孩，每次哑孩来，老中医就拿冰糖、甜的甘草和枸杞给哑孩，冰糖哑孩留着，甘草和枸杞就送给王师傅。

桥本有时也和王师傅喝酒，是纯正的日本清酒。王师傅嫌淡，就让哑孩到什集隅首的酒店打烧酒，小小的一茶碗，王师傅仰脖就灌掉。桥本有时就唱日本的歌《君之代》，声音细细的，人们感到那声音怪怪的。大意为：“生活在天皇时代，它能千代万代繁荣永存，就像岩石一样永恒，连岩石上的青苔也是如此。”哑孩听不懂，也听不见，师傅听得见，但听不懂，师傅和哑孩都看到，桥本唱着唱着就流了泪。这个时候，王师傅就起来走开，哑孩见师傅走开也像尾巴似的跟着师傅走了。

师傅就去伺候桥本的那条狼狗，哑孩看狼狗温顺地在师傅的手下吃着特意烧制的牛肉。那是一条俊秀的狗，也是令人生畏、砭人骨髓的狗，直矗着一对尖尖棱棱的耳朵，有扫帚似的尾巴和一双惨绿而放射凛凛寒光的眼睛。

桥本非常珍爱这狗，特意为它做了狗舍。每天早晨出操的时候，那狗也在后面跟着，他既操练兵，也操练狗。那时师傅也起来了，哑孩开始劈柴烧火，然后就到井台提水扫地。

谁知，一天黄昏，师傅在喂狗时，一根骨头卡在了狗的喉咙里，欲吐不能，欲咽不得，有鲠在喉的狼狗痛楚地“呜呜”叫着，像是哀号又像是求救。其时桥本正在饮酒，师傅直觉麻烦要来了，唤哑孩拿醋往狗嘴里灌。狼狗挣扎着，后爪抓地前爪立起，两眼由绿到红，痛楚满布的脸上闪烁的是凶光。当师傅在灌醋的时候，那狼狗就急急地一下子吞住了师傅的手。

这时不知哑孩从哪里拿起一根劈柴，顺势就往狼狗的臀部狠狠敲去，狼狗“嗷”地叫了一声放开了师傅，骨头也随即吐了出来，满嘴的血滴在什集的土地上。狗趁势准备向哑孩扑去，像要撕掉人的筋骨和灵魂。

黄昏在那时凝滞了，桥本“橐橐”地出来了。

他看到了师傅血淋淋的手、地上的劈柴和狗吐出的牛骨。

桥本两眼由红到狐疑，他走到狼狗的跟前，用手抚慰着狗，那狗先是不敢靠近，用恐惧的目光张望着师傅。“你的怎么的对它？”桥本伸出手来想摸狗的头，没有想到，那狗突然像人一样立起，回转过头，露出了尖锐锋利的牙齿，向师傅扑去！

师傅和哑孩眼睛里布满恐惧。桥本吹起了哨子，然后就回到屋里，扎上武装带，穿上马靴，挂上了军刀。狼狗“呜咽呜咽”地叫着，像是控诉。

大家刚吃完晚饭，听到集合的哨子，都急匆匆地跑出去集合。日本人和汉奸惊恐地看着两眼发红的桥本。桥本一改往日的文雅，他看到一个日本兵集合时速度慢了一点，踏响马靴气势汹汹地走到那日本兵跟前，两个响亮的耳光，在黄昏里，像爆竹一样炸开！

“八嘎，蠢猪！”

那个日本兵脸上木呆呆的，头在桥本的手下像拨浪鼓般机械地左右摇摆。然后，桥本说了一句日语，就从队列里出来了两个日本兵，把王师傅剪起。刹那间，王师傅被吊在了出操的单杠上。哑孩用手比画着“哇哇”向师傅扑去，想解下师傅臂膀上的绳子，日本兵一脚踢得哑孩跌在几步外的沙土里，跌得很响。

桥本走到离师傅几十米的地方，脸朝着师傅，微笑着举起了手枪。

“看，支那人，左脑壳！”

“啪！”枪响了，桥本的手枪很脆很响，震得炮楼上的蝙蝠“扑扑”地旋飞。人们想，王师傅完了，那时，杀掉一个中国人，像屠掉一只狗。

可是枪响了，王师傅还是那样被吊着，眼睛惊恐地看着哑孩，光光的脑袋，左耳有花生大的凹痕在滴血。

桥本是像猫对待耗子般拿人作弄，还是真的把活人做靶子？

这时桥本的手又举起了，他瞄向王师傅的右脑壳，扣动了扳机。

还是很脆很响的一声枪响。但是王师傅只右耳有花生大的凹痕在滴血。

像是到了高潮或结尾，队列中的日本人高举双臂过头高呼：“班崽！”（日语：万岁）。

桥本满意地一挥手，然后马靴一并，转身回到炮楼。王士臣被卸下了，王师傅的命保住了，但经那一吓，就卧在了床上，再没能起来。

父亲说，王士臣虽然是厨子，整日与刀和火打交道，但胆子奇小，过年时连炮仗都不敢放。

王士臣又活了七天，天天拉肚子，哑孩为师傅刮屎端尿，到最后王士臣拉肚子拉到流脓血。老中医石远来医得了病却医不得命，最后还是束手无策。王师傅看着哑孩熬的汤药，只是摇头，最后哑孩跪下，师傅仍是未动，哑孩天天为师傅煎药，盛满药的碗在师傅床前摆放了一串。

王师傅死掉了，王师傅家里的人把尸体拉走，草草埋了，让不能瞑目的一个灵魂在平原的黄土里下葬了。炮楼的厨房里只剩下了哑孩，他孤单单做好饭，就站在厨房的门口，向吊过师傅的单杠望去，一连几天，哑孩都是这样的神情。

后来，整个炮楼的日本人全身发乌、口吐白沫，痛苦地死去，桥本和他的狗也死了。

哑孩自己把自己吊在了那个单杠上，像是一个大大的感叹号，也是一个问号。这是1945年春天的事，离日本人放弃还有半年的时间，那时麦子开始扬花。

八十岁的老中医石远来把哑孩埋掉了，装在一只木匣子里。他称哑孩为小义士，在石碑的背面，石远来先生用遒劲苍老的魏碑字体写了一段话：

小义士哑孩，不知籍里，不知名号，亦不知其祖宗世谱，只知遇师傅王士臣雪中，厨师王师傅活之，其奉师如父，灶下烧火，饭余烹茶，勤谨数年如一日。然日人寇我，与师傅王颠沛流荡，虎口寄生。虽年方十龄，一身弱骨，但不颤慑于强人恶手。当师傅受辱死，以师傅辱为自己辱，不独私于生命，毅然投毒于茶毒我民族之倭寇。此亦快哉！生命岂以长短论乎？吾悬壶济世活人多矣，然耄年回首，每叹枉掷如许粟麦菜蔬，大义面前，吾有亏也，小义士，小义士，挽我乡与民族于不堕。

呜呼！故国神州，人不分老幼，地不分南北，如此毒杀倭寇者，有几人欤？

每次到父亲的墓地，我总是用手抚去这墓碑的杂草与牛羊的粪迹。父亲去世有年，墓草苍黄。父亲是亲眼见过哑孩的，父亲曾亲手为哑孩成殓，父亲说老中医石远来对流泪的成殓的人说，不要把泪珠滴在哑孩的身上，否则，哑孩在归去的路上，就走得不安稳。

缅想的灵地

子

谁没有最后栖息的灵地?

有的可主动抉择，有的则透着悲凉无奈地被钳制被圈定。对杨靖宇来说，他最后的栖息地定了，那是末途人生的三道崴子!

三道崴子甚好，为生死以之的土地，自己的血液不再喧哗流尽还有何可辩解的?但只是这偶然逼近的三道崴子，在中国土地上随意的一个普通乡间的名字，因杨靖宇而有了异样的品性。这是血的圣地，却也成了使另一些丑陋的灵魂蒙羞，且让另一有哀感和崇尚血的民族震慑致敬的灵地。

杨靖宇殉国后，日本人对将军神奇的腹部进行生理解剖，想看看这中国人的血肉之躯蕴有什么异样的能量，能超越物理的极限，在零下四十二度的寒冬里坚持这几多时日。最终，对手们呆痴了，冷气仿佛一下子击倒了在场的多数人，人们口嗫嚅而舌不能卷。他们吃惊地发现将军的胃袋中，只有尚未消化的树皮、草根、棉絮，一粒粮食也没有。主刀的医师惊恐到手指痉挛，手术刀在四周惊异的眼神中訇然脱手，“当”的一声金属坠地的回音成了一种对中国人骨气最好的诠释和认同，凝成一个永恒的历史细节，活在良知的骨髓、后世的邃深的记忆中了。

这永恒留下了，注定就不会消散漫漶；惊恐定格了，也就不会随时间的寂灭而归于虚无。我想，对后之来者的记忆，也唯有同这样人类珍重的历史细处相衔接、相亲昵，才是世间最大的人道和最大的道德公约。这细节的回音和记忆的震撼波纹还在，在我捉笔尝试写下“杨靖宇”三个汉字的时日，都因既混合着崇敬又有对解剖刀的厌恶而失败，而垂手，无法描下一字半字。我常想，时间的流逝并不能击败记忆，时间对杨靖宇最后的灵地三道崴子而言，没有增加什么也没有衰减什么，痛楚会因时日的流逝，因为吾生也晚而递减么？其实，在永恒的事物前，在每个人心灵中的三道崴子前，所有的惊恐和震撼都既是当时也是当下的，因此，当我们正视将军被解剖胃袋里的树皮、草根、棉絮时，震撼和惊恐便无边无际地攫住大家，覆盖大家。我们无法在心底抑制它，因为我们无法消弭它，它就在那里，一代一代固执地如影随形地跟随我们，唤醒我们，压迫我们。

其实，对我们来说，最大的伤痛莫过于杨靖宇最后的痛楚与饮恨。将军以血肉之躯为之缠斗、为之萦绕的中国，具体说是这个国家中无数的另类人群，深创了他，刺痛了他。在三道崴子的小树林，正月十六的下午四点，围追的日本侵略者是越来越近了，能看清对方的狗皮帽子，能闻到刺鼻的烤烟味，杨靖宇靠在一株拧劲子树上，对手的脸和对手黑洞洞的枪口闪着绿光一样逼视着他。突然有个穿黄大衣的人锐声对将军喊话：“杨靖宇你还是降了吧。”

熟悉的中国话突然从敌人中间迸出，在凛冽的寒风中骤然传来，杨靖宇有点愕然了，将军没有迟疑，在他举枪报以应答的时候，撂了句：“这些天遇上的怎么都是这号中国人？！”

枪响处，末路的将军，又使关东军的讨伐队付出了一死四伤的代价。最后绝望的机枪响了，火舌立时吞噬击倒了将军。也许在将军倒下的瞬间里，我们惋叹感慨他的年轻，为着他带有遗恨殉国时，是年龄才仅仅三十五周岁的青壮么？

“怎么都是这号中国人？”这遗言太沉重！有着血的悲怆和无奈。在我写这篇文章时，心之痉挛和不适之因不是将军的胃袋被解剖，被当作战利品的物件展览，也非那被泡在福尔马林瓶子里的遗首——那上面仍有深深冻痕的遗首，而是这句话，这句使我时时反顾的话：“这号中国人”是什么样的人？

丑

在饥饿难耐、风雪弥望的冬日，将军走出了栖身的密林，想寻找维持一个人最低限度生存的能量。他太饿了，他要找吃的食物来果腹，当时将军孤身一人。在昨晚，正月十五的夜，有清冷的月光，远处有鞭炮的炸响和闹元宵的嚣扰，很多的中国人在伪满洲国的土地上，做起了顺民，而杨靖宇在一个雪地窝子度过了最后一个人间的夜晚，圆月无言。

翌日上午，杨靖宇在山里终于等到了四个进山砍柴的村民。他们是：伪牌长赵廷喜，村民孙长春、辛顺礼、迟德顺。由于居民点的警察不让砍柴的村民带食物进山，杨靖宇只好恳求他们回去带点食物和棉鞋，并承诺多多地给钱。做了顺民的伪牌长赵廷喜见了将军，就劝他："何苦呢？我看你还是降了吧。如今满洲国对投降的人是不杀头的。"

四周是雪，杨靖宇平静地说："我是中国人哪，不能做这样的事情。如果我们中国人都投降了，咱们中国就完了。要对得起自己的良心。"

谁知，赵廷喜在回去的路上遇见了铁杆汉奸李正新。由于怕另外三人先报告了他们与杨靖宇的会面，导致全家被杀，赵廷喜主动向李正新说出了在山里遇到将军的事，李听后大喜，马上向伪蒙江县警察本部的日本人报告。

说来，就是这号的中国人把将军一步步逼到了绝地。其实赵廷喜只是一个引子，而把将军推上苍凉的何止赵廷喜一个，比如把杨靖宇推上三道崴子的关键人——将军的卫士张秀峰。日本人森崎实所著的《东边道》一书中曾记载了将军在警卫张秀峰叛变后的情况：

"杨在这次追击中虽然又拾了一条命。同月 16 日午前三时半顷，在蒙江县大北山部落东方三公里的地点，被穷追急索，幸而逃走。但纵然他在这一交战中能够逃脱，却显然要穷于粮食，不定何时定要出现在村庄。因此讨伐队是在拱手待杨的出现。于是得到这样一个情报：18 日在蒙江县东方六公里的大东沟部落附近，出现了两个汉子，向部落民强行购入食粮便衣。两个汉子立即被分驻所员及特搜班给包围射杀。经检查尸体结果，持有杨靖宇的印鉴和手枪三支、表、口琴等。顿时探求起杨的所在，继续了严重的搜索。

"杨的居处并未找到，粮道被断绝自不消说，交通被禁止，又令带着干粮的特务装成打柴人进入山中，究查奸细，以便诱他出来，但他究竟潜伏在何处，却一无所知。

"23 日午后 3 时顷，在蒙江县第一保安区村，四名装作到山中打柴的人，在村西南方六华里左右的地方正打柴时，有一个身长五尺半、长脸大眼、光头、军服、穿着朝鲜草鞋的汉子，强向他们买两袋白面和棉鞋。

"'我饿得慌，钱给你多少都行，拿来一些吃的东西给我，还要衣服。现在跟你们穿的衣服换也未尝不可，不过那样一来，你就要被讨伐队抓去，我不愿意这样做。给我拿去吧，我在这里等着。'

"这几个打柴人遇上的这个汉子正是杨靖宇，他们也判断出来了。于是，讨伐队很快便扑过来了。"

这书是 1940 年出版的，按照大和民族机器一样做事的执着和认真，大体是可采信的。但我们说，通向三道崴子的绝境，不是日本人为将军独自设计的，也非将军本人所愿，这里面还是那绕不过的话题，就是“这号中国人”。“这号中国人”是什么品性的人？公正地说在有档次有品位的英雄之间争逐的时空里，即使角力，即使争斗，那也是嗜血的快感，更多地则透着惺惺相惜般对对手彼此的敬重，是彼此的欣赏，是敬亭山和李白，是春天的老松和醉酒的辛弃疾。而人格和智勇与将军不在一个档次上的宵小者，即使将军死去，他们也不敢把自己作为英雄的对手来宣扬，他们只是在英雄末路时分，绊倒将军的一粒石子、一芥草棒而已，我说的就是“这号中国人”。很多的顺民和汉奸，多的是穿着土布棉衣，冬天里瑟缩着脖颈和袖子，在外人面前目光猥琐，憋憋屈屈，在各个时代随处可见的平民。有时我不想太多地诅咒他们，相反，我深刻地怜悯和同情、理解这群没有灵魂的灵魂。他们貌似是有着呼吸的活物，实质是盲从的大多数；他们像一群牵线木偶，在灯影里和锣鼓声中，不自知；他们像那些随处可见的村落一样，对历史不负责任；他们的肤色和脸孔有一种被困苦和麻木塑造出的气质：蒙昧无知的样子，眸子里没有光泽，只有浑浊。他们对痛苦比较麻木，对羞耻比较迟钝，但这又是现实和精明的一群，会盘算，会合计，他们是在现实中看起来谦卑的一群，但其实是伪装的功利主义者、机会主义者。

在将军殉国的过程里，我们完全可以正当地把愤怒的火焰燃向他们。但“这号中国人”太微末，太呆痴，太愚昧，再大的发泄也只是换得一种空茫，一种没有对手的饮恨。“这号中国人”，恐怕不是一时一代所能解决的，他们本身像是一种超强的腐蚀剂，吞噬着我们民族的肌体，令我们无法设防。

这是一种大悲愤，是一个巨大的民族悲剧的伤痛与创口，“这号中国人”是这幕悲剧中的小丑。但因为这小丑，我们的历史既充满了悲凉，更充满了苍凉和哀凉。记得杰拉德·格林有一本旧书《大屠杀》，他写了犹太人在纳粹面前的一种难堪和耻辱。反抗者在当年的欧洲犹太人中是极少的，普遍的事实是屈从，逆来顺受，甚而至于合作。受害者的顺从令刽子手们都感到惊讶，屠杀出奇地顺利，刽子手们动用的力量远远少于预计。书中写两个刽子手在计划恶行时是如此轻松：“如果他们拒绝呢？”“犹太人不会拒绝。他们会合作。他们都给吓破了胆……”此种场景在书中再三出现——

“他们不折不扣地照吩咐的去做，也不折不扣地信以为真……他们的拉比们和其他领导人使他们深信不疑地服从命令。”

“他们如此合作，真叫人惊异。”

“他们是劣等人种，是另一支人类的子孙。”

刽子手们说着话时，一场大屠杀正在进行。成千上万的受害者集合在山谷里，静静站立着，秩序井然，“真正汇成了一个湖泊，一个内陆的海洋”。连刽子手都难以置信：“我的上帝，我们预计六千多人，想不到来了三万人。”这些受害者究竟是怎么来的？书中没有具体描述，但单凭加害者的武力显然是做不到的。数万受害者就这样开始顺从地脱衣服，顺从地走向屠场，一批一批按刽子手需要的“装沙丁鱼”方式躺下，接受被枪杀的命运。

这种顺从的确令人骇异。亚伯拉罕顺从上帝的旨意将儿子以撒献上燔祭的时候，仁慈的上帝及时用一只公羊将尖刀下的以撒救了出来，难道他们也期待他们的顺从会在最后一刻唤来奇迹吗？难道他们以为顺从会打动刽子手吗？

这又让我想起杨靖宇将军。如果没有一个个与日本人合作的“这号中国人”，杨靖宇将军将会怎样？这也是黑暗历史进程中一个黑暗的章节，这是我们民族的锥心之痛，是我们民族中的一部分的愚氓将我们民族的一部分精英送上了绞架。

让我们再还原那悲抑的一幕：正月十六下午四时，岸谷的队伍在蒙江三道崴子山里追上了杨靖宇。此时的将军又饥又寒，伤病缠身，体能的消耗已到极限，面对突然而至的敌人，而非是答应到山下为他拿粮和棉衣的村民，将军的心里证实了什么，我们是不难揣测和体味的。他知道最后的时刻终于要来了。

今天人们所知道的将军在生命最后时刻的凛然，是被他的对手忠实记录下来的。日伪档案中，描述他一边用两支手枪准确地向四面八方蝗虫一般围拢来的对手射击，一边跌跌撞撞向高地退却。但将军能退向哪里？围猎的幕布已扯开，连续数日数夜粒米未进的将军，是再没有一口气力摆脱像无赖的鬣狗一样围捕狮子的敌人了。将军最后靠在一棵拧劲子树后面喘息，与敌人相距不足三十米，只是一个篮球场的长度距离。岸谷曾一度幻想活捉杨靖宇。敌人一遍遍不断高声规劝，锦衣玉食、禄位享乐，然而回答他们的只有一颗颗坚韧的子弹。在生命的最后时刻，将军好像压根儿就不理会末日来临，他的两眼死死盯住对面雪地里的幢幢人影。靖宇将军厉声喝问：“谁是抗联投降的，滚出来我有话说！”将军知道他面对的是哪一号的中国人，对这些愚氓浑蛋，他想朝他们破口大骂，骂个痛快骂个酣畅淋漓。

几个折了脊骨的那号中国人吓得龟缩在雪里，将军的声音如同猛禽的利爪攫进了他们的骨缝，掐断了他们的神经，他们不敢吭声，只是在喉咙里“呜呜”地呻吟。在最后两名日本警察殒命后，岸谷明白劝降无用，就发疯一般地下令：消灭杨靖宇。

枪林火舌，劈面刺来。

猖狂末日的攻击开始了，四面都是敌人的子弹，如蝗虫翔舞。杨靖宇又打倒数名冲在前头的敌人，但敌人怨鬼毒蛇般纠缠他，蛛网一样的人墙围拢了。接着他左腕中弹，手枪随之落地，但将军的右手还在，他仍拼以气力持枪应战。最后人们都感到了将军血液里发出的金属撞击时的那种鸣响，将军轰然倒下！

雪地里卷起了一阵风，像一种凄厉悲壮的长嚎，那带着雪霰，从云层透过的风，在衰草和灌木的三道崴子上空掠过，天地陡然一寒。

时间是 1940 年 2 月 23 日下午四时三十分，农历的正月十六。

公正地说，杨靖宇将军生前死后都是让他的对手异常敬畏的人物。他牺牲后好久，岸谷等人才敢向他的身体靠近。这时敌人再次犹疑踌躇起来，不敢相信死者就是让他们神经凌乱，时时都会把他们引向地狱之门的杨靖宇。直到杨靖宇原先的属下程斌赶来，确认早没有了呼吸和脉搏的尸体是杨靖宇。据事后伪《协和》杂志记者报道，听说他们真的杀了杨靖宇，岸谷等人“一点没有感到快乐”，反而“呜呜地哭了起来”。岸谷等人为什么哭泣？是悲将军之遇，还是伤悼一个伟岸生命的陨落？

杨靖宇是真的殉国了，岸谷抑制不住兴奋，就聚集属下喝酒庆贺，酒喝得非常有兴致。他们把杨靖宇的尸体放在另外一个房子里头，派了一个班的士兵在那儿守着，里三层外三层。饮酒饮到半夜时候，岸谷像发起了神经，决定亲自到那屋子去看看杨靖宇，去摸一摸尸体是否还在。

岸谷隆一郎究竟为什么会有这样神经质的举动，我们很难揣测。和杨靖宇做了这么多年的对手，一旦杨靖宇真的没有了，自己也感到了寂寞和悬空？也许岸谷的心情五味泛起，殊难厘清。

翌日一早，岸谷集合队伍，命令讨伐队里那号中国人张奚若、白万仁和王佐华用铡刀铡下了杨靖宇的头颅。他还亲自用军刀切下了杨靖宇的胃袋送去化验。他想知道，在最后的日子里，这个对手到底是靠什么支撑着，跟他们周旋缠斗了那么久。史料载，当岸谷隆一郎从主刀的医师那里得知，杨靖宇的胃里只有草根和棉花，没有一粒粮食，以及主刀医师的手术刀坠地的细节的时候，他默然无语，仿佛苍老了许多。

后来将军的遗体被弃于村头的荒冢间，用积雪潦草掩埋。事过七日，伪蒙江县警务科突然接到省城打来的电话。岸谷隆一郎在电话里急促追问：杨将军的尸体在何处？接着又责成属下：快速把尸体从雪中起出，着人做个假首安上，以做到尸首完整，择日按照日本的规矩隆重举行“慰灵祭”。岸谷尔后说，这七日里，伪满洲南地区讨伐司令官野副昌德将军夜夜噩梦萦绕，寝不安枕，闭眼交睫总是梦见将军伸着大手跟他要铡下的头颅，噩梦醒来，自己总是头痛难忍。所以要快给杨将军刻个假头，用棺椁盛殓，叫全县村主任以上官吏都来参加“慰灵”仪式。

岸谷一声号令，大小官吏一齐出动，置办棺椁的置办棺椁，起灵棚的起灵棚，上等的木工集合起来，一夜之间刻了个特制的假首。然后请来当地知名书法家写了碑文。尔后又派弃尸的士兵刨开雪堆，抬回杨靖宇将军的尸体。一切筹办停当，于将军殉难处举行了一个祭奠仪式。岸谷以杨靖宇为例训诫部属，同时亲自为杨靖宇主祭下葬。是谁说过一个不知爱重自己民族英雄的族群，是可怜的奴隶之邦，一个被自己民族出卖而被另一个民族尊重的人，也证明着这个民族的未来尚有可为？杨靖宇将军就属此类之特异人物吧。

想不到的事情竟是，就在将军的头颅被铡刀切下的当晚，日伪军在蒙江喝庆功酒，被杨靖宇称为“这号中国人”的张奚若、白万仁、王佐华坐在首席上，1938年6月就追随程斌叛变的张奚若借着喝高的烈酒炫耀说：“正当杨靖宇抬起腿要跑的一刹那，我一个点射，齐刷刷地都给他点在这儿了（指胸口）。”谁知，这话一闭，突然间酒桌冷了场，人们的口里鼻里像一下塞满了冰碴子。2月1日才刚刚叛变的杨靖宇的警卫员张秀峰端着酒杯，隔桌过来把酒杯往张奚若面前一蹾，骂了声：“浑蛋！不得好死！”酒杯碎了，大家面面相觑，定格在那有着血丝的凝固的瞳孔里。大家嚷着喝多了喝多了，张秀峰陡然的那句话使所谓的庆功宴不欢而散。

也许将军的死，衬托出了这些没有灵魂的中国人匍匐在异族利爪下的无耻。我不知道张秀峰为何脱口而出这话，是良心蓦然发现么？他本孤儿，是杨靖宇把他抚养大，教他识字吹口琴，但后来就是这孤儿张秀峰给将军的心上重重划下刀口又撒上盐。在杨靖宇最需要人手的时候，最亲近的人却背道而驰。为了活命，置自己的所爱者于死地的是这孤儿。所谓最亲的人伤害最深，这样的人性底色无疑透着彻骨的悲凉。

其实，在杨靖宇所遇到的“这号中国人”里，张秀峰不是第一个，在他之前的程斌是令将军心中滴血最多的。程斌有文化，早年追随杨靖宇，是将军麾下最能干的人，有“小杨靖宇”之称。后来日本人抓住程斌的母亲，让程斌的哥哥劝降，程斌的哥哥只说了一句：“你革命还要妈不？”程斌说：“不革命也得要妈！”就带人带枪下山了。

程斌叛变了，曾经的战友，猝然间成了对手。两个人熟悉到了骨髓里，程斌和杨靖宇双方不用照面，只要一听枪声，就知道对方是谁。就这样杨靖宇的多处储蓄给养的密营先后被程斌毁坏了，就如流动的血脉一下滞留不动了。

人们说杨靖宇不打败仗，但程斌叛变以后，不行了。程斌把杨靖宇的政治作战方法也学得神似，他给反着用。程斌来这个战场上，指着名，王传圣谁谁，你下来吧，我这儿有大米吃，有白面吃，还有女人搂着，还有女人给热被窝，怎么怎么的。这可都是以前没有的事儿。这一下他一喊话，他们就反过来瓦解抗联的部队。

可以说，身经百战、善于转移的杨靖宇的部队被打散，杨靖宇被穷追不舍、难以脱身，如果没有程斌，日本人根本做不到。

在杨靖宇将军的“慰灵”仪式上，我不知道程斌等人是否出现过。对日本人在杨靖宇面前的虔敬，也许“这号中国人”会困惑，日本人为何这样不可思议？那些人经过杨靖宇将军墓前的时候，是否会想到在明末清初，屠杀过后的江阴城墙上，留下过江阴一女子写下的诗：“尸山白骨满疆场，万死孤城未肯降。寄语路人休掩鼻，活人不及死人香！”

杨靖宇人虽然死了，但他的人格力量仍然令敌人胆战心惊。日本人把杨靖宇将军放到了一个历史悲剧的祭坛上。他们不只是以胜利者傲慢者的姿态对待将军，他们也是以自己民族热血和强悍的生命作为牲醴，来祭奠一衣带水的他们口中所谓的“支那人”那生生不息、傲然而立的民族精神和品性吧。

寅

有的伤口能被岁月所掩盖。

有的记忆却为时光重新撕开。

由杨靖宇将军蓦然想起早年自己作的一句诗。作家方军有一本书《我认识的鬼子兵》，写他在日本留学碰到的当年侵华的老兵，其中就有一个日本老兵金井，曾是关东军，后被苏联红军捉到西伯利亚，在俘虏营服了八年苦役。

也许，在这个时候，泊荡在日本老兵心中关于杨靖宇的记忆，一下子在现实中激活了，西伯利亚的冰天雪地与杨靖宇当时所处的环境何其相似乃尔，同样是饥饿，当年关东军的威风凛凛的青春一去不返，日本兵就如一条可怜虫，在俄国人的监视下，种地，伐木，挖煤，淘金。

做俘虏的日子里，最令金井刻骨铭心的是饥饿。他说，在俄国饥饿难忍的时候就挖草根吃，嚼着嚼着就落泪了，不吃怎知草根的滋味呢！杨靖宇将军的胃里也是树皮呀。金井告诉作家方军，当时日本人强制配给中国东北人的粮食叫“共和面”，里面掺有锯末、石子。这种“粮食”即使关东军挑食的军马都不吃。

金井叙述过一个震撼人心的马粪的故事。1944 年，日本人在哈尔滨南大岗驻防。一个中国老太太拨开日本军马的马粪，从里面拾出豆子来。金井看后，恼怒地上前一脚就把老太太给踹翻了，然后骂道：“滚蛋！你他妈的不是人呀，吃马粪。”老太太一边哭一边拾散落在地上的豆子。金井恼怒了：“你他妈的再哭，我就在这儿刺死你。”金井舞着枪刺在她眼前吼着，可老太太就是不走，在一个中国人的眼里，她舍不得那些粮食。

在俄国俘虏营饥饿难忍时，金井嚼着草根，就想到了这个中国老太太，想到了杨靖宇将军，内心充满悔恨。

事过几十年，金井当着中国作家方军的面小心地打开保险柜，取出一张珍藏的照片，那是杨靖宇殉国后，日本士兵站在杨靖宇遗体前炫耀的留影。金井说：“我只见过杨将军一次，而且近在咫尺。”

金井拿着照片对方军说：“我开始不喜欢他，他毕竟是我们关东军的敌人。你当过军人，你应该理解我的心情。”可到后来，金井的想法全变了。一个到异族土地上去征战的军士，表现得再英勇也只是短暂的英勇；而一个为保卫自己祖国土地而战的勇士，才具有恒远的意义。半个多世纪过去了，金井把杨靖宇的照片保存了五十五年。在俄国俘虏营，有一次俄国军队官兵检查金井的背包时，不问青红皂白先就给了金井一个耳光，然后质问：“这是谁？是不是日本军人？”金井回答：“这位是中国人，是中国东北抗日联军第一路军总司令杨靖宇。”听了这话俄罗斯军人又给金井一个耳光，把照片还给了金井。

金井说：“杨靖宇是真正的武士，他死了还站立着，他是一种精神。作为原日本关东军二等兵，我已经七十六岁了，我还活着，他却早已离开了这个世界。我愿意把最后的军礼敬给这位坚强的中国军人。”

说完，暮年的金井立正站好，对着杨靖宇将军的照片敬了一个原日本军人的军礼。在将军殉国后多年，还赢得对手的敬重，也许这才是大英雄的本色和魅力。英雄占有了时间的每一段，时间就是雕刻英雄的利器，时间愈久，刻痕愈深。我们可以想象杨靖宇将军的那张脸庞，那一定镌刻着一种正义浩然，一种英武逼人的异样魅力。

我常在思考，历史能留下什么。在一段时间里，为了表现杨靖宇的不屈，当最后时刻到来的时候，他把最后一颗子弹留给自己，自戕殉节，是也非也？

据日本人留下的《阵中日志》的记载：将匪首杨靖宇击毙。缴获物品有：毛瑟手枪一支同子弹一百六十发，匣枪二号一支同子弹三十发，匣枪三号一支同子弹四十发，现金六千六百六十元，手表一块，钢笔一支，印章一枚，其他杂品。

杨靖宇死了，但参与杀害杨靖宇的凶手的表现却各有殊异，有的选择自杀承担罪责，有的苟活，有的偿命。我认为选择自杀的日本人是有内在是非标准的，承担了罪责。而出卖杨靖宇的人呢？新中国成立后却还依然活着，让人感慨历史的诡异。

缉捕杀害将军的元凶，后来升任山西省次长的岸谷隆一郎，看到切开的将军的胃袋“默默无语，一天之内，苍老了许多”。作为一个还留存一丝人性的人，他的残生一直备受良知的熬煎折磨。日本战败后，他用氰化钾毒死了自己的妻子和儿女，而后剖腹自杀。在留下的遗嘱中，岸谷写道：“天皇陛下发动这次侵华战争或许是不合适的。中国拥有像杨靖宇这样的铁血军人，一定不会亡国。”

为何参与杀害杨靖宇的日本人自杀谢罪，而“这号中国人”却仍能作为罪人而苟活？这确实是一个巨大的黑洞。

岸谷隆一郎选择了自杀。魏森塔在著作《向日葵》里记载了一个故事：魏森塔还是奥斯维辛集中营的囚犯时，有一次被召唤到一位垂死的纳粹党人的床边。这个人要向他这个犹太人忏悔。这人在乌克兰参加了屠犹行动，他向他请求赦免，好让自己安心地死去。魏森塔能够聆听凶手的认罪，但是他却无法赦免，因为“没有任何生还者能够以死者的名义来赦免杀他们的凶手”，他既没有权利，亦没有力量做到这一点。我知道只有死者赦免死者。从这个方面说岸谷隆一郎值得尊敬，而那些在杨靖宇殉国后，一直逍遥的出卖杨靖宇的汉奸最值得鄙视，他们有勇气出卖自己的民族精英，却懦弱到不敢承担自己的罪责。

从魏森塔的事情，我们可以看出岸谷隆一郎为何自杀：暴行已经发生，杨靖宇将军死在他的手下，已经发生的事情无法再恢复原状，岸谷隆一郎不可能使将军起死回生。一个民族的英雄被杀了，有廉耻的人，是不能够在这种历史罪责的压力下活下去的。

然而，你不得不佩服我们民族暗角处基因的顽强，就是“这号中国人”在这种历史罪责中活着。20 世纪 70 年代末，随着日伪资料《阵中日志》的面世，杨靖宇牺牲的真正原因逐渐明朗起来。《阵中日志》用现场图片告诉人们杨靖宇不是“自刎的”，是被敌人用机枪射杀的事实。究竟谁是杀害杨靖宇的凶手？

新中国成立以后，作为凶手的张奚若、王佐华、白万仁乃至程斌都各自像不敢见光的老鼠藏匿起来。张奚若找到知情者王佐华订立同盟：“不管什么时候千万不能说出我开枪杀了杨靖宇的事，万一有人揭出来，就由你扛着，你的老母亲我给你养，牢饭我给你送。我拉家带口的一大家子牵扯多，我要像你似的，光棍一条，我就顶你去死。”大老粗王佐华竟然就很义气地答应了下来。后来入狱的王佐华就一直坚持说：“杨靖宇是自刎的。”

多年后在狱中的王佐华见到白万仁，知道外面的张奚若并没有履行自己的承诺，并没有供养自己的老母亲，于是就揭发了张奚若是杀害杨靖宇凶手的事实。后来张奚若亲口说出了用铡刀铡下杨靖宇将军遗首的震撼的经过：

2 月 24 日一早，岸谷就让程斌的人马到一个院子集合。到了院子，见院内已经摆好了铡刀。开始想让张秀峰执刀，张秀峰不干。由于他在抗联里的官阶高，虽是投降过来没几天，但有程斌在后面支撑着，谁也不敢惹他。张秀峰不仅不干，还说：“这可是人家老张的头功，咱可不敢抢，还是让张奚若来吧。”程斌向着张秀峰，就点名让张奚若干。张奚若和白万仁、王佐华是把兄弟，这样，由白万仁执铡刀，王佐华抱着杨靖宇的头，张奚若抱着杨靖宇的腿，把他抬到铡刀上，白万仁一刀将杨靖宇的头铡了下来。

20世纪80年代靖宇县（原名蒙江县）史志办的人在采访时，将《阵中日志》中的相关照片分别出示给张秀峰、张奚若、白万仁，让他们指认照片上的人员。我们观察这些人的心理和言语，是否能感受到抵赖和死也不认这壶酒钱的卑劣的根性？

张奚若先是不承认参加抗联，也没打死过“老杨”，“打老杨那天我不在场，到沈阳养伤去了，是白万仁他们打的”等等。正是这些自相矛盾、难以自圆其说的表白给史志办的人提供了出示照片与他交谈的机会。他对照片的反应尤其敏感：“这不是伪满程大队的照片吗？你们怎么有这个？你拿这些照片干什么？”后来，他一一指认出程斌、王佐华、张秀峰、白万仁、岸谷等等，但是不认识他自己。史志办的人指着照片上的他问：“这个人是谁？”“不知道。”“不是你吗？”“不是。”“多像你呀。”“中国人长得像的多了，让日本人看中国人长得还都一样呢。”

后来白万仁也是如此，对程斌的事了如指掌，讲起来滔滔不绝。抗联歌曲你提个头他就能唱到尾，无一不会。整整讲了一下午，连说带唱，记忆力惊人地好，就是对自己参与杀害杨靖宇的事“糊涂”。对史志办带去的照片里的人，凡是他认识的都能指认出具体姓名，但就是不认识自己。

是啊，这就是当年被杨靖宇将军大骂的“这号中国人”，而今天，我们怎能不谴责那些不幸的和可怜的灵魂？但我自己又私下沉思：如果当我们处在相似情景，我们如何保护自己，如何求生，如何在面对民族大义时取舍呢？无论是张奚若还是白万仁，他们以其极端的可怜和不幸，把顺从的极端结果呈现出来，让我们看见“这号中国人”对民族的危害和腐蚀。他们弥漫在当时的中国的大部分领域，占领着人们的是非观。我常想，日常大量的怯懦顺从是我们看不见的，但在“这号中国人”配合绞杀杨靖宇的事件上，我们看到了。弱者由于顺从成为更弱者，强权由于未遭到抵抗成为无往而不胜的神，这是我们不愿陷入的绝境，但日本人正借助“这号中国人”而践踏杨靖宇们啊。

程斌为人狡猾，后来混入解放军部队，然而1951年沈阳的一个雨天，程斌打着雨伞在街上行走，一个人为避雨躲到他的雨伞下，结果程斌发现，这个人是一个曾叛变的原抗联干部。后来戏剧性的一幕出现了，两个人分别去举报了对方，结果都被枪毙了。

我们知道凶手一向会设法消减对罪行和屠杀的记忆，即使如此，他们也无法做到事情好像完全没有发生一样。在 1944 到 1945 年间，纳粹从集体公墓中将犹太人的尸体挖出，然后加以焚烧，以消灭所有的证据。我知道在拉丁美洲，所有被谋杀的都成了“失踪人口”，他们活不见人死不见尸，你找不到控告的证据。但我们不要忘记犹太人对每个失踪者的记忆，对每个刽子手天涯海角的追捕。我们知道阿根廷五月广场上戴白头巾的母亲，她们豁出命也要找到儿子、女儿，她们不相信他们已经“失踪”，她们宁肯坚信孩子还活着。

每逢星期四，一群戴着白色头巾的母亲，都会在阿根廷首都布宜诺斯艾利斯的五月广场上聚集，并且围着广场上一个代表共和国的标志步行请愿。直到现在，这群母亲依旧在五月广场步行着，因为她们不能忘记每一个失踪的孩子，不能忘记过去那段黑暗岁月里失踪的每一个人。她们表示为了让世人不要忘记，她们会一直步行下去。

从这些事来看，我们是愧对杨靖宇将军的。那些凶手的逍遥，是时代的耻辱。有一天，我会等待着一场大雪，覆盖着历史污浊的大雪，自己徒步走到三道崴子。那是祭奠的灵地，也是荡涤心灵的圣地，也许人最好的动作就是跪倒在那里，面对苍苍的天茫茫的雪，行古人三叩九拜的大礼，大放悲声。

那是委屈悲抑么？像头受伤的狼在夜里凄厉地号叫。也许，最好也效古人庐墓三年，在三道崴子筑建一处反思的屋子，为将军所痛恨的“这号中国人”。

在 20 世纪 50 年代，人们接受的杨靖宇殉国的版本为：只剩最后一颗子弹，高喊：“宁死不吃满洲国的饭！”然后自杀身亡。这样的细节确实给人的印象太强烈太刺激，然而这不是事实。这遮蔽了真正的凶手，这对将军是不公的，那些小人没有付出血的代价。高贵的生命不愿意受到侮辱，不愿意做异族的亡国奴，不想在卑污里受辱而付出生命的代价，但将军以生命付出的代价却让我们发现生命的天平严重倾斜、严重失衡。

那就是真的凶手逃逸了，现场留下的是无尽的悲慨。但历史的吊诡处太让人诧异，具有将军殉国见证意义的那棵拧劲子树在“文革”中被砍掉了。发疯的造反派视拧劲子树为“不祥之物”，便动用斧锯砍伐了，而今只有在地表上残存的一截树桩，横断面上的年轮依稀可辨。不知那年轮里是否还贮有当年的话：“怎么都是这号中国人？”

遗言太沉重，我不知道该以怎样的文字接近灵地三道崴子。

秋瑾：襟抱谁识?

一

在2011年的第一天，人生第一次路过杭州，中间有四个钟点的停顿。什么都没看过，什么都是第一次，从岳庙出来的沉重，暗合了灵隐的香烟。然后坐上一绍兴小伙的出租车，要看西湖，谁知他把我们掷到一片有水的地方。其实这里在办丝绸展，并不是真正的西湖。我和朋友自嘲，阿Q的后代一阔脸就变，在城里早已褪净了乡间可爱的淳朴。

没有购物的兴趣，匆匆出来，许久没有等到出租车，这时真的感到上当了，既想去西湖，又要赶火车。总算熬来一辆从郊区到城里的公交，如掏火似的急匆匆赶赴西湖。

下午的阳光很好，没有游览图，我们只是在西湖边游荡，就忽然撞见了苏小小的墓，就忽然撞见了秋瑾的墓。苏小小的墓与秋瑾的墓只隔一座石桥，千年的苍茫只在这对望里。这一两年，我正寻访辛亥的史实与人物，秋瑾是绕不过的。就在辛亥百年到来的第一天，猝不及防，我和这高贵的灵魂撞见了。是冥冥中命运之掌的拨弄，还是文字是有灵性与生命的？有人说有灵魂的文字是可传的，况关乎秋瑾这高贵灵魂的笔墨？

我知晓，作为一女子，秋瑾命运何其周折，不只生前颠簸，毁誉无算，殁后也不得灵魂的安宁，忠骨一次次被反复折腾，来来回回从绍兴到杭州，从杭州到绍兴，然后到湖南，最后落脚西湖，曾埋葬达十次之多。我看到一张老照片，那上面有英文的介绍："摄于光绪三十三年十二月二十二日，时值被不公正地杀害的女教师秋瑾的棺柩从山阴被运往杭州，经过苏堤第六桥。当时下午一点，灵柩下葬于西泠桥左侧墓地。吴芝瑛料理此事。"

从这张留有沧桑的黑白照片上可以清晰地看到四位脚夫抬着灵柩，与一前一后两位男子肃立于西泠桥上。桥塊的桑树叶尽落，嶙峋骨立，一片肃杀冬景。

不能不感慨这冬日里温热的友情，我有一句话：在冬日里取暖的最好方式是友情的棉衣。在一个政权失去了合法性的时候，即使这个快要落幕的政权再如何狂妄挣扎，总有一些人拼却身家性命去冲破铁幕罗网。作为秋瑾知己的吴芝瑛为死后的朋友践诺，在铁幕和罗网的罅隙中，把秋瑾归骨于西泠。

一诺千金，曾在我们民族的血液里昼夜喧哗过。那是一种大义，人们把然诺、把知己看得过于生命、高于性命。在人们心目中然诺常存在于须眉男子间，而吴芝瑛、徐自华这样的巾帼女子的作为更令后人心热敬仰。历史上重然诺的荆轲是大家所熟知的，但我更看重的却是能被司马迁不惜笔墨在《史记》中浓墨重彩占有一段的高渐离先生，这是位善于击筑（古乐器）的音乐家，同时也是位在朋友死后不惜毁容易貌接近秦王为朋友复仇，虽最终惜败，却留下一段血写的友情高谊于青史的伟岸的男人。

我想把秋瑾和吴芝瑛、徐自华的友情看成晚清的荆轲与高渐离的友情。虽然时光的流逝早已模糊了《史记》里荆轲、高渐离的形象，但那种为友情护持的血气却不会褪色。在危难的关头，那红尘的世间，友情仍会给堕落的人们以警醒，如一块蒙尘的玉，在关键的节点闪出它们惊艳的光泽。

荆轲是孤独的，就如秋瑾。荆轲在战国时代与文人交而口不能说书，与武士交而言不能论剑。那时的生存曾把他逼得性情怪僻，赌博嗜酒，只有到市井的角落来寻找温暖。于是荆轲就和流落市井的艺人高渐离终日唱和，相乐相泣。

图穷匕首见，荆轲死掉了。剩下的高渐离更显孤独，他带着到今天我们早已看不到的乐器——筑，独自靠近嬴政始皇帝。他被始皇帝认出是荆轲党人，就被残忍地剜去眼球，阶下奏筑以供朝廷逸乐。但谁知高渐离暗中在筑中灌铅，乐器充兵器，拼掉性命再一次实施生命的轰然的攻击。

高渐离击筑而攒击始皇帝的行动，早已和燕太子丹托付荆轲的事没有了关联。高渐离只是为友情负责，在始皇帝面前张扬的是一种义气的高度与纯度，一种对友情剖心的维护，一种不容丝毫玷污友谊的大美。所谓的权势所谓的武力所谓的鹰犬当道，即使你烈焰万丈，即使我玉碎，即使我碎为齑粉也在所不辞的高贵，是一种对政权的蔑视，是以一人之力背靠友谊的出击。这种历史上不多见的传承，我们在秋瑾死后，又看到了我们民族不死的精魂，好像这精魂又回来了。

这种蹈厉的激情多么令人感动，所谓的民气，所谓民族的脊椎，正是此之谓也。

“风萧萧兮易水寒，壮士一去兮不复还。”《史记》记载的那一天的故事，没有一个熟知历史的中国人不知道，没有一个熟知历史的人不能口吟那支慷慨的歌。但我们知道，那天为荆轲伴奏的就是高渐离，乐器就是那筑。《史记》里司马迁特意地记载了高渐离以筑送别荆轲时的演奏：“至易水之上，既祖，取道，高渐离击筑，荆轲和而歌，为变徵之声，士皆垂泪涕泣。”

虽然如今人们不再击筑，筑声也在历史的深处缥缈难闻，但那种精魂却在我们这片土地沉淀下来，一有合适的机缘，那黄钟大吕般的友谊的筑声又飘荡了。

今天的西湖早已不知“变徵”之声的韵味，此时的西湖也少了风苦水寒。这冬日的午后，我从走过秋瑾灵柩的这个桥头走过。石桥还在，冬日还在，但近百年的时光，改变的是时空，不变的是对秋瑾悲剧的如血的追怀，但现在的西湖太吵闹，颜色太明亮，不合悲抑的心想。

我想到也是在光绪三十三年丁未年的正月间，秋瑾与女友徐自华一起，在冬日的杭州，两人登临凤凰山吊南宋故宫遗址，登高送目，正故国的冬日，那时的西湖是肃杀的，正如当时的国运。

在寒冷中挺风而立的才三十二岁的奇女子，如一枝寒冬的梅，横斜在冬日，不是疏影黄昏，而是如瘦铁的枝干，在顽强地对抗着孤冷。我知道秋瑾是喜爱梅花的，她笔下的“孤山林下三千树，耐得寒霜是此枝”，抑或就是她的影写，秋姿态，梅精神。

《秋瑾年谱及传记资料》提及过这次凭吊，说秋瑾此行目的是密侦城厢内外出入径道，绘军用地图，以备起义不时之需。然而，书中有一句看似跌宕闲笔的语句：秋瑾随后从凤凰山至岳坟，去看望一下心仪的抗金名将岳飞，“徘徊瞻顾，不忍离去”。就是这八个字，到底是唤醒了秋瑾心中的什么？今天我们无法一一揣测，但我们可以从秋社成员陈去病在《徐自华女士传》中披露的细节找到答案：

> “你是否希望死后也埋葬在西湖边？”徐问。
>
> “如果我死后真能埋骨于此，那可是福分太大了呵！”秋答。
>
> “如你死在我前，我一定为你葬在这里；但如果我先死，你也能为我葬在这里吗？”徐又问。
>
> “这就得看我们谁先得到这个便宜了！”秋再答。

还不到一年，一语成谶。但我以为这也许是对岳飞的承诺，是一种对岳飞的追随。但即使秋瑾想到在乱世随时有必死的可能，她也许不会想到死亡来得如此匆匆，也许当时她和女友只是随口一说，因为头颅是不可随便轻掷的，秋瑾说埋骨在岳飞墓旁，伴着湖水何尝不是一种福分。

二

先初，我接触到的秋瑾被捕时的文字，是说用枪激烈抵抗的，但后来知道血写的历史上根本就不存在墨写的秋瑾持枪拒捕的事实。所谓秋瑾指挥学生武装英勇杀敌，击毙清兵若干人等，最后，因寡不敌众被捕的“成说”只是美丽的谎言，而秋瑾却在某些戏剧、曲艺、电影乃至绘画、连环画作品中得到了更加夸大、更加幻化凌空的描绘，变成了女神的模样。历史，多少人假汝之名加入自己的私货，以瞒和骗来达到别样的目的，有的人抽空，有的人阉割，有的人毁弃。历史成了溺器，成了棍棒，所谓的历史规律成了某些人合法性的铁证。我知道徐锡麟被捕后，在他的行囊中抄检到秋瑾于1902年深秋，在绍兴泱搽湖上送徐锡麟去安庆，临行前写的一首《金缕曲》，当时两江总督端方就以此作为株连秋瑾的一个佐证，原词是：

> 凄唱阳关叠，最伤心愁城风雨，禹陵柳色。正喜斋中酬酌事，同凭阑干伫月，更订了同心盟牒。笑从龙山联袂处，问天涯共印几多迹？几时料，匆匆别。青衫洒渍凝红血，算者番离情恨绪，重重堆积。月满西楼谁解我？只有箫声咽噎；恐梦里山河犹隔，事到无聊频转念，悔当初何苦与君识，万种情，一支笔！

就是这首词，后来被人为地扭曲得不成样子，词中的语句如川剧变脸的油彩般换来换去，坊间出现了几多版本，让人难辨真假，甚至题目也换作了《金缕曲·送季芝女兄赴粤》，把徐锡麟变成了女性，成了另外的人，“斋中”成“闺中”，“盟牒”成“兰牒”了。这本是真情的告白，决绝而纯粹，却被某些人把这情愫看作是与革命不容相背的东西。好事者把徐锡麟和秋瑾说成是表兄妹，真是不知革命的目的是不是让人活得好。我觉得正是因为爱得真，才使秋瑾在徐死难后下了决心要拼到底的。陶成章《浙案纪略》回忆，得知安庆事后，执报纸坐泣于内室的秋瑾“不食亦不语”，“有劝之走者，不问其为谁何，皆大诟之”。此后杭州女师同学劝其避难，秋瑾的最后回答是：“我不入地狱，谁入地狱。”

清军到大通学堂前门时，学生仍劝秋瑾从后门乘船渡河，“瑾不应”，不走不避，决心殉难。其时以身相殉的秋瑾，一袭白衫，坐在楼上，静等着那最后时刻的到来。

被捕后的秋瑾，被关在山阴监狱，绍兴知府贵福要县令李钟岳严刑拷问，希望获得有用的一二线索。

第二天的午后，雨脚如麻，虽是夏日，却有种凄风苦雨的味道。雨落在青藤的胡同，雨落在人去楼空的大通学堂，雨落在闹市轩亭口，雨落在乌篷船上，雨落在岸旁的乌桕树上。这一切都在雨中有了凄迷，有了不祥。

李钟岳是在花厅审讯秋瑾的，还破例为他心目中的英雄设座，这不是一般的审讯者和被审讯者，而是一种雨声中的一个县令和一个嫌犯的对谈。李钟岳恪守着自己的良知和底线，没有动刑，没有逼供，只是让秋瑾自己写供词，秋瑾提笔仅写一“秋”字，如指顶大。李钟岳令再写，秋瑾沉思片时，好像看到储存在天际的云和雨，越来越凝聚，越来越饱满，突然一声长啸，那氤氲就跃下云层，独立纸上：

秋风秋雨愁煞人

尔后，掷笔，蓦然抬首，凝目花厅窗棂外檐滴下如瀑如麻的雨滴。是胸臆还是自然的雨水成就了这浓于墨的“秋风秋雨愁煞人”七字？虽然这七字并非秋瑾自作，而是从诗人陶澹人《秋暮遣怀》中“秋风秋雨愁煞人，寒宵独坐心如捣”借用之，但我以为这和秋瑾斯时斯地的心境相契。虽然她赴死时正是农历的六月初六，天气溽热，但秋风秋雨的丰饶的诗意让她感到的却是满目的肃杀。在那个国度，无时无地不是秋的凋零，那“颐和园共宫前路，活剥民脂供彼身”歌舞升平里有百姓的血，那“若有不忍微言者，捉将菜市便施刑”是志士的悲抑。“志士杀了多多少，尽是同胞做汉魂”，一部近代史，在秋瑾的心里是比南宋史更令人心寒的时段，清代的秋风是风波亭的秋风复制，有过之无不及，天地为之一寒的节气更需要的是人的气节。我曾看到过秋瑾的一幅手迹，是秋瑾古轩亭口就义五天前，寄给徐自华妹妹徐小淑的信。当时徐小淑拆开来，缄内别无他简，只是这绝命的笔墨：

痛同胞之醉梦犹昏，悲祖国之陆沉谁挽。日暮穷途，徒下新亭之泪；残山剩水，谁招志士之魂？不须三尺孤坟，中国已无干净土；好持一杯鲁酒，他年共唱摆仑歌。虽死犹生，牺牲尽我责任；即此永别，风潮取彼头颅。壮志犹虚，雄心未渝，中原回首肠堪断！

这绝命词，犹如《楚辞》句式，七言四言杂言，血泪、悲愤、责任、故国交集，是诗非诗，是文非文，亦诗亦文，亦文亦诗，随心所欲，纵意挥洒。“日暮穷途……残山剩水……无干净土”，是那晚清，是那祖先的血地，但仍要“虽死犹生，牺牲尽我责任；即此永别，风潮取彼头颅”。那秋瑾的手迹最后的文字是——“壮志犹虚，雄心未渝，中原回首肠堪断！”读到这决绝的文字，我看到了一种了结。为这三千年的故国，若是自己的死能唤起那沉睡的土地和知识分子，这死是值得的；若是自己的死，使那些知识分子或是作为看客或是混在看客群里拼抢人血馒头，那秋瑾真的是白死掉了。

秋瑾下狱后，满人贵福怀疑汉人李钟岳偏袒秋瑾，有替秋瑾开脱的嫌疑。就在得到浙江巡抚张曾扬同意“将秋瑾先行正法”的复电后，即刻召见李钟岳，令他执行。但李钟岳却争辩说：“供、证两无，安能杀人？”

贵福厉声呵斥：“此系抚宪之命，孰敢不遵？今日之事，杀，在君；宥，亦在君。请好自为之，毋令后世诮君为德不卒也。”李钟岳知大局已定，只得无奈地返回县署，枯坐案头，苦无两全之策。

有史料说，“既而斩决秋女士，竭力阻拒，几至冲突”。在秋瑾的事上，李钟岳恪守着良知的底线是尽力了，然而他只是一小小的七品县令，在转蓬的官场中，七品县令如同草芥，上司看待下属就是家奴。清朝官场，最流行的自我的称呼，就是“奴才”，小民是官吏的奴才，小官是大官的奴才。鲁迅先生的杂文《隔膜》里有一段话说：“满洲人自己，就严分着主奴，大臣奏事，必称‘奴才’，而汉人却称‘臣’就好。这并非因为是‘炎黄之胄’，特地优待，锡以佳名的，其实是所以别于满人的‘奴才’，其地位还下于‘奴才’数等。”清朝是爱新觉罗家族自己的财产，爱新觉罗之外皆奴才。李钟岳在官场，如不随官场起舞，只有被淘汰，官场自有规则，人微就言轻，没谁以你的是非为是非，你的建言只是上司轻蔑的谈资。

在秋瑾的事上，贵福本是存有私心，借刀于李，因其“雅不欲冒杀士之名”，故假手李氏，“以济其恶”。明天就是六月初六了，到了半夜子时，李钟岳提审秋瑾。这时的李钟岳的内心，如虫子在啮咬，他感到了无力，感到有点对不起秋瑾。他向秋瑾惭愧地说：“事已至此，余位卑言轻，愧无力成全。然汝死非我意，幸谅之也。”

说完，李钟岳的内心如翻腾的湖海，“泪随声堕”，压抑的啜泣声随着老泪纵横青衫，旁边的吏役也都“相顾恻然”，使原本的清朝爪牙机器转换成了对清朝政治倒行逆施的唾弃、对扼杀人性的不平与控诉。死就死耳，徐锡麟去日不远，隐约可见那些早死志士的背影，“同凭阑干伫月，更订了同心盟牒”，秋瑾知道最后的时刻到了，她向李钟岳提出了三个要求：“（一）准许写家书诀别；（二）不要枭首；（三）不要剥去衣服。”李钟岳答应了第二、三两个要求。在那个黑暗的年代，杀人要砍头，如果是女子还要剥去衣服似乎都成了习惯。秋瑾并不畏惧死亡，但她不堪受辱，一是国家的耻辱，再就是不要在被杀之后把躯体暴露在大庭广众之下，让她难以忍受的是一堆拥挤看客的肮脏的眼睛。

时间到了，有兵士欲拽秋瑾前行，秋瑾怒目而斥：“吾固能行，何掖为？”及至轩亭口，秋瑾立定，对刽子手淡然一笑：“且住，容我一望，有无亲友来别我？”乃张目四顾，复闭目曰，“可矣。”遂就义。在不远处，李钟岳监斩，当刀起复落，李钟岳再也无法控制自己的情绪，在肩舆中痛哭以归，路人也为之泣下。

当秋瑾系狱，亲属恐遭株连，逃避进深山。当秋瑾轩亭口殉难，秋家就无人收尸，而遗骨由绍兴同善局草草成殓，蒿葬绍兴府城卧龙山西北麓。

秋瑾的尸骨不得入土为安，作为胞兄，秋誉章心怀不安：“聂政乃有姐，秋瑾独无兄。”时间流逝，两月过去，江浙一带的舆论对秋瑾案哗声四起，清政府对秋案的势头也有点低落。这时秋誉章就秘密雇人，在 1907 年 10 月，将秋瑾遗体挖出，放入棺木，迁往绍兴常禧门外严家潭殡舍暂放，可是不久，殡舍主人得知这是“女匪”秋瑾的棺木，便令秋誉章迁走。

此时的秋誉章只好将棺木移至附近一荒地，以草扇盖其上掩遮日晒雨淋。秋瑾秋瑾，那时只有野草能认出你的极致的烈性的美，也只有野草才陪伴你极致的美烈性的美么？

我不知道鲁迅先生当时在哪里。他是熟知古轩亭口的，那时先生是在日本吧？同是绍兴的子弟，他一定胸里堵噎如块垒。先生没有归国，但先生也有血荐轩辕的冲动，鲁迅的《铸剑》，写了一个怪异的复仇的形象“眉间尺”，还有黑衣人。在鲁迅的描写中，眉间尺和那个突然出现的黑衣战友断颈舍身，在滚滚的沸水中追咬着仇敌的头，直至同归于尽，自己的头和敌人的头在烹煮之中都变成了白骨骷髅，无法辨认。我有个隐约的判断，鲁迅的复仇的心理可能起源于秋瑾的被杀，也许，在文字里，鲁迅在偿还一种债务，为不能回国的亏欠。

秋瑾死后三日，李钟岳即被撤职。钟岳志在救人，但力有不逮，对此心怀耿耿，终至衷怀纠结、缠绕盘桓，遂乘家人不备之际，自缢于旁舍，享年五十三岁。一个老年的小小县令为秋瑾死在自己的手下而感到重负，然后背负着沉重的重压，最后仆倒了。

三

在1992年2月，柏林墙倒塌两年后，东德守墙的卫兵因格·亨里奇受到了审判。在柏林墙轰然倒塌前，二十七岁的他曾射杀了一位企图翻墙而过的二十岁青年克里斯·格夫洛伊。从1960到1990的短短三十年间，只有空气、飞鸟可以穿越的“隔离人民的墙”柏林墙下，先后有三百位欲越墙逃亡者被无情的子弹射杀，成为墙下的冤魂。

仅仅是为执行上级的命令么？亨里奇的律师辩称这些卫兵的天职就是服从，罪当不在卫兵个人。然而法官西奥多·赛德尔却在一种人性的高度断然反驳：“作为警察，不执行上级命令是有罪的，但打不准是无罪的。作为一个心智健全的人，此时此刻，你有把枪口抬高一厘米的主权，这是你应主动承担的良心义务。这个世界，在法律之外还有‘良知’。当法律和良知冲突之时，良知是最高的行为准则，而不是法律。尊重生命，是一个放之四海而皆准的原则。”

是啊，李钟岳也是活在体制内的清朝官员，但他守住了自己的良知，他没有把体制的命令、上司的命令当作作恶的借口。李钟岳知道自己放在首位的是一个人，然后才是清廷的县令。虽然李钟岳背负体制的重压，但李钟岳也有自己的选择，以自杀来抗击恶政，来说明良知的正当性。李钟岳死了，他的牌位曾被人们放到秋瑾的纪念堂配享，这是人们和历史对他的最好认可和公允的评价。李钟岳也是“抬高一厘米”的人，在面对恶政时不忘抵抗与自救，是“人类良知的一刹那”，这一厘米是高于人顶的一厘米，是长在体制之上的一厘米，也是见证人类良知的一厘米。

你问李钟岳比晚清的那些官吏多出些什么，我说，只多出一厘米！

而对于秋瑾来说，她比晚清的知识人多出了些什么？我说，她比女人多出了男人气，比男人多出了英雄气。我知道当求仁得仁的机会到来的时候，秋瑾不能不死，无论对革命党，还是对清廷，秋瑾必须死。我想到了鲁迅先生，其实在乌篷船欸乃的绍兴，在有师爷传统的绍兴，秋瑾的家和鲁迅、徐锡麟的家只是隔了几条胡同、几条水。物理上的距离很近，又有着留日的背景相重叠，也可称作同学的，但秋瑾和鲁迅的性格却是两样，一是赤裸的火的赤焰，一是包裹着冰与火的赤焰。1927年，鲁迅到广州中山大学任教，热血的青年为他开欢迎会。鲁迅却兜头泼了冷水，“我知道不妙，所以首先第一回演说，就声明我不是什么‘战士’‘革命家’”。鲁迅的思想深处，对一些空头的名号是警惕的，无论空头的文学家、革命家，还是所谓的战士。这和秋瑾不同。“我只好咬着牙关，背了‘战士’招牌走进房里去，想到敝同乡秋瑾姑娘，就是被这种噼噼啪啪的拍手拍死的。我莫非也非‘阵亡’不可么？”

也许是鲁迅看到过过多的死和血，看到过过多的瞒和骗，鲁迅的心是悲凉的。他看出是革命党内部给勇于牺牲者的热烈掌声将秋瑾送上了烈士的刑台，秋姑娘是被同志捧杀的，死是秋姑娘的必然。在秋瑾死去的十二年后，鲁迅的《药》再次以人血馒头让人记起秋瑾，但革命者的血，却被愚弱者当成了医治痨病的稀奇药引，这是怎样一种无尽的哀良。志士们躯体里沸涌的血，被一大群铁屋子里懵懂的人鸭子一样引颈觊觎。若是命运开玩笑，革命者忽地不死，那群愚昧的看客的表情究竟何如？他们也许会化成豺虎，群扑上前，撕噬志士的喉咙，渴饮那鲜血……

在鲁迅的冷眼下，他看透了天上的深渊，他看透了承诺黄金国的虚妄，他知道狂热的背后，是不尽的苍凉。当许广平去游行的时候，鲁迅也是极不赞成、不鼓励做无谓的牺牲的。但是另一方面，人们都是沉默的羔羊，无疑也会使刽子手猖狂张目和放纵。

也是鲁迅说过：“沉默啊沉默，不在沉默中爆发，就在沉默中灭亡。”陈天华虽然选择了热血的蹈海，让这古老的土地上绽开了血之花，但陈天华的遗书却是出奇地冷静，也许冷静的血就接通了鲁迅最内在的心理。有大志的人不在一城一地的得失，激情不一定就是过激，不一定就是蛮力。

1905 年 12 月 8 日，陈天华因抗议日本颁布《取缔清国留学生规则》而蹈海自杀。翌日，留学生们公推秋瑾为召集人，在留学生会馆之锦辉馆召开陈天华追悼会。会上，秋瑾宣布判处反对集体回国的鲁迅和许寿裳等人“死刑”，还拔出随身携带的日本刀大声喝道：“投降满虏，卖友求荣。欺压汉人，吃我一刀。”

这个细节，原先是为一些人所避讳的，当我在日本学者永田圭介《竞雄女侠传：秋瑾》中读到这个细节时，我也是吃惊异常。

1905 年是秋瑾在日本留学的第二年，当时鲁迅已经在日本待了两年。在这个时间里鲁迅也经受了幻灯片的刺激，看到自己的同胞被日本人砍头，旁边的看客也是中国人，鲁迅的心是隐痛的。也就是在此时，留日学生遇到了一件大事，日本政府与清政府勾结，为限制留学生反清政治活动颁布了《取缔清国留学生规则》（应该注意，“取缔”一语在日语中主要意为“管束”“管理”）。规则一公布，立刻在留学生中卷起了洪波巨澜，当时的秋瑾再也坐不住了，热血沸腾，樱花的国度再也不能安静放下一张书桌了。此时的日本报纸《朝日新闻》发表社论，更是烈火烹油，嘲笑中国人“放纵卑劣，团结薄弱”。

一向自尊的陈天华感到自尊的伤害已经到了临界点，他决计以性命反驳蔑视，于是选择投海自杀。

陈天华在《绝命书》中说："中国受列强之侮，因为中国自身有灭亡之理。某者之灭，乃自己欲灭。只是中国之灭亡若最少需时十年的话，则与其死于十年之后，不如死于今日。若如此能促诸君有所警动，去绝非行，共讲爱国，更卧薪尝胆，刻苦求学以养实力，则国家兴隆亦未可知，中国不灭亦未可知。"

弱国是没有尊严的，弱国的子民是没有尊严的。读到陈天华愤而投海的史实，我总是悲愤难抑。他的死，也许换取了警醒，也许只是水中荡起的涟漪，最后归于虚无。陈天华死了，活着的还在争吵。去和留，拯救与逍遥，面对着纠缠如麻的留日同学，秋瑾忽地秀出了短刀，以刀击案，怒喝包括鲁迅在内的留日学生，说出那句"吃我一刀"的话。也许，你能想象曾缠足的秋瑾暴烈起来，犹如持刀挟持人质的恐怖分子。但秋瑾拔刀的目的和最大的正义恰是消弭恐怖，革命最大的正义就是让弱小者免于恐怖而前行。

瘦小的鲁迅，显然是不入秋瑾的襟抱的，虽然越东自古是慷慨悲歌卧薪尝胆之地，也许她觉得鲁迅们身上多的是阴柔或者是柔韧，少的是爆发是血气的蒸腾。在晚清的年代里，秋瑾身上的男子气概是超于一般女性的。阿伦特曾说"红色罗莎"卢森堡身上散发着一种"男子气概"，在历史的进程中是空前绝后的。但我想阿伦特不知道秋瑾，如果她知道秋瑾会改变自己的看法的。我想仅有男子气概也可能只是粗野的强蛮的专横的。卢森堡说："我这个人太柔弱了，比我自己想象的还要柔弱。"正由于有了柔弱的人性做底子，有人道主义做质地，革命的刀与火才是可为人间所接受的。其实秋瑾身上何尝没有柔弱，正因为她不忍看到故国那些弱小者的涕泪而走向了侠义，走向了拯救，走向了血与火。

法国诗人雨果有一首赞颂巴黎公社的女英雄、诗人米歇尔的诗，题目是《比男人还伟大》。面对秋瑾这样的有奇行的女性，我们除了沿用诗人雨果的话，还能有什么更恰切的词语去描写么？"比男人还伟大"！秋瑾自己也说"英雄也有雌"！我知道在1903年的中秋节，王廷钧叫秋瑾准备晚宴要请客吃饭，谁知他自己却在晚宴前被人拉走去吃酒了。中秋之夜，秋瑾独自一人面对一桌酒菜，天上一轮明月，只有对影成三人，于是，她换上男装，带一个仆人，毅然到一个戏园去看戏。这是秋瑾第一次着男装。待看罢戏回家，时间已过午夜。正巧王廷钧也刚刚吃完酒回来，当他得知秋瑾身着男装去戏园看戏，不禁勃然大怒，竟然动手打了秋瑾。秋瑾自小是学过武的，真要动起手来，王廷钧怕不是对手。秋瑾采取的是冷眼看着这狂怒的男人。

拳脚侮辱、所谓的家法和夫权，已使这位比男人伟大的女子忍无可忍，如娜拉一样走出家门。于是在朋友吴芝瑛纱帽胡同的宅第里，就诞生了和岳武穆相媲美的《满江红》辞章：

> 小住京华，早又是，中秋佳节。为篱下，黄花开遍，秋容如拭。四面歌残终破楚，八年风味徒思浙。苦将侬，强派作蛾眉，殊未屑！
>
> 身不得，男儿列，心却比，男儿烈。算平生肝胆，因人常热。俗子胸襟谁识我？英雄末路当磨折。莽红尘，何处觅知音？青衫湿！

在这平平仄仄的文字里，我们看到了秋瑾的雄强和反抗与不平。只因你是女性，所以你格外不幸。秋瑾在致大哥秋誉章的信中曾几次提到自己在夫家的位置和境遇，“直奴仆不如”。尊严无论男女，平等无论男女，或者说人性是秋瑾内心的支撑，她看到了、遭受了来自各方面惨不忍睹的暴力和人性的扭曲，但她采取了抵抗，是虽千万人吾往矣的决绝的抵抗，无论对传统的夫权还是对清廷的统治。她在信中有“以国士待我，以国士报之；以常人待我，以常人报之”的文辞，面对着奴役，纵然是夫妻间，秋瑾也是采取了不苟且。俗语说的“士为知己者死，女为悦己者容”，虽然是口上的常谈，但内在的精神还在熠熠闪光。传统，纵然是千年，只要是虚伪和不道德，只要是不把人当作人，纵然是父母、夫妻和儿女带来的，也要举剑奋力一击。我相信每个人的腔子里都有一股子沸腾的血，特别是处于奴役和怀才未有彰显的时候。而这时，如果能遇到一真心以国士待你的人，你满腔子的血就会涌顶而出。

敏感如鲁迅先生，白眼和侮辱未必少于陈天华和秋瑾，但鲁迅并没有拔剑起舞，热血相向，而是走向了另一个更加荆棘和坎凛的路途，但这个路途难免有看客的尴尬折磨着他、提示着他。

我想鲁迅先生后来的文字是洗刷自己作为看客而苟活的心理的，是秋瑾的死，是徐锡麟的悲壮，是这些邻家的同学的血酿成了鲁迅心底的苦涩文字的苦涩，也酿成了后来他的《为了忘却的记念》那样金石质地的文字。

鲁迅是选择了留下来。在留下来的人中，有秋瑾的同学王时泽。秋瑾在私下，曾和王时泽就归与留进行过交流。那是在秋瑾归国行前，对“归否”一问，王的回答是“甲午之耻未雪，又订辛丑和约。我们来到这里，原为忍辱求学……不必愤激于一时”。

秋瑾不再说话，几天后即束装就道，归国而去。

归国后的秋瑾拟了一封《致王时泽书》，以文字和理性表明了自己的立身处世志向，信文虽不长，却见毅然和断然，大英雄做既做矣，何须缠绵？

> 吾与君志相若也，而今则君与予异。何始同而终相背乎？虽然，其异也，适其所以同也。盖君之志则在于忍辱以成其学，而吾则义不受辱，以贻我祖国之羞。然诸君诚能忍辱以成其学者，则辱也甚暂，而不辱其常矣。吾素负气，不能如君等所为，然吾甚望诸君之毋忘国耻也。吾归国后，亦当尽力筹划，以期光复旧物，与君相见于中原。成败虽未可知，然苟留此未死之余生，则吾志不敢一日息也。吾自庚子以来，已置吾生命于不顾，即不获成功而死，亦吾所不悔也。且光复之事，不可一日缓，而男子之死于谋光复者，则自唐才常以后，若沈荩、史坚如、吴樾诸君子，不乏其人，而女子则无闻焉，亦吾女界之羞也。愿与诸君交勉之。

走，有走的依据，秋瑾的信坦直地倾泻出自己走的理由、归的目的。大义在肩，她不能不走，再就是作为女子的一份尊荣，她要维护一个女子的尊严。

虽表面为负气，内里却有大义存焉。一己的长远之学业与一国的眼前之荣辱，秋瑾无法作长远的利益之选，她的热血无法泼洒到窗明几净的学问里去，她必须和这些学问中人画下一道鸿沟，一道楚河汉界，一边是井水，一边是河水。“不获成功而死，亦吾所不悔”这句话，如果对比正月间与徐自华在西湖边的对答，已经是一决绝一轻松。此时的秋瑾已经历了许多血和死，9月吴樾弹炸五大臣血殉燕市，12月陈天华高歌蹈海，我们读到的是秋瑾的救世的热肠：“如许伤心家国恨，那堪客里度春风？”

此时的秋瑾正如一把宝剑或者是一把短刀，十年磨成的一剑，还未曾试过如霜的锋芒呢，这剑与刀开始跃跃欲试地鸣叫，在墙壁，在匣中，也在秋瑾的靴筒里。但这刀从靴筒里被抽出了，出鞘的刀怎能回返？秋瑾的这一幕，也是鲁迅目睹的一幕——刀插讲台上。我想也许正是此景此情在十年后的发酵，才有了鲁迅的《铸剑》里的热血的文字，那不是冷冰的文字，是叫人热血沸腾的血和号叫，是秋瑾遥远的回响。

秋瑾被砍头枭首的血，也溅到了李钟岳的良知里。让我们还原赋闲的李钟岳。他整日整夜地念叨着“我虽不杀伯仁，伯仁因我而死”这句话，独自一人，有时就将密藏的秋瑾遗墨“秋风秋雨愁煞人”展出来“注视默诵”，这时随默诵而下的是纵横沟壑的老泪。这样的场景一日三五次以至七八次。秋瑾的血成了威压，李钟岳在良心的自责下，觉得秋瑾死在自己的任内，是自己的耻辱，最后他的投缳解脱离秋瑾被害尚不到百天。“身后萧条，几不能棺殓。”

一个县官，其清也如此，其穷也如此，似水似冰。环视当时的中国，不能不说这是一个有人格底线的县令，是个有耻辱感的县令，他的投缳，一是愧对秋瑾，再是对清廷之绝望使然。作为一个山东人，李钟岳是受孔孟濡染较深的，从骨髓到肌肤，他有自己的耻辱感和人格底线，死就死了，不愿受辱于官场，但他却赢得了历史的荣耀。

对比李钟岳，那些在晚清官场奔竞，没有底线是非，以皇家的是非为是非的人，却被钉在耻辱柱上。

杀害秋瑾、为清王朝扑灭星火的功臣张曾扬，非但出人意料地未能加官进爵，反而无法在浙江巡抚的现职安身，调任江苏主政，也被当地绅民拒斥。迁就民意的清廷万般无奈，只好再发上谕，将张氏转调山西。其离杭起程时，自知民间结怨已深，恐有风潮，故乘火车赴埠。及由八旗会馆至清泰门外车站，有军队拥护而行，“然沿途之人焚烧锭帛、倒粪道中者，均骂声不绝”。

秋瑾被杀后，当时的舆论界是有道德感是非感的，他们并没有找一个替罪狼——晚清政府——放水，而是对张曾扬、贵福们进行口诛笔伐的追讨，不依不饶将二人永远涂抹在历史的汗青上。我想到以色列人，也没有简单地为所有的屠犹罪行找一个替罪狼——希特勒——而偃旗息鼓，而是对证据确凿的纳粹凶犯一个也不放过，哪怕只是对一个下级官兵也穷追不舍。

我想到了张志新和林昭，那些手上沾满这些女性鲜血的人，有几个怀着自责而自杀？

秋瑾的死和血，硌痛了一些有良知的人，她激怒了这民族久已蛰伏的那良知，一个女人的死使一个民族的男子羞愧。秋瑾让麻木惊醒，给踉跄以力气，给无情以热血，给铁石以恻隐，为冥作光，为旱作润，为良知作愤慨。

四

秋瑾死后，荣辱的变换，使我们不能不怀疑某些所谓的正义和良知，怀疑秋瑾何辜被折腾再三，所谓的死者为大的民间的高义，却被当作了腐朽，烈士的血和历史一样在某些人的眼里再没有了敬畏，历史成了戏弄和戏法，烈士的血渐渐凝固成了虚无。

令人不能接受的是，秋瑾死后受辱的是她的尸骨，多次被掘出，被辗转，在晚清的末年有过，在“文革”时也有过。秋瑾尸骨第一次被清廷从西湖逼迁，与秋瑾墓“文革”时被毁，本质上有什么区别么？抬高一厘米，把枪抬高一厘米，皇权显然还是为人伦、人性留下了一定的空间，或者说百年前专制的严酷中显然还容许有某种程度的弹性，秋瑾才能得以全尸全服棺殓并得以屡迁。但“文革”的荒唐呢？

在2011年元旦的下午，阳光下徘徊于秋瑾墓，怆然而起的是青山有幸，此土何辜！一抔尸骨竟三次被权势逼离西湖。1908年遭清廷严令平毁，1964年被借口“美化人民的西湖”而迁，第三次是在劫难逃的“史无前例”了。秋瑾死后她的尸骨所受的屈辱，何曾少于生前？

第一次归骨西湖的秋瑾，有乡绅为之棺殓，有兄长为之护灵，有闺中密友风雪渡江践约移灵西泠，其实最动我心者，莫过于风雪渡江的场景。

风雪渡江，那是怎样的场景？

在晚清进入黄昏的冬天，雪意酣畅，整个钱塘江静静地卧在苍茫的天穹下，大雪在覆盖、隐蔽，或者是为秋女士天地一白地尽哀么？冒着百里齐奏的白雪哀乐，作为友人的徐自华，是在寻找和护持着什么呢？这是一种祭奠，还是一种朝拜？

那浙东的山水和灰瓦白墙的民居，那蓑衣和乌篷船，在雪下有一种异样的感觉，这在平日是一种水墨的写意，但船上的秋瑾的棺木和船头的徐自华予人的却是沧桑，是冷凝，是冰中的温慰，白了风帽，白了船头，天地一白啊！那时的历史肯定是为这般的举动疑惑非常，风雪渡江，风雪茫茫，大道默默，苍穹不语！

大道默默、苍穹不语而风雪渡江，也许是上苍的安排，老天为归骨西湖的秋瑾安排雪的梵音，虽然它是那么茫茫苍苍，蕴蓄着大的沉默，这沉默正是一种终极的为秋女士独绝的无言之美吧。

苍茫的江上，一叶扁舟，一尊棺木，有自己的友人相护相持，在风雪的西子湖头有岳武穆在等待，虽然我知道那苏小小不会穿越历史在雪中迎出，用纤细的手拂去秋女士肩胛额际的雪片，但她会感佩风雪渡江的高于顶的友谊。

我知道，友人在风雪茫茫中为秋瑾的身后奔波，是在手心里捏着火，生怕火苗会窒息，这是一种对友情的践履。秋瑾就义后不足四月，葬礼之事即开始发动。11月10日，徐自华写信给吴芝瑛，约其联名登报开会以葬秋瑾遗骨。吴于三日后复信，表示亦有葬秋之意，但不赞成开会登报，当时清廷是百足之虫，僵而不死，过于张扬于事无益。同月22日，《时报》便刊出吴芝瑛将立即首途亲赴山阴的消息。徐见报，恐吴立即成行，不及面议，故急忙于27日自浙江石门语溪家中赶至上海。不料两日后，因得报小女患白喉症病危，未及与吴会面，即匆匆返回。其妹徐小淑代为登门拜会，面告吴芝瑛一切情形。吴随后连去两函，并要小淑传话，由二人分任购地与营葬事。而徐因爱女病亡，极度伤心，未能即赴西湖觅地。吴芝瑛却在此时得到了西湖边大悲庵尼姑（法号慧珠）的慕名投书。

现在看来，秋瑾之死，不独人世，即使出家人也动了入世之心，但慧珠的身世一直扑朔迷离，如民间的侠义故事传奇。慧珠自报家门说：“衲本贯凉州，世家武艺。”其父做的是保镖的营生，“颇有声于江湖，所历大河两岸，迁徙无常”。慧珠本人自幼亦尝随老父闯荡江湖，“入燕、赵间，走马卖解”。江湖水深，慧珠被一贵族王侯看中，强挟以归。虽遇人非淑，然王侯“雅见怜爱，复令改习书史”，故“中年始识之无”，懂得一些之乎者也。1900 年庚子变乱，王侯“客死草地”，慧珠亦“无家可归，薙发染衣，皈依三宝”。遁入空门后，慧珠远赴杭州天竺寺进香，顺游西泠，“爱其地山水幽绝”，遂“买庵于此”，闭关诵经，“不复知有人间世”。不知有汉何论魏晋，然清冷的袈裟下却难去却一份拳拳的忧世情怀。

就在作书当年的秋日，有“道友自山阴来，一夕闲话，述女子秋瑾狱，而言之不能详尽，因向城中遍购各报，乃恍然于此案之颠末”。就在此时慧珠知道了吴芝瑛“义重情高，大声呼吁，将以平反其冤，为吾女子吐气”，于是贯通僧俗两界，“我佛慈悲，侠士肝胆，惟夫人兼而有之”，对吴芝瑛深表感佩。又知吴氏“将渡钱塘”，为秋瑾“移葬湖上”。于是慧珠就主动去函，意在向吴芝瑛提议奉献葬地：“敝庵虽僻，尚近官道，春秋佳日，游人多过之者。傍有余地三亩，足营兆域。夫人倘有意乎，衲愿赠之秋氏，且愿终吾之身，躬事祭扫。”

慧珠书信作于 12 月 11 日，当天吴芝瑛即致电徐自华，告知墓地已得，在大悲庵旁，并云拟自营生圹于其中，将来百年之后好旁葬秋瑾，追随鉴湖女侠。但怎奈其病体支离，且有孕在身，不能就道山阴，所吟“天地苍茫百感身，为君收骨泪沾巾；秋风秋雨山阴道，太息难为后死人”，倒成为徐自华的留影的诗谶了。只是徐上路时，已届深冬，木叶尽脱，12 月 29 日渡江钱塘，正遇漫天风雪。自然与内心如此契合，悲壮之情怎不沛然而涌？有诗纪其事曰：

者番病阻渡江迟，欲访遗骸冷不辞。
肯为女殇灰此志，既言公益敢言私？

哭女伤心泪未干，首途急急觅君棺。
一腔热血依然在，纵冒风霜不怕寒。

四合彤云起暮愁，满江风雪一孤舟。
可堪今日山阴道，访戴无人为葬秋。

风雪渡江，一种道义在肩的精神在流贯。多年以后，已经成年的秋瑾的弟弟秋宗章，仍记得他十二岁时候徐自华冬日来越中的情景，那是风雪弥望的冬日，“一主一婢，间关西度，勾留三日，一舸赴杭”。

令人奇异的是法号慧珠究竟何人。徐自华在去绍兴之前曾专门踏寻吴芝瑛所推荐的墓地，“奈访遍西湖，不独无大悲庵，且不知有慧珠此丘耳”。慧珠在哪里？吴芝瑛日后也曾亲访慧珠，但她所看到的和徐自华一样，只是湖水和孤山，只是孤独的梅花如雪：“芒鞋踏遍孤山路，满眼梅花不见人。”吴芝瑛疑惑了：“钟声隐约斜阳外，知在西泠第几桥？”慧珠竟如神龙见首不见尾，但慧珠何人，历史又一次留下了孔洞让后人遐思。

这是一种神示么？在西泠桥头有这一块净土。在风雪茫茫的时候，天地一白，还秋瑾女士一干净清凉之世界。

辛亥百年后的元日晚上，和友人从杭州乘火车穿行绍兴。那时的绍兴早已是灯火隐隐，看不见秋瑾被砍头的古轩亭口，也看不到鲁迅的旧园。火车的铿锵越过了钱塘。现在也仍是冬日啊，我感到一种风雪渡江的苍茫。

赵登禹将军的菊与刀

一

我寓居的这座小城史书上称为曹州府，隋唐以降，这里予人的印记：随处都是高一头、阔一臂、横眉竖目的响马。清人写有一本书《地理辨惑》，在世间声色颇著，书以答问的形式解释这片硬气的土地：大凡名都巨邑风水之区，一要城池得地，二要宫署合宜，三要文庙合武，四要书院培养英才，五要土著人士立志向学，再有醇儒指教，自然人文蔚起矣。这些曹州都不具备，于是“曹州人，多响马”一说就风行矣。

我总以为，在朝廷不义的时候，做响马也许是悲壮的正道，他们代表着另一种公正，即使最后鱼死网破，斧钺临颈，也绝不尿洒裆里。为了诺言可以捐弃生命，为了名誉可以饮刀求快，但现在这种品性和血性越来越稀薄了。

在暮色苍茫中领略曹州的参差老屋，柿树虬龙，于古巷逡巡驻足，就想触摸一下响马的血脉，但也总感到现在多的是蟊贼，少的是那种国家危亡之际挺身而斗，视国耻为不可容忍，把对民族和家国的挑衅侮辱看作自己私人的不堪与耻辱，然后以一腔子沸血浇灌相抵的大豪迈。

是真的没有，还是历史遮蔽不彰？直到我翻开抗战史，他的名字便一次次地撞击我，撕扯我，轰击我。那是一个雄武的形象，一米九的身量，曾如武松一般用手击杀老虎的曹州人，他是使“大刀向鬼子头上砍去”歌曲唱响天穹的人，他的身上焕漫着古之名将忠勇义诚之气，而内有不忍之心的根基，这个每次母亲脸色不好，跪在母亲面前俯首帖耳的汉子，这个在战场上操着一口浓重的曹州方言的曹州人。

这是赵登禹。

在秋日的午后，我终于走到小城郊区西北十里的地方，探访将军的遗迹。在目前争夺名人的时代，将军的旧居也一定热热闹闹吧。

然而看到的是连废墟也谈不上的一片空地，无言地在四周屋脊的围拢下，显得空旷。有个耳朵不好的老人告诉我，没有了，一切没有了，连一个柴火棒一个瓦片也没留下。将军的旧居先是附近几个村庄的孩子如麻雀般叽喳读书之所，后来“文革”时，千里之外的人忙着把将军的坟墓掘开，抛洒骨殖，而将军家乡人却忙着把将军的旧居的砖瓦梁木拆下，哄抢一空。

这是一片空地，只有一圈土墙围着，土墙边上有菊花强茂地开着。我跳进墙里，用自己的体温亲自感受一下曾回响过将军脚步和呐喊的土地。当年赵登禹将军在这里的曙色中，透着四周的鸡叫起舞，今天我站在这里，似乎仍能听到那大刀旋舞的回声。

“没有了，都拆光了。”耳聋的老人连连摇头，唏嘘不已。

还好，在这空地里，还有菊花丛显露着生命。面对渐渐下坠的夕阳，我好一阵发呆。曹州这苦寒的黄壤上有两种花在世间非常知名。春天的时候，浑厚的平原多被猩红或莹白的颜色大肆侵没，层层叠叠，气韵非凡，如一片莽莽苍苍的锦缎鼓荡着阡陌，那是从明代就名甲宇内的牡丹。到得秋日，菊花就会燃烧起来，在柴草垛、河畔沟渠、晴天碧空，黄的粉的升腾如烟雾。曹州菊花的名声在唐代就开始远扬了。一个私盐贩子，一个秀才，一把剑啸，那是出生在曹州的响马黄巢。如今你读《新旧唐书》，你读到那“飒飒西风满院栽 / 蕊寒香冷蝶难来 / 他年我若为青帝 / 报与桃花一处开”，你都无法断定，是这土地养育的菊花濡染了黄巢，还是黄巢成就了菊花。

曹州人喜欢花，也喜欢刀。我以为喜欢菊花，是一种乡野的高洁拔俗，菊花的本身是高傲的，有点冷，但骨子里却是热烈，是柔软。

日本人也是把菊花和刀放在一起尊崇的。这是矛盾中的平衡。本尼迪克特在《菊与刀》里说：“日本人既好斗又和善，既尚武又爱美，既蛮横又文雅，既刻板又富有适应性，既顺从又不甘任人摆布，既忠诚不贰又会背信弃义，既勇敢又胆怯，既保守又善于接受新事物，而且这一切相互矛盾的气质都是在最高的程度上表现出来的。”菊花作为日本皇室的徽记，代表了至高无上的皇权。当菊花和代表武士道精神的军刀媾和，开始在中国的大地肆虐的时候，迎头撞见的是被菊花濡染出的赵登禹，赵登禹对菊花是不陌生的，但赵登禹更喜爱刀。

人们说赵登禹将军常是枕着大刀睡眠，从冯玉祥的卫兵到排长、连长以至旅长、师长，枕戈待旦，夜夜辄鸣。要写抗战兵器史，注定是绕不过这在炉火和风箱夹击中锻打、在水缸里淬火，没有杂质，还是冷兵器的大刀的。那把寒刃舞得生风，切倭人头颅，如夜雨剪春韭的大刀。

大刀是赵登禹将军在喜峰口一役喊响的，人们评价赵登禹的大刀：砍铜剁铁，削钢如泥。把铜钱十个一叠放在八仙桌上，赵登禹一刀劈下，那十个铜板火花迸溅，如鸟羽礫然而失。杜甫曾有《观公孙大娘弟子舞剑器行》诗云："昔有佳人公孙氏，一舞剑器动四方。观者如山色沮丧，天地为之久低昂。霍如羿射九日落，矫如群帝骖龙翔。来如雷霆收震怒，罢如江海凝清光。"在公元1987年的秋冬季节，我曾在赵登禹将军的村庄见到一个西北军老兵，他说赵登禹大个子，一进堂屋的门就碰头。他说起赵登禹的刀法，劈、砍、撩、扎，鬼神莫测，刀、手、步法，缠绕协调，长穗飞旋如杨叶鼓舞，让人看起来眼花缭乱，脚踏如垒石落地，身轻如鸢飞唳天。老兵说当赵登禹将军舞刀到兴致处时，卫兵曾用容器桶盛满黄豆向将军泼洒，只见黄豆如虫四外飞溅，等赵登禹停下刀来，身周方圆七尺，不会容有一粒豆子生根。

当刀剑到了一定的时候，如庖丁解牛，身边万物皆可为刀。身边柳丝，河边蒲草，也可以手为刀，手断合抱巨木。说有隐士，可以山涧朝露为刀，去砍落风中的飘尘。玄虚也许是玄虚，但我想所谓的刀剑气伤人，那庶几近于赵登禹将军的境界。他以"我善养吾浩然之气"，把曹州的那种忠烈血勇，虎口一吐，就是半部凛冽的民国抗战史、民族呐喊史。

二

"一个轻骑兵三十岁时还未死去，那必定是个装病的开小差者。"死于瓦格拉姆会战的拉萨尔如是说。这小个子是拿破仑手下的骁将，以颈血溅杀伐，时当三十四岁。

赵登禹白刃蹈海喋血，几乎死于喜峰口，时亦三十四岁。七七事变后二十一日，赵登禹死去，正是三十九岁的韶华盛年。赵登禹是道义贯骨的职业军人，他是为战争而生、为战争而死的，如若不是喜峰口一役，赵登禹的血性和天性，乃至渗透于他骨髓的那种曹州人的呐喊，也不会恣肆汪洋地发挥到极致。但他卢沟桥畔的鲜血与慷慨悲歌呢，则是白白洒在了汉奸小人之手。赵登禹是被那些在大义面前有亏的民族败类和倭寇联合绞杀了。

宁做飞灰，不做浮尘。将军的死，是死得其所的，如不为这个民族流血五步，他亦只是一部中国近代军阀征伐时的一个逗号或省略号而已。如果你熟稔中国现代史，一个叫作“西北军”的军事集团就会触碰你的神经。他们的多面和多变像狐狸，他们的勇猛又像狮子，但他们的坍塌又像暴雨中的土墙。这里面有英雄，也有群小，有的壮烈殉国，如赵登禹、张自忠辈；有的大做汉奸，像石友三辈。民族处刀锯鼎镬之中，赵登禹将军之所以汲汲于血花溅作红心草，而不甘为某一集团做鹰犬，不甘闭户做自了汉，并非为一己的甘肥、轻暖、妻妾计也，实则是不忍见民族河决鱼烂，而使敌寇淫威谋成。

菊花与刀，一柔美，一阳刚，当日本人的菊花和大刀下的血花在昂然顾盼生姿的时候，大和民族尊尚的美却是以无数中国人的血做养料而塑就的。

美国人本尼迪克特在菊花和刀的意象里看出了大和民族的走向。“月晕风，础润雨”，在一些细节处是可以窥见一个民族的品性的。在写赵登禹将军的时候，我知晓了这样的细节。昭和六年（1931 年）冬天，日军占领中国东北。此时，侵华日军步兵第三十七联队的井上清一中尉新婚燕尔，正在雪中的大阪家中休假度蜜月，可归期已至。

逆转发生在井上清一行将出征中国的前夜。没有美酒，没有和歌以壮行色，二十一岁的千代子躺在丈夫身边，悄然用小刀剜开自己的喉管，由于她下手不够利落，这个残酷的举动持续了很长时间，而她始终一声不吭，直到黎明到来时才默然死去。

千代子事件后，日本舆论媒介开始发酵，如蝇见血，似蚁争膻，把井上千代子尊崇为“昭和之烈女”。两家电影会社以惊人的制作在极迅疾的时间里，拍出《啊，井上中尉夫人》和《死亡的饯别》，从北海道到高丽，从高丽到台湾，并将影片空运到侵华战争的前线。而后，千代子的媒人安田夫人发起组织了“国防妇人会”。短短十年，“国防妇人会”成员由四十人猛增至一千万人。这是怎样的一个比例，那是上千万的家庭啊，上千万的日本女人加入了他们侵略中国的后援。

我知道喜峰口一役，赵登禹将军和那些热血的军人也遇到了一个女人的难题，一个进不得退不得的两难的境地。就在赵登禹的大刀队集合起来，刚喝完临行酒，“当”地把碗摔碎，一笸一笸银圆放在队列面前，任人随意抓起的时候。

赵登禹将军一条腿绑着绷带站在队列前，他的手臂上缠着白毛巾。他看着大家的手臂，也一例地缠绕着白色的毛巾。每人一把匣枪、五颗手榴弹，背后一把镔铁大刀，红的穗子在雪地里发出暗紫色。这是一群年纪二十岁左右的农民子弟，如不是战争，他们可能都在老家娶妻生子了。可是这片土地在落雪，寒冷从长城的那边过来，这片土地即将被强奸蹂躏。一场震惊世界的大战就要在今晚拉开帷幕，而傲慢的日本军人开始准备休息。熄灯号隐隐传来。雪下着，白的银圆在雪里，银圆上有厚厚的雪，酒坛的口冒着寒气。

全军肃立，等待着赵登禹将军的口令。就在此时，有人策马奔到将军面前，耳语一下，赵登禹将军的脸色陡然生变。接着他凝视将要出发的大刀队，然后让人带来了一个山村的老太和老太的女儿。

大家不知道发生了什么事情，赵登禹将军嗓音沉痛，他声带谴责说："我对不起这里的父老，也对不起冯先生（冯玉祥）的教诲，今天我们还没接敌，竟然在我的队列里出现了这样的败类，我不杀鬼子，我要先杀败坏武德的东西。"

敢死队员疑惑了，不知赵登禹将军在说什么。

雪夜里赵登禹将军的眼睛像燃烧着炭火，如诉如怒。他说："就在刚才吹集合号的时候，我军的一个弟兄竟摸到民房里去祸害人家姑娘。才十七岁的一个黄花闺女呀，以后怎么找婆家？刚才一吹号，那东西就兔子一样跑了，那姑娘哭泣不敢说，姑娘的娘肯定地说，他就是我们手下的人！现在，他就站在队列中！"

雪此时如结冰一样，空气凝滞，没有了呼吸。

赵登禹将军犀利的目光像刀要剔除人的皮肤直到骨髓："裤裆里长蛋子不是提溜着玩的。谁做的，敢站出来，那才叫有种！裤裆里的蛋子要叮当响，不是被人劁的！有种的站出来！"一切都静止了。

姑娘拉着老太的衣襟，小声地哆嗦着说："娘，他没动俺，只是说看看，你一喊他就跑了！"

"站出来吧。你如果有母亲，就想想你母亲；你如果有女儿，就想想你女儿。要对得起她们。站出来，我赵登禹尊你为好汉。"赵登禹双手抱拳，左手压着右手，在胸前如石雕一般。

雪霰敲在军衣上，沙沙作响。

"那好吧。"赵登禹冷笑一声，"那就把上衣揭开，露出脖子。大娘说她姑娘把那兔崽子的脖子抓伤了。"

"唰"的一声，赵登禹撕开了自己的领子。接着是唰唰撕领子的声音。

其时，一个敢死队员扑通跪在赵登禹的脚下，大家惊呆了，去摸人家姑娘的是赵登禹的警卫随从。赵登禹愣在那里，嘴开始颤："我竟瞎眼了，养了一个畜生。绑起来！砍了！"

警卫才十八岁，是赵登禹带出来的曹州子弟。大家面面相觑，不知如何应对。

警卫跪在雪地里，单手挥泪："旅长，我没有害姑娘的意思。我只是——"

"只是什么？"

“晚上，就要接敌了，不知是死是活，我还没有见过女人的妈妈（曹州方言，乳房）。”

“妈妈？”大家躁动一片。警卫员的“妈妈”这两个字无疑如惊雷在敢死队员耳轮旁炸响。赵登禹头颅一扭，吼出曹州方言：“日你奶奶的，丢人！”

那母女俩也愣了。也就在那刹那，雪地里齐刷刷跪倒一片人，如出殡时的孝子齐刷刷地跪着，苍茫的天地间，只有赵登禹和那母女挺立若石。头发花白的母亲拉了一下闺女，腿哆嗦着准备跪地为警卫随从求情。谁知那女孩，在人们齐刷刷跪下的时候，把棉袄揭开了，盘着的扣子一个一个在手下展开，一层层的衣服开始解开，在雪地里跪着的人们惊愕的眼睛里，一对还未发育成熟的乳房羞怯地绽露出来，雪地白得发黑，敢死队员眼前一片眩晕。

将军被深深撼动了！

在雪的余光照射下，女孩子的乳房是如此娇弱圣洁。也许因了营养不良，胸前一对坟起的乳房，并不丰满坚挺。那些赴死的敢死队员几百双眼睛，没有退避，没有猥亵，是那种热血，有一种易水送别的慷慨，击筑和歌，声入行云。“敬礼！”赵登禹马靴一扣，两眼含泪，敢死队员齐刷刷敬礼，泪如雨注。

赵登禹将军心里清楚，若不是战争，这些战士，在家乡的唢呐里，不说个个能走进洞房，但绝不会在临战的前夜犯如此低级的错误。将军一言不发，从跪在雪地上的警卫员身边走过。那母女俩扶起警卫员，眼睛望着将军。将军好像不敢看母女，胳膊往前一挥，前面，喜峰口在雪下苍灰色的轮廓隐隐在望。

将军的大刀队军开始在雪夜移动。

当晚，冰冷的大刀开始嗜血。日本人的头颅如曹州老家漫长冬季的菜窖储满的白菜、土豆、萝卜，大多数日寇在睡梦中未及还击，便纷纷被大刀片砍杀。那血呢，则如鸟扇动翅膀，成为大刀的徽章，如菊花艳丽的花瓣在秋风中纷纷飘落。日本一家报纸评论说：“明治大帝造兵以来，皇军名誉尽丧于喜峰口外，而遭受六十年来未有之侮辱。”

第二天，大刀队返回，将军骑马检查部下，警卫员的尸体被抬着经过队列前，赵登禹敬礼，全体弟兄肃立。一阵哀悼的军号声响起来。将军吩咐部下将警卫员的尸体好生掩埋。然后将军沉痛地说：“此役成败，不在弟兄拼杀，功在大娘和姑娘。”

将军着人为大娘送银圆两百块，可大娘与女儿已在门板上自尽。

三

在民族危亡关头，很多人选择了躲避或是投降。同是西北军的袍泽，多些人上下其手，无廉耻，无节操，变节易说以迎合敌寇而取其禄位，我们知道石友三、孙殿英、庞炳勋、孙良诚等落水做了汉奸。不知这些西北军的袍泽，是如何面对赵登禹将军之死的。那种望风而降的场面，让人想起历史上一个女人写过的诗句：

十四万人齐解甲，更无一人是男儿。

这是咒骂没有一点爷们气质的男人。赵登禹将军是在势不可为的情势下，慷慨任之，决意死此一己之身，做一番万夫莫当的事业。当他右臂和腿部相继中弹，传令兵要背他走时，他说："不要管我。北平城里还有我的老母，告诉她老人家，忠孝不能两全，她的儿子为国死了，也对得起祖宗！"求仁得仁，如同游子久归，如同找到了故乡，将军一死，大树飘零，这种正义填骨髓、谈笑生死间的气度，古之名将的风范也就成了绝响。

也许，有个逸事最能见将军的风采。我知道七七事变前赵登禹将军曾参加过一次特殊的宴席。宴席上中方人员有宋哲元、赵登禹、吴佩孚一干人，日方则是驻北平边村旅团长等三十余人。筵席间每桌上有三四个日本人。宋哲元和边村、松岛、赵登禹等与那些社会名流共坐两席，其余中日双方的军官共坐八席。在两张主座席的两边，设了两张空桌子，备上下菜之用。酒至半酣，一日本军官跳到空桌子上，唱《君之代》，进行挑衅。接着又有两个日本军官上桌子唱歌。此时，何基沣旅长临机应变，立即上桌唱了一首《黄族歌》：

黄族应享黄海权，亚人应种亚洲田。
青年青年切莫同种自相残，莫教欧美着先鞭。
不怕死，不爱钱，丈夫绝不受人怜！
……

这时又有两个日本人上场，时而起舞，时而弄刀，效项庄舞剑直逼宋哲元。参谋长秦德纯怒不可遏，走到赵登禹跟前，轻声地说："事急矣！赵师长。"

赵登禹将军腾地跃起，说：“看来今天倒有识货者！”他随手从卫士手里要过一把镔铁大刀。这刀一亮，就见精光四射，森气压人，手腕一弹，龙吟不绝。但见空旷处，赵登禹刀随手走，刀光闪动间，刀柄的红绸也旋舞不停，将军整个人就像是变成了一片灿烂辉煌的红霞，也如在曹州的牡丹田里，红的花瓣四溅，照得人连眼睛都张不开，哪里还能分辨将军人在何处，剑在何处？日本人这时才知道了将军大刀功法真正的威力，这刀法就如水银泻地，无孔不入，只要对手露出一点破绽，或者对手的眼与神稍有疏忽，就很可能立毙于刀下。中国军官看着鼓起掌；松村等人看着，则两股颤颤，汗不敢出。

双方混在一起，刀剑碰触，火星溅绽。如秋风萧瑟，奔腾而澎湃；如波涛夜惊，风雨骤至，纵纵铮铮，金铁皆鸣。

倏然，几个日本军官一拥而上，把宋哲元高高举起。赵登禹则和中国军官针锋以对，举起边村，双方眼睛对着眼睛，鼻子对着鼻子，脑袋对着脑袋，情势一触即发。这时，坐在一旁的吴佩孚出场了，就见他当众挥笔，握管在宣纸上纵横，就如“秋高马肥，正好作战消遣”，打磨一下腕下功夫，只见一笔独成一行，转眼丈二条幅赫然在目。吴佩孚是前清秀才，书法是当行，一行醉笔气势磅礴：“不移不屈！”也许逸事就是逸事，但赵登禹将军的刀法可见一斑。

将军于1937年7月28日殉国，当时日军占领北平，赵登禹将军率部驰援，可是，将军没有料到，他率部北上的军情，已被汉奸潘毓桂出卖给日军。

28日拂晓，敌寇向宛平县城南苑一带发动大规模进攻。当日在飞机、大炮等现代兵器掩护下冲至阵地前沿时，赵登禹挥起大刀，跃出堑壕，赤膊率将士杀入敌群。刀光闪闪，号哭一片，暑天光着上身的将士看到将军身先士卒、冲锋陷阵，个个如狼入羊群，撕咬腾挪，砍杀声惊天动地。

南苑地区地势平坦，无险可守。在枪林弹雨中反复拉锯冲杀，从拂晓战至中午，日军派兵绕到侧翼，企图包围赵登禹部。

赵登禹将军率领部属向大红门方向集结，准备反击。这时天已经黑了，为突破敌阵，借着夜幕，赵登禹挥动大刀，率部冲杀。在接近敌阵时，日军发射了照明弹，埋伏在大红门的机枪以密集的火舌吼叫，赵登禹将军身中数弹，倒在血泊中。

当将军从昏迷中醒来，借着火光，他对身边满面泪水的传令兵说：“军人战死沙场原是本分，没有什么值得悲伤。”然后嘱咐告之母亲不能尽孝，言毕而逝。将军生当光绪二十四年（1898年），农历戊戌狗年，死于1937年，农历丁丑牛年，按中国人的算法，虚龄四十，实龄三十九。是啊，军人是应该战死沙场的，赵登禹将军就是提着脑袋去拼去杀的。在中国，从来孝优于忠，忠孝不能两全时，两权相较，大部分国人选择孝，少数人才像岳飞、赵登禹将军那样，对母亲没有尽孝，先去尽忠。赵登禹殉国时，其母年逾七旬，备尝老年丧子之痛；其妻倪玉书时年仅二十七岁，身怀七月身孕，华年丧夫；存世的儿女，其子四岁，其女两岁，尚不解生离死别，即与父亲阴阳暌隔。

赵将军临死的话，有一种悲壮，还没有看到敌寇从给人死生肉骨的国土溃败，自己却舍命疆场。这让人想到风萧萧兮易水寒，壮士一去兮不复还。赵登禹将军对部属的遗言其实藏着深广的深沉含义，他以自己的不孝，来告别和约束同侪，这不应该看成是私人之间的一个话语，直到日后张自忠将军在疆场了结军人的使命时，我们才体味到赵登禹将军遗言沉重的发酵。

赵登禹将军殉国了。继赵登禹之后，同是二十九军袍泽的张自忠在三年后也以自己的热血践履了殉国。当最后张自忠死在日本人手中的时候，杀死他的人仍然整整齐齐地列队向他的遗体敬礼，并像护送自己将军的尸体一样护送他离开战场。昔日司马迁借田光之口赞荆轲曰："夏扶血勇之人，怒而面赤；宋意脉勇之人，怒而面青；舞阳骨勇之人，怒而面白。光所之荆轲，神勇之人，怒而色不变。"古人真是把人看透了，一个"勇"字分析得入骨三分，一直追溯到肌理和生理。赵登禹、张自忠将军辈当属"神勇之人，怒而色不变"。

今天想象、复原将军们的行迹，我热血沸漾，但又怅然若失。日人寇我之时，先是精英卖国，从"引刀求一快，不负少年头"，谋刺汪精卫到周作人这样的"五四"文人。

赵登禹将军和他们比起来，是粗人。民族危如累卵，山河飘摇，一些人物能够自持，已属不易，而赵登禹将军是用一腔子血灌溉脚下热土的。其实，平常岁月，天下是大人物的天下，到了国家不可收拾的时候，才想起兴亡关乎匹夫。那些大人物们修养到了无是非的境地，有奶即为娘，不管是白皮肤棕皮肤，但是赵登禹将军骨子里以这为耻辱，他用自己的血为古代的烈士招魂。如果说赵登禹将军受多少"民国"的恩泽，那恐怕不会太大，他从小颠沛流离，辗转沟壑。但是，他内在的一种心理品性和地域性格规定着他、制约着他，这根深蒂固的文化一脉在赵登禹将军的大刀上，也在他的菊花情怀里，熠熠闪烁。

文章要结束了，但我却思考该如何缩结此文，真是颇费踌躇。

第一个结尾：赵登禹将军殉国后，在夜间由北平红十字会草草掩埋，几天后，陶然亭内龙泉寺的僧人们将赵登禹将军的遗体取出。赵登禹将军怒目圆睁，方丈用手为将军合上眼，盛殓于一柏木棺材，暂厝于寺内。和尚崇敬将军伟岸的人格，就一遍又一遍地给棺材上漆，将棺材漆得锃亮。赵登禹将军的棺木在龙泉寺被僧人秘密守护八年，有时和尚说棺木里有大刀的铮铮声、马蹄衔枚疾走的风雨声……

第二个结尾：将军殉国后两月，曹州的菊花开了，但马上就又凋谢，好像来不及展示，真是生亦何欢，死亦何惧。那年曹州的士绅好像失去了赏菊的雅兴，偶尔在黄昏到来，菊残要尽的时候，才有几人坐卧花丛，一边赏花，一边饮酒歌哭，直到暮霭覆盖，不辨路径。但是将军的旧居黑色的门外，人们发现许多莹莹如玉、灿烂如金的菊花。

以菊招魂吧？但将军的村子，家家白幡招摇，在日本人来临的沉重里，以朴实的馒头、香酒、三叩九拜的仪式为将军举哀。

第三个结尾：当赵登禹将军率部到南苑驰援，将军举酒为壮行色：

“今天，我刚才和冯先生（玉祥）通话，他问我向日军发动最后进攻的事。在电话里，我向冯先生告别，冯先生问我何时回来。我说，快则两天，晚则三天，或许……或许再也不来了！”

下面有人啜泣，将军顿了顿：“哭什么？先留着眼泪吧，等胜利了一起哭！”赵登禹走到哭泣的战士面前，一把扯开战士的衣服。人们看到了这胸膛的惊心动魄，从中原大战到喜峰口，每一枚伤疤，都会述说一个流血不流泪的故事。

赵：“你是二十九军爷们吗？”

战士：“报告师长——是爷们。”战士，立正、挺胸，动也不动，像尊雕塑。只是眼角流泪。

赵：“爷们流血不流泪，更何况抗日军人！”

战士：“师长……”

赵：“有什么话要留下来？这样吞吞吐吐的？”

战士：“我从中原大战就跟着将军，只是家有待产之妻，不知是男是女，如果我死了，望将军抚恤，待如子侄。”

将军戴着雪白的手套的右手缓缓举到帽檐边，人们都静无声息，然后就是炸雷般吼叫：“书记员！把他的话记下来！”

第二天将军死了，他身边也倒下一个战士，就是昨晚啜泣的壮士，他的镔铁大刀砍翻了七个日本侵略者！朦胧的火光里，日本人的人头被劈开，刀刃已卷。

其实赵登禹将军上前线时，他的妻子倪玉书身怀七个月的身孕，在将军殉国三月后，孩子出世……

作者的话：第一个结尾，自然而深情，佛教没有国界，但和尚有国籍，这些能托死生的大德高僧，受曹州后生一拜。第二个结尾：将军的生命如菊花，来不及怒放就凋零了，但大生命如花，不管是已逝的、未逝的、将逝的花均化为一种不逝的精神，化为一种生命的仪式，生亦灿烂，死亦静美。第三个结尾：是一个特写，刀光剑影，血火之中的托孤，这样的一个军人的归结性造型，无疑是大境界。一个战士，他的骨血能延续，也就无憾无怨了。要问我喜欢哪个结尾，我真诚地希望，对赵登禹将军的书写记载，没有结尾。

不忍逼视的细节

一

对于历史，最不忍看的是细节，耐得住咀嚼的也是细节。就像读唐诗，你记住玩味不已的是细节是意象。其实，如果我们说唐诗是活着的，它作为血液流淌在我们的血管的暗处，那我们指的是落日羌笛、浔阳江头秋瑟。也许在我们不经意间，被某种眼前的事物所触动，我们就会把储藏在我们心中的意象释放出来。我指的是你看到平原尽头的落日、感受到空山新雨后鼻翼的清新，你会觉得眼前的一切都是从唐诗里转移出来的诗境。

我知道在日本宣布投降后的 1945 年 8 月 21 日，日本侵华派遣军副总参谋长今井武夫率参谋、翻译等一行八人，乘坐一架中型双引擎飞机，由南京飞往湖南芷江。此行是奉侵华派遣军最高司令官冈村宁次的命令，向中国战区陆军总司令部总参谋长萧毅肃将军请示日军投降事宜。

约九时半，飞机正在烟波浩渺的洞庭湖上空飞行，突然参谋桥岛惊叫起来："机舱里发现一挺机枪！"

今井命令："赶快把机枪丢下去！"

机枪被丢下去了，几个人从飞机的舷窗往外望，碧波万顷的洞庭湖和丢下的一挺机枪不成比例，那枪画着弧线像断翅的鸟，一头栽进水里，往外只是荡出几个圆圈……

这是一个极富内涵的细节，如果说我们读到现代历史上法西斯德国屠杀了六百万犹太人，南京大屠杀纪念馆巨大的石碑上用中、日、英三国文字刻着："遇难者三十万。"那样的数字唤不起你的惊悸和震撼，那我们把它还原为细节：南京大屠杀的三十万的数字累积，是在1937年12月里的几个星期之内完成的。据一位历史学家估算，如果让所有南京大屠杀的死难者手牵着手，长度可以从南京到达杭州，延展距离约两百英里。他们身上的血共重达一千二百吨。尸体可装满两千五百节火车车厢。如果把这些人一个个叠起来，将达七十四层楼高。

对于这些遗落的细节，我们是有亏欠的，我们把那些苦难和哭声通过岁月淤积在冷漠里了。但某时，就是一个细节给了我们一种全身心的唤醒，唤醒骨骼，唤醒山川，唤醒了人的良善和悲悯。

我们说的奥斯维辛，不仅仅指波兰的一个小镇，而更需要记住的是氰化氢毒气室和焚尸炉，在这里曾创造过每天毒死六千人的纪录。在奥斯维辛，光是被毒气屠杀的就多达两百万人之多。所有被关押到这里的犹太人以及其他无辜平民百姓和战俘的最终命运除了惨遭屠杀之外，他们的随身财物也被劫掠一空，就连死者身上的牙齿、头发及至皮肤都无幸免。

纳粹用遇难者的人皮做成手套和灯罩，用头发做成褥垫，把死者假牙上镶的金子熔化后存入德国国家银行。囚犯的衣服、鞋，比较好的他们就拿去给德国兵穿，差一点的就给下一批囚犯用。甚至有的囚犯连身上的脂肪，都被刮下来做成肥皂，尸体烧完后就当作肥料，连头发都被做成人发毛毯。1945年1月27日，苏联红军解放了该集中营，当时集中营内的幸存者仅有七千多人，其中包括一百三十名儿童。这里堆放着七千公斤头发，近一点四万条人发毛毯，三十五万件女装，四万双男鞋和五千双女鞋。

正因为这样的细节，我们为这样一句话所感动："这里是地球上最令人伤感的地方。人们抱着种种期望，甚至深深的忏悔，来到此地。"同样使我们感到自己文字苍白的是一个名字叫玛莎的犹太女孩在纳粹集中营所写的一首诗歌：

这些天里我一定要节省
我没有钱可节省
我一定要节省健康和力量
足够支持我很长时间
我一定要节省我的神经
和我的思想和我的心灵
和我的精神的火
我一定要节省流下的泪水

我需要它们很长、很长的时间
我一定要节省忍耐，在这些风暴肆虐的日子
在我的生命里我有那么多需要的
情感的温暖和一颗善良的心
这些东西我都缺少
这些我一定要节省
这一切，上帝的礼物，我希望保存
我将多么悲伤
倘若我很快失去了它们

这诗歌注定要被留下，这文字铭刻了苦难。我记住了这首诗歌里撼人的细节语言“我一定要节省流下的泪水”。是的，从这有质地有骨感的文字里，我们就可以看到空疏矫情的荒诞，细节为苦难作证，空疏和矫情只能把血的浓烈变得绯红，漂白，把苦难把悲剧转化为了喜剧。

也许，正因为下面的细节，我知道了大和民族的内在的品性是那么坚韧，而毒素也一样地顽强，虽然他们作为战败者，虽然他们放下了武器。余秋雨先生曾写到一处新加坡的日本人的坟地，一个矮小的方尖碑上面刻着六个汉字：“纳骨一万余体”。

碑下埋着的，是一万余名侵略东南亚的“皇军”的骨灰。

但是“皇军”的骨灰虽然挤挤挨挨，但依然保持着等级森严的制度。一般士兵只给立集体墓碑，少尉以上均给立石碑，到了高级军衔大佐，则给立大理石碑。而这里面有一个人的大墓傲气十足。这人就是1937年7月7日卢沟桥事变后，曾被任命为日本华北方面军司令官的寺内寿一，后来被调配南洋，在日本投降之后病死。

寺内的死，在英军看守的日军战俘营引起了巨大的震撼。他们暗暗地纠结在一起，密谋着为双手沾满鲜血的寺内营造一筑坟，一座气派的、和元帅身前身份相配的坟。

这些战俘商定，寺内寿一的墓碑必须采用柔佛（今属马来西亚）南部的一座石山上的石料，因为这座石山上曾发生过日军和英澳联军的激战，好多石块都浸染了日本军人的鲜血。他们要悄悄派出几个目睹当年激战的人去确定当年日军流血最多的地方，再从那里开采巨石，躲过人们耳目，拼死长途运回。

这些战俘开始行动了。他们正儿八经向看守他们的英国军官提出申请，说想自己动手修建战俘营的宿舍，需要到外面去采伐，搬运一些木料、石料。同时，他们又搜集身边带着的日本小玩意儿来笼络英军及其家属。英军同意了他们的申请，结果他们开始大规模地采运石料，不仅为寺内寿一，而且为其他战死的日军筑坟。柔佛那方染血的巨石完全不像修宿舍的材料，他们只能在星夜秘密偷运。运到离现在墓地八公里之外一座荒弃的橡胶园里，搭起一个帐篷，用两天时间刻琢碑文，刻好之后又运到墓地，恭恭敬敬竖好，浇上水泥加固。

所有的这一切，都是一个战败国的俘虏们偷偷做成的。他们的内心世界我们不好揣测，但他们做这样的事情，一定感到了某种神圣。他们是偷偷地完成一件当时看来不可能完成的事情，拼却心力，为着心中的某种念想。他们付出了，即使他们没有把纪念碑完成，这种举动也足以令对手害怕。但另一方面，也警示我们，这些战争、这些殖民的幽灵还活在某些人的心中，而我们不得不认真看待这个民族，他们对自己的民族捐躯者不离不弃。放下恩怨，我们会对这种举止满怀钦佩，虽然我的理性告诉我，这里的许多“皇军”的骨灰曾在活着的时候加害过我们的民族。

二

在搜寻抗战史料的时候，我也接触到了一个和日本人立碑相对应的陕西冷娃“后死碑”的故事。

我刚接触“冷娃”这个词，以为是搞错了，冷娃，该是愣娃吧，但后来请教陕西的朋友，我为自己的孤陋和自以为是感到羞涩。吴宓曾将陕西“冷娃”的性格概括为：生、冷、蹭、倔。在关中方言中，“冷娃”的“冷”字，是指说话、办事不善察言观色，直来直去，出人意料的冷不丁；也指外表冷峻，寡言少语；“冷”也指认死理，一根筋，八头牛也拉不回。“冷娃”，绝大多数情况下是褒义，有惊叹、欣赏、赞许的含义，但“冷”里还含有“愣”的意思。

西安事变发生后，同样是陕西乡党的国民党元老于右任用这样一句话说杨虎城将军：“这个陕西冷娃！”

抗战全面爆发后，参加兵谏的杨虎城的部队，被国民党上层看作“叛军”。1938 年 3 月，日军攻占太原，兵临风陵渡，西北岌岌可危，山摇地动，蒋介石令三十八军军长、杨虎城的部下孙蔚如将军组建三十一军团，下辖三十八军和九十六军，渡过黄河，进驻山西南部中条山抗击日军。西安事变之后，杨虎城被迫出国考察。然而，就是这样一支以三万多名“陕西冷娃”为核心、装备低劣的“叛军”，在长达两年多的时间里，以阵亡两万七千人的惨痛的代价，把十余万日军阻隔在了中条山一带，稳住了整个西北，成为西北的柱石，而始终没有越雷池一步的日军视其为中国战区的“盲肠”。

我要说的是这样的故事，曾有八百名被日军围困在绝壁之上的“陕西冷娃”，跪天、跪地、跪爹娘，然后高吼秦腔，扑向滚滚黄河，那都是十六到十八岁的新兵，是些娃娃，吃锅盔喝冷水的娃娃。

1939 年 6 月，被称为“六六战役”的一场血战开始了，后来中国军队在从战场上缴获的日军作战命令中看到：

> （1）大“皇军”在运城附近集结一个师另一个旅团的兵力，附野炮五十门，战车三十辆，向平陆、芮城之线进攻，目的是将该处守军，第四集团军所辖三十八军、九十六军一举歼灭，为今后扫荡中条山，进攻豫陕奠定有利基础。
>
> （2）敌情判断：敌人系陕西军队两个军，实际只有十二个团，不足两万人，武器较差。九十六军是从陕西调来，原来参加过大战，战斗力待查。三十八军据报系杨虎城嫡系，战斗力较强。该军之十七师于 1937 年八九月间在平汉线被我军打击受创甚大，后在娘子关雪花山附近损失过半……元气未复。
>
> 基于以上情况，我军应以主力先歼灭芮城附近之九十六军，尔后再集中兵力于平陆茅津渡间聚歼三十八军。

一方面是陕西冷娃，有的是热血；另一方面是训练有素的奉行武士道的大和军人。无论兵力、武器或空中、地面作战经验，日军的实力都远远高于中国军队。他们的目标，是这场战役将以“在茅津渡聚歼三十八军”结束，然后饮马黄河。

茅津渡是三门峡左侧、平陆境内、黄河北岸一个古老的渡口，它与潼关以北的风陵渡一样，历来为兵家必争之地。从茅津渡过河后便是崤山，占领崤山，可北控山西，东据河南，西进关中。人们形容茅津渡是“一锁扣三省”，一锁既开，三省门户皆开，足见其战略位置之重要。

说的是一百七十七师陈硕儒部，他们坚守的陌南镇失守，他们被日军逼到了黄河岸边。

面对着日军愈来愈小的包围圈，年近半百、身材瘦削的陈硕儒命令四十名机枪手排成一道墙，一声令下，四十名陕西冷娃甩掉血渍斑斑的军衣，端起机枪杀向敌阵。

日军万万没有料到陈硕儒会杀个回马枪，一时乱了阵脚，有人问：“师长，往哪里打？”陈硕儒大手一挥：“回陌南镇！”他料定日军虽攻下陌南镇，但会举兵追杀中国军队，镇中必然空虚……陈硕儒回马第一枪冲出黄河滩，回马第二枪又杀回陌南镇，然后突出重围。

然而一百七十七师杀出黄河滩后，有两支队伍没能跟上，他们是新兵团和工兵营。这两支队伍分别被困在了黄河岸边的许八坡和马家崖。这一群吃锅盔的冷娃，一千个，如一千棵扎根长在关中平原的高粱。他们是青头的高粱，还未来得及晒红米，饱满的是汁液，也许在乡村人们这样称呼这样的一群孩子："愣头青"。

面对着两脚兽，他们就拼命了、使狠了，新兵团一千多个十七岁左右的新兵，在快要落日的黄河滩上与日军舍命拼杀，血浸透了沙滩，走一步，就见一个血的脚窝。在牺牲了二百多名弟兄后，剩下八百多人被逼上了河岸边一百八十多米高的悬崖。

身后是翻滚的黄河，那黄河浓重得好像不再流动，浪头像滚跌的撞击的石头，冒着火焰的石头。这是六月的黄河，在呜咽着，如急雨也如虎头，它急吼吼地呜咽，好像憋闷的空气。

落日照大旗，马鸣风萧萧！

没有了退路，悬崖之上，是八百棵秦川的高粱。那时太阳就要落下，八百多名年轻的中国士兵像站在金色的光里，有断腿的，有折掉胳膊的，有眼睛失明的。他们知道他们是黄河的最后的屏障，黄河的那边是母亲，是姐姐。前后左右，不是黄河，就是悬崖；不是悬崖，就是密密麻麻的日本侵略者。日军要抓活的，把这些冷娃当作待宰的羊羔。他们狞笑，他们知道这些毛茸茸的冷娃是不会长出翅膀的，他们过不了黄河。

他们要活捉这还是一群孩子的新兵。这些几个月前还在耕地打场的农家冷娃，他们出门还被母亲扯扯衣襟的冷娃，现在面对的是两千多训练有素的日本士兵。这些冷娃在夜间尿炕，但在敌人面前没有一个腿软，也没有一个哭泣。刺刀拼没了，就抱着敌人，用牙齿咬，用脚踢，就和敌人纠扯滚进黄河。咬掉日本士兵的耳朵，抠掉他们的眼珠，撕碎他们的喉咙，这些孩子用最传统的拼着命的打架方式，在肉搏中退到了马家崖，再没有了退路。

一位被敌人的战刀砍断了一条胳膊的战士双膝落地，向着西北方向，"咚咚咚"磕了三个响头，然后站起来，大喊"宁跳黄河死，不做亡国奴"，一头扑进黄河……

八百个战士齐刷刷向着母亲所在的地方叩头，"咚咚"的沉重闷响，碰撞在悬崖上，悬崖成了威风的鼓面，也是"咚咚""咚咚"。

八百个头叩向苍天，八百个头叩向土地。这些农村出来的孩子，他们的膝盖只能上跪天，下跪地，中间跪父母。看惯剖腹的日本人不会明白，为什么这些冷娃忽然齐刷刷地跪下了。这时没有了枪炮声，没有了喊杀声，只有“咚咚”的叩头，只有凝重的黄河。

是啊，这是冷娃把自己最后的敬意给了生养他们的土地，他们向土地长跪作别。这些冷娃的胳膊、腿，每一个关节都亲吻着土地。

八百个战士齐声呼了一声，叩了三个头过后，他们前赴后继奔赴黄河，旋涡一下把这些身影拥抱。

旗手是最后跳的，他把旗帜高高地擎起，在悬崖顶上，如一块岩石。他等待着，他等待上来的日本兵，在他身后，一个个弟兄跳下了黄河，他像要为那些壮士送行。这时高亢的秦腔响起来，是《金沙滩》中杨继业的两句——

两狼山——战胡儿啊——天摇地动——
好男儿——为国家——何惧——死——生啊——

然后他把旗杆扎向上来的日本兵，又滚入黄河。战场沉寂了，硝烟退去，人们发现黄河水浪里有一杆军旗，下河打捞这杆军旗时，拖出两具尸首来。旗杆从一个日本兵的前胸穿过，刺穿了后背，而紧紧攥着旗杆的是那个吼着秦腔最后跳入黄河的旗手。

过了几天，老百姓开始打捞安葬死难的烈士。当他们跳下山崖的时候，他们惊呆了！据一个老乡讲那跳下悬崖的不止八百个。他看到黄河旋涡里漂浮的尸体，那尸体盘旋，与水浮沉。

“千人都有，不要说八百儿百了，男的女的都有，尸体都腐烂了，因为在那儿漂了好几天了。它那儿是个旋涡，水就在那儿旋，那尸体也就跟着那水，就在那儿旋，都没穿衣服。后来我才听说是那个水呀打的，把衣服都打掉了。十几岁的，十七八岁，有伤的不多，也有，少数，大部分都是跳下去的。我们都哭了。你没见着那场面，那简直是惨不忍睹啊，它一旋过来就捞一个，还旋又捞，那儿也有一百多人在捞呢。那个旋涡很大，满满地都是尸体，还有一部分流走的，捞上来就地埋……”

三

面对着向死而生的袍泽，后死者该有怎样的担当？在有些人看来，死是绝望，是绝灭，但是在另一些人看来，死是一种希望，因为死，会有更多的生的希望。

在中条山“六六战役”中，平陆县洪池乡西郑村战斗一打响，一批士兵冲上去，又一个个倒在敌人的炮火下……战斗间隙，营长高雨亭找来一块石碑，请当地石匠一一刻上死难弟兄的姓名，他称此碑为“后死碑”。这个名字起得真是太有学问了。后死，是前仆后继；后死，是一种敢于蹈血；后死，也有一种惭愧，但是后死不是不死。人们说营长高雨亭拿出陕西的西凤酒，敬天敬地，然后把酒盅摔碎在石碑上，说了句“后死者，不是怕死者，怕死不上中条山”。营长高雨亭把枪一挥，带着剩余的陕西冷娃继续投入了战斗，很多的人随即也战死了，他们的名字也大多被忘记了。

后死碑面向中条山后的陕西。岁月沧桑中，已过去七十年，但字迹漫漶，人们隐约可看出青石凿琢而成的四面碑体上部按逆时针方向依次镌刻着“为国捐躯”四个大字，石碑正面刻着：“大中华民国二八年 × 月吉日；陆军第一百七七师五百三十旅第一千零二十九团第三营阵亡将士纪念碑；高雨亭暨全营官兵敬立。”

石碑的左右镌刻的是阵亡将士的级别、姓名、年龄及籍贯，共有二十八位，但能辨别出的只有十六个人：

一等兵 谭青海 年二五岁 陕西城固人
一等兵 徐志邦 年二十岁 陕西 × 城县人
一等兵 袁冠武 陕西城固人
一等兵 李树云 年二七岁 陕西商县张三村人
一等兵 冯振祥 年二五岁 陕西商县凤增村人
中士　 龙生贵 年三十岁 陕西岐山东 × 村人
下士　 ×明义 年三十岁 山东 × 县人
一等兵 杨金禄 年二二岁 河北侯 × 人
一等兵 邱善文 年二五岁 陕西商南白家 × 人
一等兵 汪家强 年二九岁 陕西柞水 × 村人
一等兵 周盛泰 年十九岁 陕西商县东广村
二等兵 魏瑞生 年二一岁 陕西商南人
二等兵 王俊登 年二十岁 陕西 × 城县人
一等兵 李祥中 年二六岁 陕西 × 县人
一等兵 王生才 年二二岁 陕西礼泉人
一等兵 赵天彦 年二二岁 陕西蒲城人……

多数是陕西人，最大的三十岁，最小的二十岁。当他们离别家乡的时候，是否有故乡的狗狂吠列队壮行？但我知道，这个部队的司令孙蔚如在队伍渡河开拔前曾回到老家看望老母亲。

那天，他只带两名警卫策马出城赶奔离西安二十多里的灞桥老家豁口村，到村子还有一里多的地方，孙蔚如下马牵马而行。这是母亲给将军立下的规矩，人在外做再大的官，也不能在乡党前摆架子。啥时候回家，坐车就在村外下车，骑马就在村外下马。在堂屋里他见到了年近古稀的母亲。但他不知如何开口，兵者，危也，但母亲却先说了："我知道你要渡河，渡河前会来看我的，国家有难，当兵的理应上前，吃国家的穿国家的，国家有难，当兵的不出头谁出头？"孙蔚如没想到年近花甲的老母竟然也知道如此的国家大事，将军双膝跪地："娘——"接着是像童年一样在母亲的怀抱里恸哭不已。

母亲的手摩挲着年已四十的将军，还像哄童年时的将军一样："我娃不哭，不哭，有妈在哩……"

孙蔚如离家的时候，母亲并没有出来送他出门。老人家一个人坐在堂屋里，在心里为身披战袍的将军祈祷。秦人出征，率领三万冷娃，要中流击水，立马中条。

将军挥泪向母亲辞行，然后夺门而去，他怕再让母亲看到泪水。他走出村口老远，才翻身上马，好像吸足了关中土地的地气。将军下跪，还有一次，与跪母亲的含义不同，但却同样惊人心魄。

在黄河边，那些八百冷娃跳黄河的第七天，将军率领众将佐开始用一种军人的仪式祭奠。孙蔚如先是面向黄河脱下军帽，双手擎起，然后肃然下跪，双膝落地跪在母亲河畔养育我民族的黄土上。他面向南跪拜。

将军的身后，是整齐的军人，军人的背后是上万名的晋南百姓，不分兵民，无分老幼。灵棚前，纸钱纷飞，如雪似霰。在这个夏季，开始有了白雪的飘荡。将军的祭文更是招魂：

"树棠（将军的字）之膝，上拜社稷，下拜高堂。今为死难弟兄下跪，皆因弟兄们以身殉国，捍卫了我华夏儿女之尊严，伸张了我中华民族之气节，张扬了我中国军人之忠勇：此情令天地动容，神灵泣泪，树棠岂敢不拜？"

"弟兄们，安息吧，树棠对黄河盟誓：此仇不报，树棠当引颈自戮，以谢国人！"

说毕将军泪流满面，然后走到百姓前，向父老脱帽鞠躬行礼，随后将军吟诵起他的《满江红·中条山抗日》词一首：

立马中条，长风起，渊渊代鼓。
怒眥裂，岛夷小丑，潢池耀武。
锦绣江山被蹂践，炎黄胄裔遭荼苦。
莫逡巡迈步赴沙场，保疆土。

金瓯缺，只手补；
新旧恨，从头数。
挽狂澜，作个中流砥柱。
剿绝天骄伸正义，扫除僭逆清妖蛊。
跻升平，大汉运方隆，时当午。

黄河如泣如诉，谛听着将军的吟哦。作为后死者，他知道肩上有生者和死者双重的责任。

我知道，战争意味着死亡，战争意味着悲怆，没有什么是不付出代价的。我一直思索着后死碑的漫漶，心有不甘但又无可奈何。日本人在南洋为自己的战死者立碑的时候，和我们给将士立碑的心情大同小异，但很多的日本人的碑碣留了下来，受到很好的围护，有鲜花，有祭奠，而那漫漶的后死碑，如今连二十八名战士的名字也显示不完全，这无疑是我们心中和历史的痛。也许很长的时间后，在找不到应担负的责任的时候，我们才感到自己的责任？也许，我们这些后死者在发现了历史的欠缺后，才终于感到我们有负于历史，愧对那些死去的先人？

记得弥尔顿写过的莎士比亚的碑铭："我的莎士比亚，他的遗骨自有光辉，何必我们累月经年、辛苦雕成纵横石碑？他那神圣的衣冠遗物，用不着什么高冢，何必筑起金字塔，尖顶高耸星空？"

那些战死的冷娃，因为他们的死，让我们感受到他们在褪下庄稼人的粗布衣服时的憨厚，让我们在行军中的种种的插曲中感到了亲近，所有的琐屑已不再是琐屑，所有的平凡已不再是平凡，他们升华为我们民族前行时候暖暖的细节。

他们既需要石头的碑铭，更需要的是活在后来者的心中。如果，后来者忘却了他们，这样的后人的作为是可疑的。

悲哉，上将军

一

也许，理解张自忠将军，需要这个民族的成熟。他孤独的面影常让人心疼，这不是平常任谁都能完成的一个悲剧，这也不是任何一个肩头都能担当得下的沉重。悲剧之深，误解之深，血泪之多，坎棱之多，让人想到身受磔刑、寸肉被百姓啖吃的督师袁崇焕。这是大悲剧时代众人调制的酒，被他独斟独酌，也许酒性太烈，稍一沾唇，就使人肝胆碎裂，但你却又不知应谴责谁，应追问谁，四周如重重的幕帐。

那是数年前的一个秋日，为了写赵登禹将军，在将军故宅旁低矮的土屋里，采访一眼睛浑浊的二十九军老兵，我提到了二十九军的“骨头”。军长宋哲元，副军长秦德纯、吕秀文，师长赵登禹、张自忠都是山东人。在倭寇面前是有种的山东汉子，铁骨铜声。那个老兵喃喃地说了句：“张自忠是汉奸，后来才成了烈士。”说毕，摇头，那时夕阳在老人的眼睛里一片混茫，如省略掉的语言。

老人的声音震撼着我，让我有一种痉挛般的痛楚。将军殉国多年，而“汉奸”一说再次把我推到了张自忠将军的处境——选择担当的痛苦，并没有被这个民族所消化所理解。我不是为汉奸辩诬，对“汉奸”这个空洞的词，我私下里是常怀警惕的。鲁迅先生当年，也曾被所谓的愚氓爱国者目之为汉奸，背负着堕落文人的恶名。民族的赤子和炽爱者，在汉奸的血污里纠缠，令人感慨莫名。

我想到了汉朝的李陵，李陵将军就是因为没有战死而被俘，就成了汉奸。司马迁挺身为之辩诬，也落得了腐刑的下场，含垢忍辱。汉奸这个词是带电的，人一触碰，或者累及身家姓名成灰成齑，或者背负青史骂名。

记得也是“二战”时期，日军攻陷东南亚，麦克阿瑟乘坐小船逃逸，而一位负责掩护的将军却不幸做了俘虏，备受折磨。日本溃败后这位伤痛累累的将军走出战俘营，麦帅伸出双臂拥抱他亲吻他。日本帝国在密苏里号战舰上签署协议投降的时候，麦帅当着全场所有将军、元帅的面把签字笔送给了这位被俘的将军，当时掌声雷动，如此的举止对我们国人来说有点陌生，陌生得有点不可思议，但这是事实。它真实得令人呆痴，但你无法矢口否认它。被俘并不耻辱，他们一样为国家吃了许多苦，国家应低首感谢这些受折磨的孩子，欢迎这些孩子的归来。

时代无情，总是常常牺牲和误解它最优秀的儿子。也许从这个角度理解张自忠将军，感受张自忠将军，能一窥他悲凉的心绪吧。

张自忠是1936年6月赴任天津市市长的，当时日本人为了钳制拉拢宋哲元，企图把华北从中国划出去，1937年3月底日本华北驻屯军司令官田代以天皇生日为由，邀请宋哲元组团访问日本，一切费用由日本人支付。宋哲元面有难色，他要是作为一把手去的话，日军就会谈修铁路、要长芦盐场及煤矿什么的各种权益，于是宋哲元就委派张自忠作为自己的代表到了日本。

在日本期间，日方要挟张自忠在《中日经济提携条约》上签字。张自忠勃然而起，断然拒绝，拂袖而去，提前归国。七七事变后，随着佟麟阁、赵登禹血洒沙场，宋哲元7月28日率二十九军撤退到保定，并决计留下张自忠与日本人周旋，冀察政务委员会委员长、北平绥靖公署主任、北平市市长都由张自忠全权代理。

当晚9时，枪声稍歇，宋哲元、秦德纯等人出北平西直门，转赴保定。临别，张自忠黯然对秦德纯说：“你同宋先生成了民族英雄，我怕成了汉奸了。”语言沉痛，但沉痛里自有一种担当在。将军让人追溯到了古之中国的烈士之风，这种“虽千万人，吾往矣”的气度，使我心中悲慨地回旋着两千年前李陵的那些句子——“子归受荣，我留受辱”。

为了避免炮火下生灵的涂炭，这委屈是那样的悲凉锥心。在不可知的朦胧前途中，古都北平的红墙灰瓦，在炎热的炙烤下，却透着令人难以置信的冷凝。军人的天职是服从，明知是汤镬油锅，自己跳下掀起的巨浪会把自己浇死，但仍要跳。四周是比汤镬油锅还烈的日本人和亲近日本人的鹰犬，我们怎样才能还原张自忠将军独处虎狼丛中的心态？

远托异国，昔人所悲。
望风怀想，能不依依。

……

身之穷困，独坐愁苦。

终日无睹，但见异类。

……

李陵写的四言诗如低回的长调，呜咽在我的纸上笔端。命运，一个人的命运在国家危亡之际，真是旋转如秋风里的飘蓬、雨幕下的蜡烛，说不定哪阵风、哪阵雨，蓬萎烛灭啊。是为李陵将军悲，还是为张自忠将军悲？尽管张将军曾指出自己留在日据的北平不是要当汉奸，而是“希望能够打开一个局面，维持一个较长的时间，而使国家有更充实的准备”，并表示为此不计毁誉，但“汉奸”帽子和随处而过的鄙夷唾弃，令他压抑痛怀。

全国各大报章发表文字，痛斥张自忠的“卖国变节”，其中还用了十分醒目的大字标题，如《自以为忠》《张邦昌之后》等，张自忠被认为是“华北特号汉奸”，报纸上一律称他“张逆自忠”。

对这一历史，张自忠将军的老上级冯玉祥在《痛悼张自忠将军》文中予以澄清，冯说：“民国二十五六年的时候，华北造成一个特殊的局面，他在这局面下苦撑，虽然遭到许多人对他误会，甚至许多人对他辱骂，他却心里有底子，本着忍辱负重的精神，以待将来事实的洗白……在平津苦撑之际，有人以为他真要浑水摸鱼。当时我就说，他从小就和我共事，我知道他疾恶如仇，绝不会投降敌人，后来果不出我所料。”

我无法判断张自忠将军被人指斥为汉奸时脸上涌动的颜色，那一定是隐忍到怒发冲冠于暗夜里低沉咆哮，我想着张自忠将军的行迹，既激动，又悲抑。那抗战爆发的蹈厉热情，是应该护持且要高歌的，但我们能随着那些民众指责张将军吗？我无法用孱弱的文字表述自己在酸咸苦楚之外的感受。

爱国的情怀和路途非是一种，张自忠选择了荆棘和丛莽。他的行为，已经完全是别样层次上对民族的一种苦爱，是一种含泪的凄异与壮烈的美！

二

在西北军里，张自忠向以带兵严格、部下骁勇而著称，西北军里流行顺口溜：“石友三的鞭子，韩复榘的绳，梁冠英的扁担赛如龙，张自忠扒皮真无情！”

张自忠字“荩忱”，“荩”乃“荩草”之意，本为一种植物，看似柔弱，《诗经》里面有一句“王之荩臣，无念尔祖”，“荩臣”引申开去便是“忠臣”。中国人的字和名字是互文的，可以互相诠释，字号刚好解释了本名。而唯独“张扒皮”这个绰号显得那么刺眼，那么冷酷。扒皮，其实说穿了是对犯错士兵打军棍、关禁闭，对临阵逃脱的人毫不留情抬手就地枪决的冷酷。这种冷酷背后，是否会让人感到将军疾恶如仇的不苟和果决？

张自忠在北平和日本人周旋一周后脱险，然而，汉奸的帽子并没有随他离开古都而被摘下来。李敖在《大人格与小人格》中说：小人格的标准是匹夫匹妇的层面，是随波逐流的、依附权势的、“庸德之行，庸言之谨”的，这种标准的泛滥下，胸怀大人格标准的英雄豪杰，都会长期遭到舆论、谣言、群众、世俗的打击。所以，“父子责善”的贤人匡章，全国说他不孝；“弟死不葬”的志士张良，社会说他不仁；周公旦被诬不利孺子；直不疑（人名）被诬与嫂通奸；马援被诬贪污；袁崇焕被诬反叛；张自忠被骂汉奸，蒙羞六七载；岳飞不得昭雪，沉冤二十年……多少大丈夫，在“小人格”标准下，都变成了“人格有问题”的下三烂。

写到此处，我的心一阵抽搐，当袁崇焕在千刀万剐下，那些薄薄的带血的人肉被皇城根下北京胡同里的某些民众吃掉的时候，公道在谁的心里呢？

张自忠留平的消息传出后，北平街头也是纷纷传闻：“出了汉奸了，仗不打了。”二十九军官兵得知此消息，也纷纷把张自忠的照片撕得粉碎，吐唾沫顿足骂娘！

张自忠在北平市市长任上只短短八天，就宣布辞去一切职务。两天后，他化装离开了北平南下，舆论界对他的攻击指责还是不依不饶，一位朋友悄悄写给张自忠一个纸条：

周公恐惧流言日，王莽谦恭未篡时。
向使当初身便死，一生真伪复谁知？

在将军转赴南京的列车行至徐州站时，突有三十多名青年学生拥到头等车厢的门前，要求上车搜查“汉奸”张自忠。也就在这时，南京国民政府下达命令，以张自忠“放弃责任，迭失守地”为由，将其撤职查办。

张自忠绝望了，他确有点迷茫了，他“开始沾染嗜好，抽起了鸦片烟”。是想在堕落中麻醉和寻找快感吗？我看未必，从将军抽起鸦片看，我们能体悟他的内心已经被折磨到了何等地步！

当中日战争全面爆发，张自忠却被赋闲，他形单影孤地困处南京，如里尔克写的笼中的豹。铁栅外再没有世界，将军整天无事可做，《汉书》也读不下去了，煎之熬之，度日如年。有人说，落魄与失意者是最易与鸦片结伴的。张自忠本是英勇无畏、坚毅如钢的军人，他身经百战，艰辛淬火，不知闯过多少困境绝地，然而此时此刻却失去了对自己的控制力，实在令人感慨。一个人，无论他怎样坚强，也总有其脆弱柔软的一部分，这部分有时脆弱到了不堪一击、訇然而碎的地步。

佩剑将军张克侠来到南京看望张自忠。他在当天的日记中写道："今往见荩忱师长，其貌憔悴，心绪不佳，闻已染嗜好，诚为可叹，宴安鸩毒真不虚也。余勉以自重自珍，来日方长，是非可明，彼有惜别之意。良将难求，余当助之。"

我们不难设想，张自忠将军后来以死报国、以示清白的决心，怕也是下于这极端苦闷的时候。张自忠毕竟不是只会在鸦片的烟雾中消磨意志的孱弱者、败北者，当他重返部队的时候，我们看到了一只历经磨砺爪牙的猛虎，已经度过了荒寒，开始生风呐喊。

我们叙述一个在台儿庄大战前的轶事。刘亚洲将军曾写过小说《将军泪》，我曾问过二十九军的老兵书里的情节是否是虚构的。小说？笑话，这是真的！二十九军当时叫作五十九军，1937 年 12 月 7 日，张自忠回到河南道口李源屯五十九军军部。

与大家寒暄见面后，张自忠只硬硬撂下一句话："今天回来，就是去死的，好狗不死家门，看大家如何死法。"部属听到此言，眼里都噙满了泪水。

随行的记者采访将军大战前的感想，张自忠谦谦地说："养兵千日，用兵一时，国家弄到如此地步，是军人之耻。倾巢之下，焉有完卵？军人洗刷他的耻辱只有一条，那就是用血，血的热比水更有效，水洗的是脸，血洗的是身！"

然而就在接敌的前夕，那些行走的队列却看到传令兵疾驰阵前，可着喉咙宣布将军的命令："原地待命！"接着是令人发冷的军号：要杀人了。

光头的将军骑着枣红马在手枪队的簇拥下，来到队列前。只见将军脸色青白，眼中迸出两道如冰如铁的冷光，让人的皮肤不觉寒意阵阵，这时人们就会想到张扒皮的来由，接着张自忠将军下令"给我把那两个败类带过来，皮扒了"。军法处长手一挥，两个五花大绑的士兵被带到队列前。

张自忠将军双脚站立在马镫上，右手按住佩剑，他用山东方言吼道："弟兄们，就是这两个无耻的东西，昨天市镇宿营时，拿了人家小老板的伞，不仅不给钱还动手打了人，我们的弟兄还没有上前线打鬼子，现在我却要先杀了他们，这都怨我，怨我没有教好他们。"将军把手一挥，声音有些哽咽。

五花大绑的两个士兵被带到了野地里，接着是两声清脆的枪声低低地划过天空，如夜枭的低鸣……

然而也是在处决那两个兵士的夜里，还发生了一起强奸民女的恶劣的事情，最后查出竟是敢死队长孙二胡所为。孙二胡随即被打进死囚室，等待天明后发落。

第二天一早，军法处长来面见将军，询问如何处置孙二胡。进了房子，军法处长吓了一跳，地上落满了烟蒂，显然将军一夜没睡。五十九军上下谁不知道，孙二胡是张将军手下能征善战的功狗，从喜峰口到卢沟桥，每役必与，在孙二胡的手下，光手刃的日本兵不下百名。谁知，这样的狗既能看家护院，也反噬主人。这让张自忠陷入了两难的境地。军法处长请示，将军冷冷地吐出几个字："依法从事，扒皮，天娘老子也不开恩。"

军法处长走了，过会儿，再次进来说孙二胡想最后见军长一次。张自忠默然，随即摆手坚决地回绝："不见，快杀！"军法处长看到张自忠将军冷峻的脸颊上挂着浑浊的泪。将军受不了，怕杀晚了自己会后悔。枪又响了一声，还是如夜枭的低鸣，部队又继续前进了。

三天后，部队到达临沂，阻击日军坂垣师团，大胜。这是国民党正面抗日以来取得的第一次真正的胜利。

一个月后，张将军率部驻扎休整。传令兵脸色苍白地进来报告，结结巴巴地说："军长，他……他回来了。"军长纳闷，斥责道："谁？谁回来了？"传令兵气喘不过来："是……是孙队长回来了。"

孙二胡被带了进来，满脸黑炭，衣衫褴褛，头发胡子一样长，仿佛从另一个世界走来。

原来那天行刑的士兵，敬慕孙二胡是条汉子，手有些发抖，结果子弹没打中要害。孙二胡也是命大，被好心的百姓救回了家，休养了几日就恢复元气了。老百姓劝他逃命去，但他打听到张自忠带部队在这一带驻扎，就又赶了回来。

张自忠将军忽地从地图前站起，接连下了三道命令："换衣服，备酒菜，关起来等候处置。"孙二胡早就被处置过了，而且是最高级别的处置了，还能怎么处置呢？

副官试探性地问张将军："是否让孙二胡归队？"张自忠没有回答。

第二天，副官再去见张自忠，指挥部里仍是烟雾缭绕，看来将军又是一夜未眠。他满脸憔悴地坐在军帐里，身前落满了烟蒂，桌子上堆了一堆的纸片。副官用眼睛瞅了瞅，蓦然发现每张纸片上都写了一个大大的"扒皮"的字样。

军法处长再次来到孙二胡面前，宣布张自忠手令。孙二胡似乎早知有此一天，面不改色，听完命令，标准地敬礼。然而没等孙二胡提出面见将军，军法处长就又宣布将军备好酒菜为他饯行，孙二胡一脸的茫然，然后嘴角抽搐了一下。

将军来了，酒菜也只是几只烧鸡和红烧的肘子、下水之类，这在战争期间，也是丰盛之至了。几位师长低头陪酒。席间无话，师长们轮流给孙二胡劝酒。孙二胡眼圈红红的，只是每劝必喝。几巡酒过，孙二胡突然抬头，眼直直地盯着将军，张将军接过这目光，双方的目光仿佛都要刺透对方。

突然，孙二胡把上衣扒去，从腰盘到肋骨，从前胸到后背，满身的伤疤，如铜钱如石子如树瘤，或凹或凸，也如起伏不平的山川河流。师长们有的不忍心，扭过头去。

张自忠将军一愣，随即指着身边的一位师长说："你把衣服脱了。"师长规规矩矩地就脱了，一身伤痕累累。军长又指着另一位师长，说："你的衣服也脱了。"师长脱了，也是一样的凹凸不平、伤痕累累。后面的军人在将军的目光逼视下，齐刷刷跟着脱掉上衣，就像是一次展览、一次检阅，每一处伤疤简直就是一次血与火的重塑与回溯，每一处伤疤简直都是战争的馈赠与荣耀。

最后，张自忠将军猛地撕去了自己的上衣，胸口一处致命的碗口大的伤疤，红红地震撼着人心。大家都低下了头，孙二胡也把头埋了下去，目光有点游移躲闪，然后就咚地跪在地上："我对不起将军！"

张将军把孙二胡缓缓扶起，头扭在一边："你放心地走吧，弟兄们会替你多杀几个鬼子的。"

翌日，孙二胡躺在了为他量身定做的柏木棺材里，张自忠跟他握手作别。

枪声再次响起，如低低的夜枭的鸣叫，随后是五十九军密集的送行的枪声响彻苍穹，那是鸟的集合，是无数的声音的翅膀在天地间回旋。

三

在张自忠殉国三周年的时候，周恩来于《新华日报》上撰文《追念张荩忱上将》："张上将是一方面的统帅，他的殉国，影响之大绝非他人可比。张上将的抗战，远起喜峰口，十年回溯，令人深佩他的卓识超群。迨主津政，忍辱待时，张上将殆又为人之所不能为。抗战既起，张上将奋起当先，所向无敌，而临沂一役，更成为台儿庄大捷之序幕。他的英勇坚毅，足为全国军人楷模。而感人最深的，乃是他的殉国一役。每读张上将于渡河前亲致前线将领及冯治安将军的两封遗书，深觉其忠义之志，壮烈之气，直可以为我国抗战军人之魂！"

是的，张自忠是怀着赴死之心渡河求死的。我想起古琴曲《公无渡河》："公无渡河，公竟渡河。公竟渡河，其奈公何？"

1940年日本发动了旨在控制长江交通、切断通往重庆运输线的"宜昌作战"。当时希特勒以闪电战袭击北欧，一举成功。此举使日本军阀深受刺激，也为之鼓舞，颇欲在中国战场也有一番作为，来一次冒险；再就是为纪念日本天皇生日（即4月29日天长节）。日军战役计划是先将襄河东岸国民党军队包围歼灭于枣阳地区，尔后推进至襄河西岸，将国民党军主力部队歼灭于宜昌附近。

战役开始后，张自忠决定渡河督战。当晚，张自忠给副手冯治安写了一封信，派人连夜送之。信中说："仰之我弟如晤：因为战区全面战事之关系及本身之责任，均须过河与敌一拼。现已决定于今晚往襄河东岸进发。到河东后，如能与38D、179D（38师和179师）取得联络，即率该两部与马师不顾一切向北进之敌死拼；设若与179D、38D取不上联络，即带马之三个团，奔着我们最终之目标（死）往北迈进。无论做好做坏，一定求良心得到安慰。以后公私，均得请我弟负责。由现在起，以后或暂别或永离，不得而知。专此布达。小兄张自忠手启五月六日于快活铺。"

我们想到了《史记·刺客列传》中的荆轲一节，那是古代中国男人在大义面前敢担当的体现。燕国的人马来到了易水，由于荆轲队伍动身延迟，燕太子丹产生了怀疑。当太子丹婉言催促时，荆轲震怒了。那天的易水送行，不仅是不欢而散甚至是结仇而别。燕太子只是逼人赴死，只是督战易水；至于荆轲，他此时已经不是为了燕国，不是为了太子丹，他此时是为了自己，为了诺言，为了表达人格而战斗。此时的荆轲，是为了同时向秦王和燕太子宣战。

"风萧萧兮易水寒，壮士一去兮不复还。"荆轲和他的同道高渐离在易水之畔的悲壮唱和，其实藏着的是别人无法破解的秘密。那也许是以血践履历史的承诺。

易水已逝，岁月不再。但两千多年后张自忠的渡过襄河却又一次震撼了世界。

张自忠渡河了，从人们骂他汉奸的那一刻，他就想着这一天的渡河，只有当他殉国之后，我们才会体味张自忠信中这誓言的沉重。

在张自忠将军殉国前一年，他来到重庆看望在此隐居读书的冯玉祥先生。

最难风雨故人来，那时心情抑郁的冯先生心中的阴霾一扫而空。他在巴县中学设宴为张自忠洗尘，张自忠将临沂战役中缴获的日本军刀作为礼物赠给了冯先生。1945年9月2日，日本正式签署无条件投降书，抗日战争终于胜利。冯先生感慨万千，睹物思人，在军刀上刻下一句话："此刀是张上将自忠在临沂大战得的日本鬼子的，民国二十八年送给我。"

相见那天，俩人联床夜话，苍穹大地，圆颅方趾，巴山夜雨，喋血烽火，相谈甚惬。张自忠对冯先生再一次说到慷慨赴死："我不管枪不如人，炮不如人，我总要拼命地干一场。做一个榜样给人看，我一定尽我所有的力量，报效国家，不给先生丢脸。活着我要活个样子，死也要死个样子！"

第二天，俩人互道珍重，依依而别，马鸣风萧萧，落日照大旗。张自忠走出不远，却又心事重重地停住了。是预感到他生未卜今生休，还是预感到今生今际再难与冯先生相见？

张自忠折转身来，怀着诀别的心情回到屋里，扑通一声跪倒在地，重重地向冯玉祥磕了个头。冯先生被这一情景惊呆了，忙说："荩忱，你这是干什么？"只见张自忠眼含热泪，神色庄重地说："我这一生是先生培植了我。我活着要一心一意地为国尽忠，像个人，像个军人，不辜负你培植我这一生；我死了也要像个鬼，像个忠魂，不会辱没先生练兵带兵的英名！"

冯玉祥因惊愕而语塞，但他内心明白，荩忱行此大礼，作这样的告别意味着什么。就这样的一跪，这是一个血勇的将军作为震撼抗战历史的一瞬，这是名将忠义和烈性的象征，作为一种对历史的承诺和最古老的仪式，被岁月记住，把后人感动了。

作为一名位膺封疆并指挥着一个集团军的总司令，张自忠统率的部队少则数万，多则十余万，但他个人的生活却依然保持着西北军时期艰苦俭朴的本色。除非重大场合，他从不着呢料或哔叽制服，也不佩戴将军军衔，而是与士兵一样穿老灰布军装，一样剃着光头，只有一条武装带可以表明他的军官身份。平常的饮食也非常简单，同士兵一样每日两餐。

有一位采访过他的记者写道：他对于吃是不考究的，只要是菜，随便青菜、毛豆，几个馍馍，一碗小米稀饭，便可算是他一顿丰盛的午餐。有时候，因招待来宾而改善一下伙食，他也感到不安。

在一次战斗中，给养中断，总部人员和特务营几乎一昼夜都没有找到吃的，勤务兵把随身携带的一点烤馒头片和炒豆子送到跟前让他吃，看到弟兄们挨饿，将军不忍心吃，说："要吃大家吃，这个时候，怎么能一个人吃呢？"大家共同忍着饥饿同日军作战。

天将黄昏时，一位士兵因饥饿而犯了疟疾，张自忠急忙叫勤务兵把仅有的一点干粮拿出来让他吃。这位士兵无论如何不肯吃，流着泪说："总司令都不吃，我也不能吃，我不能破坏总司令'要吃大家吃'的规矩。"

"武官不怕死，文官不爱钱"是岳飞的理想。张自忠身为武将，不光是不怕死，更不爱钱。他为将多年，且数绾政要，而私储无几。张自忠牺牲后，大家在整理他的遗物时，曾翻箱倒柜地寻找他关于家事和经济方面的遗嘱，但终无所获。他的侄子廉卿在旁边说："你们不要找了，一定没有。如果他顾及家庭和金钱，就一定不会战死了。"

当时，他的司令部设在襄樊与当阳之间的一个小镇上，名"快活铺"。著名作家梁实秋在张自忠将军驻防前线时，曾作为慰劳团成员，记下了当时访问张将军司令部的情形——

> 这司令部是一栋民房，真正的茅茨土屋，一明一暗，外间放着一张长方形木桌，环列木头板凳，像是会议室，别无长物，里间是寝室，内有一架大木板床，床上放着薄薄的一条棉被，床前一张木桌，桌上放着一架电话和两三叠镇尺压着的公文，四壁萧然，简单到令人不能相信其中有人居住的程度。但是整洁干净，一尘不染。
>
> ……
>
> 张将军的司令部固然简单，张将军本人却更简单。他有一个高高大大的身躯，不愧为北方之强。微胖，推光头，脸上刮得光净，颜色略带苍白，穿普通的灰布棉军服，没有任何官阶标识。他不健谈，更不善应酬，可是眉宇之间自有一股沉着坚毅之气，不是英才勃发，是温恭蕴藉的那一类型。……他招待我们一餐永不能忘的饭食，四碗菜，一只火锅。四碗菜是以青菜豆腐为主，一只火锅是以豆腐青菜为主。其中也有肉片肉丸之类点缀其间。每人还加一只鸡蛋放在锅子里煮。虽然他直说简慢抱歉的话，我看得出这是他在司令部里最大的排场。这一顿饭吃得我们满头冒汗，宾主尽欢。

四

为一洗身上所谓汉奸的污垢，张将军渡河赴死了。在襄河东面一个叫南瓜店的地方，将军殉国。

那是下午三时许，天空有沥沥细雨，厮杀在雨中持续，张自忠身边的士兵所剩无几。将军眼看前方弟兄一个个倒下，再也按捺不住，提起一支冲锋枪，大吼一声，向山下冲去。就在这刹那间，远处的日军机枪向他射来，将军全身数处中弹，右胸洞穿，血如泉涌。马孝堂见将军突然向后一歪，飞奔上前为他包扎，鲜血溅了马孝堂一身。

伤口还未包扎好，日军就一窝蜂地冲了上来。危急中，张自忠对身旁的人说："我不行了，你们快走！我自己有办法。"大家执意不从，张自忠拔出腰间短剑要自裁，卫士大惊，急忙将他死死抱住。

弥留之际，张自忠躺在地上，脸色苍白，然后平静地说："我这样死得好，求仁得仁，对国家、对民族、对长官，良心很平安。你们快走！”

这时，日军步兵已冲至跟前。从日军战史资料中，我们找到了这场战斗的最后情节：第四分队的一等兵藤冈，是冲锋队伍中的一把尖刀，他端着刺刀向敌方最高指挥官模样的大身材军官冲去，此人从血泊中猛然站起，眼睛死死盯住藤冈。当冲到距这个大身材军官只有不到三米的距离时，一等兵藤冈从他射来的眼光中，感到有一种说不出来的威严，竟不由自主地愣在了原地。这时，背后响起了枪声，第三中队长堂野君射出了一颗子弹，命中了这个军官的头部。他的脸上微微地出现了难受的表情。

与此同时，一等兵藤冈像是被枪声惊醒，也狠起心来，倾全身之力，举起刺刀，向高大的身躯深深扎去。在这一刺之下，这个高大的身躯再也支持不住，像山体倒塌似的轰然倒地。

时间仿佛蓦然停滞，历史留下了一个静穆的场面，殷红的热血交织着迷蒙细雨，构成一个永恒的瞬间——1940 年 5 月 16 日下午四时！

张自忠，一代抗日名将，怀着平安的良心死去，时年四十九岁。与他同时殉国的还有五百多人，张自忠殉国后，南瓜店一带枪声骤停，格外寂静。

硝烟笼罩在战场上，细雨无声地飘落在横七竖八的尸体上，血迹随着雨水缓缓流淌，那染红的泥土上，分不清是日军的血还是国民党军的血。

日军开始打扫战场。堂野和藤冈估计刚刚死去的这位军官一定是位将军，便翻动遗体搜身，堂野从他身旁的手提保险箱中翻出了“第一号伤员证章”，藤冈则从遗体的胸兜中掏出一支派克金笔，一看，上面竟刻着“张自忠”三字！俩人大为震惊，不禁倒退几步，“啪”地立正，恭恭敬敬地向遗体行了军礼，然后靠上前来，仔细端详起仰卧在面前的这个血迹斑斑的汉子来。接着他们把情况报告给了上司二三一联队长横山武彦大佐，横山下令将遗体用担架抬往战场以北二十余里的陈家集日军第三十九师团司令部，请与张自忠相识的师团参谋长专田盛寿亲自核验。

专田盛寿在七七事变前担任中国驻屯军高级参谋，与时任天津市市长的张自忠有过交往；七七事变时又作为日方谈判代表之一，多次与张自忠会晤于谈判桌前。

遗体被抬进陈家集三十九师团司令部时，天色已黑。专田盛寿手举蜡烛，目不转睛地久久注视着张自忠的面颊，突然悲戚地说道：“没有错，确实是张君！”

在场者一齐发出庆祝胜利的山呼海啸声，接下来则是一阵压抑的静默与肃穆。师团长村上启作命令军医用酒精把遗体仔细擦洗干净，用绷带裹好，并命人从附近的木匠铺赶制一口棺材，将遗体庄重地收殓入棺，葬于陈家祠堂后面的土坡上。坟头立一墓碑，上书“支那大将张自忠之墓”。

就在当天夜里，当张自忠将军的遗体被国民党军的士兵抢走后，前线日军接到司令部“将张自忠遗体用飞机送往汉口”的命令，但为时已晚，坟头上只有那一方墓碑。

18日上午，忠骸运抵快活铺，三十三集团军将士痛哭相迎。将军的属下含泪查看了张将军伤势，发现全身共伤八处：除右肩、右腿的炮弹伤和腹部的刺刀伤外，左臂、左肋骨、右胸、右腹、右额各中一弹，颅脑塌陷变形，面目难以辨认，唯右腮的那颗黑痣仍清晰可见。

然后前方医疗队将遗体重新擦洗，作药物处理，给张将军着马裤呢军服，佩上将领章，穿高筒马靴，殓入楠木棺材。

5月21日晨，六辆卡车从快活铺启程，护送张自忠灵柩前往重庆。沿途数万群众，挥泪跪拜祭奠。

车抵宜昌，十万群众自发送殡，全城笼罩在悲壮肃穆的气氛中。敌机在上空盘旋吼叫，却无一人躲避，无一人逃散。张自忠灵柩在此换船，溯江而上重庆。28日晨，船抵储奇门码头。蒋介石、冯玉祥、何应钦、孔祥熙、宋子文、孙科、于右任、张群率文武百官臂缀黑纱，肃立码头迎灵，并登轮绕棺致哀。蒋介石在船上“抚棺大恸”，令在场者无不动容。后来人们说，蒋介石的办公桌从此就摆上了张自忠的遗像。

张自忠将军殉国时，按山东老家的计算方法是虚岁五十，他的夫人李敏慧闻耗悲痛，一直拒绝粒米，七日后，溘然而死。也许夫人的死不是外人所能理解的，男人为国尽忠，女人为夫殉身，但我们要求李夫人什么呢？还有比随为国尽忠的丈夫而死更好的结局吗？我不提倡为男人殉节，但我为李夫人殉身所感动，自己深爱的人死掉，自己也绝不独生，苟活世上。

这一仗，张将军所部虽全军大多战死，但敌人所付出的代价更大。数字是冷酷的，但数字的背后，是将军的鲜血染成的。流血五步的将军，使倭寇流血何止百步？有一组数字，是将军殉国后，从5月1日至16日之战果，计伤毙敌四万五千人以上，缴获大炮六十余门，马二千余匹，战车七十余辆，汽车四百余辆。

张自忠将军死了，对于将军的死，如果我们归结于凶手只一句——日本人，那就太轻巧也太机巧，淡化悲凉之雾成云霓。在七七事变后，将军留在故都含泪说：“恐怕你们成民族英雄，而我成了汉奸了。”这句话的沉痛，怕只有用血才能抵偿，这也就是为何一个将军，只有在血与火的呐喊里一死才心安的内在缘由吧。但死是容易的，赴死前他的隐忍与血泪，别人是无法理解的。

竹简，是青的，也是易朽的，血是红的，也是易褪色的，但由血书写的竹简却坚比金石，那上面的文字也就有了金声玉振之效了。

“良心”二字，在张将军的手令及谈话中时常出现，我的家乡与将军的老家同属鲁西黄壤平原，同属黄河故道腹地，相距不及二百里，我知道这两个字在山东话中是表明心迹、分量很重的用语。山东人做事常是捶着胸脯说：“做人要讲良心”，“求良心得到安慰”，就是要为这个国家、民族流尽最后一滴血。中国人的血只有流在脚下，流在生养自己的黄壤上，那良心才不负国家，那良心才安妥。这正是张自忠作为一名传统贯骨的军人，在民族危殆之际，不惜以命所求的一种大悲壮大境界，诚如古语所云，“将受命之日则忘其家，临军约束则忘其亲，援枹鼓之急则忘其身”。军人之武德，于斯尽矣。

《宋史·岳飞传》有记载，当岳飞入狱之初，秦桧等密议让何铸审讯。岳飞义正词严，力陈抗金军功，爱国何罪之有，并当着何铸面“裂裳以背示铸，有‘尽忠报国’四大字，深入肤里”。浩然正气，令何铸汗颜。岳飞背上的忠字刻在肉里，而张自忠的忠，镌在骨里。

千年前的岳武穆，千年后的张荩忱，在为国尽忠的这一坐标下重合了，他们都是抗击外敌入侵的汉子，死了就死了，但谁说的：老战士永远不会死，他们只是逐渐消失。是啊，中华民族的这些绵延不绝的老战士何尝死了呢？他们只是小憩在我们的血液里。鸟巢睡了，鸟醒着；血管睡了，血液醒着；老战士睡了，他们的眼睛依然醒着。

也许这个民族有了汪精卫、胡兰成们，倭寇才会把中国人看成蝼蚁和猪狗。但张自忠将军殉国了，他支撑起了历史，平衡了这个民族，使我们后人不至于掩面羞愧。有人问我，在日本侵华时期有百万甚至更多的汉奸使中国人蒙羞的时候，这个民族还有铮铮的“骨头”和胆气吗？

重庆的梅花山，有冯玉祥将军手植的梅树，那里供奉着这一节“骨头”，我要走向我的民族的梅花山，那里有刺在对手喉头的“骨头”，让对手吐不出咽不下的一节“骨头”。

大地的铭辞

泰山书

也许是机缘，山以石峻，我姓氏里有石字，而我们石姓的起源就是这座山。

我一直觉得泰山是人格化的，是雄性的，是坐在历史深处的一尊神，是民族信仰的脊柱，泰山是我们民族的骨。虽然在我老家山东的农村一些父老说“去泰安山朝山”，多的是拜泰山老奶奶，但那也是祈求来年的风调雨顺，祈求多子多孙，延续民族的香火。

对许多人来说，登泰山是一个梦想，这不是因了它的险峻，也非巍峨，而是它的文化的叠加和层垒与积淀。泰山日出的磅礴，孔子登泰山而小天下的豪迈，历代帝王的膜拜，都增添了它的神秘与神圣；那些建筑，檐牙高啄，各抱地势，那些摩崖石刻，那些残砖断瓦，都像断代的简帛，诉说着沧桑，但合起来，又是一部比“二十四史”还卷帙浩繁还生动有趣有温度的活化石。

如果你嫌那些文化的压抑阻塞了你，你可以选择与山石雾岚与古树切磋。在五岳之中，泰山的海拔不是最高，体格也不魁梧，不怎么像山东大汉，它和吃辣椒的南岳衡山和喜唱豫剧的中岳嵩山比起，还说得过去，而和满嗓子秦腔的西岳华山和老醋泡大的北岳恒山比起，它又是矮小的。

泰山像有满腹的心事，你看那些阅历深广的老树就可知道。山不在高，有仙则名，泰山的唯我独尊不是自高自大。你看在华北平原上，从长城到长江南北数千里，从燕山到太行到桐柏到大别山，这些连绵千里的大山以东，又有何个山丘能与泰山比肩？这是我们民族的一块硕大的印章，有了它，江山就安妥就稳固；如果说长江和黄河是我们民族不竭的动力，那么我们民族的帆船远航出海的压舱石就是泰山。这些老百姓懂，帝王更懂，无论是秦皇还是汉武。

人们把泰山称为五岳之尊，因为这是太阳所出的地方，是东方，是春天所由，是万物的主宰，这里面有我们民族古老的生生不息的哲学理念，东方在《易经》里所在的卦象是震卦，《说卦》有：“万物出乎震。震，东方也。”又说：“震一索而得男，故谓之长男。”而坎再索而得中男，离再索而得中女，兑三索而得少女，所以泰山成为众岳之长是理所应当，于是一块“五岳独尊”的石碑就像历史的定格，千年屹立。

泰山代表了正统，泰山是雄性的阳刚的图腾。它是历史也是文化，是哲学也是宗教，是儒家的，也是释家的，是道家的，也是皇家的。你看岱庙、碧霞祠、青帝宫、玉皇庙，你看普照寺、斗母宫，你看孔子登临处，你看皇帝的遗墨，再看“风月无边”的刻石。众神备于一体，各种道场，众美其美，各美其美。这是一种和弦，是一种共鸣。

但泰山是沧桑的，最能显现那些沧桑感的，是泰山上的漶漫的字迹漶漫的摩崖石刻和那些郁郁苍苍瘦硬通神的松柏桧槐。孔子面对流水感慨“逝者如斯，不舍昼夜”，那是知道时间是线形的不可弯曲不可倒流的无奈，毛泽东晚年爱读庾信的《枯树赋》：“昔年种柳，依依汉南。今看摇落，凄怆江潭。树犹如此，人何以堪！”

我到岱庙看五株汉柏的时候，想起的也是这故事。《世说新语》里有：“桓公北征，经金城，见前为琅邪时种柳，皆已十围，慨然曰：‘木犹如此，人何以堪！’攀枝执条，泫然流泪。”

再英雄的人物，也耐不住时间的折磨，桓温北征的豪迈到头来还是落得感慨而已。

人说岱庙里的汉柏是当年汉武帝来泰山封禅亲自手栽。我曾用手一棵一棵地抚摸那柏树，千年下犹有那种汉家天子的体温。在山东有树老成精的习俗，我觉得这柏树里也藏有我们民族的魂魄，耿耿大汉魂，历千磨万难，虽然有些树枝被铁架固定，有些炭化的部分被水泥填补，那些皮也大都剥落，但这树还活着，在你看不见的地方，有一些根系在为顶上虬蟠的苍青输养分通筋络。

我曾带儿子在这五株汉柏下久久发呆，太阳快要落山了，儿子说：“爸爸，又神经了。”

我笑笑。

儿子说：“树就是树，你能看出果来？”

是啊，这些树令我低回，傍百年树，读万卷书。我没有破坏的欲望，但想手里有个硕大的锯，把这些柏树锯出一截汉柏的横剖面。我要看它最初的萌发，那是一叶芽，那时我们的汉民族正萌发，是高祖的时代么？然后如拳了，个子也高了，它迎面碰上了武帝。于是在泰山的脚下它立定了根基，想它把根系抓住泥土的那天，也许，司马迁见证了那个时刻。这个横剖面的同心圆在扩大。它看见了武帝刘彻元封元年（前 110 年）封泰山、禅肃然，以后又七次来这里封禅。同心圆再扩大：

汉光武帝刘秀来过，建武中元元年（56 年）封泰山、禅梁父；

魏文帝曹丕来过，黄初元年（220 年）登坛柴祭泰山；

隋文帝杨坚来过，开皇十五年（595 年）筑坛设祭泰山；

唐玄宗李隆基来过，开元十三年（725 年）封泰山、禅社首；

清圣祖玄烨来过；

高宗弘历曾先后十次来泰山封禅。

这些汉柏呀，两千年的高龄，一个完整的没有断裂的生命，须髯临风，霜过，雨过，风过，雷劈过，电击过，哭过笑过。我真想从那同心圆最里面的一点开步，一二一二。从汉走到魏晋，与竹林七贤纵酒放歌，然后到隋唐，陪太白天门一长啸，万里清风来，然后碰到了苏轼碰到了李清照。我走啊，在这同心圆里不分昼夜，无论脚上有多少风霜。我要在北宋的庆历五年（1045 年）停一下，这一年，我们石姓的先祖从泰山脚下，一晚上跑了二十八家以逃避皇上的追捕。那一年被称为徂徕先生的石介死了，但他因支持范仲淹欧阳修而得罪了奸臣夏竦等人。夏竦为解切齿之恨，便从石介开刀，命家中女佣人模仿石介笔迹，伪造了一封石介给富弼的信，内容是革新派计划废掉仁宗另立新君。范仲淹等人有理也说不清，只好请求外人，变法遂告失败。石介也在“朋党”之列，成了众矢之的，被外放到濮州（今山东鄄城县北）任通判，返回徂徕山待阙，未到任所便病死家中，终年四十周岁。

石介死后，夏竦等人并未甘休，欲置革新派于死地。当时，徐州孔直温谋反，败露后被抄家，石介过去与孔直温的来往书信也被查抄出来。夏竦借此大做文章，向仁宗说石介其实没有死，被富弼派往契丹借兵去了，富弼做内应。宋仁宗下诏将石介的妻子、儿子编置在江淮，由地方官加以管制，不得自由行动。又派中使去把石介的棺材打开检查虚实，同时，还将石介的弟子关押起来。后经杜衍等数百人以身家联名具保石介已死，方才使死后的石介免受剖棺之灾。我的先祖是石介的五弟，当时还是一个不到十岁的孩子，也从泰山脚下跑了，一个人流浪到了濮州，在那儿繁衍生息。

庆历六年（1046 年）的一个秋夜，欧阳修含泪打开石介的遗著——《徂徕集》，写下了一首三百五十字的五言长诗《重读徂徕集》，诗中写道："我欲哭石子，夜开徂徕编。开编未及读，涕泗已涟涟。……已埋犹不信，仅免斫其棺。此事古未有，每思辄长叹。我欲犯众怒，为子记此冤。下纾冥冥忿，仰叫昭昭天。书于苍翠石，立彼崔嵬巅。"

石介死后二十一年始得正式下葬。欧阳修撰写《徂徕石先生墓志铭》：先生貌厚而气完，学笃而志大，虽在畎亩，不忘天下之忧。以为时无不可为，为之无不至，不在其位，则行其言。吾言用，功利施于天下，不必出乎己；吾言不用，虽获祸咎，至死而不悔。其遇事发愤，作为文章，极陈古今治乱成败，以指切当世，贤愚善恶，是是非非，无所讳忌。世俗颇骇其言，由是谤议喧然，而小人尤嫉恶之，相与出力必挤之死。先生安然不惑，不变，曰："吾道固如是，吾勇过孟轲矣。"

也许，一个家族有神秘的遗传，我们姓石的源头在泰山，泰山老奶奶碧霞元君是姓石的姑娘，最著名的泰山石敢当，也是关于石姓的传说。相对于历史上东岳大帝信仰浓厚的政治色彩，碧霞元君信仰则更具有民间基础。碧霞元君是道教尊奉的女神，俗称泰山娘娘、泰山圣母、泰山奶奶，道教尊称为"天仙玉女碧霞元君"。道经《太上老君说天仙玉女碧霞元君护世弘济妙经》言，碧霞元君是西天斗姥精运元气化身，在泰山修道成真，证位天仙，受命玉皇统摄岳府神兵，护国佑民，洞察人间善恶。传说碧霞元君能福佑众生，特别保护妇女儿童，有求必应。

泰山碧霞祠是碧霞元君上庙，位于岱顶天街与大观峰之间，兴建于宋真宗大中祥符二年（1009 年），明弘治年间改名碧霞灵应宫，清乾隆年间重修后改称碧霞祠。碧霞祠是一组宏伟壮丽的古代高山建筑群，面积三千九百多平方米，由大殿、香亭等十二座大型建筑物组成。左右对称，南低北高，层层递进，布局严谨，盖瓦、大脊等均为铜铸，明文渊阁大学士王锡爵在《东岳碧霞宫碑》中描绘说："琼宫银阙，连岭背麓，丹青金碧，掩映层霄。香烟烛焰，若云霞蒸吐碧落间。"大殿内供奉碧霞元君贴金铜坐像，凤冠霞帔，慈颜安详端庄。宋代以来，民间对碧霞元君的信奉，千年不衰。清韩锡胙在《元君记》中记载，"统古今天上神祇，首东岳。而东岳祀事之盛，首碧霞元君……自京师以南，河淮以北，男妇日千万人，奉牲牢香币，喃喃泥首阶下。"明清时，元君庙遍及全国。查《岱史》可知，凡遇事，如猛虎为害、飞蝗为灾、旱涝、皇储未建等，帝王或官员都会遣使或亲自致祀元君，求元君赐佑。乾隆帝母亲八十大寿时，乾隆帝仍登岱顶拜元君。时至今日，每年仍有逾百万的香客游人登泰山朝拜碧霞元君。我的老母亲念叨的泰山老奶奶就是她。

泰山的每一块石头都是神气的。泰山石敢当就是典型的并且在全国很有影响的信仰。民间自唐以来，取泰山石立于桥道要冲或砌于房屋墙壁，上刻（或书）“石敢当”或“泰山石敢当”之类，以禁压不祥，相衍成俗，广为流行。至今，人们依然喜欢在建筑中安置“泰山石敢当”，它也逐渐成为一个平安符，遍布大江南北。

庆历五年，那是公元1045年，对我们家族来说，是致命的一击，他们开始逃难，但大家都有一个信念：泰山，是我们的根，是我们的家。

我还在想象的同心圆里一圈一圈地走，天黑了，我还沉浸在宋朝。

“爸爸，你哭了？”儿子不解地问，我泪眼迷蒙地抬头看着他。

我为历史而哭。我说庆历五年，就是这一年……

“这一年怎么了？”儿子问。

“石介爷举家犯抄，一个晚上，我们姓石的在泰山脚下一个叫桥爪子的地方跑了二十八家啊。”

天黑了，星星出来了，我和儿子走向宾馆，我看到了天上的北斗历历。星星还是汉代的星星啊。星星还是宋代的，但人却经历了多少劫难和轮回啊。

在宾馆里，电视上竟然播放了一段《沙家浜》，郭建光唱道：“要学那，泰山顶上一青松。”

泰山是一种文化符号，而青松一粘上泰山也身价高昂，究竟是哪一棵青松并不重要，重要的是那是泰山顶上的。

我知道泰山上有五大夫松。相传秦始皇东巡在泰山封禅遇雨，就在这五棵松树下避雨，雨后，这松树便被加封授爵。和汉武帝的柏树相较，这松树是祖父级别的，所谓的秦砖汉瓦，成了秦松汉柏，但始皇帝的树更加命运多舛，在明朝就被山洪冲走，直到康熙年间才加补植，现在还留下两株。问它们始皇帝的往事，问它们李斯的书法，怕只能是王顾左右而言他吧。

泰山上有许多的摩崖石刻，李斯的泰山刻石是秦篆保留至今的唯一真迹，张怀瓘则称颂李斯的小篆是“画如铁石，字若飞动”，“骨气丰匀，方圆妙绝”。今存于岱庙东御座，周围以玻璃镶嵌，使游客能一睹李斯小篆风采。而在书法史上，有“大字鼻祖”“榜书之宗”美称的《泰山经石峪金刚经》更是让人怀想那些书写者和雕刻者对佛的虔敬。“在泰山山腹，平坡花岗岩溪床上”，这一千四百多年前摩勒的字，字径五十厘米，原有两千五百多字，现尚存一千零六十七个。

泰山的刻石真草隶篆，诸体皆备，就如那些松柏的枝干，铁钩银划，夭矫回旋。

那些泰山的石，有的如颜真卿字体的壮硕，有的如赵孟頫字体的秀美，余光中更是用书法作比泰山的松柏，实获吾心“譬之书法，柏姿庄重如篆隶，松态奔放如草书。泰山上颇有一些奇松，透石穿罅，崩迸而出，顽根宛如牙根，紧咬着岌岌的绝壁，翠针丛丛簇簇，密鳞与浓鬣蔽空，黛柯则槎枒轮囷，能屈能伸，那淋漓恣肆的气象，简直是狂草了”。

有时我想，山水需要诗人画家做解人，否则那山是寂的，水是哑的。而泰山，如果缺少了历代帝王和百姓的追捧，那它也成不了人们心中的圣山。

我未到过西藏，但那些朝圣者却在我心中长久地扎根，我曾在母亲念叨到泰山朝圣的神情中，想到西藏的那些朝圣者。我有一个骑单车到西藏的朋友，他告诉我到西藏令他心灵震撼的不是圣洁的雪山，不是庄严的佛殿，也不是茫茫荒野上的藏羚羊，而是那些虔诚的朝圣者。在布达拉宫下，在大昭寺门前，许许多多的朝圣者，无论男女，都蓬头垢面，身着长围裙，手戴木拖板，面对佛殿，神情凝重，喃喃念诵，俯身下去，四体伸直，头和鼻都触地，然后起来，再重复。一次，两次，永无休止。他们中有七八十岁的长者，有三四十岁的中年，也有十来岁的小孩。他们有的来自几百甚至几千里外的地方。他们是三步一叩地翻山越岭，历经数月甚至数年才到达这地方的。

在雪域高原，这样的朝圣者处处可见。这些人心地非常虔诚，三步一叩绝不少一叩。遇到涉水之地，他们会补足淌水距离该磕的头。为朝圣，他们即使磕得四肢溃烂，面额血肉模糊也不停止；为朝圣，他们沿途乞讨为生，即便冻饿死在山野也不后悔。

朋友骑单车曾多次看到同一帮的朝圣者，看见昨天的那些朝圣者几乎还停留在原地。一天匍匐而行，走不了十里路。但他们的脸上没有半点的疲乏和劳累，更没有一丝的焦虑怨恨，只有祥和安宁。他们的眼睛里闪烁着奇异的光芒，仿佛金色的希望和幸福就在前面召唤，他们满怀着感激的心情坚定地跪叩着前进。

朋友从西藏回来给我讲那些朝圣者，他说：在当今喧嚣的都市，人欲横流。许多人讥笑西藏的荒凉，嘲弄那些有庄严信仰的人们。我们周边多的是名利之徒、名缰利锁，多的是欲海挣扎钱眼里的尔虞我诈、不择手段，还有所谓的成功人士的一掷千金，所谓的失败者的诅咒。他们何尝有自己的真正的快乐？对比那些心灵充实、理想坚定的朝圣者，他们是没有灵魂的一块肉而已。

是啊，泰山，也是这个民族的圣山。我曾长久想始皇帝为何不在咸阳好好待着，为何一次次到泰山到东海去寻找什么？真的是寻找长生不老之药么？

泰山有一种宗教的意味。我们知道，无论基督还是佛陀，它们的功效是对现世的安慰，是对生死的了悟和解脱，即使现在，宗教的香烟还仍旺盛，就像生命的延续一样。也许，人们在宗教里看到了一种肃穆一种敬仰和敬畏，也是一种依靠和倾诉，如若没有了宗教和信仰，人的无聊可能更无法打发，更找不到活下去的根基。

宗教安慰了人，解释了人们解释不了的东西。

即使帝王，他对众生采取的是俯视，但他知道在他的身边还有更高的神在，那是自然，是山河大地。于是他们对这些自然采取的是仰望和膜拜，面对那些苍茫的生命，他们也只有仰望的份儿。于是我们看秦始皇统一中国后，便急忙来泰山封禅，自“泰山阳至巅”，立下表功石碑。碑文是李斯书写的，字迹遒劲，文章华彩，极尽歌功颂德之能事。“皇帝临位，作制明法，臣下修饬。二十有六年，初并天下，罔不宾服。亲巡远方黎民，登兹泰山，周览东极。从臣思迹，本原事业，祇诵功德。治道运行，诸产得宜，皆有法式。……皇帝躬圣，既平天下，不懈于治。夙兴夜寐，建设长利，专隆教诲。训经宣达，远近毕理，咸承圣志。贵贱分明，男女礼顺，慎遵职事。昭隔内外，靡不清净，施于后嗣……”

封禅起源于远古时代的山川祭祀活动。古籍载，黄帝出巡泰山时，大象驾辕，六龙拉车；蚩尤在前开路，虎狼在后护卫；群鬼列侍保驾，众神簇拥陪行；风伯扫除，雨师洒道；蟒蛇伏地，凤凰覆上。黄帝登临泰山之巅，诏鬼神议国事。定大位、划疆域、祭天神，并作清角之音；似两凤双鸣，如二龙齐吟。玉皇大悦，天女起舞。

司马迁在史记引管子的《封禅篇》，说古来上泰山封禅的帝王，有迹可见者凡七十二位，其后陆续封禅者，从秦始皇、汉武帝、唐玄宗一直到康熙、乾隆，更相承不衰。封，是筑土以祭天；禅，是扫地以祭地。

泰山封禅历来是中国封建帝王最隆重的祭祀典礼，“每世之隆，则封禅答焉”，是确认王朝政权“奉天承运”合法性的最隆重典礼仪式。那些官僚们便以能够参与为无上荣光，不能入伍者则无比失落。汉武帝封禅，太史令司马谈不得从行，忧愧致病，临死前，他痛哭流涕对儿子司马迁说：“今天子接千岁之统，封泰山，而余不得从行，是命也夫！命也夫！”但也有乖巧之人借着封禅而上位，《酉阳杂俎》载，唐玄宗泰山封禅，三品以下官员晋升一级。张说为封禅使，借机将女婿郑镒提升了四级。唐玄宗大宴群臣时，见到郑镒的新官服便提出质问。张说、郑镒翁婿惶恐不知所对，一旁的黄幡绰笑讽说：“此乃泰山之力也。”自此泰山便成为岳父的别称了。

我曾多次登泰山。第一次是在半夜开始登山，为的是黎明到日观峰看日出，那在大学求学时代。记得李白也曾在夜间登过泰山，那是秋夜，李白说：“独抱绿绮琴，夜行青山间。山明月露白，夜静松风歇。”但我们是在春日，天上没有月亮，只有头上星宿三五，如萤火虫，山路黑黢黢的。大家借着手电光，前面呼，后面应。那时的山形也沉在了漆黑里，更加重了阴森，耳边是阵阵松涛，再兼水声虫鸣，有时有凄厉的夜鸟叫，大家的心头就一紧。

夜晚的泰山是属于静谧的，偶尔可以听到远处传来的不清晰的人声，有时还夹杂着一两声犬吠和人的吆喝，那是山中的人家或店家所养的狗。那时的泰山，除了游人的几点零星微弱的手电灯光之外，最亮的就要数山上小店的灯火。就是那灯火，给人的却是希望和暖意。我们想到明天可以看到日出，于是夜的黑就有了一种铺垫，如文章。

记得还有一次和朋友登山，曾看到泰山极顶玉皇顶庙宇院内，围栏上结满了各地情人的同心锁、爱情锁。他们想让泰山见证他们的山盟海誓。

爱是需要呵护的，爱是易碎品，爱也是锁不住的。我曾看到那些锁头，有铜制的有钢铁制的，上面还有工匠刻上的男女的名字。

泰山是圣山，对我们民族来说它代表了一种哲学的宗教情怀，但真实的历史，也许写满了悲凉。始皇帝泰山封禅，他也坑杀了四百多名儒生，把文化弄入万劫不复的深渊；唐玄宗的《纪泰山铭》是大唐盛世的宏文，那是开元十四年，杜甫十四岁，杨家的女儿还没有出生，但这里面是否有渔阳鼙鼓的先兆呢？那时代，那些丰满的女人在肉身上绽放出一朵让后世道学家瞠目结舌的花朵，这种健康的如牡丹一样的女人，像李商隐说的“我是梦中传彩笔，欲写花叶寄朝云”，也是这种女人把开元盛世倾覆了。

泰山是孔子的山，泰山是孟子的山，泰山是李白的山，泰山是杜甫的山。在泰山的山道上，杜甫吟诵着“会当凌绝顶，一览众山小”，那是怎样的心雄万夫啊。是啊，自古到泰山的拜谒人在内心唤起的总是如日出一样的希望！

哦，泰山，日出之山。

稷下辞

一

多年前，曾到淄博参加蒲松龄散文笔会，那时的我异常苦闷，自然的低气压让人喘不过气来。

常常是在星夜，被噩梦惊醒，然后独坐，看窗外的星宿历历，我开始思考知识者的苦难与宿命。何谓知识者？那仅仅是识文断字么？是依附的虫子，被脚肆意地践踏在地么？那该是有思想要表达的一群。也许是牢骚，也许要骂座，也许是唾沫飞溅意气用事，也许捶胸顿足痛哭流涕；可能是盛世危言，可能是慷慨义气。他们也有的是脊骨软体，但很多的知识者，特别是古代的那些士人，却可以把“书生的议论，变成砍头的血痕斑斑”，这些书生把当权者放到了一个煎熬的境地、不义的境地，你们有钢刀有鼎镬，你们有掘好的坑，但我却秉有一种道统在、传统在，坑任由你坑，烧任由你烧，焚任由你焚。一线的血脉自有流转，从踝蹬泽畔发出天问的屈原到为李陵辩护受腐刑的司马迁，从在宣武门外鼓动学潮的太学生陈东到哭庙抗议的金圣叹，从纪念刘和珍君的夫子鲁迅到为雷震案面见蒋介石的胡适博士，从三十万言三十年的胡风到单枪匹马孤军奋战的马寅初，我知道这一线法脉下还有林昭、遇罗克、张志新等逝者如斯。

我知道在这些人的脊骨外，还有一块为民族为天下为苍生的喉骨。有人说男人的境界：平生唯有两行泪，半为苍生半美人。但我以为作为一个知识者的境界应该是：平生秉有两块骨，半是脊柱半喉头。

当权者，对待脊骨的方法是可流放可宫刑可杀头可瘐毙，如蝼蚁如刍狗；而对待喉骨发音用毒酒捂住了苏格拉底的嘴，用火刑逼着布鲁诺封口，或把不肯噤声的耶稣钉在十字架上。喉骨太不把皇帝当回事，它指点江山，登高疾呼，散布不同政见；喉骨太可恶，它出声便慷慨纵横，言之凿凿，戳穿皇帝的新装。

对待那些议论风发的士人，我们民族有这样的一页，明末东林党人中的“六君子”被残害身死后，刽子手们遵命用利刀将他们的喉骨剔削出来，各自密封在一个小盒内，直接送给魏忠贤亲验示信。魏忠贤竟然把“六君子”的喉骨烧化成灰，与太监们一齐争吞下酒。百年之下，这与“文革”中张志新被割断喉管押赴刑场何异？

在参加蒲松龄散文笔会的时候，因为我们的住处在淄川，我曾悄悄问当地的朋友，说自己想去一个地方拜谒：稷下学宫。当地的朋友告诉我，稷下学宫作为物质的部分早已荡然无存，而今在临淄区只有一个名号叫稷下街道的办事处，到了临淄倒可以看看西周的殉马坑和足球博物馆。

在大学里谋生并关注思想史多年，稷下学宫对我来说，就如一个圣殿矗立在一个宗教徒的心头。它是现代大学的精神的来路，是我们民族那勃勃生机争鸣喉管的展示场。一个民族，那么多的人，虽劳顿辛苦，度陌越阡，但却奔赴稷下这里，一会儿弦歌不辍，一会儿高声咏唱，一会儿大声争辩。那不是意气的争执，而是文化的争辩，是学术的传递和舍我其谁的独立的精神处，那是潇洒放旷鼓瑟琴鸣的情怀，是入世的场所，也是出世的地域，是精神的发射场，也是名利的是非地。

钱锺书说过如此的话：“学术大抵是荒江野老，屋中两三素心人议论之事，朝市之显学必成俗学。”如果以此来作为学术评价的标准，那难免过于偏狭，只有康德那样从事哲学的人，一辈子没离开那个小镇。也许哲学研究近似钱锺书说的意思，文哲之学只是少数素心人的事，是要守得那种闲暇和寂寞才行。我想不管是研究什么学科专业门类，能优裕从容地进行研究，不为吃穿用度发愁，自然是要建筑在相对丰裕的金钱和物质之上了。

而那时的齐国可以说是当时世界上最富庶的国家，齐国的国都临淄是当时世界上最繁华的都会。我们知道战国时的苏秦，曾佩六国相印，他曾有段文字描述齐国与临淄。苏秦口才了得，文才也算是上乘，他周旋穿梭在各个君王之间，凭借雄辩的口才、过人的见识，折服了当时的那些肉食者。你看他如此描写一个国家和国家的一个城市，你不得不佩服这段文字的排比的力道，这里信息密集，令人眼花缭乱，如一个乡下人到了纽约巴黎，苏秦可是见过世面的，但他还是震惊了。“齐南有太山，东有琅邪，西有清河，北有渤海，此所谓四塞之国也。齐地方二千里，带甲数十万，粟如丘山。齐车之良，五家之兵，疾如锥矢，战如雷电，解如风雨，即有军役，未尝倍太山、绝清河、涉渤海也。临淄之中七万户，臣窃度之，下户三男子，三七二十一万，不待发于远县，而临淄之卒，固已二十一万矣。临淄甚富而实，其民无不吹竽、鼓瑟、击筑、弹琴、斗鸡、走犬、六博、蹹踘者；临淄之途，车毂击，人肩摩，连衽成帷，举袂成幕，挥汗成雨，家敦而富，志高而扬。夫以……齐之强，天下不能当。”齐国与临淄的富庶真是立在纸上。我们今天看这段文字，还可以感受到那人声鼎沸的喧闹，我们可以想象文字背后未写出的亭台楼阁，还有那些街道和车马。于这里的居民来说，好像音乐游玩是日常的生活，他们无不喜好音乐的吹拉弹走奏，他们热衷于足球活动，城内的街衢车如流水马如龙，以至于“毂击，人肩摩，连衽成帷，举袂成幕，挥汗成雨”。

这是一个大都会，天下好玩的好吃的放纵的休闲的好像都积聚于此，这恰恰为稷下学宫的创设备下必要丰沛的物质条件。

齐国是一个开放的东方大国，临淄是一个当时来说最开放的城市，所有的我们现代都市里能有的东西，你都可以在临淄找到它的原型和类似的东西，诸如养宠物猫狗、博彩、斗鸡。这里有酒吧有妓女，有足球有音乐会。

那是第一个设立歌妓的地方，那是销金窟是歌舞地，声色犬马，花花世界。我们老祖宗的胸襟和开放程度，有时是我们现代人也不可比拟的。但另一面，这里也是思想的高地是学术的殿堂，开办了约一百五十年的皇皇稷下学宫就植根在这片肥沃的土地上。

现代考古发现，让多位考古专家和学者非常惊讶的事情，不仅仅是齐国的那些珍贵的美轮美奂的文物，还有齐国故城设计上的先进理念。

古城的排水系统砌筑严密，不渗水漏水，各条管道错综复杂，同时与城内外河流相接，水口分上下三层，每层五个方形水孔，孔内石块交错排列，水经孔内间隙上下跌宕而出，人却不能通过。如此既能排水又能御敌的科学建筑，在世界同时代古城排水系统建筑中所仅见。

连当时的孔子也曾到临淄开眼界，夫子是来参加音乐会的，就如现代人去维也纳的金色大厅参加新年音乐会。据记载：孔子至齐郭门之外，遇一婴儿挈一壶，相与俱行，其视精，其心正，其行端，孔子谓御曰："趣驱之，趣驱之。"《韶》乐方作，孔子至彼，闻《韶》三月不知肉味。故乐非独以自乐也，又以乐人；非独以自正也，又以正人矣哉！于此乐者，不图为乐至于此。

一支曲子演奏完毕，让夫子这样的人痴痴呆呆，竟然可以"三月不知肉味"。而夫子是通音律的，孔子的不知肉味，是超越物质层面而达精神层面啊。

演奏《韶》乐非常复杂。据记载，祭祀中和韶乐乐悬，镈钟一，设于左。特磬一，设于右。编钟十六，同一簴（木架），设于镈钟之右。编磬十六，同一簴设于特磬之左。建鼓一，设于镈钟之左。其内，左、右埙（古代用陶土烧制的一种乐器）各一，篪（古代竹制的一种乐器）各三，排箫各一，并列为一行。又内，笛各五，并列为一行。又内，箫各五并列为一行。又内，瑟各二，并列为一行。又内，琴各五，并列为一行。司器乐生，器各一人，皆内向立。左、右笙各五，竖列为一行。左，柷一，搏拊一；右，敔一，搏拊一。乐生器各一人，左、右相向立。笏各五，司章者执之，立于笙前，左、右向。左，麾一，掌麾一人，向右立。乐舞生，左、右文舞各三十二人，武舞各三十二人，分列于乐悬之前。左、右节各二，执节者四人，分立于舞前以引舞。大祀、中祀用中和韶乐者，位次皆同。

这演奏的队伍够复杂宏大的，有编钟，有磬、埙、笛、箫、排箫、古琴、筝、木鱼和鼓，这是中国古代乐器的集大成，是华夏文明的交响与共鸣，所谓的"金石土木丝革匏竹"八音，是从这里走来的么？这就是交响乐，音乐的交响，文化的交响，是音乐和文化的盛宴和饕餮，"对于非音乐的耳朵，最美的音乐也没有意义"，而夫子恰好有着音乐的情怀和敏感的耳朵。其实孔子听《韶》乐的时候，《韶》乐已经流传一千五百多年，它是一种载体，是体制的一种化身；《韶》乐为舜帝时期的音乐，是集诗、乐、舞为一体的艺术。由它所产生的礼乐教化思想和文化艺术形式，一直影响着中国的古代文明。"舜德大明，于是夔行乐，祖考至，群后相让，鸟兽翔舞，箫韶九成，凤凰来仪，百兽率舞。"《韶》乐演奏时，乐工用五彩羽毛作装饰，扮成各种美丽的飞鸟，翩翩起舞，款款而歌。乐队吹奏着形似凤翼的排箫、凤凰展翅的旋律。堂上堂下，百鸟朝凤，出现了一个凤鸟的世界。据《左传·襄公二十九年》记载，吴国公子季札在鲁国观看周王室的乐舞，在二十多个节目中，他最推崇《韶》乐。他称赞说："德至矣哉，大矣！如天之无不帱也，如地之无不载也！虽甚盛德，其蔑以加于此矣。观止矣！若有他乐，吾不敢请已！"

《韶》乐也奇哉，演奏的时候，凤凰会飞来。孔子闻《韶》的记忆太深刻了，后来与鲁国太师说到了这次《韶》乐的演奏，说了一句："尽善尽美"！而在我的家乡，现在的唢呐曲中有一只《百鸟朝凤》的曲子，我想也许脱胎于此。

二

在临淄，风雨沧桑的稷下学宫存在了一个多世纪，我们可以毫不夸张地说，这是世界上最早的高等学府之一。

稷下学宫集中了当时各国的一流的文化大师，我常想，稷下学宫的精神指标意义比秦始皇修的长城还重要，它为我们民族铸建了一座精神的长城。如果一个民族和明智的统治者能深刻领会了教育、自由、百家争鸣的内涵，少些急功近利和政治的算计，不把教育变成灌输，不把教育变成官场和体制的附庸，那么教育对这个社会和民族的推动和贡献是无与伦比的。虽然齐国被秦国灭掉了，但稷下学宫的精神因子却像一线法脉而流传，汉代的太学，唐代的宏文馆、崇文馆、国子学，到宋代的岳麓书院，明代的东林书院，我们都可看到一种文化精神在传递。

这是一群高智商的人的集合，是一些文化构想者在大地上勾画的楼阁厅台，也是一种坚比金石的丰碑。

我们知道齐人善于经商，从姜太公立国那天起，齐就以通工商之业、便渔盐之利为发家的秘诀；后来又有管仲的高歌猛进，降低关税，为商人在旅途上建立接待的驿站，于是齐国就从一个地方百里的蕞尔小国，慢慢变成了东方唯一的大国。我们今天赞美齐国，不是因了它的那些物质财富，而是因它拥有稷下学宫。中国有过若干辉煌时代，但称得上伟大的，首推稷下时代。开列一下那些光彩四射的名字，翻几页《汉书·艺文志》的著录，就能看出，在精神性成就方面，一个世纪的创造抵得上后来不肖的十个二十个世纪的因循守旧。只知躲在书斋皓首穷经我注六经，平平仄仄平平仄，摇头晃脑，慢慢陶醉，唯经是从，俯仰于主子的脸色，精神阳痿，身体自宫，没有了创造的生气。易中天说"商周时期是用眼睛看世界，春秋时期是用头脑看世界，汉唐时期是用心胸看世界，宋元有心无胸，明到了裤裆，清就到了膝盖"，稷下学宫的时代就是我们民族用脑袋看世界的时代，后来就衰落了，掉到了裤裆里，令人汗颜。

稷下学宫从齐桓公田午时代始，到齐王建时终，绵延一百五十年左右。按三十年一代的中国人的算法，那是五代人，比现在的百年名校跨度还大；一个有意义的指标启示给我们，有了稷下学宫的包容，才有了揽尽天下士的百家争鸣，才有田齐的“威宣盛世”：稷下之学盛则国运盛，稷下之学衰则国运衰，稷下之学凋零则国运凋零，稷下之学终则田齐终。

田齐政权尊贤礼士，在政治上给他们以高位以信任，在经济上给他们以厚遇以尊崇。凡来稷下的学者，齐王都要亲自召见，或者留机会让学者觐见。当时田齐有一套完整的选任机制：通过问答及对其学术水平、社会名望、带徒多少、资历深浅等条件的综合评价，授予不同的等级称号，不同等级享受不同标准的待遇。例如号称“稷下之冠”的淳于髡有功于齐，被贵列“上卿”；孟子被列为“客卿”；荀子则是“三为祭酒”。齐宣王时“邹衍、淳于髡、田骈、接舆、慎到、环渊之徒七十六人，皆赐列第为上大夫”。当时的齐拥有天下最负盛名的学者，他们人数曾达数千，从淳于髡和邹衍再到荀子和孟子，被列为上大夫的就有七十多人。这些人居有豪室，出有华车，田齐舍得为这些思想者投资，这些稷下先生们往往是“开第康庄之衢，高门大屋，尊崇之。览天下诸侯宾客，言齐能致天下贤士也”。他们华屋高耸，俸禄优厚，在这些物质面前几人能免俗呢？又有几人受得了诱惑？

齐国“立淳于髡为上卿。赐之千金，革车百乘，与平诸侯之事”，这完完全全就是一方诸侯才有的阵仗啊。孟子离齐时，齐威王曾以“馈兼金一百”与之，齐宣王也开出以“养弟子以万钟”为条件来挽留孟子。不仅如此，田骈“设为不宦”，齐为他“訾养千钟，徒百人”；孟子出门时“后车数十乘，从着数百人”，那场面很是隆重很是阔气。这种热闹好像跟一个学者不搭界，但唯有此，才看出当年的稷下先生地位的尊崇。这些稷下先生心灵自由，“不治而议论”，个个可以大胆畅言，可以说那个时代，中国这颗智慧的大脑，显然就在稷下。战国时代，几乎所有在文化史上居有一席之地者，莫不于稷下留下了自己的声音。诚如司马光《稷下赋》所言：“致千里之奇士，总百家之伟说。”

齐宣王时，齐曾大败魏于马陵，出兵伐燕，仅用了五十天的时间就攻入燕都，齐国国威大震诸侯。而这时也恰是稷下学宫发展的高峰。这奇怪么？这正是稷下学宫潜移默化的结果。我们知道，兴盛的稷下学宫是齐国官吏的储备库，为齐国国君进行改革和整顿吏治，源源不断地输送大批有真才实学的官吏做了准备。就像“淳于髡一日而见（荐）七人于宣王”；齐宣王在稷下先生王斗的劝说下，“举士五人任官，齐国大治”；邹忌更是从稷下学宫走上仕途，官至齐相。

稷下学宫，真的是学术的“百家争鸣”，学术在这里刀枪剑击，火花四溅，学者各显风流，各逞其能，各美其美，如滑稽多趣的淳于髡，滔滔雄辩的孟子，被称为“谈天衍”的邹衍，被称为“雕龙忌”的邹忌，天才辩论家“天口骈”的田骈以及“一日服千人”的田巴。儒、墨、道、法、名、阴阳、纵横、杂、农、小说，九流十家各派精英云集稷下学宫；当时在长江流域的屈原，也以楚国官员的身份到过稷下学宫。

那时不论地位的尊卑，而以理论的是非曲直为是非曲直，尊崇观念尊崇智慧尊崇逻辑。我们看田巴与鲁仲连，一个是当世名家赫赫有名的辩士，一个是年方十二的少年，人称“千里驹”。

田巴：“议稷下，毁五帝，罪三王，訾五伯，离坚白，合同异，一日服千人。”

鲁仲连说：“我听说，厅堂上的垃圾不清除，怎能顾得上清理田间的杂草呢？两军交战，短兵相接的时候怎能防得了远方射过来的冷箭呢？这些事情的意思是说，凡事有个轻重缓急，若急事后办，缓事先办，不就乱了套吗？现在我国形势紧急——南阳有楚国大军驻守，高唐一带受赵国打击，聊城被十万燕军围住，请问田先生，你有何妙计？”

田巴听后面红耳赤，面对着孩子模样的鲁仲连，“没有办法啊！”

鲁仲连慨当以慷，滔滔不绝说：“国家安危想不出拯救的办法，人民危亡提不出安抚民众的计策，那还算得上什么能言善辩的学者呢？目前我倒可以用计赶走南阳的楚军，击退高唐的赵军，解除聊城燕军的包围。真正有价值的辩才必须能解决实际问题，否则听你的玄谈还不如去听猫头鹰唱歌。”

此次论辩结束后，“田巴终身不谈”，以后就改了行当，投笔从戎，做了齐将。

那是一个据理力争、不看脸色的时代，那是个互不妥协、咄咄逼人的时代，那是一个飞扬跋扈的时代，那是一个顾盼左右为谁雄的时代，辩士们可以如打擂一样，轮番上阵。

而且，连齐国的国君有时也加入到辩论和旁听中来，我们可以看到齐王的雅量和他们对学术的尊重和宽容。

我们知道孟子在齐国的稷下学宫就曾只做客卿，不治而议论。我非常喜欢孟子的这种姿态，努力保持自己的文化批判的独立性和自己的文化品格，他不是顺应肉食者，他要的是自由与独立，“以顺为正者，妾妇之道也”。他不做小媳妇，不做低眉顺眼奴性的臣子。他要做的是帝王师，那是一种伟岸的大丈夫，不是委身事人的臣妾。合就留，不合就去，心无挂碍，不吝去留。

齐宣王就曾几次派人请他见面聊天，那实在是屈尊之致。但孟子还是有自己的底线，说什么圣君有不招之臣，必须先师之然后臣之，让齐王来见他。孟子有阳刚之气，好骂人，多英雄气多浩然之气，让人一见凛然而生敬畏，他骂杨墨，他骂诸侯。他骂得宣王“勃然变乎色”，当着梁惠王的面骂他：“率兽食人（带着野兽来吃人！）不仁哉！梁惠王也！”

孟子骂齐宣王，但李贽说齐宣王是“一代圣主”，这确实是至评。其实从另一方面看，我们不得不对当年的齐宣王报以致敬的目光，

孟子与齐宣王那段精妙乖巧的“顾左右而言他”对话，读来真有意思，像教育自己的孩子一样。孟子问齐宣王：“大王，您有一些臣子，他们去楚国游山玩水，走前将自己妻小托付给朋友照看，拜拜了事。等从楚国回来时，才发现自己妻子儿女却在忍饥受冻。您说，这人多缺德，对这样的人该怎么办？”

齐宣王说：“还用问，把他们晒在一边，甭理他们！”

孟子又问：“专司刑法的一批官员吊儿郎当，不尽职，根本没招儿处置一帮缺德无良、寻衅滋事的人，该怎么办？”

齐宣王想都没想，答：“革职查办呵！”

孟子绕了一下又问：“整个国家一片混乱，所有做官的都反了，又该怎么着？”

齐宣王卡住了，此时“顾左右而言他”，不知如何是好。

孟子与齐王第一次见面。宣王开口便问：“齐桓晋文之事可得闻乎？”宣王想听的是那些称霸的故事，孟子却回答：“仲尼之徒无道桓文之事者，是以后世无传焉。臣未之闻也。无以，则王乎？”孟子的回答很巧妙，不直接表达对于桓文的不屑，而是说没听说过，并立刻将话题转移到了“王政”。宣王也挺聪明，反问一句：“连我这种人也可以行王道吗？”孟子很果断地回答：“可以！”

孟子说他曾听到一件事：齐宣王曾经见到衅钟之牛临死前在惊恐颤抖，就让人放了它，换了只羊来代替。孟子以此入手，先帮宣王开脱，让他免了小气之嫌，而以“不忍之心”来解释。宣王十分感激，然而却不知孟子讲这事还有别的用意。“今恩足以及禽兽，而功不至于百姓者，独何与？所以行王政，是不为也，非不能也。”

后世的儒家的徒子徒孙们何尝有孟子的气派和做派，无论董仲舒、韩愈，无论程颐程颢还是朱熹，在权势面前，多的是媚态，少的是脊骨，多的是唯唯诺诺的女人气，少的是大声镗闼洒热血的男儿貌，多的是圆滑，少的是担当，以装聋作哑、内修心性为幌子，养的所谓道学，不如说养的是缩头龟学。孟子的粗嗓大声发出的是黄钟大吕般金属音，后世儒家们则是细如蚊蝇的哼哼之鸣。

孟子是个顶天立地的大丈夫！当时有个叫景春的人曾问孟子：像公孙衍和张仪这样的大外交家纵横家，才真是了不起的大丈夫吧？瞧他们一旦发火了各国诸侯都害怕，他们安安稳稳待在一个地方，天下的纷争也就平息了。公孙衍、张仪，散了六国之纵，兴了天下之兵，的确是“改变世界”的大丈夫；但他们的巧言令色，他们的阳奉阴违，他们的吮痈舐痔，他们通向“大丈夫”的道路又是多么肮脏和不堪，而世界又被他们改变得何等不成样子。

于是孟子当场就给予了驳斥：他们算什么大丈夫！以顺为正者，妾妇之道也！他们早已摒弃了道义与原则的底线，是软体的动物而已，以顺从强者为业。不过就像是个小心翼翼侍奉丈夫的小妾，以自己的色相“必敬必戒，无违夫子”，不过获个宠幸罢了。

那么，真正的大丈夫是什么呢？孟子说应该“居天下之广居，立天下之正位，行天下之大道；得志与民由之，不得志独行其道；富贵不能淫，贫贱不能移，威武不能屈，此之为大丈夫”。

我想，这也许是孟子的自况吧。他的血管里流淌的是大丈夫的钙质，不是害了软骨症；咄咄逼人的孟子采取的是“说大人，则藐之，勿视其巍巍然”。因为，“堂高数仞，榱题数尺，我得志弗为也；食前方丈，侍妾数百人，我得志弗为也；般乐饮酒，驱骋田猎，后车千乘，我得志弗为也。在彼者，皆我所不为也；在我者，皆古之制也，吾何畏彼哉？”这是道义的孟子，他怎么会俯首低眉于世俗的权势呢？“彼以其富，我以吾仁；彼以其爵，我以吾义，吾何慊乎哉？”孟子“道”成肉身，他是王者师，他是继承孔子的道统，来监督那些横行的霸道与王道，使他们走向“正”道。他秉持着一股舍我其谁的英雄气，行虎步，怀抱人性本善的信念，涵纳赤子之心悲悯之心，面对与虎谋皮的诸侯，宣讲着理想，宣讲着“虽千万人，吾往矣”的担当。

三

历史有时非常奇诡，所谓的天意从来高难问；和稷下同一时代，几乎与此同时，在西方的另一个文明故地古希腊，也出现了一个学园——雅典学园。雅典学园始建于公元前 387 年，由柏拉图创立。柏拉图在这里一边教学，一边著作，学生无须交费，女性也可以驻足聆听。这也是古希腊学术最为鼎盛的时期。可以想象，我们今天仍然在探索和争论的问题也是两千多年前在雅典学园的一角，学者们激烈探讨的问题。历史在这一刻被高度浓缩了。

公元前 4 世纪，几乎同时建立的东西方的两个学园，存在着相当多的相似和巧合之处。这些精神巨人分别为东西方文化创下了难以超越的经典。拉斐尔的名画《雅典学院》就是描绘当时的情景，画的中央柏拉图和他的学生亚里士多德，他们似乎边进行着激烈的争论，边向观众方向走来。亚里士多德伸出右手，手掌向下，好像在说明现实世界才是他的研究课题；柏拉图则右手手指向上，表示一切均源于神灵的启示。这两个对立的手势，表达了他们思想上的原则分歧。其余的人，众星托月，有的在注视，有的正在谛听这两位老人的谈话，自然地形成几个小组。

这幅画的左上方柏拉图的一侧，一个大胡子老人沉浸在思考中，苏格拉底刚转身向旁人阐述伦理学上的论据，右上方亚里士多德的一侧，两个倚在壁龛墙基前的青年，一个在写着，一个在思考，另一个黑袍人物却孤独地站着。

台阶下面的左侧，以坐在地上专注地书写着的数学家毕达哥拉斯为中心，一少年在旁给他扶着木牌，牌上写的是“和谐”的数目比例图。在他背后一个老人正在记录毕达哥拉斯的论据数，后面那个伸着脖子、头缠白巾的学者，即是伊斯兰教学者阿维洛依。

背后稍远，还有一个头戴桂冠，胸靠柱基站立的人，他是语法大师伊壁鸠鲁。在毕达哥拉斯前面站立的那个用手指着书中句子的学者，是修辞家圣诺克利特斯。两人中间还有一位身穿白色斗篷的金发青年，他面目英俊，表情冷峻，在向观众凝视着，这人被认为是弗朗西斯柯·德拉·罗斐尔，他是乌尔宾诺未来的大公。

一时的古希腊精英在这幅名画中集聚了。

稷下学宫与雅典学园，差不多同一时间，一东一西，这是建筑在东西方精神源头的圣殿，这是时间的巧合，还是老天的安排？公元前 8 世纪至公元前 3 世纪，世界文明史上曾经出现过一个学术思想异常活跃、文化成就异彩纷呈的时代。德国的卡尔·雅斯贝斯在《历史的起源与目标》一书提出“轴心时代”一说。他认为：世界各个区域的文明经过早期发展之后，形成了三大古典文化中心，即中国、印度、希腊。这三个地区分别发生了非同寻常的文化事件，出现了非凡的文化人物。在中国，孔子、孟子、老子、墨子以及其他诸位思想家、哲学家相继出现；在印度，婆罗门教的经典《奥义书》等问世，佛教、耆那教等开始创立；在波斯，相传琐罗亚斯德创立祆教（拜火教）；在今天的巴勒斯坦等地，犹太教先知四处游走，传经布道；在小亚细亚和希腊，更是贤哲辈出，先有荷马、赫西俄德，后有所谓以泰勒斯为首的“希腊七贤”，继而出现了巴门尼德、希罗多德、赫拉克利特、修昔底德、苏格拉底、德谟克里特、柏拉图、亚里士多德和阿基米德等等。这是当时世界上文化最发达的几个中心，人类至今依然存在的世界几大文化模式几乎同时得以确立，几乎在同一时刻东西方世界中人们的思想胚胎在坐胎。

孔子和释迦牟尼都是公元前 6 世纪至公元前 5 世纪的人，年龄不相上下，当孔子率领弟子坐着牛车颠簸在前往齐国王宫的泥泞道上时，当孔子从一国颠沛到另一国终不被重用的时候，王子出身的释迦牟尼正坐在印度的菩提树下苦思冥想，想如何才能解脱人世间的生老病死等痛苦，身旁是几名衣衫褴褛的弟子，生活困顿甚于孔子。

孔子死后的第十年，公元前 469 年，西方世界最伟大的哲学家之一的苏格拉底在雅典最为繁盛的时期出生。人类文明进化的过程里，几乎在一个时期出现了那么多全人类的精神领袖，后来的只是无穷的复制和致敬而已。

我们说，如果我们的历史上，没有了这些同时坐胎的精神的巨人，我们还会在蒙昧中徘徊多久呢？我想到罗丹的雕塑《青铜时代》那裸体男子，左手握拳，右手扶头，面孔昂起做思索状。右腿微微起步，似乎还不敢迈步，只能轻轻地踮起脚，做出欲迈步的姿态。他的眼睛似乎带着蒙眬的睡意，然而他的身体是伸展的，罗丹说“缓慢地从深深的梦乡里苏醒”，《青铜时代》意味着人类刚从蒙昧、野蛮的状态中解脱出来，逐渐具有清醒的意识，即将进入文明智慧时期。我想，稷下学宫与雅典学园的那些精神的启蒙者，世上如果没有了他们，我们不知还沉睡多久，人类穿过长夜醒来了，从茹毛饮血的蒙昧穿越，那举火把的人，给我们领路的人，那些如星宿在夜空指示我们路标的人，给我们精神安慰的人，他们一下子突然间亮起来了，他们的光，穿越了两千多年，至今还照亮着我们。

为了让我们告别黑暗，他们相约来到世上！

稷下学宫存在约一百五十年后随着齐国的灭亡而终结，每思至此，我的内心就泛起无尽的悲凉和无助无奈。有着丰富人才储备的齐国，败给了虎狼之国的秦，从文明水准来看，无疑齐国是优秀的，秦国是蛮野的，这是对稷下学宫这一文化工程的嘲讽么？非也，到了田齐的后期齐闵王和齐王建时候，那些稷下学宫先生们的声音在那些肉食者看来，全是刺耳的噪声。这个时期，齐国政治黑暗，齐国统治者对于那些直言劝谏的稷下先生的忠言，要么不以为然，要么大动肝火。荀子就是因为进谏齐相“女主乱之宫，诈臣乱之朝”而致使“齐人或谗荀卿，荀卿乃适楚”。那些最优秀的人潜逃了，国家的气数尽了，齐国就要消亡了，于是稷下学宫也从此在大地上消失了。

但稷下学宫的精神，它的标尺和教化之功，却如血液流淌在这个民族的肌体里，塑造着我们民族的文化人格。当我二十年前咨询稷下学宫还在不在的时候，朋友告诉我，稷下学宫只能用来凭吊了，它如今剩下的只有废墟而已。

也许，我理解的废墟和朋友有别，作为建筑物的稷下学宫确乎成了废墟，在我们这片土地上，阿房宫被项羽的火烧成了废墟，圆明园被英法联军的炮火摧成了废墟，还有城市的“大跃进”式的开发，何处家园不废墟？

但我想到的是人的心灵的荒废，那才是真的废墟；大地上的废墟，也许我们可以凭吊重建，而肉体的废墟精神的荒寒呢？若稷下学宫的那些独立的品格自由的精神也成了废墟，这是非常可怕的，这是一种比肉体死亡更加悲壮的荒芜啊。清华大学原校长梅贻琦说“所谓大学者，非谓有大楼之谓也，有大师之谓也”，而陈寅恪先生的“独立之精神，自由之思想”，这才是上接稷下学宫血脉的最可宝贵的精神遗产。

遥想当年，陈寅恪与王国维共事清华虽然年龄差异颇大但成为忘年交，王后来自沉颐和园昆明湖绝世，清华学生向王国维遗体三鞠躬，唯陈寅恪行三拜九叩大礼。我以为这里面是一种精神的担当与延续，对静安之死，当时众说纷纭，陈寅恪对此则有自己独异的理解："我认为王国维之死，不关与罗振玉之恩怨，不关满清之灭亡，其一死乃以见其独立自由之意志。独立精神和自由意志是必须争的，且须以生死力争。"1929 年即王国维辞世两年后，在清华大学为王国维立碑纪念时，陈慨然命笔，写下传颂至今的碑文：

> 士之读书治学，盖将以脱心志于俗谛之桎梏，真理因得以发扬。思想而不自由，毋宁死耳。斯古今仁圣同殉之精义，夫岂庸鄙之敢望。先生以一死见其独立自由之意志，非所论于一人之恩怨，一姓之兴亡。呜呼！树兹石于讲舍，系哀思而不忘。表哲人之奇节，诉真宰之茫茫。来世不可知也，先生之著述，或有时而不彰。先生之学说，或有时而可商。惟此独立之精神，自由之思想，历千万祀，与天壤而同久，共三光而永光。

独立之精神，自由之思想，历千万祀，与天壤而同久，共三光而永光。这不正是稷下学宫的精神的 DNA 吗？

如今，稷下学宫成了废墟，那是一处供后人无限凭吊的神圣的废墟。它曾是辉煌的百家争鸣，曾是我们民族生气的活着的见证，也许它只是跋涉得太累了，需要安卧，于是倒下了，与脚下的泥土血肉相融，但我想在这片土地上，它的躯壳见不到了，而魂灵则是潜伏下来，一有合适的气候水分和土壤，它还会返青复活。

二十多年前，我和许多中国人一样，压抑乃至失眠，但我想人毕竟还要有使命在，为自己的追求颠沛之，造次之，呕心之，失眠之，消瘦之，又何怨之有？作为一个文化人，对文化的渴求与守护，无疑是他的职责，一个文化人活着的最高价值就是道义的担当就是传递文化，这是无法摆脱的宿命，不让文化的链条在自己这一环断裂，也许这就是一个文化人的价值吧。

在参加蒲松龄散文笔会时，我的心思一直萦绕着稷下学宫。它不仅是一个文化符号，它已经沉淀在我心里，成了一种威压；我想我们民族何时再拥有这样的一处建筑啊，入水不化，入火也不焚，别人不再毁坏它、欺辱它，它就如灯盏，一直亮在那儿。让人珍重它记住它永远地记住它：稷下学宫。

"先生之学说，或有时而可商。惟此独立之精神，自由之思想，历千万祀，与天壤而同久，共三光而永光。"

灯烛赋

曾多次到曲阜拜谒孔子，总想唤回一种古意，唤回一种端肃朝圣的味道：斯文在兹。心中无端地冒出的是这个句子。

我常常为穆斯林麦加朝圣的虔敬，和青藏高原那些用五体投地的方式行走到拉萨的至诚所感动。

那是一种笃信，也是一种精神的坚守，但在世俗的领地，这种最深沉的“信”，却被久久地放逐，越来越稀薄和苍凉。

每次到孔庙孔林，我都是选在早晨抑或黄昏，脚步轻得不能再轻，为的是在静寂中，表达自己内心的一种虔敬，怕啸扰的世事扰乱了自己的心性，也怕嘈杂污秽惊扰了沉睡千年的夫子的灵魂。

人们说孔庙的恢宏在建筑上和北京故宫的太和殿比肩，一时伯仲，但它如果只是空间的庞硕雄伟和雕花蟠龙的精美绝伦并不能撼动我，这里另有一种大音希声的精神栖息在，那种精神资源的气质和感召笼罩着我。我们精神行囊的第一位老师的神位在此，它使我艰于呼吸，就像自己想和一种恩遇邂逅，那巨大震撼的幸福突然降临，使人目瞪口呆，让我无法用语言描写那份心悸、那份感动。

孔庙始建于公元前478年，在孔子去世的下一年，鲁哀公就将孔子生前居室改建为庙，这精神供奉的领地，享受着人间的香烟，“岁时奉祀”。物换星移，那以后的帝王们如飞蛾扑火踵事增华，像一个一个的接力，比赛孝敬，不断地对祭祀孔子的庙堂进行豪华的修饰和政治油漆的涂抹，到了明、清两代便有了现在的模样。

巍乎哉，孔庙南北长一千三百多米，东西宽五十多米，前后有九进庭院，殿、堂、坛、阁等建筑共四百六十余间，占地十四万平方米。孔庙在世间，不再是草木和砖瓦，雕梁与画栋，而是我们精神的祖庭。

张潮有言：“文章是案头之山水，山水是地上之文章。”孔庙就是一篇大地的鸿篇巨制，如文章有起承转合，那孔庙前三进就是文章起的部分，布置有金声玉振牌坊、石桥、棂星门、圣时门、弘道门和大中门，这是孔庙的前奏。

进入大成门即为孔庙的主要建筑区，包括大成殿、寝殿、圣迹殿以及两侧的东庑、西庑等。这就如文章的承接，如鱼的中端，是最华彩的部分。

大成殿是供奉孔子的大殿，正中供祀孔子像，两侧配祀颜回、曾参、孟轲等十二哲像。殿面宽九间，进深五间，重檐歇山顶，覆黄色琉璃瓦。殿内柱用楠木，廊柱错金装龙；彩画五色间金，富丽堂皇；中央藻井蟠龙含珠，如太和殿形制，只有孔家敢和皇家比肩啊。

大成殿前露台宽阔，为祭祀时乐舞之处。殿前相传是孔子讲学的所在，建有“杏坛”亭，再后为圣迹殿，殿中有孔子周游列国的线刻石画一百二十幅，这是最早的连环画吧。

在孔庙穿行，与其说是在空间移动，不如说孔庙让我们走进、穿越历史的纵深，它给了我们一次亲近历史、触摸历史、呼吸历史的机会。那些老的布有苍苔的砖瓦，柏树，那些石头和窗棂，都弥漫着宋明清的气息。这是雕塑的云集也是书法的云集，是能工巧匠的集合，也是古代艺术的竞技场，那些绝美的构图、浮雕，那些飞禽走兽，或卧或坐，或飞或翔，或双戏，或单飞，多姿多态，各炫其技，各有神妙，各美其美，美美相较。

这是一份历史的感动，你穿行在那些从汉代到民国的碑林中，你抚摸一下那汉柏的遒劲，就像已经触摸到了汉朝的皮肤，也许这柏树康熙也摸过乾隆也摸过。历史载，汉高祖、东汉光武帝、唐高宗、玄宗、宋真宗以及清圣祖康熙、高宗乾隆等都曾驾临曲阜，祭祀孔子。其中乾隆帝曾八次到曲阜祭祀孔子，更有甚者，他还在曲阜的古泮池边竖立了一块自己手书的“检讨”碑，以揭自己读书不细和想当然的过错。碑上写道：“甚矣，读书之忌粗疏浮过，不沉潜深造，博综详考，执一为是，譬为禾者，鲁莽耕而鲁莽获，确乎其弗可也。”其行为甚是可爱，作为人君，能自己出自己的丑，这是一种自信，也是一种刚健。其实对照现在，渎职者犯罪者伙矣，很少有人能担责，更不用说下罪己诏，自我淘粪了。

由于这些年沉浸在书法里，我知道所说的“魏碑第一”的张猛龙碑就在孔林内。当我亲眼看到这碑的时候，通过那些沧桑，铁马秋风塞上，像是看到了千年前马背民族的铁骑正飒然而过，那是北朝的实物，那种大气磅礴绝非宣纸上所能传达的，那种劲健、古拙、奇正，因势赋形，是江南水乡所没有的。也许，书法也如人，只有经历风雨的石头才留下那骨血峻宕的韵味吧。

我知道是孔子的儒家一脉塑造了我们中国人，这是文化道德上的功夫，也是人格的DNA，虽然有时这些基因会突变会变异，变得连我们自己有时都搞不清，但是仔细分辨，我们民族记忆的深处，我们的肌肤，我们的言谈咳唾，我们的一举一动，无不有这些因子的影子。

我认为是儒家给予我们民族注入了基因图谱里最本质的东西：对国家民族的拳拳不舍的情怀，无论怎样打压，都顽强生存；担当的情怀；仁的呼唤与实践；理想贯骨。

儒家虽然于后世被统治者拉拢为开店的合作伙伴，但在孔子和孟子时代，却是霉运连连，有志不得申。春秋时期是山崩地解的时代，也是礼崩乐坏的时代。

在夫子梦中朝阳旭日一般的“吾从周”的周王朝，这时则变得气息奄奄日薄西山，那是公元纪年前6世纪到前5世纪，东周天子的威风再也抖不起来了，只是龟缩在现在洛阳那一小块地方，唉声叹气，靠原来诸侯的残羹冷炙才能过活。那是一个乱得不能再乱的时代，如现在春运时的火车站，到处吵吵嚷嚷到处拳脚相向到处烽烟四起。当时的人们忙着和周公说再见，忙着和束缚人的礼乐说分手，在孔子所处的鲁国，那些如公鸡一样骄傲的贵族倨傲地把国君使唤过来使唤过去，国君成了孙子，后来那些贵族干脆把鲁君赶跑，撵到齐国去。季氏这个家族，居然光天化日之下在家里用八八六十四个人跳舞，也就是“八佾”，季氏家庙里的音乐，居然奏的是《雍》，这原本是只有天子才能独家享用的舞蹈和音乐，如此的招摇如此的出格，国君和秩序成了尿溺，大有吾取而代之的意味。如现在有的地方官员把自已的办公楼盖成天安门的模样，在一个二三流的城市广场里树立华表。看到如此模样，孔子的内心的苦痛和煎熬可想而知，孔子留下了句非常著名的话：“是可忍，孰不可忍。”

“弑君三十六，灭国五十二”，九鼎乌有踪迹，暴力当道，阴谋变成阳谋，混乱成为主流，理想萎地，瓦釜高鸣，那是一个没有最坏只有更坏的时代，刀光剑影、流血漂橹，杀人盈城、杀人盈野，地上的白骨掩盖了青草与野粟，原野上的夕阳滴下的是如血的颜色和泪水。于是心有不忍的孔子出发了，他怀着满腔的悲愤和理想，“兴灭国，继绝世，举逸民”，他要寻找梦可以实现的地方，他要在大地上复活“郁郁乎文哉”的西周。刀要锋锐必须有石块的砥砺，没有了公理，那就重建一个出来，没有了仁义，那就做给人看，在人欲的废墟上，重塑精神的高标。

狄更斯的《双城记》开头的第一句就是孔子所处时代最好的注脚：“这是最好的时代，这是最坏的时代；这是智慧的时代，这是愚蠢的时代；这是信仰的时期，这是怀疑的时期；这是光明的季节，这是黑暗的季节；这是希望之春，这是失望之冬；人们面前有着各样事物，人们面前一无所有；人们正在直登天堂；人们正在直下地狱。”

也许是礼乐的荒漠与荆棘，人心的堕落与挣扎唤起孔子的怜悯之心不忍之心，于是孔子的牛车从曲阜出发了，登车揽辔，澄清天下，他要实现他重建秩序的理想，虽然车上或者车后的徒弟们未必知晓夫子的心事，他们也许说风凉话也许呼呼大睡。但孔子这种知其不可而为之的精神，虽然有那种悲剧的色彩，但千年之下还是令我等后辈心生崇仰。

道义在手，夫子很自信，自信目标就在牛车的车辙下，就在前方。其实他的前方就是后方，是已经消失了的已经过去了的周公时代，时间是不能弯曲倒流的，孔子的车速注定不会超越光速，孔子注定是返回不了西周了。

孔子奔波了，风霜雪雨，碌碌风尘，他最终失败了。夫子先后到过卫、齐、陈、曹、宋、郑，但机遇从来就没光顾这可怜的老人，虽然他也短期当过大司寇这样的官，但他所受的掣肘太多、牵扯太多，做的无用功太多，最终理想只是胸中的蓝图和块垒。夕阳下山了，孔子也老了，最后在鲁哀公六年，他在外面流亡了十四年后，还是回到了他的故乡鲁国。

夫子太疲倦了，当他在一条小河边休憩时，渊澄取映，夫子从平静的水面中惊见自己斑驳的两鬓，“甚矣，吾衰矣”。两千多年后的我读到这句话，还感到后背隐隐作冷，尾骨处只冒寒风。夫子也开始服老了，也抗不过肉体的衰减，中年时候的炽热理想到现在还在燃烧么？唉，我怎么衰老得如此厉害啊。夫子的烈士暮年还壮心不已吗？也许从这句话里，我们读出的是心酸和冰凉。天道渺渺，人生藐藐。过去了，都过去了，“逝者如斯夫！不舍昼夜”。

到了鲁哀公十四年，夫子听说鲁国在西边的大野狩猎捕获到了麒麟，孔子听后久久沉默，他悲哀到了极点，麒麟的出现不是好兆头。这一年，他最好的学生颜渊也死了，他很悲哀地说：“凤鸟不至，河不出图，吾已矣夫？”

再过了两年，鲁哀公十六年，就是公元前 479 年，孔子就在悲哀中去世了。

夫子一去，大树飘零！

在路上，不是一个现代的词语，孔子一生都在颠簸中，为了心中的梦，顾炎武说“孔子——一旅人也”。顾炎武自己也像旅行家一样游历中国，他有诗句叫“常把牛角挂汉书”。但我感觉鲍鹏山先生概括的孔子正合吾意——“孔子是个抒情者”。他有深情，对这个苦难的世间不放手，对恶有批判，对再丑恶的世间没有折身而退。从孔子喜爱音乐到他晚年删改《诗经》，进行文化的整理和文脉的延续可以看出，孔子是一个诗意的老人。当孔子面对着流水的时候，他不像西方人讲“人不能两次踏进同一条河流”那样充满哲理的话，而是讲了非常感性和抒情的一句话“逝者如斯夫，不舍昼夜”。还有他与学生在交谈理想的时候，孔子的理想是什么呢？暮春时节，几个人到沂河里去洗澡，洗完澡以后唱着歌回来。（暮春者，春服既成，冠者五六人，童子六七人，浴乎沂，风乎舞雩，咏而归！）

孔子是一个对自然对人生有大爱的人。面对着春秋乱世，面对着如此堕落的江山，面对着蝼蚁般的百姓，孔子横空出世，他要用他的理想，他要用悲悯的情怀来拯救民生。所以有一句话：“天不生仲尼，万古如长夜！”如果没有孔子，我们的民族就似在黑暗的隧道里蜗行摸索，孔子就像那照亮了黝黑隧道的矿灯一样。“为了看一看阳光，我们来到世上。”我们可以改变这句话：“为了让这片多灾多难的土地能有一丝阳光，孔子来到了世上。”

但当时的人并不理解孔子，曾把“丧家狗”的称号送给孔子。一天，当孔子和他的学生走散，他的学生找孔子，有人说：“有个像丧家狗一样的人是不是你老师啊？”学生告诉孔子：“人家说你老人家是丧家狗。”孔子笑着说：“确实是这样，确实是这样。”但是我感觉“丧家狗”的“丧家”概括得非常之好，因为我们中华民族到春秋战国时确实脱离了正常的轨道，孔子就像是为我们民族找家的一个人，是我们的引路者。

人都有行路的经历，也有问路的经历。鲁迅先生说过“最可怕的是梦醒时无路可走”；鲁迅在《两地书》中绘声绘色地描述了他自己面对歧路的态度，他说：“‘歧路’，倘是墨翟先生，相传是恸哭而返的。但我不哭也不返，先在歧路头坐下，歇一会儿，或者睡一觉，于是选一条似乎可走的路再走，倘遇老实人，也许夺他的食物来充饥，但是不问路，因为我料定他并不知道的。如果遇见老虎，我就爬上树去，等它饿得走去了再下来，倘它竟不走，我就自己饿死在树上，而且先用带子缚住，连死尸也决不给它吃。但倘若没有树呢？那么，没有法子，只好请它吃了，但也不妨也咬它一口。”这里，鲁迅把古代“哭歧路”的故事归于墨子名下，是先生的记忆出了错，但他在歧路面前的那种从容乐观、敢于选择与义无反顾的态度，绝对不是当年恸哭于歧路的杨朱可比的。

我常想阮籍常常是黄昏的时候驾着车在荒原上跑，跑到没有路的时候哭着回来，那是何等的悲凉啊。当孔子为这块土地的民众寻找路的时候，寻找理想抱负的时候，各国的诸侯表面上非常厚待孔子，但是孔子一谈治国的方略，这些叶公好龙的家伙们都友好地拒绝了。后来孔子碰到了隐士。中国古代有种人生状态是隐士，是不食人间烟火的高人，他们常把“落花无言，人淡如菊”看作人的至高境界，但孔子不是，孔子是满怀热情的入世者。得孔子真传血管里流淌着原教旨血液的曾子说过这样的话：“士不可不弘毅，任重而道远。”孔子就是抱着一个入世的仁者的情怀。我们看《论语》里讲得最多的是仁，“仁者爱人”，带着拯民众于水火，解民众于倒悬的入世者的热忱，为这个民族开药方。

夫子是这个民族的寻路者。有一天，周游列国的孔子迷了路，走到河边找不到渡口了，就让子路去问路。两个隐士正在耕地。“先生，请问渡口在哪儿？”长沮说：“那个拿着车子缰绳的人是谁？”子路说：“为孔丘。”“是鲁国的那个孔丘吗？”“是的。”长沮说：“既然是鲁国的孔丘，他那么有名气，那么有智慧，那他应该是知道渡口在哪里的。”子路没办法，去问另一个人。桀溺问：“你是谁？”子路说：“我是仲由。”“你是鲁国孔丘的学生吗？”“是的。”“现在天下如此混乱，谁能改变这个局面呢？你与其跟着那个人，还不如跟着我们这些人做个避世之人呢？”说完，桀溺就埋头干活，不再理睬子路。子路没有办法只好回来向孔子报告，孔子叹了一口气说："鸟兽不可与同群，吾非斯人之徒与而谁与？"是做个避世之人还是做个拯救者呢？这里面所体现的对立面是拯救和逍遥。我们可以这样来理解孔子的话：鸟有鸟道，兽有兽道，人各有志，你走你的阳关道，我走我的独木桥，你避世之人选择的路我不走，明知山有虎，偏向虎山行，我不下地狱谁下地狱？

孔子跟子路说其实我也很想和他们一样，抛下天下苍生不管，只管自己种田去。可是孔子丢不下来，孔子还是得坚持。孔子走的路，比这些隐士们走的路更崎岖更艰难。明知道这个担子重可千钧，人是挑不动的，但孔子硬要去挑，孔子是有担当的，是入世的，是忧世的。孔子有一颗热心，拳拳之心，不避世，于是我们千年后还能听到他的感慨："人总不能与鸟兽一起躲避在山林中生活啊，我不和世上的百姓生活在一起，同悲苦共欣乐，那又能和谁在一起生活呢？正因天下无道，才需要我们这一群呢，如果天下有道，那我也就不参与改变它了。"

天下的人，应该想着天下啊，所谓的以天下为己任，此之谓也。

这样的一位老人，没有绝望的老人，就像站在我们身边，站在我们身后，用手抚摩着历史的后背，他给了我们一种温暖、一种抚慰，让我们感到历史的荒寒里的一丝人性的光辉，历史的黑暗里终于为我们透出一线的光亮，历史终于可以为自己的委屈哭出声来，有了为历史拭泪的夫子，偏斜的历史开始有校正方向的机会了。

灾难是一个民族和个人的试金石，是转身相向，还是迎面而立？当民族危亡的时候，有人选择的是卖身投靠，像鲁迅的弟弟周作人，像与张爱玲同居的胡兰成；也有一些人选择逃避，面对着泰山崩黄河溢，自己却在那里逍遥。但孔子不对人生的苦难闭眼，不像有些人潇洒地挥挥手不带走人间的一片云彩，修仙去了，访道去了。苦难是人生的试金石，怎样对待苦难可以看出人生的修为，看出你人生的质地。从孔子和儒家的"舍生取义，杀身成仁"到孟子的"虽千万人吾往矣"，当看到不义和不公，当看到小人乡愿，孔子是有脾气的。鲍鹏山的一篇文章《孔子的攻击性》说，不要以为孔子是个老好人，不是的，孔子会愤怒，孔子会骂人也会打人。孔子身体非常好，虽然没有现代球星姚明高，也是一米九多的个子。他遗传基因好，他父亲和别人打仗，曾托起过城门。孔子也可以说是力能举鼎，举的是中华民族这个鼎。所以为了国家走上正道，为了国家充满正义，虽然道路崎岖，虽然布满荆棘，但"知其不可为而为之"。

我知道现在社会，谈论担当、谈论苦难是没有多少市场与空间的。很多人在苦难前装疯卖傻，或者扭头，或者转身，或者闭眼，在苦难和担当面前，选择消解的轻，拒绝受难的重。他们的悲悯、人文关怀哪里去了？那些在天下苦难面前卷而怀之，闭目养神的隐士，倒成了道德高尚的人，成了脱离低级趣味的人，我们要问的是：一个人之所以为人的伦理情怀哪去了？他们的道德痛苦哪去了？作为人，是应该有自己最基本的人道精神的，在人间的苦难面前，我们要做一个不吃不喝没有温度没有愤怒，听不到人间弱者呻吟的木乃伊吗？

当孔子游学的时候来到泰山，看到有个老妇人在那儿哭，哭她的丈夫让老虎吃了，儿子也让老虎吃了，孔子问她为什么不搬家呢？她说这里没有苛捐杂税，孔子愤慨地说“苛政猛于虎”。从孔子身上我们看到古代的“士”也就是现代的所谓知识分子身上的那种人间情怀的闪光点。孔子所代表的知识分子的形象，一个是对社会的担当，做社会的良心，对不义进行批判；再一个是理性的，不与世俯仰的，不做墙头草。有知识并不是有智慧，真正的知识人是进行理性的思索，拥有对不义的批判和不合作的精神。从孔子身上我们看到了他愤世的一面，理性的一面。

孔子的理想注定是实现不了的，但他以文化的力量完成了一个知识分子的另一种担当，在庙堂并不能实现的抱负，他用自己的文化的高度来与政治比肩，他以“道统”来对抗“政统”。这一线法脉，从孟轲从韩愈从程颢程颐兄弟一直到朱熹王阳明，相继传承。虽然有时道统的力道被政统所吸附，成了政统的帮闲，但道统里的批判的因子，是我们不能否认的。

孔子成了一个伟大的教师，虽然他想教育的对象是那些诸侯，但是那些诸侯太颟顸太蛮横，不把老师放在眼里。于是孔子的私学开始另一种文化的担当，培养涵养出一批“士”，一种有着文化独立色彩的士人开始在孔子的滋养下出现。

我曾多次到曲阜，无论多么行色匆匆，但孔林也总是必定拜谒的地方。从死看生，是最有意味的事情。

我常留意西方人的墓志铭，那些墓志铭往往言简意赅，而东方的人坟前的碑与墓志铭却是官本位，把官职大小罗列一个遍。记得伏尔泰死后，人们将伏尔泰的遗体安放在祭台板下，只在祭台板上题了几个简简单单的字：“A1778V”。德·维莱特伯爵将伏尔泰的心脏保存在一只镀金的银盒子里，随后，他又让人建了一座大理石墓，专门用来安葬存放伏尔泰心脏的盒子。在墓碑上，德·维莱特伯爵让人刻下了这样两句话：

他的心存放在此，他的思想遍布世界。

舒伯特告别人世时只活了三十一岁。他的朋友、诗人格里尔帕采尔为舒伯特撰写了墓志铭：

死亡把丰富的宝藏和美丽的希望埋葬在这里了。
当人们来到这座墓前，请你脱帽致敬。

而孔子生前只能算是一介布衣。在他晚年，他感到了命运的巨掌要落下了，他看到了太多的死亡。儿子死了，这是典型的白发人送黑发人，儿子孔鲤是他单传的儿子，是根独苗，出生时，鲁哀公特送去一条大鲤鱼祝贺，孔子便给儿子起名孔鲤，字伯鱼。孔鲤一生默默无闻，沾染夫子的光，被宋徽宗封为“泗水侯”。子路死了，子路被人剁为肉酱，应了老师说的“不得其死”。安贫而乐道的颜回死了，死后连口薄棺材也没有，一贫如洗的颜渊的父亲找到比丧子还悲伤的孔子，说颜回一生都追随夫子啊，他现在有棺无椁，就用夫子的车子给他换一副椁吧。颜回的死给孔子带来绝望，他哭着：“天丧予！天丧予！”但即便如此，却还是没有答应颜回老父亲最后的一个请求。

为什么孔子要保住了自己的木车呢？我想是这辆车与他结下了仆仆风尘的记忆，车就是孔子的一部分了，那上面有路途的刻痕，车子没有了，连接他的记忆也就没有了。

这一连串死亡的打击把夫子击倒了。

端木赐来看夕阳中的老师，他给暮年的老师带来了一些周济。夫子其时正拄着拐杖在门外看将要沉入地平线的落日。暮年的夫子问端木赐：“赐啊，你为什么到现在才来看我呢？”

接着便低吟了一首绝命歌，这是孔子的墓志铭么？

七天后，孔子溘然长逝，葬在都城之北泗水之畔。当时以子贡之力只能“墓而不坟”，无高土相隆，无石碑相立。他去世后，学生们在他的坟墓周边，逐渐聚集百余家，后来那个地方就形成一个居住区叫孔里。孔子死后，他的弟子们都服三年心丧。三年以后，大家互相哭泣着道别而去。向心力没有了，文化中心和依靠没有了，大家开始作鸟兽散，但子贡庐于冢上，凡六年，然后去。

然后去哪儿呢？这些弟子把人间的师道送到了历史上应该处于的位置，道统立，则污秽和不义惧，上苍佑之。我们还有这样对道统的敬畏，这样的敬畏入了骨则成了责任和大爱。师道尊严是要讲的，有了尊严，才让无妄之徒有所惧、有所怕，有所遵循有所不为啊。

让我再补记一下。孔子死后，儒家后学则常常在孔子墓的周围习礼讲学，供奉孔子遗留下来的衣、冠、琴、书，还有车，这个传统一直延续到汉代。那时虽然坟台高筑，而孔林“地不过一顷”。在两汉之后漫长的一千五百年岁月里，历代皇帝的祭拜、册封，使孔林内柏、松、柞、榆、槐、楷、朴、枫各类树木达四万多株，林地三千多亩，真是木成林，石刻成林，坟茔成林，成为当今世上独异的孔林了。

现在我们看到的孔子墓，是一座高达五米、坟径三十米的小山丘式的墓筑。墓前巨型石碑在“文革”中被锤成五十多块碎片，后来立起的则是修复的了。但历史的病灶能修复么，和尚打伞，无法无天，把一切都砸碎，把一切都踩在脚下，那是时代最大的悲哀和狂妄。

生前类似一介布衣，栖栖惶惶，到处游说，坐牛车，驰霜道，顶烈日，树下讲学、道旁乞食的孔子，孕育了我们民族的文化，他如漫漫长夜的灯盏烛光，时强时弱地闪耀在历史的邃深处。

我曾多次到孔庙拜谒夫子，有时手执一盏菊花，对着那和蔼的肖像深深鞠躬，为历史曾对他的侮辱、对他的亏欠鞠躬。每次看到孔子和蔼的肖像，感受都是米芾的赞词：“孔子孔子，大哉孔子！孔子以前，既无孔子；孔子之后，更无孔子。孔子孔子，大哉孔子！”